21世纪高等学校计算机基础实用规划教材

多媒体技术与应用

朱从旭　田琪　主编

杨长兴　吕格莉　李力　编著

清华大学出版社

北京

内 容 简 介

本书以音频、图像、视频、动画四大主要媒体的处理为线索,全面介绍多媒体技术的基本理论、基本技术和应用。全书分教学篇和实验篇两大部分:教学篇共分 7 章,分别介绍多媒体技术的基本概念、音频处理、图像处理、视频处理、动画制作、VB 多媒体编程、多媒体系统结构等七大主题内容;实验篇包含 10 个实验,分别与第 2~6 章的相应教学内容对应。本书的七个主题的教学内容都力图从最基本的概念和基础知识入手,逐步深入,内容系统、完整,注重理论与实践相结合,具有内容适中、可操作性强、便于教学等特点。

本书可作为高等学校各类非计算机专业本科生的教材,也可供从事多媒体技术研究和开发的工程技术人员参考使用。

图书在版编目(CIP)数据

多媒体技术与应用/朱从旭,田琪主编. —北京:清华大学出版社,2011.7

(21 世纪高等学校计算机基础实用规划教材)

ISBN 978-7-302-24934-4

Ⅰ. ①多…　Ⅱ. ①朱… ②杨…　Ⅲ. ①多媒体技术-高等学校-教材　Ⅳ. ①TP37

中国版本图书馆 CIP 数据核字(2011)第 038366 号

责任编辑:魏江江　徐跃进
责任校对:李建庄
责任印制:王秀菊

出版发行:	清华大学出版社	地　　　址:	北京清华大学学研大厦 A 座
	http://www.tup.com.cn	邮　　　编:	100084
社　总　机:	010-62770175	邮　　　购:	010-62786544
投稿与读者服务:	010-62795954,jsjjc@tup.tsinghua.edu.cn		
质　量　反　馈:	010-62772015,zhiliang@tup.tsinghua.edu.cn		
印　刷　者:	北京市人民文学印刷厂		
装　订　者:	三河市溧源装订厂		
经　　　销:	全国新华书店		
开　　　本:	185×260　印　张:17.25　字　数:427 千字		
版　　　次:	2011 年 7 月第 1 版　印　次:2011 年 7 月第 1 次印刷		
印　　　数:	1~3000		
定　　　价:	29.00 元		

产品编号:037312-01

编审委员会成员

	李善平	教授
扬州大学	李云	教授
南京大学	骆斌	教授
	黄强	副教授
南京航空航天大学	黄志球	教授
	秦小麟	教授
南京理工大学	张功萱	教授
南京邮电学院	朱秀昌	教授
苏州大学	王宜怀	教授
	陈建明	副教授
江苏大学	鲍可进	教授
中国矿业大学	张艳	教授
	姜薇	副教授
武汉大学	何炎祥	教授
华中科技大学	刘乐善	教授
中南财经政法大学	刘腾红	教授
华中师范大学	叶俊民	教授
	郑世珏	教授
	陈利	教授
江汉大学	颜彬	教授
国防科技大学	赵克佳	教授
中南大学	刘卫国	教授
湖南大学	林亚平	教授
	邹北骥	教授
西安交通大学	沈钧毅	教授
	齐勇	教授
长安大学	巨永峰	教授
哈尔滨工业大学	郭茂祖	教授
吉林大学	徐一平	教授
	毕强	教授
山东大学	孟祥旭	教授
	郝兴伟	教授
中山大学	潘小轰	教授
厦门大学	冯少荣	教授
仰恩大学	张思民	教授
云南大学	刘惟一	教授
电子科技大学	刘乃琦	教授
	罗蕾	教授
成都理工大学	蔡淮	教授
	于春	讲师
西南交通大学	曾华燊	教授

出 版 说 明

随着我国改革开放的进一步深化,高等教育也得到了快速发展,各地高校紧密结合地方经济建设发展需要,科学运用市场调节机制,加大了使用信息科学等现代科学技术提升、改造传统学科专业的投入力度,通过教育改革合理调整和配置了教育资源,优化了传统学科专业,积极为地方经济建设输送人才,为我国经济社会的快速、健康和可持续发展以及高等教育自身的改革发展做出了巨大贡献。但是,高等教育质量还需要进一步提高以适应经济社会发展的需要,不少高校的专业设置和结构不尽合理,教师队伍整体素质亟待提高,人才培养模式、教学内容和方法需要进一步转变,学生的实践能力和创新精神亟待加强。

教育部一直十分重视高等教育质量工作。2007 年 1 月,教育部下发了《关于实施高等学校本科教学质量与教学改革工程的意见》,计划实施"高等学校本科教学质量与教学改革工程(简称'质量工程')",通过专业结构调整、课程教材建设、实践教学改革、教学团队建设等多项内容,进一步深化高等学校教学改革,提高人才培养的能力和水平,更好地满足经济社会发展对高素质人才的需要。在贯彻和落实教育部"质量工程"的过程中,各地高校发挥师资力量强、办学经验丰富、教学资源充裕等优势,对其特色专业及特色课程(群)加以规划、整理和总结,更新教学内容、改革课程体系,建设了一大批内容新、体系新、方法新、手段新的特色课程。在此基础上,经教育部相关教学指导委员会专家的指导和建议,清华大学出版社在多个领域精选各高校的特色课程,分别规划出版系列教材,以配合"质量工程"的实施,满足各高校教学质量和教学改革的需要。

本系列教材立足于计算机公共课程领域,以公共基础课为主、专业基础课为辅,横向满足高校多层次教学的需要。在规划过程中体现了如下一些基本原则和特点。

(1) 面向多层次、多学科专业,强调计算机在各专业中的应用。教材内容坚持基本理论适度,反映各层次对基本理论和原理的需求,同时加强实践和应用环节。

(2) 反映教学需要,促进教学发展。教材要适应多样化的教学需要,正确把握教学内容和课程体系的改革方向,在选择教材内容和编写体系时注意体现素质教育、创新能力与实践能力的培养,为学生的知识、能力、素质协调发展创造条件。

(3) 实施精品战略,突出重点,保证质量。规划教材把重点放在公共基础课和专业基础课的教材建设上;特别注意选择并安排一部分原来基础比较好的优秀教材或讲义修订再版,逐步形成精品教材;提倡并鼓励编写体现教学质量和教学改革成果的教材。

(4) 主张一纲多本,合理配套。基础课和专业基础课教材配套,同一门课程可以有针对不同层次、面向不同专业的多本具有各自内容特点的教材。处理好教材统一性与多样化,基本教材与辅助教材、教学参考书,文字教材与软件教材的关系,实现教材系列资源配套。

（5）依靠专家，择优选用。在制定教材规划时依靠各课程专家在调查研究本课程教材建设现状的基础上提出规划选题。在落实主编人选时，要引入竞争机制，通过申报、评审确定主题。书稿完成后要认真实行审稿程序，确保出书质量。

繁荣教材出版事业，提高教材质量的关键是教师。建立一支高水平教材编写梯队才能保证教材的编写质量和建设力度，希望有志于教材建设的教师能够加入到我们的编写队伍中来。

21 世纪高等学校计算机基础实用规划教材

联系人：魏江江 weijj@tup.tsinghua.edu.cn

序　言

　　为配合大学计算机基础教学"1+x"课程体系改革,许多高校的非计算机专业都相应地开设了若干计算机应用类的选修课,如《多媒体技术与应用》就是x系列课程中比较有吸引力的一门选修课程。然而,目前国内适合广大非计算机专业学生使用的《多媒体技术与应用》教材不太多。一些面向计算机专业的教材理论性偏强,内容偏深、偏多;而另一些面向非计算机专业的教材往往走向另一个极端,即片面强调应用性。对于普通高校非计算机专业的本科生,一方面,应该强调应用性;但另一方面,本科教育又不能等同于职业培训,需要有一定的理论水平。因此,非计算机专业的计算机应用技术教材应该力图在理论性和应用性之间找到合理的平衡点,在内容的取舍中尽量做到简明适中,在实际使用中应该具有较强的可操作性。根据以上指导思想我们编写了本书。本书的主要特点是注重内容简明清晰、知识和技术循序渐进、理论与实践合理安排、教学和自学两者方便。全书分教学篇和实验篇两个部分。

　　教学篇分7章,内容取材围绕多媒体技术的基本概念、音频处理、图像处理、视频处理、动画制作、VB多媒体编程、多媒体系统结构等七大主题内容。以基础知识和基本操作技能的教学为两大重点。在知识性方面,注意照顾非计算机专业学生的知识起点,讲述通俗易懂、深入浅出。在操作技术方面,注意在有限篇幅下将基本操作和综合实例进行结合,使学生能在综合实例启发下,对基本操作达到举一反三、综合运用的效果。此外,每章后面的习题既便于学生课后巩固基础知识使用,也便于教师作为考试题库部分资源直接采纳。

　　实验篇结合相关章节的操作性教学内容提供了10个实验,作为课内实验的指导性材料,既方便教师布置实验内容,也使学生在实验时有一个操作指南。

　　本书由朱从旭、田琪任主编,负责全书的总体策划、统稿和定稿工作。具体编写工作分工如下:朱从旭编写第3章、第5章、第6章,以及实验2~3和实验5~10;田琪编写第2章和实验1;杨长兴编写第1章;吕格莉编写第4章和实验4;李力编写第7章。

　　本书的编写得到了中南大学信息科学与工程学院施荣华教学副院长的大力支持与帮助,以及计算机基础教学实验中心的王小玲、刘卫国、严晖、曹岳辉等老师的关心与支持,在此一并表示感谢。此外,在本书的编写过程中编者参考了大量的文献资料,在此也向这些文献资料的作者表示感谢。

　　由于编者水平有限,成稿时间仓促,书中如有疏漏及不妥之处,敬请读者不吝赐教。

编　者

2011 年 4 月于中南大学

目　录

第二篇　实　验　篇

第一篇

教 学 篇

第1章 多媒体技术基础知识

本章在介绍多媒体概念的基础上,进一步介绍多媒体技术的概念、特征、发展历史和应用领域,重点讲述了多媒体技术中模拟信号数字化的基本原理和步骤,最后对多媒体技术领域的主要研究内容和涉及的关键技术进行简单介绍。

1.1　多媒体技术的相关概念

自20世纪80年代以来,随着电子技术、大规模集成电路技术和通信技术的发展,计算机技术、网络通信技术和广播电视技术相互渗透、相互融合。人们利用计算机进行了各种各样的探索和尝试,逐渐发展起来图形处理技术、动画技术、视频捕捉技术与编辑回放技术、虚拟现实技术等。伴随着这些技术不断进步,诞生了计算机科学技术的一个非常具有活力的分支——多媒体技术。多媒体技术将计算机技术的交互性和可视化的真实感结合起来,使计算机可以处理文字、图像、声音和视频等多种媒体信息,从而使得计算机的功能和应用领域得到了很大的扩展。

1.1.1　媒体与媒体的分类

"多媒体"对应的英文单词是 Multimedia,其核心词是"媒体"(Media)。媒体即媒介、媒质,它是信息的载体,是一种传播和表达信息的方法和手段。根据国际电信联盟(ITU)对媒体所作的定义,媒体可以分为下列5种基本类型。

1. 感觉媒体(Perception Medium)

感觉媒体是指直接作用于人们的感觉器官,使人能直接产生感觉的自然种类信息。目前,人们主要是通过视觉和听觉来感知信息的,因此,感觉媒体的绝大部分属于视觉媒体和听觉媒体。其中,视觉媒体主要有自然界的各种文本、图形、图像,计算机系统中的可视数据文件;听觉媒体主要有自然界的各种声音、语言、音乐以及计算机系统中的各种音频文件等。当然,触觉作为一种感知方式也被慢慢地逐步引入到计算机应用领域。

2. 表示媒体(Representation Medium)

表示媒体也被称为表达媒体。表示媒体是指为了存储、传送感觉媒体而人为地研究出来的定义信息特性的数据类型,是用于数据交换的编码,用信息的计算机内部编码表示。借助于此种媒体,便能更加有效地存储感觉媒体或者将感觉媒体从一个地方传送到另一个地方(哪怕是很遥远的地方),常见的表示媒体有图像编码(JPEG、MPEG 等)、文本编码(ASCII 码、GB2312 码等)、声音编码、语言编码、电报码、条形码等。

3. 表现媒体（Presentation Medium）

表现媒体有时也叫做呈现媒体、显示媒体。表现媒体是指通信中使电信号与感觉媒体之间进行转换而使用的媒体，是人们再现信息的物理工具和设备（输出设备），或者获取信息的工具和设备（输入设备）。如显示器、扬声器、打印机等输出设备，键盘、鼠标器、扫描仪等输入设备。

4. 存储媒体（Storage Medium）

存储媒体是指用于存储表示媒体的媒体，如纸张、磁带、磁盘、光盘等。

5. 传输媒体（Transmission Medium）

传输媒体是指用于传输表示媒体的媒体，常用的有双绞线、同轴电缆、光缆、电话线、光纤、电磁波等传输媒体。

有的教科书中还提到第 6 种媒体，即交换媒体（Exchange Medium），它指的是在系统之间交换数据的方法；交换媒体可以是存储媒体、传输媒体或两者的结合使用。因此，交换媒体其实不是一种独立的新媒体类型。在计算机多媒体技术中，主要研究的媒体大部分是表示媒体，即计算机系统内的软信息，它们表现为各种信息类型的文件编码形式。

1.1.2　多媒体

在内涵上，"多媒体"本身并不应该是一个名词，而是一个形容词，它只能用作定语。因此，单独说多媒体是没有意义的，只有将其与名词相联系（如多媒体终端、多媒体系统）才是正确的说法。在绝大多数场合，多媒体是指多媒体技术，即指能够同时获取、处理、编辑、存储和回放两种或者两种以上不同类型信息媒体的技术，这些信息媒体包括文字、声音、图形、图像、动画、视频等，它一般不是指多种媒体本身，而主要是指处理和应用的一整套技术手段。

从技术角度来说，多媒体是计算机综合处理文本、图形、图像、音频、视频、动画等多种媒体信息，使多种信息建立逻辑连接，集成为一个系统并具有交互性和实时性的一种新技术。多媒体也是一种迅速发展的综合性电子信息技术，已渗透到相关领域的方方面面，给人们的工作、生活和娱乐带来了深刻的变革。

文本、图形、图像、音频、视频、动画是感觉媒体的几种类型，而感觉媒体是多媒体技术中要处理的媒体元素，也是多媒体应用中呈现给用户的元素。多媒体技术与应用这门课程将重点研究感觉媒体如何在计算机中表示、存储、加工和传输。首先要将感觉媒体转化为表达媒体，这涉及信息数字化和编码方法，而存储要研究压缩技术，加工要研究信息变换技术，传输涉及通信技术。下面简单介绍这几种感觉媒体类型的概念。

1. 文本（Text）

文本包含字母、数字、字、词语等基本元素。多媒体系统除了具备一般的文本处理功能外，还可应用人工智能技术对文本进行识别、理解、编辑、翻译、发音等复杂处理。超文本是对文本索引的一个应用范例，它能在一个或多个文档中快速地搜索和查询特定的文本内容。

2. 图形（Graph）

图形是多媒体中的静态可视元素之一。一般是以采用算法语言或某些应用软件生成的矢量图（Vector Drawing）的形式来表达的。矢量化图像具有体积小、线条圆滑变化等特点。矢量图是由一系列线条来描述的图形，适用于直线、方框、圆或多边形以及其他可用角度、坐标和距离来表达的那些图形。它的应用很广泛,常用于框架结构的视觉处理,如计算机辅助设计(CAD)系统中常用矢量图来描述十分复杂的几何图形。

3. 图像(Image)

图像也是多媒体的一种静态可视元素,其基本形式为位图(Bitmap)。位图是由图像中众多的像素组成的,每个像素是一个非常小的点,它的颜色和亮度用一种数值来表示,存储这种描述像素点颜色和亮度数值所采用的二进制存储位数决定了颜色和亮度数值的个数,一个像素如果用较多的位数存储其颜色和亮度数值,就意味着能表达的颜色和亮度数值种数较多,也就是可以表达较多的颜色和亮度。分辨率也是描述位图的一个重要指标,分辨率是指单位空间长度中包含的像素个数,分辨率越高,意味着像素越密;分辨率越低,意味着像素越稀。数字化图像的分辨率和表示颜色及亮度的位数越高,图形质量就越高,但图像占用的存储空间也越大。

4. 视频(Video)

在多媒体技术中,视频是一类重要的媒体,属于动态可视元素。图像和视频是两个既有联系又有区别的概念。一般而言,静止的图片称为图像(Image),动态的影视图像称为视频(Video)。静态图像的输入要靠扫描仪、数码相机等外部设备,而视频信号的输入需要用到摄像机、录像机、影碟机以及电视接收机等可以输出连续图像信号的设备。

5. 音频(Audio)

音频是指频率大约在 20~20 000 Hz 范围内的连续变化的波形。音频技术在多媒体技术中的应用极为广泛,多媒体涉及多方面的音频处理技术。

- 音频采集:把模拟信号的声音转换成数字信号的声音,并存储到计算机的存储器。
- 语音编/解码:把语音数据进行压缩编码、解压缩(解码)。
- 音乐合成:利用音乐合成芯片,把乐谱转换成乐曲输出。
- 语音识别:让计算机能够听懂人类的语音。

6. 动画(Animation)

动画是采用计算机动画软件创作并生成的一系列可供实时演播的连续画面,属于一种动态可视媒体元素。动画和视频信号之所以具有动感的视觉效果,是因为人的眼睛具有一种"视觉暂留"的生理特点,在观察过物体之后,物体的映像将会在人眼的视网膜上保留短暂的时间,这样,当一系列略微有差异的图像快速播放时,就给人以一种物体在做连续运动的感觉。

1.1.3 多媒体技术的基本特征

多媒体技术具有许多特点,但其最显著的特点是多维性、集成性和交互性。

1. 多维性

多维性是指多媒体技术具有信息交流的多种感知形式和信息处理的多样化两方面特性。信息交流的多种感知形式主要包括视觉、听觉、触觉、嗅觉和味觉 5 种感知形式。信息处理的多样化意味着计算机处理信息范围的空间扩展和放大能力,这种信息处理的多样化指的是计算机系统能对输入的信息加以变换、创作和加工,对其输出的信息增加其表现能力,丰富其显示效果。例如,用多媒体系统辅助计算机软硬件操作的教学,学生不仅可以学到文本知识、观察到操作对象的静止图片,而且通过多媒体技术还可以看到操作对象变化的动态场面,听到软件或硬件发出的声音,使学生从多个角度领会操作要领。

2. 集成性

集成性一方面指多媒体技术是多种媒体信息的集成,即文字、图形、图像、声音、动画、视频等的集成。另一方面指多媒体技术是多种显示或表现媒体设备的集成,即多媒体系统一般不仅包括了计算机本身,而且还包括电视、音响、影碟机等设备。第三,多媒体技术是多种技术的系统集成,基本上可以说是包含了当今计算机领域内最新的硬件、软件技术。总之,多媒体技术将不同类型的信息、不同性质的设备和多种技术集成为一个整体,并以计算机为中心综合地处理各种信息。

3. 交互性

交互性即指用户可以与计算机实现复合媒体处理的双向性,是多媒体应用区别于传统信息交流媒体的主要特点之一。传统信息交流媒体(如书信、报刊、电影等)只能单向地、被动地传播信息,而多媒体则可以实现人对信息的主动选择和控制。交互特征使得人们更加注意和理解信息,同时也增强了有效地控制和使用信息的手段。

4. 实时性

实时性是指多媒体系统中音频、视频和动画等对象是和时间密切相关的,多媒体技术必然要提供对这些与时间相关媒体的快速处理能力。例如,在视频会议系统中传输的声音和图像都应尽量避免延时、断续或停顿,否则发言者要表达的内容就可能出现歧义或根本就没有意义了。

5. 非线性

非线性是多媒体的另一个特性。一般而言,使用者对非线性的信息存取需求要比对线性存取大得多,这种现象在流媒体的编辑与合成时尤为突出。而在查询系统中,传统的查询系统都是按线性方式检索信息的,不符合人类的联想记忆方式。多媒体信息系统克服了这个缺点,它用非线性的结构构成表达特定内容的信息网络,使人们可以有选择地查询自己感兴趣的多媒体信息。

总之,多媒体有许多特点,但最显著的特点是具有媒体的多维性、集成性和交互性。

1.2　多媒体技术的发展与应用领域

1.2.1　多媒体技术的发展

多媒体技术的发展是社会需求的结果,是社会不断推动的结果,是计算机技术不断成熟和扩展的结果。在多媒体的整个发展进程中,有几个具有代表性的阶段值得一提。

1984 年,美国 Apple(苹果)公司开创了用计算机进行图像处理的先河,在世界上首次使用 Bitmap(位图)概念对图像进行描述,从而实现了对图像进行简单的处理、存储和传送等。

1985 年,美国 Commodore 公司将世界上首台多媒体计算机系统展现在世人面前,该计算机系统被命名为 Amiga。并在随后的 Comdex'89 展示会上,展示了该公司研制的多媒体计算机系统 Amiga 的完整系列产品。

1986 年 3 月,飞利浦(Philips)公司和索尼(Sony)公司共同制定了 CD-I(Compact Disc

Interactive)交互式激光光盘系统标准,使多媒体信息的存储实现规范化和标准化。

1987 年 3 月,RCA 公司制定了 DVI(Digital Video Interactive)技术标准,该技术标准在交互式视频技术方面进行了规范化和标准化,使计算机能够利用激光光盘以 DVI 标准存储静止图像和活动图像,并能存储声音等多种信息模式。

1990 年 11 月,Microsoft(微软)公司和包括飞利浦(Philips)公司在内的一些计算机技术公司成立"多媒体个人计算机市场协会(Multimedia PC Marketing Council)"。

1991 年,多媒体个人计算机市场协会提出 MPC1 标准。

1993 年 5 月,多媒体个人计算机市场协会公布了 MPC2 标准。

1995 年 6 月,多媒体个人计算机工作组公布了 MPC3 标准。

目前,多媒体技术的发展趋势是逐渐把计算机技术、通信技术和大众传播技术融合在一起,建立更广泛意义上的多媒体平台,实现更深层次的技术支持和应用。

1.2.2 多媒体技术的应用领域

随着计算机多媒体技术的蓬勃发展,多媒体技术的应用已经渗透到了人类社会的诸多领域,下面仅简单介绍一些主要应用领域。

1. 娱乐

(1) 电子影集。人们可以自行在多媒体计算机上制作出工作和家庭生活的图片簿——电子影集。这种影集不但记录了美好难忘的瞬间,同时可以将该照片的前后经历,甚至有意义的事件一一记录下来,以供他人欣赏和借鉴,也可以作为自己美好的回忆。

(2) 娱乐游戏。影视作品和游戏产品是家庭娱乐的一个重要方面。随着多媒体技术的不断发展和人们娱乐层次的不断提高,面向家庭娱乐的多媒体软件琳琅满目,价廉物美。音乐、影视、游戏光盘给人们带来娱乐享受的同时,也可启迪儿童的智慧、丰富成年人的精神生活。

(3) 电子旅游。现实的旅游需要足够的时间和费用;而多媒体光盘的出现可以使人们足不出户即可"置身"于自己心中向往的旅游胜地,轻轻松松地"周游世界"。

2. 教育与培训

多媒体技术最有发展前途的应用领域之一就是教育培训。随着多媒体计算机技术的崛起,多媒体信息丰富的表现形式以及传播信息的巨大能力赋予现代化的教育培训以崭新的面目,不仅改变传统的教学思想、教学手段、教学内容和教学过程,而且将引起传统的教学模式和教育体制的根本变革,使教育领域产生一次重大的飞跃。幻灯机、投影机、录音机、录像机、计算机等教学媒体先后运用到了课堂教学中,使教学手段变得灵活多样和丰富多彩,对提高教学质量和效率起到了极大的推动作用。利用多媒体技术编制教学课件或计算机辅助教学软件,不仅可以创造出丰富多彩的教学环境和交互交流的操作方式,而且电子课件和软件易于修改变换。利用教学课件和辅助教学软件进行学习,从学生方面来说,可以充分结合自己的实际情况和爱好有选择性地交互学习,实现不受时间限制的个性化学习。

特别是以互联网为基础的计算机远程教学,更是改变了传统集中式的教学模式,使师生之间可以突破时空的限制,实现信息交流、资源共享。

3. 商业应用

商业的竞争以从单纯的价格竞争,转移到服务的竞争,如何方便用户,更好地为用户服务,让用户满意,是更多商家要解决的问题。

(1)商场导购系统。大型商场中,商家可以利用多媒体技术,开发商场购物导购系统,如顾客有问题可以利用电子触摸屏向计算机咨询,不仅方便快捷,同时给顾客以新鲜感。

(2)电子商场、网上购物。随着网络技术的发展,因特网已走进千家万户,许多商家在网上介绍自己的商品内容、销售价格、服务方式,不仅扩大了商家的知名度,起到广告宣传作用;同时也使那些喜爱上网的顾客足不出户,即可满足逛商场的要求,购买到满意的商品。通过网上购物方式即可购买到所需要的商品。

(3)辅助设计。在建筑领域,通过多媒体技术可将建筑师的设计方案变成完整的模型,让期房客户提前看房;在装饰行业,客户可以将自己的要求告诉装饰公司,公司利用多媒体技术将其方案设计出来,让客户从各个角度欣赏,如不满意可重新设计,直到满意再施工,避免了不必要的劳动和浪费。

4. 网络通信

(1)远程医疗。以多媒体为主体的综合医疗信息系统,可以使医生远在千里之外就可以为病人看病。病人不仅可以身临其境地接受医生的咨询和诊断,还可以从计算机中及时得到处方。对于疑难病例,各路专家还可以联合会诊。这样不仅为危重病人赢得了宝贵的时间,同时也使专家们节约了大量的时间。

(2)视频会议。多媒体视频会议使与会者不仅可以共享图像信息,还可以共享已存储的数据、图形和图像、动画和声音文件。在网上的每一会场,都可以通过窗口建立共享的工作空间,互相通报和传递各种信息,同时也可以对接受的信息进行过滤,并可在会谈中动态地断开和恢复彼此的联系。

5. 办公自动化

办公自动化的主要内容是处理信息,办公系统也可以认为是一种信息系统,多媒体技术在办公自动化中的应用主要体现在声音和图像的信息处理上。

(1)声音信息的应用。一方面是自动语音识别或声音数据的输入,目前通过语音自动识别系统,即可将人的语言转换成相应的文字。另一方面是语音的合成,即给出一段文字后,计算机会自动将其翻译成语音,将其读出来。这一技术被广泛用于文稿校对上。

(2)图像识别。图像识别技术的应用,可以实现手写汉字的自动输入和图像扫描后的自动识别,即通过 OCR 系统,将扫描的图像分别以图形、表格、文字的格式分别存储,供用户使用。

1.3   多媒体信号数字化基础

计算机只能处理二进制的数字信息,而自然界的信息用电信号表达时许多时候其信息形式是模拟信号,这种模拟信号是一种随时间连续变化的电信号。因此,任何自然界的信息在输入计算机时必须进行数字化处理。多媒体信息的数字化是指将自然界各种模拟信息转换成计算机能够处理的数字化信息的过程,它是计算机处理一切信息的必经步骤,也是多媒体技术中的最基本技术。

1.3.1　模拟信号与数字信号

1. 模拟信号

自然界的声音、电话、传真、电视信号等都是模拟信号。它们都是典型的连续信号,信号不仅在时间上是连续的,而且在幅度上也是连续的。在时间上"连续"是指在某个时间范围里每个时刻点都有信号(即信号的"数目"无限多);在幅度上"连续"是指幅度的取值是连续的实数。只要在时间上或者幅度上连续的信号都称为模拟信号。模拟信号可以用一种幅值随时间变化的曲线或离散数据点表示,图 1-1 就是一种模拟信号的表示。其中,图 1-1(a)所示的模拟信号,不仅在时间上连续,而且在幅度上也连续,因此表示信号的数据点无穷多,从而构成了一根连续曲线。而图 1-1(b)所示的信号是对图 1-1(a)所示的模拟信号按一定的时间间隔 T 取样后的取样信号,由于其取样数据点在时间上是离散的(数据点数有限),故叫时间离散信号;但此信号的幅度仍然是连续的(因为取样的幅度数值中存在各种实数,即幅值的"种类"无限多),所以该信号仍然是模拟信号。

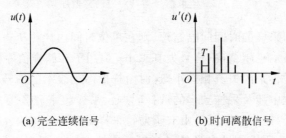

(a) 完全连续信号　　　　(b) 时间离散信号

图 1-1　模拟信号

2. 数字信号

如果把取样后的有限个样本信号幅度值的"种类"再人为加以限定,得到由有限种大小数值组成的信号就称为离散幅度信号。例如,假设取样得到的原始电压信号的值范围是 $0\sim0.7\text{V}$,样本数据的值原来可能是这个范围内的任何实数;如果人为限定样本数据的值只能是 $0,0.1,0.2,\cdots,0.7$,共 8 个值,那么这 8 个值就是一种离散幅度信号。例如,如果取样得到的幅度值是 0.123V,则将其取值用 0.1V 表示,如果取样得到的幅度值是 0.26V,则将其取值用 0.3V 表示,$\cdots$,这种处理叫做量化。取样值经过这样的量化处理后在幅度值上也就只有 $0,0.1,0.2,\cdots,0.7$ 共 8 种可能取值了。通过类似上述的处理后,信号的数值在时间和幅度上都是离散的了。接下来,将有限个数(时间离散)和有限种类(幅值离散)的信号数据转化为二进制编码,就得到了数字信号。换句话说,时间和幅度都离散的信号值之二进制编码称为数字信号。

根据上面模拟信号与数字信号的概念描述,由模拟信号得到数字信号,需要经过三个阶段的处理:首先是取样本值;然后对样本值进行标准化近似处理;最后再将近似处理后的样本值进行二进制编码。用术语称这样的三种处理,就分别是采样、量化、编码。下面对这三种处理分别作进一步详细叙述。

1.3.2　采样

采样(Sampling)也叫取样、抽样,就是每隔一定的时间间隔 T,抽取模拟信号的一个瞬时幅度值(样本值)。如果是每隔相等的时间间隔取样一次,则称为均匀取样(Uniform Sampling);如果取样的时间间隔是变化的,则称为非均匀取样。取样后所得出的一系列在时间上离散的样本值称为样值序列,如图 1-2 所示。取样后得到的样值序列在时间上是离散的。取样的时间间隔 T 称为采样周期(单位:s),采样周期的倒数叫做采样频率 $f_s = 1/T$(单位:Hz)。采样频率表征计算机每秒钟采集多少个信号样本(Sample),比如,若采样周期 $T = 0.01$ 秒,则采样频率 $f_s = 1/0.01s = 100Hz = 0.1kHz$。采样得到的样值序列是原始信号的近似表达,使信号带来一定的失真。

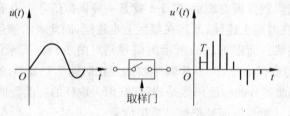

图 1-2　模拟信号与其对应的样值序列

采样频率越高,即采样的时间间隔越短,则在单位时间内计算机得到的信号样本数据就越多,对原始信号的表示也越精确,信号失真越小;但用于存储样值序列的数据量越大。采样频率足够高时,采样带来的失真相当小,这时由样值序列表示的信号可以还原出原来的信号。因此,在采样过程中涉及采样频率的选择问题。采样频率究竟要多高才能使样值序列信号还原出原始信号?这个问题已经由奈奎斯特采样定理得到解决。采样频率的高低要根据奈奎斯特采样定理和原始信号本身的最高频率来决定。根据奈奎斯特(Nyquist)采样定理,只有采样频率高于原始信号最高频率的两倍时,才能把样值序列表示的离散信号还原为原来的信号。奈奎斯特采样定理用公式表示是:$f_s \geqslant 2f_{max}$,其中,f_{max} 为原始模拟信号的最高频率,f_s 为采样频率。因此,奈奎斯特采样定理是选择信号采样频率的理论依据。

例如,一路模拟电话语音信号的频带为 $300 \sim 3400Hz$,因此,$f_{max} = 3400Hz$;则取样频率 f_s 应该满足如下要求:$f_s \geqslant 2 \times 3400 = 6800Hz$。即至少要按 $6800Hz$ 的取样频率对 $300 \sim 3400Hz$ 的电话语音信号取样,这样,取样后的样值序列才可不失真地还原成原来的电话语音信号;实际中,电话语音信号的取样频率通常取 $8000Hz$,即 $8kHz$。要想获得 CD 音质的效果,则要保证采样频率为 $44.1kHz$,也就是要能够捕获频率高达 $22\,050Hz$ 的声音信号。

1.3.3　量化

模拟信号经取样后所得的样值序列虽然在时间上离散,但在幅度上仍然是连续的,即取样值仍可以取连续的实数值,因此仍然属于模拟信号。还必须对时间离散数据用有限数目的幅值表示,才能最终用数码来表示。即利用预先规定的有限个值来近似表示模拟信号取样值的过程称为量化。如在 1.3.1 节中提到的用 $0,0.1,0.2,\cdots,0.7$ 共 8 种值来表示范围在 $0 \sim 0.7V$ 的电压取样值,就是一种量化过程。量化可采用线性量化和非线性量化两种方式。线性量化也叫均匀量化,是较简单的量化方式,就是把原信号的取值范围按等距离分割的量化。其量化间距(台阶)Δ 的大小取决于输入信号的变化范围和量化级数。设信号的最大值为 u_{max},最小值为 u_{min},量化级数为 M,则:

$$\Delta = (u_{\max} - u_{\min})/(M-1)$$

一般情况下，由于 M 远大于 1，因此，常常可以用下式近似计算量化间距：

$$\Delta \approx (u_{\max} - u_{\min})/M$$

量化的结果就是对采样数值实现了限定，量化时一般采用二进制方法，以适应数字电路的需要；因此，量化的同时将考虑样本值的编码位数。量化的过程如下：将整个信号的幅值分布范围 $(u_{\max} - u_{\min})$ 划分为若干个区段（划分为 M 个区段则意味着量化级数为 M），把落入同一区段的采样值归为一类，并赋予相同的量化值（比如该相同的量化值可以采用该区段的中点值）。模拟信号的不同幅度值数字化后将分别对应不同的二进制值，如果用 k 位二进制码组来表示一个样值的大小，由于 k 位二进制码组可以表示 2^k 个不同的数，那么，k 位二进制码组只能表示 $M = 2^k$ 种离散样值。所以，如果每个样本值用 k 位二进制码组表示的话，量化级数 M 就是 2^k。每个样本值在计算机中占用的二进制位数 k 越大，意味着量化级数 $M = 2^k$ 越大，于是量化间距 Δ 越小，进而使采样值用量化值代替后产生的误差也越小（即量化精度越高）。可见，样本量化时采用的二进制位数 k 能决定量化后样本值与原值的接近程度，于是，称样本量化值所占的二进制位数 k 为样本精度。例如，若每个样本值采用 8 位编码表示，则可表示 $2^8 = 256$ 个量化级（即样值序列中只可能有 256 种不同值），样本精度就是 8。实际中，样本值常采用 24 位或 30 位编码。量化后样值的取值种类数就是有限的了。均匀量化原理示意参见图 1-3。

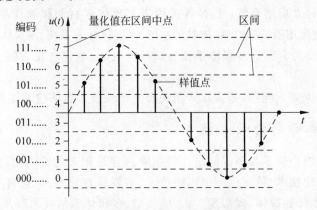

图 1-3　量化和编码原理示意图

量化后的信号是对原来信号的近似，即按量化区段将样值用样值所在区段的中值代替。例如在图 1-3 中，各样值的量化值依次为 4、5、6、7、6、5、4、2、1、0、1、2、4。

1.3.4　编码

取样、量化后的信号其实还不能称作严格的数字信号，需要把它转换成数字编码脉冲，这一过程称为编码。计算机中采用的编码方式是二进制编码。具体说来，就是用 n 比特二进制码来表示一个已经量化了的样值，每个二进制数对应一个量化值，然后把它们排列，得到由二值脉冲组成的数字信息流。这种将模拟信号的量化值用一组二进制数字代码来表示的过程，叫做编码。编码前一般要确定两个因素：

（1）每一个量化值的编码位数（即决定用多少位二进制码来表示一个量化值），它决定了量化的精度。

（2）每一组代码与量化值对应的规则（如常用自然二进制码，即编码值就是量化值所对应的二进制数）。

当编码位数为 k 时，对应的量化值数目为 2^k。图 1-3 显示了采用 3 位编码表示的量化值。编码时采用的二进制位数实际上是由量化级数决定的。

1.4 多媒体研究的主要内容与核心技术

1.4.1 多媒体研究的主要内容

要把一台普通的计算机变成具有多媒体计算功能的计算机，要解决多种媒体的数字化、压缩、通信传输、存储、同步回放等一系列的关键技术问题。综合起来讲，多媒体技术领域要研究的主要内容应当包括如下几个方面。

（1）如何实现多媒体信号数字化与计算机如何获取多媒体信号。

（2）如何实现多媒体数据处理和编码、解码：这里包括多媒体内容的分析，基于内容的多媒体检索，多媒体安全，声音处理、图像处理、视频和动画处理。

（3）多媒体支持环境和网络：包括数据存储，硬件和软件平台、网络技术。服务质量及数据库等。

（4）多媒体工具及应用系统：包括各种用于多媒体素材制作和作品开发的软件工具、编程语言，以及各类应用系统（如多媒体教学系统、多媒体学习系统、多媒体虚拟现实系统等）。

（5）多媒体通信与分布式多媒体系统：如可视电话、电视会议、视频点播、远程医疗会诊等。

如何高效地解决如上问题，是多媒体相关研究领域及多媒体技术课程研究的核心问题。

1.4.2 多媒体研究的核心技术

多媒体研究的核心技术与多媒体研究的主要内容是相关的。因此，多媒体研究的核心技术涉及媒体数字化技术、数据压缩编解码技术、多媒体存储技术、硬件平台、软件平台、多媒体数据库、超文本和超媒体、虚拟现实、人机接口、多媒体通信技术以及分布式多媒体等众多领域。

1. 多媒体数据压缩编解码技术

在多媒体计算机系统中要表示、传输和处理大量的声音、图像甚至影像视频信息，其数据量之大是非常惊人的，加之信息品种多、实时性要求高，给数据的存储和传输以及加工处理均带来了巨大的压力。因此，在采用新技术增加 CPU 处理速度、存储容量和提高通信带宽的同时，还须研究高效的数据压缩编解码技术。

早期的计算机也曾企图综合处理声、文、图，但是不成功，原因就是数据量过大。下面以一幅像素分辨率为 512×512 的静态 RGB 真彩色图像为例，估算一下该图像文件的数据量。一幅 RGB 彩色图像相当于 3 幅等像素的基色图像（红色 R、绿色 G、蓝色 B）的合成，如图 1-4 所示，而每一幅基色图像相当于一幅 8 位灰度图像。每一个像素点的每种基色用 8b 表示，即 R 用 8b（256 级）表示，G 用 8b（256 级）表示，B 用 8b（256 级）表示。因此该彩色图像的数据量为：

$$(512×512×8)×3b＝512×512×3B＝512×512×3/1024KB＝768KB$$

注意：以上计算得到的数据量 768KB 仅仅是这幅彩色图像的图像数据量，如果将这幅图像用一个图像文件直接存储（不压缩），则文件的大小比这个数据还要略大，因为文件中还要包括文件头的信息，文件头信息用来描述文件的格式（或标识文件的类型）。

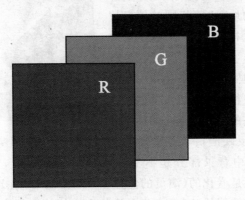

图 1-4　彩色图像的组成

而彩色电视视频是由一帧一帧的静态画面构成的，每一帧相当于一幅静态彩色图像，因此视频的数据量将更大。以下是国内外几种电视制式的一些数据指标：

PAL 制式，是通用于中国大陆与西欧大部分国家（除去法国）的彩色电视信号格式，以交错方式扫描，每秒钟输出 25 帧画面，每帧画面含 625 条水平扫描线，50Hz。

NTSC 制式，美国、日本等国采用，每秒钟输出 30 帧画面，每帧画面含 525 条水平扫描线，60Hz。

SECAM 制式，通用于法国、中东和多数东欧国家，25 帧/秒，625 线/帧，50Hz。

以 PAL 制的 25 帧/秒为例，假定每一帧的真彩色图像大小为 512×512 像素，则视频每秒钟的数据量为：768KB×25/s＝19 200KB/s ＝18.75MB/s（兆字节/秒）。

过去，计算机的总线为 ISA（字长 16 位＝2 字节），ISA 总线时钟的最大频率为 8MHz（兆赫兹），1MHz＝1000kHz ＝1 000 000Hz，频率为 8MHz 表示每秒产生 8 000 000 次脉冲，每次脉冲传送 1 个字。因此，ISA 总线的数据传输率最大为 2B×8 000 000/秒＜16MB/s，16MB/s 的结果是按照工业近似计算方法（即 1MB≈1000KB，1KB≈1000B）换算得到的；如果按 1024 换算，结果大约是 15.26MB/s。把数据率为 18.75MB/s 的视频流经过传输率小于 16MB/s 的 ISA 总线送到计算机的硬盘几乎是不可能的。

再以陆地卫星为例估算其传送的图像数据量，其传送的图像水平、垂直分辨率分别为 2340 和 3240，以 4 波段同时采样，像素点样本的采样精度为 7 位，它的一幅图像的数据量为 2340×3240×7×4b≈25.31MB；按每天传送 30 幅图像计，每天传送的数据量为 25.31MB×30＝759.3MB；每年的数据量高达 759.3MB×365≈270.65GB。

如此大的数据量，单纯依靠扩大存储容量，增加通信干线的传输率是不现实的，而数据压缩是行之有效的方法。

MPEG1 曾经是 VCD 的主要压缩标准，可适用于不同带宽的设备，MPEG-1 的固定传输率为 1.5Mb/s，相当于 0.1875MB/s 的传输速率，可以把通过 MPEG-1 压缩后的这个数据传输率的视频流传输到计算机并存储。

那么，如何压缩视频数据呢？基本思想有二：一是帧内压缩；二是帧间压缩。帧内压缩的基本原理大体如下：一幅图像往往存在许多颜色相同的块，例如，在图 1-5 所示的图像中，背景部分就存在很多颜色相同的块，这些相同的信息块完全可以只传送一份，这样就减少了许多冗余信息。

帧间压缩的基本原理概述如下：视频中相邻的连续帧图像中的内容往往存在高度的相关性，即相邻图像中多数部分块的内容相同，只有少量的部分块有变化。例如，反映演员在一个固定背景舞台上表演的视频，其中背景部分是不变的，

图 1-5　一幅图像存在许多颜色相同的块

只是演员人体部分的信息是变化的（演员的位置在不断变化）。图 1-6 所示的图片就是一个视频节目的 6 个连续相邻帧图片，可见这些图片的内容相关性很高。由于多个帧中不变化的部分具有相同的信息，可以只传送一次；而变化的部分，也只要传输前一帧的信息，再传送一个运动矢量即可。所谓运动矢量，通俗点讲可以这样描述：运动矢量是描述前后两帧中内容相同的对应小块在帧内位置发生变化的一个量，从小块前一帧所在位置到后一帧所在位置所画的一根带箭头的线就是运动矢量。如果多个帧中存在对应块，这些对应块内容是相同的，只是在帧内的相对位置有所变化，因此只要已知运动矢量，就可以计算出对应块在其他帧中的位置，而运动矢量包含的数据量远远小于图像块本身的数据量，因此传送运动矢量比传送图像块本身减少了传输的数据量，从而达到数据压缩的目的。

图 1-6　视频中连续相邻帧图像的相似性

2. 多媒体数据存储技术

随着多媒体与计算机技术的发展，多媒体数据量越来越大，对存储设备的要求越来越高。因此，高效快速的存储设备是多媒体技术得以应用的基本部件之一。

3. 多媒体数据库技术

多媒体数据库是一个由若干多媒体对象所构成的集合,这些数据对象按一定的方式被组织在一起,可为其他应用所共享。多媒体数据库管理系统则负责完成对多媒体数据库的各种操作和管理功能,包括对数据库的定义、操纵和控制等这样一些传统数据库功能。此外,还必须解决一些新的问题,如海量数据的存储功能、信息提取功能等。

多媒体数据库要研究的内容主要有:多媒体数据模型、体系结构、时空编组和数据模拟、查询处理、用户接口技术等。一般可从以下三个方面进行:

(1) 对现有的关系数据库模型进行扩充;

(2) 研究面向对象数据库等适应多媒体数据的新型数据库;

(3) 研究超文本/超媒体模型数据库。

4. 超文本和超媒体技术

超文本和超媒体技术是一种模拟人脑的联想记忆方式,把一些信息块按照需要用一定的逻辑顺序链接成非线性网状结构的信息管理技术。超文本技术以节点作为基本单位,这种节点要比字符高出一个层次。由链把节点链接成网状结构,即非线性文本结构。这种已组织成网的信息网络即是超文本。

5. 智能多媒体技术

智能多媒体是一种更加拟人化的高级智能计算技术。多媒体技术的进一步发展迫切需要引入人工智能,要利用多媒体技术解决计算机视觉和听觉方面的问题,必须引入知识,这必然要引入人工智能的概念、方法和技术。

6. 多媒体信息检索技术

多媒体信息检索是根据用户的要求,对图形、图像、文本、声音、动画和视频等多媒体信息进行检索,以得到用户所需的信息。

多媒体信息检索系统有着广阔的应用前景,它将广泛地应用于电子会议、远程教学、远程医疗、电子图书馆、艺术收藏和博物馆管理、地理信息系统、遥感和地球资源管理、计算机支持协同工作等领域。

7. 虚拟现实技术(VR)

虚拟现实技术,也称"虚拟环境"或"临境"技术,就是采用计算机多媒体技术生成一个逼真的、具有临场感觉的环境,是一种全新的人机交互系统。

虚拟现实技术可广泛地应用于模拟训练、科学可视化、军事演习、航天仿真、娱乐、设计与规划、教育与培训、商业等领域,是目前和今后若干年中十分活跃的技术。

8. 人机交互技术(HCI)

人和计算机之间的交互是目前研究最多的问题之一。计算机能处理和表现越来越多的信息,因此人和计算机之间的交互便显得日益重要。人与计算机之间的信息交流有四种不同的形式,即人-人(通过计算机)、人-机、机-人和机-机。

9. 多媒体网络与通信技术

传统的电信业务如电话、传真等通信方式已不能适应社会的需要,迫切要求通信与多媒体技术相结合,为人们提供更加高效和快捷的沟通途径,如提供多媒体电子邮件、视频会议、远程交互式教学系统、视频点播等新型的服务。

多媒体技术基础知识

10. 分布式多媒体技术

分布式多媒体技术是多媒体技术、网络通信技术、分布式处理技术、人机交互技术、人工智能技术和社会学等多种技术的集成。

分布式多媒体技术具有广泛的应用,其应用领域包括计算机支持协同工作(CSCW)、远程教育、远程会议、分布式多媒体信息点播、分布式多媒体办公自动化、Internet/Intranet 中的分布式多媒体应用和移动式多媒体系统等。其中,CSCW 是其主要应用领域之一,主要的 CSCW 应用系统有消息系统、会议系统、合著与讨论系统等,具有分布式、信息共享、多用户界面、连接协调等特征。

习　题　1

1-1　单项选择题

1. 下列选项中,不属于感觉媒体的是(　　)。
   A. 图像　　　　　B. 香味　　　　　C. 鸟声　　　　　D. 字符 ASCII 码

2. 下列选项中,属于表示媒体的是(　　)。
   A. 照片　　　　　B. 条形码　　　　C. 纸张　　　　　D. 显示器

3. 下列选项中,属于显示媒体的是(　　)。
   A. 图片　　　　　B. 扬声器　　　　C. 声音　　　　　D. 语言编码

4. 下列选项中,属于存储媒体的是(　　)。
   A. 磁带　　　　　B. 照片　　　　　C. 显示器　　　　D. 打印机

5. 下列选项中,属于传输媒体的是(　　)。
   A. 光盘　　　　　B. 照片　　　　　C. 光缆　　　　　D. 键盘

6. 能直接作用于人们的感觉器官,从而能使人产生直接感觉的媒体是(　　)。
   A. 感觉媒体　　　B. 表示媒体　　　C. 显示媒体　　　D. 传输媒体

7. 为了传送感觉媒体而人为研究出来的媒体称为(　　)。
   A. 感觉媒体　　　B. 表示媒体　　　C. 显示媒体　　　D. 传输媒体

8. 语言编码、电报码、条形码和乐谱属于(　　)。
   A. 感觉媒体　　　B. 表示媒体　　　C. 显示媒体　　　D. 传输媒体

9. 下列选项中,不属于多媒体的基本特征的是(　　)。
   A. 多维性或多样性　　　　　　　B. 交互性
   C. 集成性　　　　　　　　　　　D. 主动性

10. 下列选项中,属于数字信号的是(　　)。
    A. 胶卷上记录的照片　　　　　　B. 电话线中传输的声音信号
    C. 录音磁带上记录的声音　　　　D. 计算机中的图片文件

11. 关于模拟信号采样的下列说法中,错误的是(　　)。
    A. 采样周期与采样频率呈反比关系
    B. 采样频率大于等于信号最高频率的 2 倍时才能使数字信号还原出原来的信号
    C. 采样频率越大,样本信号的数据量也越大
    D. 采样后使得信号在时间上是离散的

12. 关于模拟信号量化的下列说法中,错误的是(　　　)。

    A. 量化是对样本信号的幅值进行限制

    B. 量化使得样本信号与原始样本信号出现差别

    C. 量化时选定的量化级数越大,则量化带来的信号误差越小

    D. 量化后的样本信号都小于原始样本信号

13. 关于模拟信号数字化过程中编码的下列说法中,错误的是(　　　)。

    A. 样本信号的编码就是样本信号值对应的二进制数值

    B. 编码实际上是对量化后的样本信号进行二进制化处理

    C. 编码时采用的二进制位数实际上是由量化级数决定的

    D. 编码就是用 n 比特二进制码来表示一个已经量化了的样值

14. 关于下列媒体数据量的说法中,错误的是(　　　)。

    A. 像素分辨率相同的 RGB 真彩色图像的数据量是 8 位灰度图像的 3 倍

    B. PAL 制式电视每秒钟输出的图像数据量相当于 25 幅等大的静态图片数据量

    C. 一幅 256×256 像素的 8 位灰度图像的图像数据量为 64KB。

    D. 一幅 256×256 像素的 24 位 RGB 彩色图像的文件大小为 192KB。

15. 一图像的像素大小为 256×256,图像深度为 8 位,则该图像文件大小(　　　)。

    A. 为 65.536KB   B. 为 64KB

    C. 比 64KB 略大   D. 比 65.536KB 略大

1-2　填空题

1. 直接作用于人们的感觉器官,使人能直接产生感觉的自然种类信息叫做(　　　)。

2. 为了存储、传送感觉媒体而人为地研究出来的定义信息特性的数据类型叫做(　　　),它们是用于数据交换的(　　　),用信息的计算机内部编码表示。

3. 在通信中使电信号与感觉媒体之间进行转换而使用的媒体叫做(　　　),它们是人们再现信息的物理工具和设备(　　　),或者获取信息的工具和设备(　　　)。

4. 在绝大多数场合,多媒体是指(　　　),即它一般不是指多种媒体本身,而主要是指处理和应用的一整套(　　　)。

5. 多媒体技术的多维性是指多媒体技术具有(　　　)的多种感知形式和(　　　)的多样化两方面特性。

6. 多媒体技术的集成性一方面指多媒体技术是多种(　　　)的集成;其二,多媒体技术是多种(　　　)设备的集成;第三,多媒体技术是多种(　　　)的系统集成。

7. 多媒体技术的交互性是指用户可以与计算机实现复合媒体处理的(　　　)性。

8. 1984 年,美国 Apple(苹果)公司开创了用计算机进行(　　　)的先河。

9. 目前,多媒体技术的发展趋势是逐渐把计算机技术、(　　　)和(　　　)融合在一起,建立更广泛意义上的多媒体平台,实现更深层次的技术支持和应用。

10. 模拟信号或者在(　　　)上是连续的,或者在(　　　)上是连续的。而数字信号的数值在时间和幅度上都是(　　　)的。

11. 如果信号的采样时间间隔 T 为常数,则该采样称为(　　　)采样;如果采样时间间隔 T 不为常数,则该采样称为(　　　)采样;如果采样时间间隔 T 为常数 0.05 秒,则该采样频率是(　　　)Hz。

12. 如果信号样本在量化时选定的编码位数为 8,则该信号的量化值中共有( )种编码值;如果该信号的最小值与最大值的差是 128,采用均匀量化,则用近似计算公式计算得到的量化间距为( )。

13. 编码前一般要确定两个因素,其一是每一个量化值的( ),它决定了量化的精度;其二是每一组代码与量化值( )。

14. 多媒体研究的核心技术中,位居首位的技术是多媒体数据( )。视频数据压缩的基本思路有二,其一是( ),其二是( );前者的策略是对相同的信息块只( ),这样就减少了许多冗余信息,后者的策略是对变化的部分传送一个( )。

15. 一幅像素分辨率为 512×256 的静态 RGB 真彩色图像的数据量为( )KB,相当于( )MB。

1-3 思考题

1. 什么是多媒体技术? 它有哪些主要特性?

2. 简述多媒体技术研究的主要内容有哪些?

3. 什么是模拟信号? 什么是数字信号? 模拟信号如何转化为数字信号?

4. 对模拟信号采样的目的是什么? 对采样信号量化的目的是什么? 对量化信号进行编码的目的是什么?

5. 什么是多媒体信息检索技术? 多媒体信息检索技术有哪些应用场合?

第2章 音频处理技术

声音是人们用来传递信息的最方便、最直接和最常用的媒体,也是多媒体信息的一个重要组成部分。在多媒体系统中声音是必不可少的,因为声音会使视频图像更具有真实性,使静态图像变得更加丰富多彩,如果没有声音,再精彩的视频图像也会黯然失色。本章主要介绍声音媒体的有关概念、声音的数字化过程、常见声音文件的格式以及音频处理软件 Gold Wave 的功能和使用方法。

2.1 音频基础知识

2.1.1 声音概述

音频是多媒体系统中使用较多的信息,人们可以将音频输入到计算机,同时计算机也可以输出音频。在多媒体计算机系统中,处理音频信息的硬件是音频卡(又叫声音卡),简称声卡。声卡是多媒体计算机系统中不可或缺的重要组成部分。原始的一些声音素材往往达不到音频处理的要求,因此要对声音素材进行编辑处理。目前,有很多各种各样的音频编辑软件,这些软件一般都具有比较友好的界面,使人们使用起来非常方便。

声音是通过传播媒体传播的一种连续的波,叫声波。空气是最常见的声音传播媒体,不存在任何媒体的真空是不能传播声音的。在自然界中,一切能够发出声音的物体都叫做声源,声音就是由于声源的振动而压迫空气所产生的一种声波。声波传入人耳中,刺激耳膜,使耳膜产生电信号,电信号刺激人脑的听觉神经,从而使人能够感受到声音的存在。声音的强弱体现在声波压力的大小上,音调的高低体现在声音的频率上。

声源产生的声波是一种模拟信号,可以用波形表示,波形也可以近似看做是逐渐衰减的正弦曲线。声音的模拟波形曲线有三个要素:基线、周期和振幅。其中,基线是波形曲线中最高点和最低点之间的平均线;振幅表示了声音的大小,振幅越大,声音音量越大;周期是波形中两个相邻波峰之间的距离,即完成一次振动过程所需要的时间,体现于振动进行的速度,而平均每秒钟出现的周期个数为频率。在实际生活中,声音是混杂的,是由许多不同频率的波合成的复合波。声音的频率范围称为声音的带宽,人耳只能感觉到频率为 20Hz～20kHz 的声音,低于 20Hz 或者高于 20kHz 的声音都不能为人耳所听到。可听声包括:

(1) 话音(也称语音),即人的说话声,频率范围通常为 300～3400Hz。

(2) 音乐,即由乐器演奏形成(是规范的符号化声音)。其带宽可达到 20Hz～20kHz。

(3) 其他声音,如风声、雨声、鸟鸣声、汽车鸣笛声等,它们起着效果声或噪声的作用,其带宽范围也是 20Hz～20kHz。

2.1.2 音频参数与声音特性

决定声音特性的主要参数有振幅、周期和频率,下面分别介绍这三个重要指标。

(1) 振幅(Amplitude)。波的高低幅度,表示声音的强弱,常用 A 表示。

(2) 周期(Period)。两个相邻的波之间的时间长度,常用 T 表示,以秒(s)为单位。

(3) 频率(Frequency)。每秒钟振动的次数,常用 f 表示,以 Hz 为单位,$1\text{Hz}=1/$秒。频率与周期具有互为倒数的关系。

在任一时刻,模拟声波信号曲线都可以分解为一系列正弦波的线性叠加,如果用数学公式描述声波,声波的幅值是一个随时间 t 变化的函数 $A(t)$,根据傅里叶变换原理,任何函数都可以展开为不同频率的正弦或余弦周期函数的和,因此 $A(t)$ 可以表示为类似如下形式的展开公式:

$$A(t) = A_1\sin(\bar{\omega}_0 t) + A_2\sin(2\bar{\omega}_0 t) + A_3\sin(3\bar{\omega}_0 t) + \cdots \tag{2-1}$$

在声音信号展开公式(2-1)中,频率为 $\bar{\omega}_0$ 的分量 $A_1\sin(\bar{\omega}_0 t)$ 叫做基波,$\bar{\omega}_0$ 称为基频;频率为 $n\bar{\omega}_0$ 的分量 $A_n\sin(n\bar{\omega}_0 t)$ 叫做 n 次谐波,谐波在音乐学科中叫做泛音。A_1 是基波的振幅,而 A_n 是 n 次谐波分量的振幅。注意这里的 $\bar{\omega}_0$ 是角频率,角频率 $\bar{\omega}_0$ 与频率 f_0 的关系是:$\bar{\omega}_0 = 2\pi f_0$,或 $f_0 = \bar{\omega}_0/2\pi$。

从听觉角度看,声音具有音调、音色和响度三个要素。

(1) 音调。在物理学中,把声音的高低叫做音调。音调与声音的频率有关,声源振动的频率越高,声音的音调就越高;声源振动的频率越低,声音的音调就越低。通常把音调高的声音叫做高音,音调低的声音叫低音。实际上,一种声音的音调主要决定于该声音的基频。

(2) 音色。表示人耳对声音质量的感觉,又称音品,是由混入声音中谐波(泛音)所决定的,高次谐波越丰富,音色就越有明亮感和穿透力。不同的谐波具有不同的振动频率和振幅,由此产生各种音色效果。

如果声音信号中只存在一种频率的分量,即公式(2-1)中只有第一项,这样的声音叫做纯音;反之,当声音信号中存在多种频率分量的泛音时,称这样的声音为复音。一定频率的纯音不存在音色问题,音色是复音主观属性的反映。音色是在听觉上区别具有同样响度和音调的两个声音差别的特征,声音的音色主要由其谐音的多寡、各谐音的特性(如频率分布、相对强度等)所决定。音乐声音中的泛音越多,听起来就越好听。低音丰富,给人们以深沉有力的感觉,高音丰富给人们以活泼愉悦的感觉。所以不同的乐器,演奏同样的曲子,即使响度和音调相同,听起来也会不一样,胡琴的声音柔弱,笛子的声音清脆,小提琴的声音优美,小号的声音激昂,就是由于它们的音色不同。每个人的声音都有独特的音色,所以人们能从电话、广播的声音中辨认出是哪位熟人。

(3) 响度。响度即声音的响亮程度,也就是人们通常说的声音的强弱或大、小,重、轻,与振幅有关,取决于声波信号的强弱程度。它是人耳对声音强弱的主观评价尺度之一。人耳在辨别声音的能力方面,只有在音强适中时才最灵敏。由于人的听觉响应与声音信号强度不是呈线性关系,因此一般用声音信号幅度取对数后再乘 20 所得值来描述响度,以分贝(dB)为单位,此时成为音量。

通常,按人们听觉的频率范围可将声音分为次声波、超声波和音频三类。

(1) 次声波:频率低于 20Hz 的信号,也称为亚音频。

（2）超声波：频率高于 20kHz 的信号，也称为超音频。

（3）音频：频率范围是 20Hz～20kHz 的声音信号，即在次声波和超声波之间的声波是音频，是人耳能听到的声音信号，即属于多媒体音频信息范畴。

虽然人耳对声音频率的感觉是从最低的 20Hz 到最高的 20kHz，但人的语音频率范围则集中在 80Hz～12kHz 之间，不同频段的声音对人的感受是不同的，具体情况如下：

- 20～60Hz 部分。这一频段能提升音乐强有力的感觉，给人以很响的感觉，如雷声。如果提升过高，则又会浑浊不清，造成清晰度不佳，特别是低频响应差和低频过重的音响设备。

- 60～250Hz 部分。这一频段是音乐的低频结构，它们包含了节奏部分的基础音，包括基音、节奏音的主音。它和高中音的比例构成了音色结构的平衡特性。提升这一段，可使声音丰满，过度提升会发出隆隆声，衰减此频段和高中音段会使声音单薄。

- 250Hz～4kHz 部分。这一频段包含了大多数乐器的低频谐波，同时影响人声和乐器等声音的清晰度，调整时要配合前面低音的设置，否则音质会变得很沉闷。如果提升过多声音像电话里的声音；如把 600Hz 和 1kHz 过度提升会使声音像喇叭的声音；如把 3kHz 提升过多会掩蔽说话的识别音，即口齿不清，并使唇音"m、b、v"难以分辨；如把 1kHz 和 3kHz 过度提升会使声音具有金属感。由于人耳对这一频段比较敏感，通常不调节这一段，过度提升这一段会使听觉疲劳。

- 4～5kHz 部分。这是影响临场感（距离感）的频段。提升这一频段，使人感觉声源与听者的距离显得稍近了一些；衰减则会使声音的距离感变远；如果在 5kHz 左右提升 6dB，则会使整个混合声音的声功率提升 3dB。

- 6～16kHz 部分。这一频段控制着音色的明亮度、宏亮度和清晰度。一般来说提升这一部分使声音洪亮，但不清晰，还可能会引起齿音过重；衰减这部分使声音变得清晰，可是音质又略显单薄。该频段适合还原人声。

声音信号所占用的频率范围叫做频带宽度，简称带宽。声音的质量与它所占用的频带宽度有关，频带越宽，信号强度的相对变化范围就越大，音响效果也就越好。按照带宽可将声音质量分为典型的四级，四级音频的带宽如图 2-1 所示。在这四级质量中，以 CD 的声音质量等级最高、音质最好，其次是调频（FM）广播，最差是电话语音。

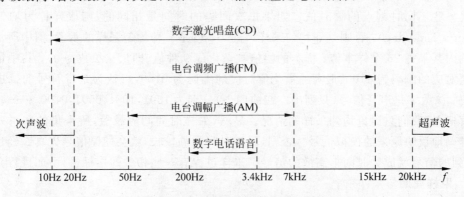

图 2-1　典型声波的频率范围示意图

2.2 声音的数字化

自然界中的声音是典型的连续信号,不仅在时间上是连续的,而且在空间上也是连续的。在时间上"连续"是指在一个指定的时间范围中声音信号的幅度有无穷多个,在幅度上"连续"是指幅度的数值有无穷多种。我们把时间上和(或)幅度上连续的信号称为模拟信号。同样,在时间和幅度上都用离散的二进制编码表示的信号就称为数字信号。计算机只能处理离散的数字信号。因此要想使计算机能够对音频信息进行处理,则首先需要将模拟信号转化为数字信号。然后计算机才能够对声音进行处理,这种转换就是模数(Analog/Digital,A/D)转换。声音经过 A/D 转换后得到的数字信号由计算机进行处理,处理完之后再进行 D/A 转换,还原成模拟信号,经过放大输出到音响,变成人耳可以听到的声音。

与其他任何信号的计算机处理步骤一样,声音进入计算机的第一步就是数字化,即从模拟信号到数字信号的转换,转换过程中包括采样、量化、编码三个步骤。经过数字化处理之后的数字信息就可以像其他诸如文字信息一样能够进行存储、编辑及加工处理了。声音信号的数字化过程如图 2-2 所示。对同一音频信号采用不同的采样、量化和编码方式就可形成多种形式的数字音频。

图 2-2 声音信号的数字化过程

声音信号的数字化需要解决两个问题:

(1) 每秒钟需要采集多少个声音样本,即采样频率(f_s)是多少;

(2) 每个声音样本占的二进制存储位数(bit per sample)应该是多少,即量化精度是多少。

2.2.1 声音采样

在声音的数字化过程中,最重要的就是采样(也叫取样),通过采样实现连续时间的离散化。所谓采样(Sampling)或取样就是每隔一小段时间抽取模拟信号的一个样本值,各个样本值是一些不同时刻点的瞬时值。如果每次间隔的时间是相同的,则取样称为均匀采样(Uniform Sampling);否则是非均匀采样。图 2-3 就是一种均匀采样的示意,图中所示的时间范围内共采得 26 个样本值;样本的幅值被量化成 9 种值(即量化级数为 9);其中最小的量化值对应的编码为 1100、最大的量化值对应的编码为 0100,可认为是带符号的二进制整数编码;该数字化声音信号(只列出左起前四个)分别为 1001,1001,0001,0100、……。为易于理解概念,我们只讨论均匀采样的情况。显然,采样时间间隔越短,所采集的一系列值就越能准确地反映原来的模拟信号。否则,采样时间间隔较长,就会使原信号失真。经过采样后,得到的信号就成为时间上离散的信号。采样过程有一些相关的指标量,下面进行介绍。

1. 采样周期与采样频率

均匀采样的固定时间间隔 T 称作采样周期,单位用秒(s)表示。采样频率(Sampling frequency)是指在一秒钟的时间内采样的次数,因此,采样频率是采样周期的倒数。若用

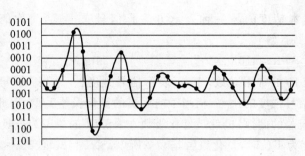

图 2-3 对声音信号的采样

f_s 表示采样频率，T 表示采样周期，则 $f_s=1/T$。采样频率的单位是 1/秒，称作赫兹（Hz）。采样频率越高，声音的保真性就越高；但是产生的数据量就越大，所占的存储空间就越大。

奈奎斯特（Nyquist）采样定理认为：为了使信号被采样后能够不失真地还原，采样频率必须不小于输入信号最高频率的 2 倍，这叫做无损数字化（Lossless Digitization）。也可以这样理解奈奎斯特采样定理：声音可以看做是由许许多多的正弦波组成的，一个振幅为 A、频率为 f 的正弦波至少需要两个采样样本表示（即 1 个周期的波形至少需要两个采样样本表示）；因此，如果一个信号中的最高频率为 1，则采样频率最低要选 2。例如，电话语音的信号频率约为 3.4kHz，采样频率就选 8kHz。众所周知，正常人听觉的频率范围大约为20Hz～20kHz，根据奈奎斯特采样定理，为了保证声音不失真，采样频率应该在 40kHz 左右。此外，为了避免高于 20kHz 的信号干扰，人们在进行采样之前，需要对输入的声音信号进行滤波。

音频采样频率的常见标准有 8kHz、11.025kHz、22.05kHz、16kHz、37.8kHz、44.1kHz、48kHz 等，如果采用更高的采样频率，则可以达到 DVD 的音质。

2. 样本大小与样本精度

样本大小是每个声音样本在计算机中存储时占的二进制位数，单位用 bps（即 b/s）来表示。注意，这里的 bps 是 bit per sample 三单词的首字母，其中的 s 代表 sample（样本），而不是代表 second（秒），不要跟表示数据率的单位 bps（bit per second）混淆。样本大小取多少实际上取决于对信号量化时所采用的量化值数（又称量化级数），量化值数越多，越能反映音量不同的声音。如量化成 256 级（对应 256 种幅值），样本量化信号可精确到输入样本的1/256，在计算机中存储一个样本信号就需要 8 个二进制位（$2^8=256$），即样本大小为 8 位。而如果每个样本量化信号用 16 位表示（即样本大小为 16 位）的话，由于 16 位能表示 65 536种不同幅值（$2^{16}=65\,536$），样本量化信号就可精确到输入样本信号的 1/65 536。一般地，量化一个样本信号用 n 位，相应量化级数为 2^n，则样本量化信号的精确度可达 $1/2^n$。即 1 个单位大小的信号，最多引起 $1/2^n$ 数量级的量化误差，与这个量化误差数量级相当的信号强度叫做量化噪声强度。可见，每个样本所占二进制位数越多，得到的数字化信号精度越高（即声音质量越高，量化噪声强度越低），但所需存储空间越大；每个样本所占二进制位数越少，得到的数字化信号精度越低（即声音质量越低，量化噪声强度越高），而所需存储空间越小。因此，人们常把存储一个样本信号所需的二进制位数叫做样本精度，也叫样本位数、位深。

量化时带来的样本值与原始样本值之间的差别叫做量化误差；量化误差表现为一种噪

声,称量化噪声。样本精度的另一种表示方法是信号噪声比,简称信噪比(Signal-Noise ratio,SNR),并用下式计算:

$$SNR = 10\lg[(V_{signal}/V_{noise})^2] = 20\lg(V_{signal}/V_{noise}) \qquad (2\text{-}2)$$

其中,lg 是取底数为 10 的常用对数;V_{signal} 表示信号强度;V_{noise} 表示噪声强度;V_{noise}/V_{signal} 是量化噪声强度与信号强度的比率,相当于前面讲的量化误差 $1/2^n$,因此 V_{signal}/V_{noise} 实际上就等于前述的量化误差的倒数,也就是量化级数 2^n;SNR 的单位是分贝(dB)。

例如:样本精度为 1 位时,量化级数是 2^1;所以,SNR $= 20\lg(2^1) \approx 6$ 分贝。

又例如:样本精度为 16 位时,量化级数是 2^{16};所以,SNR $= 20\lg(2^{16}) \approx 96$ 分贝。

3. 声道数

声道数是指声音通道的个数,即一次采样的声音波形的个数。单声道一次采样一个声音波形;双声道则被人们称为"立体声",一次采样两个声音波形。除单声道和立体声外,目前经常使用的声道数还有 4 声道、4.1 声道和 5.1 声道。双声道比单声道多一倍的数据量,多声道的数据量则更大。

2.2.2　音频信号的量化

采样得到的数据是一些离散时间点的样本值,由于检测器的灵敏度和计算机存储一个数所用的二进制位数有限,又由于传输过程中噪声的干扰,所以没有必要存储和传输一个个样本值的准确大小,只需要将这些离散值用若干二进制数表示即可。这一过程叫做量化。

量化是将采样所得到的信号的振幅用一组二进制脉冲序列表示,即按照容许的误差将样本大小进行量化分层近似表示。离散化的数据经过量化后变成用限定的一些数表示(这些限定的所谓标准数最后在编码阶段变成二进制编码),故量化时一般会损失一些精度,这主要是因为计算机只能表示有限的数值。例如,用 8 位的二进制表示一个样本值,只能表示出 2^8 个等级。同理,如果使用 16 位二进制,就能表示出 65 536 个量化等级。量化等级对应的二进制数位称为量化位数,也称量化精度(Resolution)。量化精度是指表示每个采样点数据所用的二进制数据位数,例如,256 个量化等级的量化精度就是 8 位。不同的位数决定了不同的音质,位数越多,精度越高,对原始波形的表示就越精确,音质就越好,但相应的数据量就会变大。例如,16 位精度音质要好于 8 位精度的音质,但是数据量就会增加一倍。一般来说,人的讲话内容采用 8 位的量化精度,11.025kHz 的采样频率即可。

如上所述用均匀间隔量化的方法,称为均匀量化或线性量化。线性量化(Linear Quantization)就是将模拟音频信号所代表的连续范围分成一段一段的区间(Interval),每一段区间定义一个数字化的值。区间的数目与采样的大小有关,例如,有一种最简单量化方法称为"线性量化法",这种量化法采用等距离的间隔空间。相反,如果小信号量化级间宽度小一些,而大信号量化级间宽度大些的话,这样的量化方法就是"非线性量化法"(Nonlinear Quantization),这种量化法采用不同的间隔空间。通常,如果使用同样的采样大小,则非线性量化法会比线性量化法得到更好的音质。但是如果是要对声音做滤波(Filtered)或一些运算的时候,使用线性量化法会比较容易处理。数字电视信号大多使用非线性量化的方式。

2.2.3　音频信号的编码

经过采样与量化后的信号还不是数字信号,需要把它转化为二进制的数字信号脉冲,这一过程称为编码。具体说来,就是用 n 比特二进制码表示一个已经量化了的样值,每个二进制数对应一个量化值,然后把它们排列,得到由二值脉冲组成的数字信息流。这种将模拟音频信号的量化值用一组二进制数字代码表示的过程,叫做音频信号编码。在实际过程中,量化和编码是同时进行的。量化和编码时一般要确定两个因素:

（1）每一个量化值的编码位数(即决定用多少位二进制码表示一个量化值),它决定了量化的精度。

（2）每一组代码与量化值对应的规则(如常用自然二进制码,即编码值就是量化值所对应的二进制数)。

当编码位数为 k 时,对应的量化值数目为 2^k。

2.2.4 音质与数据量

数字化声音的质量主要取决于取样频率和样本精度(即量化位数),与两者成正比关系。声音的数据率是指 1 秒钟的声音信号所包含的数据量,常用单位有比特/秒(b/s)、字节/秒(B/s)、千字节/秒(KB/s)。声音质量越高,则其数据率越大;反之亦然。声音的数据率可用下列公式计算:

$$声音数据率(B/s)=采样频率(Hz)×量化位数(b)×声道数/8 \qquad (2-3)$$

例如,对于采样频率为 8kHz、量化位数为 8b 的电话音质,其声音的数据率为:

$$声音数据率=(8×1000)×8×1/8(B/s)=8000B/s≈8(KB/s)$$

上述计算中,最后一步采用了工业近似:1KB≈1000B(工业上常常是这样计算的),而 1B=8b。

利用数据率公式,还可估算一定时长(秒)某种音质的音频数据量,公式是:

$$声音数据量 =（采样频率×量化位数×声道数×声音持续时间)/8 \qquad (2-4a)$$
$$声音数据量 = 声音数据率×声音持续时间 \qquad (2-4b)$$

在公式(2-4)中,采样频率的单位用 Hz,量化位数(即样本精度)单位用 b,时间的单位用 s;声音数据率的单位是 B/s,声音数据量的单位是 B(字节)。

例如,估算下列 CD 音质的声音文件的大小:采样频率 44.1kHz,量化位数为 16 位(即样本精度=16bps),立体声(即声道数=2),录音时间为 10s。

根据计算公式,声音数据量=(44.1×1000)×16×2×10(b)≈1764(KB)。

为何称估算? 一是上述计算中采用了字节单位换算的工业近似(精确换算结果应为 1722.66KB);二是在计算机中存储的文件包含声音数据量和表征文件格式的文件头信息;所以在计算机中查看到的文件大小将比精确的文件数据量 1722.66KB 略大。

由此可知,一个小时 CD 格式的音乐数据大约需要的存储空间为:176.4KB/s×3600s= 635 040KB≈635.040MB。

由计算结果看出,音频文件的数据量是比较大的,在存储和传输时,为了节省存储空间,通常采用两种方式进行处理。一种是在保证基本音质的前提下,采用稍低一些的采样频率。一般而言,在要求不高的场合,人的语音采用 11.025kHz 的采样频率、8b 量化位数、单声道声波的规格已经足够;如果是乐曲,22.05kHz 的采样频率、8b 量化位数、立体声形式的规格已能满足一般播放场合的需要。另一种降低数据量的方法是采用数据压缩的方法,在降低数据量的同时保证较高的音质,这也是人们经常使用的方式。

根据声音的频带,通常把声音的质量分成五个等级,由低到高分别是电话(Telephone)、调幅(Amplitude Modulation,AM)广播、调频(Frequency Modulation,FM)广播、激光唱盘(CD-Audio)和数字录音带(Digital Audio Tape,DAT)的声音。在这五个等级中,使用的采样频率、量化位数(样本精度)、声道数和数据率如表2-1所示。其中,字节数换算为千字节数采用工业近似。

表 2-1   声音质量和数据率

声音质量	采样频率/kHz	量化位数/b	声道数(1 或 2)	压缩前数据率/KB/s	频率范围/Hz
电话	8	8	单道声 1	8	200～3400
AM	11.025	, 8	单道声 1	11.0	20～15 000
FM	22.050	16	立体声 2	88.2	50～7000
CD	44.1	16	立体声 2	176.4	20～20 000
DAT	48	16	立体声 2	192.0	20～20 000

2.2.5 数字化声音的压缩

从上一节中的例题已经看到,数字化后的声音文件的数据量是比较大的,因此对声音文件进行压缩处理是十分必要的。

数据压缩就是将声音的数据量尽可能减少,其实质就是查找和消除信息的冗余量。被压缩的对象是原始数据,压缩后得到的数据是压缩数据。压缩前后数据的容量比称为压缩比,而压缩比的倒数称压缩率。相反,压缩的逆过程就是解压缩。

1. 声音信号压缩编码的依据

声音信号为何能进行压缩编码?主要依据如下三个原因:

(1)声音信号中存在着很大的冗余度,通过识别和去除这些冗余度,便能达到压缩的目的。

(2)音频信息的最终接收者是人,而人耳在听觉方面有一个重要的特点,即听觉的"掩蔽"。它是指一个强音能抑制一个同时存在的弱音的听觉现象。利用该特性,可以抑制与信号同时存在的量化噪声。

(3)对声音波形采样后,相邻样值之间存在着很强的相关性。

2. 无损压缩和有损压缩

多媒体数据压缩分为无损压缩和有损压缩两种。

(1)无损压缩:压缩后的信息没有损失的压缩方法。该方法可以把数据压缩到原来的1/2或者1/4,即压缩比为2∶1或者4∶1。其基本方法就是将相同的或者类似的数据进行归类,使用较少的数据量来描述原始数据,达到减少数据量的目的。常用的无损压缩方法有Huffman Lempei-Eiv法等。

(2)有损压缩:压缩后信息有损失的压缩。这种压缩方法在压缩的过程中会丢掉一些对原始数据不会产生误解的信息,有针对地化简一些不重要的信息,从而达到数据压缩的目的,大大提高了压缩比。有损压缩的方法包括自适应差值脉冲编码调制算法(Adaptive Differential Pulse Code Modulation,ADPCM)、动态图像专家组(Moving Pictures Experts Group,MPEG)等。

声音数据压缩的基本过程如图 2-4 所示。

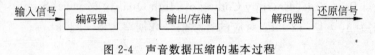

输入信号 → 编码器 → 输出/存储 → 解码器 → 还原信号

图 2-4　声音数据压缩的基本过程

3. 音频信号的三种编码方式

（1）波形编码。波形编码的编码信息是声音的波形。这种方法要求重构的声音信号的各个样本尽可能地接近于原始声音的采样值，使复原的声音质量较高。波形编码技术有 PCM（脉冲编码调制）、ADPCM（自适应差分脉冲编码调制）和 ATC（自适应变换编码）等。

（2）参数编码。参数编码是一种对语音参数进行分析合成的方法。语音的基本参数是基音频率（基频）或基音周期、共振峰、语音谱、音强等，如能得到这些语音的基本参数，就可以不对语音的波形进行编码，而只要记录和传输这些参数就能实现声音数据的压缩。这些语音基本参数可以由语音生成机构模型通过实验获得。得到语音参数后，就可以对其进行线性预测编码（Linear Predictive Coding，LPC）。

（3）混合编码。混合编码方法是一种在保留参数编码技术的基础上，引用波形编码准则去优化激励源信号的方案。混合编码充分利用了线性预测技术和综合分析技术，其典型算法有码本激励线性预测（CELP）、多脉冲线性预测（MP-CELP）及矢量和激励线性预测（VSELP）等。

总的来说，波形编码在声音编码方案中应用较广，可以获得很高的声音质量。

4. 音频信号的典型压缩编码标准

（1）G.711 标准。该标准由国际电信联盟（ITU）制定于 1972 年，它采用了 μ 律或 A 律的 PCM 编码技术，数据速率为 64kb/s。适合于 300～3400Hz 的窄带语音。

（2）G.721 标准。该标准由国际电信联盟（ITU）制定于 1984 年，它采用的是 ADPCM 编码技术，数据速率为 32kb/s。适合于 300～3400Hz 的窄带语音。

（3）G.728 标准。该标准是一个追求低比特率的标准，其数据率为 16kb/s，其质量与 32kb/s 的 G.721 标准基本相当。它使用了 LD-CELP（低延时码本激励线性预测）算法。G.728 标准是低速率 ISDN 可视电话的推荐语音编码器。

（4）MPEG 音频标准。这是 ISO（国际标准化组织）制定的一系列音频标准，MPEG 是运动图像专家组的简称，该专家组在制定运动图像编码标准的同时，制定了高保真的立体声音频压缩标准，即"MPEG 音频"。MPEG 音频标准根据不同声音压缩算法有三个层次，从低到高分别为层一、层二、层三。层次越高，对应的编码器越复杂，数据压缩率也越高。

- 层一：即 MPEG-1，算法采用自适应音频掩蔽特性的通用子带综合编码与多路复用（Masking Pattern Adapted Universal Integrated Coding And Multiplexing，MUSICAM）；压缩比为 4∶1；对应的立体声音频信号数据率为 384kb/s。

- 层二：又称 MP2，算法采用自适应音频掩蔽特性的通用子带综合编码与多路复用（Masking Pattern Adapted Universal Integrated Coding And Multiplexing，MUSICAM）技术；压缩比为 6∶1～8∶1；对应的立体声音频信号数据率为 256～192kb/s。

- 层三：又称 MP3，算法采用高质量音乐信号的自适应谱感知熵编码（Adaptive Spectral Perceptual Entropy Coding of High Quality Musical Signal，ASPEC）技术；压缩比为 10∶1～12∶1；对应的音频信号数据率为 8～320kb/s。

2.3 常见声音文件的格式

2.3.1 WAV 格式

WAV 格式是微软公司开发的一种声音文件格式，也称作波形声音文件，WAVE 文件作为经典的 Windows 多媒体音频格式，应用非常广泛，已经成为了事实上的通用音频格式，被 Windows 平台及其应用程序广泛支持，目前所有的音频播放软件和编辑软件都支持这一格式。WAV 格式支持许多压缩算法，支持多种音频位数、采样频率和声道，可以采用 44.1kHz 的采样频率，16 位量化位数，因此 WAV 的音频与 CD 相差无几，但 WAV 格式对存储空间需求太大，不便于交流和传播。

2.3.2 MP3 音乐

MP3 的全称是 MPEG Audio Layer3，所以人们把它简称为 MP3，它是 MPEG-1 运动图像压缩标准的声音部分。根据压缩质量和编码复杂度，MPEG-1 的音频层划分为三层，即 Layer 1、Layer 2 和 Layer 3，分别对应于 MP1、MP2 和 MP3 这三种声音文件，并根据不同的用途，使用不同层次的编码。MPEG 音频编码的层次越高，对应的编码器越复杂，压缩率也越高，用户对层次的选择可在复杂性和声音质量之间进行权衡。其中：

- Layer 1 的编码器最为简单，编码器的输出数据率为 384kb/s，压缩比为 4∶1，主要用于小型数字盒式磁带（Digital Compact Cassette，DDC）。
- Layer 2 的编码器的复杂程度属中等，编码器的输出数据率为 192～256kb/s，压缩比为 6∶1～8∶1，其应用包括数字广播声音（Digital Broadcast Audio，DBA）、数字音乐、CD-I（Compact Disc-Interactive）和 VCD（Video Compact Disc）等。
- Layer 3 的编码器最为复杂，编码器的输出数据率为 8～320kb/s，压缩比则高达 10∶1～12∶1。也就是说，1 分钟 CD 音质音乐，未经压缩需要 10MB 的存储空间，而经过 MP3 压缩编码后只有 1MB 左右。

MP3 对音频信号采用的是有损压缩方式，为了降低失真度，MP3 采取了"感官编码技术"，即编码时先对音频文件进行频谱分析，然后用过滤器滤掉噪音电平，再通过量化的方式将剩下的每一位打散排列，最后形成具有较高压缩比的 MP3 文件。MP3 文件可以不同比特率进行编码，比特率越小，压缩出来的文件也越小，当然失真也越大。至于它的失真，只要压缩比不是太高，人的耳朵一般是听不出来的，一般来说 128kb/s 已经相当于 CD 的音质了。

MP3 的突出优点是：压缩比高，音质较好，能够以极小的失真换取较高的压缩比。正是因为 MP3 的体积小、音质高的特点使得 MP3 格式的音乐在网上非常流行。

2.3.3 VQF 格式

VQF 即 TwinVQ，是由 Nippon Telegraph and Telephone 同 YAMAHA 公司开发的

一种音频压缩技术。VQF 采用了与 MP3 截然不同的音频压缩技术—— TwinVQ 技术,所以它的音频压缩率比 MP3 高,可以达到 1∶18 左右,而且音质和 MP3 不相上下。当 VQF 以 44kHz、80kb/s 的音频采样频率压缩音乐时,它的音质会优于 44kHz、128kb/s 的 MP3,以 44kHz、96kb/s 压缩时,音乐接近 44kHz、256kb/s 的 MP3。

VQF 格式的特点:VQF 最大的优势是可以用低于 MP3 文件大小获得和 MP3 一样的声音质量。但 VQF 到现在还不太普及,主要是支持它的制作、播放软件少,而且制作时间长。比如一个用两分钟就可以压缩成 MP3 的 WAV 音乐文件,压缩成 VQF 几乎要 30 分钟。另外,它的开发公司开发的力度不够。所以直到现在,在网络上的 VQF 音乐还不多。

VQF 格式文件的播放方法:下载 VQF 文件,使用 YAMAHA Sound Player 等工具播放。

2.3.4 RealAudio 格式

RealAudio(RA)、RAM 和 RM 都是 Real Networks 公司开发的典型音频流(Streaming Audio)文件格式,它包含了 Real Networks 公司所制定的音频、视频压缩规范(称为 RealMedia),主要用于在低速率的因特网上实时传输音频信息。网络连接速率不同,客户端所获得的声音品质也不尽相同:对于 14.4kb/s 的网络连接,可获得调幅(AM)质量的音质;对于 28.8kb/s 的连接速度,可以达到广播级的声音质量;如果使用 ISDN 或 ADSL 等更快的线路连接,则可获得 CD 音质的声音。

RA 可以称为互联网上多媒体传播的主流格式,适合网络上进行实时播放,是目前在线收听网络音乐较好的一种格式。在制作时可以加入版权、演唱者、制作者、E-mail 和歌曲的 Title 等信息。

RealAudio 格式的特点:RA 格式是以牺牲声音质量的方法达到降低自身大小目标的。但由于 RA 提出了音频流的概念,所以成为现在大多数在线音乐网站、实时网络广播网站普遍使用的格式。另外,RA 音乐,如果不计较声音品质,一首歌曲文件比 MP3 小一半或者小更多。

RealAudio 格式文件的播放过程:使用 RealPlayer 播放器软件直接播放,或者将 RealPlayer 作为浏览器的插件,在浏览器中选择音乐播放。

2.3.5 WMA 格式

WMA 的全称是 Windows Media Audio,是微软公司力推的一种音频格式。WMA 格式是以少数数据流量但保持音质的方法达到更高的压缩率目的,WMA 文件在 80kbps、44kHz 的模式下压缩率可达 1∶18,基本上和 VQF 相同。生成的文件大小只有相应 MP3 文件的一半。此外,WMA 还可以通过 DRM(Digital Rights Management)方案加入防止复制,或者加入限制播放时间和播放次数,甚至是限制播放机器的功能,可有力地防止盗版。

微软在开发自己的网络多媒体服务平台上主推 ASF(Audio Steaming format),这是一个开放支持在各种各样的网络和协议上传输的数据传输标准。它支持音频、视频以及其他一系列的多媒体类型。而 WMA 文件是相当于只包含音频的 ASF 文件。

WMA 格式具有的特点:由于 WMA 支持“音频流”技术,可以说是融合了 RA 格式和 VQF 格式的优点,并且克服了它们的缺点。

WMA 格式文件的播放方法：可以下载播放或者在线播放，使用的工具是 Windows 媒体播放器或 WinAmp。

2.3.6 AAC 格式

AAC 实际是 Advanced Audio Coding(高级音频编码)的缩写，是 MPEG-2 规范的音频部分。AAC 的音频算法在压缩能力上远远超过了以前的一些压缩算法(比如 MPEG-1 和 Layer 3 等)。它还同时支持多达 48 个音轨、15 个低频音轨、更多种采样率和比特率、多种语言的兼容能力、更高的解码效率。总之，AAC 可以在比 MP3 文件缩小 30% 的前提下提供更好的音质。

其实 AAC 的算法在 1997 年就完成了，当时被称为 MPEG-2 AAC，因此还是把它作为 MPEG-2 标准的延伸。但是随着 MPEG-4 音频标准在 2000 年成型，MPEG-2 AAC 也被作为它的编码技术核心，同时追加了一些新的编码特性，所以又叫 MPEG-4 AAC，也称作 MP4 音频。

AAC 格式的特点：

(1) 低比特率(具有与其他编码可比的音质)和较小文件尺寸，要求使用 SBR 技术。

(2) 支持多声道：可提供最多 48 条全带宽声道。

(3) 更高的解析度：最高支持 96kHz 的采样频率。

(4) 提升的解码效率：解码播放所占的资源更少。

2.3.7 MIDI 音乐

MIDI(Music Instrument Digital Interface)音乐是电子合成音乐，是为了把电子乐器和计算机连接起来而制定的规范，是数字化音乐的一种国际标准。MIDI 是人们可以利用多媒体计算机和电子乐器去创作、欣赏和研究的标准协议。它采用数字方式对乐器所奏出来的声音进行记录(每个音符记录为一个数字)，播放时再对这些记录通过 FM 或波表合成。FM 合成是通过多个频率的声音混合来模拟乐器的声音；波表合成是将乐器的声音样本存储在声卡波形表中，播放时再从波形表中取出产生声音。

MIDI 音乐有如下的主要优点：

(1) 生成的文件比较小。由于 MIDI 文件存储的是命令，而不是声音本身，因此它比较节省空间。例如，同样半小时的立体声音乐，MIDI 文件只有 200KB 左右，而波形文件(WAV)则差不多有 300MB。

(2) 容易编辑。因为编辑命令比编辑声音波形要容易得多，所以 MIDI 音乐比较容易编辑。

(3) 可以作为背景音乐。因为 MIDI 音乐文件比较小，所以可以作为背景音乐。MIDI 音乐也可以和其他媒体，如数字电视、图形、动画和话音等一起编辑，这样可以加强演示效果。

严格地说，MID 与前面提到的那些声音格式不是一族的，因为它不是真正的数字化声音，而仅是一些声音或乐器符号的集合。

2.4   用 GoldWave 软件处理音频

GoldWave 是一个比较典型的数字音频处理软件,运行在 Windows 环境中,该软件的主要功能有:

(1) 以不同的采样频率录制声音信号。录制声音时,声音可以是 CD-ROM 播放的 CD 音乐、电缆传送过来的声音信号,也可以通过麦克风直接进行录音。

(2) 声音剪辑。这是 GoldWave 最主要的功能,声音剪辑包括如下主要处理操作:去掉一段不需要的声音;截取一段声音,并将这段声音复制到另外的位置;将某段声音移动到另外的位置;连接两段声音;把多种声音合成在一起。

(3) 增加特殊效果。例如,增加混响时间、生成回声效果、改变声音的频率、制作声音的淡入、淡出效果等。

(4) 文件操作。该操作主要包括新建数字音频文件,此项功能通常用于录制一段新的声音,还有打开、保存和删除数字音频文件等功能。

本节以 GoldWave 5.25 汉化版为蓝本进行介绍,它体积很小(仅一个.exe 文件,未压缩时只有 3MB 多一点),便于携带,也易于安装。

2.4.1   GoldWave 软件界面介绍

GoldWave 软件的界面包括编辑器和播放器两部分。编辑器用于加工和处理数字音频文件,具备全部编辑功能;播放器用于随时监听编辑效果。

编辑器界面包括菜单栏,工具栏,左、右声道波形图和状态栏,如图 2-5 所示。

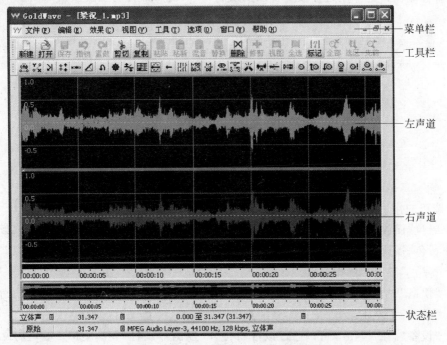

图 2-5   GoldWave 软件的主界面编辑器

第 2 章

音频处理技术

菜单栏主要用于文件操作、编辑操作、效果合成、界面显示状态设定、编辑工具显示状态、操作状态设置、窗口显示模式以及帮组信息获取。

工具栏提供便捷的编辑工具,比使用编辑菜单方便得多。

状态栏用于显示当前音频信号的采样频率、时间长度、编辑区间的时间长度等信息。

整个主界面从上到下实际上可以概括性地划分为三大部分:即最上面的菜单命令和快捷工具栏,中间部分的波形显示区,下面部分的文件属性区。其主要操作一般集中在占屏幕比例最大的波形显示区域内,如果是立体声文件则分为上下两个声道,可以分别或统一对它们进行操作。

设备控制器窗口一般默认是打开的;如果没有打开,可以通过选择"窗口"→"经典控制器/水平控制器/垂直控制器"命令打开它,图 2-6 为选择"经典控制器"形式打开控制器窗口。

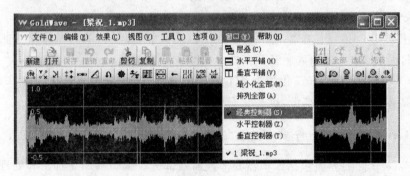

图 2-6　打开设备控制器窗口

设备控制窗口的作用是播放声音以及录制声音,窗口部分的主要按钮如图 2-7 所示。

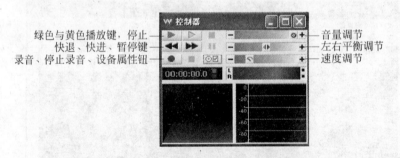

图 2-7　设备控制器窗口界面(经典控制器形式)

各按钮的作用如下:

- 绿色"播放"按钮　默认从进度线位置开始播放,也可以更改这种默认播放方式。
- 黄色"播放"按钮　默认播放选定区域的声音,也可以更改这种默认播放方式。
- "停止"按钮　停止播放。
- "快退"、"快进"、"暂停"按钮　分别实现快速倒退播放、快速前进播放、停止播放。
- "录音"、"停止录音"按钮　分别实现开始录音、停止录音。
- "设备属性"按钮　可以通过该按钮打开"控制器属性"窗口,如图 2-8 所示,在该窗口中可以对控制器属性进行自定义设置。

- 其他调节按钮：读者不难理解其功能，当鼠标指向某按钮时会出现提示信息。

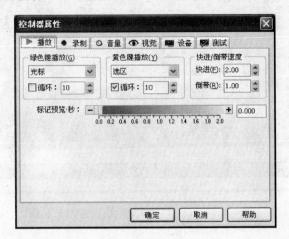

图 2-8　"控制器属性"窗口

2.4.2　录制声音

用麦克风录制声音的操作方法：将麦克风与计算机声卡的麦克风接口相连；运行GoldWave软件，使用"文件"→"新建"菜单命令，可以新建一个新文件，这时会弹出"新建音频"对话框，如图2-9所示。

在"新建音频"对话框中，可以设置初始文件的时间长度；选择预设模式确定录制声音的音质；也可以通过更改采样率（即采样频率）和选取声道是"1（单声道）"或"2（立体声）"来满足所需的录制音效。在"初始文件长度"文本框里可以输入要录制音频的时间长度，其格式是"分，秒，毫秒"。一切选择就绪，单击"确定"按钮，就可以开始录制声音了。

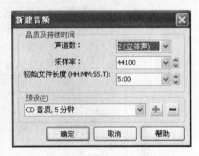

图 2-9　"新建音频"对话框

单击"控制器"窗口中的"录音"按钮，就开始录制声音了；要结束录制，只要单击"控制器"窗口中的"停止录音"按钮即可。

录音结束后，单击"控制器"窗口中的"播放"按钮，播放录音，如果效果满意，则可通过"文件"→"保存/另存为…"菜单命令保存文件。

2.4.3　编辑声音

首先，运行GoldWave，使用"文件"→"打开"菜单命令，出现"打开音频"对话框，与一般文件"打开"对话框一样。在"打开音频"对话框中，先定位到音频文件存放的文件夹，再选取一个音频文件，最后单击"打开"按钮打开选定的文件。文件加载完毕后会得到该音频文件的波形图，如图2-10所示，这就是所打开的音频文件的波形，在软件窗口内部以子窗口形式出现，该音频子窗口的标题栏将显示音频文件的名称。如果同时打开了多个音频文件，则相应地出现多个音频子窗口，任何时刻多个被打开的音频窗口中只有一个为当前窗口。

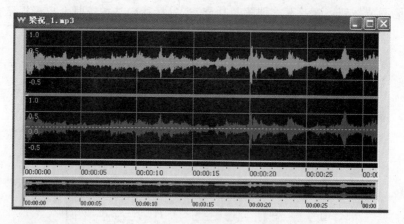

图 2-10　打开的音频文件波形图

可以对已经打开的声音文件进行选择播放,如图 2-11 所示,会看到一个白色进度线(图中的白色竖线)当进度线走到所要截取编辑的地方时,可以利用设备控制窗口让进度线暂停,还可以按"快进","快退"等按键修改进度线位置。

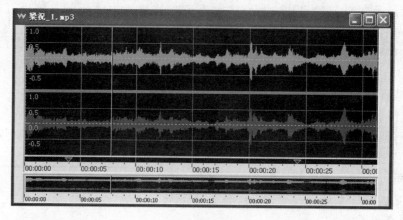

图 2-11　播放进度条(竖向白线)

1. 时间标尺和显示缩放

在波形显示区域的下方有一个指示音频文件时间长度的标尺(如图 2-10 所示),它以秒为单位,清晰地显示出任何位置的时间情况,这对掌握音频处理时间、音频编辑长短有很大的帮助,因此一定要在实际操作中养成参照标尺的习惯,这样就会发现它将给自己带来很大的方便。打开一个音频文件之后,立即会在标尺下方显示出音频文件的格式以及它的时间长短,这就提供了准确的时间数量参数,可根据这个时间长短有计划地进行各种音频处理,往往会减少很多不必要的操作过程。有的音频文件太长,一个屏幕不能显示完毕,一种方法是用横向的滚动条进行拖放显示;另一种方法是改变显示的比例。在 GoldWave 中,改变显示比例的方法很简单,用"视图"菜单下的"放大"、"缩小"命令就可以完成;更方便的是用快捷键 Shift＋↑放大和 Shift＋↓缩小。如果想更详细地观测波形振幅的变化,那么就可以加大纵向的显示比例,方法同横向一样,用"视图"菜单下的"垂直放大"、"垂直缩小"命令或使用 Ctrl＋↑、Ctrl＋↓就可以完成,这时会看到出现纵向滚动条,拖动它就可以进行细致的观测了。

2. 选择声音片段

如果要对声音的某个片段进行编辑,首先要对这个待编辑的区域进行选定。通过在整个波形图内部设置音频波形的起始点和结束点,即可将起始点和结束点之间的音频片段变成被选定的区域。在没有任何区域被选定的时候,可以直接用鼠标单击某处,就可将该位置所在点设置成选区的起始点,也可以单击鼠标右键,在弹出的快捷菜单中选择"设置起始标记"将该位置设置为选定区域的起始点;而在某处单击鼠标右键,在快捷菜单中选择"设置完结标记"则可以将该位置设置为选定区域的终点,如图 2-12 所示。

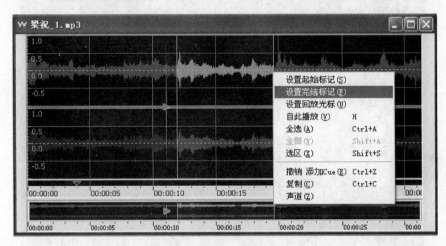

图 2-12 选择要编辑的区域

图 2-12 中背景为亮色的部分为选中部分,编辑区以外的部分背景为暗色,以示区别。将鼠标定位到起始标记竖线或完结标志竖线位置时,鼠标指针将变成水平方向双箭头的形状,这时拖曳鼠标可以改变起始标记线或完结标志线的位置,从而修改选区位置和选区范围。

在确定选区后,即可对该选区进行编辑,所以选区就是编辑区域。由于编辑区域的波形密度一般很大,无法辨别波形细节,因此很难对其进行细节的编辑;单击"视图"→"选区"菜单项或者工具栏上的"选区"按钮,可以展开编辑区域内的波形,即得到选区波形的展开图形。图 2-13 就是一个选区波形在展开前后的对比情形。通过选区波形的展开,就可以对其细节进行编辑了。在仅仅显示被选编辑区域的状态下,单击工具栏上的"全部"按钮,则波形窗口又会恢复到显示整个音频文件全部波形的状态。

注意:编辑器中,编辑区域只能有一个,当定义新的编辑区域后,原有的编辑区域将自动消失。

选定了编辑区域后,就可以开始对音频文件进行适当的修改了。音频编辑器最简单的操作形式是删除片段、静音处理和剪切片段。其中,删除片段用于取消不必要的部分,例如噪音、噼啪声、各种杂音以及录制时产生的口误等;静音处理用于把声音片段变成音量为 0 的无声信号;剪切片段用于重新组合声音,将某段"剪"下来的声音"粘贴"到当前声音文件的其他位置,或者"粘贴"到另外一个音频文件中。

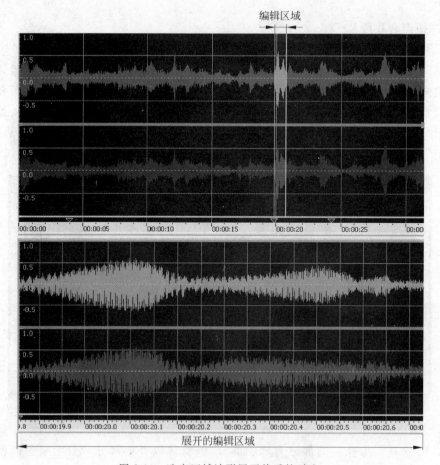

图 2-13　选定区域波形展开前后的对比

3. 删除声音片段

首先选择"文件"→"打开"选项，调入一个音频文件；然后在编辑器中，分别用鼠标右键菜单确定选区的起点和终点，得到被选定的编辑区域。选择"编辑"→"删除"命令或单击"删除"按钮，刚才选定的编辑区域就被删除，这一区段中的声音也就被删除了。

4. 静音处理

首先也是要确定编辑区域（选定一段音频），然后单击"静音"按钮或者选择"编辑"→"静音"选项，该区域变成静音区段。与删除声音片段不同的是，变成静音的编辑区域仍然存在，其时间长度不变。静音处理通常用于去除语音之间的噪声，音乐首尾的噪声，或者在声音中设置一段无声的等待时间（如英语听力考试录音带中间就有一些静音区段）。

5. 插入空白区域

在指定的位置插入一定时间的空白区域也是音频编辑中常用的一项处理方法，只需要选择"编辑"→"插入静音"命令，在弹出的对话窗中输入插入的时间长度（单位是秒），然后单击"确定"按钮，这时就可以在选定区域的起点处插入一段无声段落，可以看到这段空白区域的波形幅度为 0，非常方便。注意，"插入静音"与"静音"是有区别的，前者是在原有声音中增加了一段空白区域，使整个声音文件时间增长了；后者是将原有声音中的一个段落音量降为无声，并没有改变整个文件的时间长度。

6. 剪切/复制片段

首先也是选定一段音频来确定编辑区域，该区域将是被剪切的内容；然后单击"剪切"按钮或者选择"编辑"→"剪切"选项，于是编辑区域的内容被从波形图中剪切下来，被剪切的这段音频存入 Windows 剪贴板。如果选定编辑区后，执行的命令是"编辑"→"复制"的话，该段音频同样被存入 Windows 剪贴板，不过原来的音频中仍然保留该编辑区段内容。

注意：对原始音频来讲，"剪切"效果等同于"删除"，但不同于"静音"。

7. 移动声音片段

可以将某个声音片段移动到同一文件的另一时间点之后，或插入到另一个音频文件中。方法是先按照上述方法完成片段剪切的操作；然后用鼠标左键单击同一文件波形图的某一位置（确认插入的位置）；再单击"粘贴"按钮或者选择"编辑"→"粘贴"选项。这样，编辑区域的波形图就粘贴在本音频文件波形图中新的位置上了。如果完成了片段剪切的操作后，又打开了另一个音频文件，并用鼠标左键单击另一文件波形图的某一位置（确认插入的位置）；再单击"粘贴"按钮或者选择"编辑"→"粘贴"选项。这样，所选定区域的音频内容就被移动到另一音频文件的内容中。

8. 声道的操作

1）声道选择

对于立体声音频文件来说，双声道在 GoldWave 中的显示是以平行的水平形式分别进行的。GoldWave 既可以对双声道同时进行编辑，也可以只对左、右声道之一单独编辑。当只想对其中一个声道进行处理而使另一个声道保持原样不变化时，这该如何进行操作呢？使用"编辑"→"声道"命令，在子命令中直接选择将要进行处理的声道就行了（"左"表示只选左声道编辑，"右"表示只选右声道编辑，"两者"表示双声道同时被编辑）。如果只选择了其中一个声道，这时会发现，所有操作只会对这个被选择的声道起作用，而另一个声道会以暗色形式显示，表示不可编辑。

2）声道的编辑

无论是一个声道还是两个声道，GoldWave 软件都能进行有效的编辑，需要指出的是：在对某个声道进行删除片段、剪切片段等改变时间长度的操作时，该声道与另一个声道在时间长度上产生差异，导致声音不同步，应尽量避免这种情况发生。

9. 特效编辑功能

特殊音效是计算机可以通过各种复杂的数字运算，对声音进行特殊处理所产生特殊的声音效果。GoldWave 软件还提供了许多特效编辑功能，实现这些特殊编辑效果需要对波形进行较复杂的操作，这些操作的按钮位于 GoldWave 工具栏中的第二行中（而第一行按钮基本上是对应"编辑"菜单下的命令），下面对其中一些常用的特效编辑功能作简单介绍。

1）淡入淡出效果

所谓"淡入"和"淡出"是指声音的渐强和渐弱，常用于两个声音素材的交替切换、产生渐近或渐远的音响效果等场合。淡入和淡出的过渡时间长度由编辑区域的宽窄决定。

首先要选定实施"淡入"或"淡出"效果的编辑区域，一般情况下，实施淡入淡出效果的区域总是位于声音素材的开始和末尾两端。

淡入效果的制作：选定了音频区域后，单击"淡入"按钮 ，将显示如图 2-14 所示的淡入效果控制对话框。在对话框中调整滑块位置,即可改变淡入的初始音量。滑块位置设置在最左边时初始音量为完全音量的 0%,即声音从无到有;滑块位置设置在最右边时,初始音量为完全音量的 100%,没有淡入效果;滑块位置设置在其他中间位置时,初始音量不为 0,声音从某个微小的音量开始逐渐变强。也可以从"预设"下拉框中选择一种预设方案。利用预览播放按钮 ▶ 可以试听淡入效果。设置好之后,单击"确定"按钮即可。

淡出效果的制作:选定了音频区域后,单击"淡出"按钮 ,将显示如图 2-15 所示的淡出效果控制对话框。在对话框中调整滑块位置,即可改变淡出的最终音量。滑块位置设置在最左边时最终音量为完全音量的 0%,即声音从有到无;滑块位置设置在最右边时,最终音量为完全音量的 100%,没有淡出效果;滑块位置设置在其他中间位置时,最终音量不为 0,声音从完全音量开始逐渐变到某个微小的音量。也可以从"预设"下拉框中选择一种预设方案。利用预览播放按钮 ▶ 可以试听淡出效果。设置好之后,单击"确定"按钮即可。

图 2-14　淡入效果设置对话框

图 2-15　淡出效果设置对话框

最终在声音素材两端生成淡入淡出效果的波形图,如图 2-16 所示。在聆听声音效果时,有渐近和渐远的感觉。

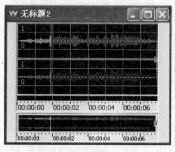
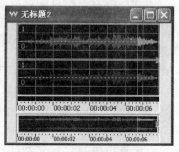

(a) 声音开头段的淡入效果　　　　(b) 声音末尾段的淡出效果

图 2-16　淡入淡出效果

2) 频率均衡控制

频率均衡控制是指对声音素材的低音区、中音区、高音区各个频段进行提升和衰减等进行控制,它是音频编辑中一项十分重要的处理方法,它能够合理改善音频文件的频率结构,达到需要的理想声音效果。

首先调入声音素材,并确定要调整频率的音频区域(即选定编辑范围)。如果要对整个声音素材进行处理,可以选择"编辑"→"全选"命令,将全部声音纳入编辑区域。

然后单击"均衡器"按钮 ,将显示如图 2-17 所示的频率均衡调整对话框。在图 2-17

所示的"均衡器"对话框中,各个频率段上有对应的调整滑块,滑块对应位置的标尺上显示的数据代表相应频率的音强,其单位是 dB。根据需要移动滑块的位置,从而达到调整各个频段声音强弱(即所谓频率均衡)的目的。注意声音每一段的增益(Gain)不能过大,以免造成过载失真。利用预览播放按钮 ▶ 可以试听频率调整的效果。设置好之后,单击"确定"按钮即可。

3)回声效果

回声,顾名思义是指声音发出后经过一定的时间再返回被我们听到,就像在旷野上面对高山呼喊一样,在很多影视剪辑、配音中广泛采用。GoldWave 的回声效果制作方法十分简单,选择"效果"→"回声"选项,弹出如图 2-18 所示的"回声"对话框。在对话框的"回声"选项旁边的标尺上移动滑块指定回声的次数;在"延迟"选项旁边的标尺上移动滑块指定回声的延迟时间;在"音量"选项旁边的标尺上移动滑块指定回声的音量大小;其他选项取默认即可。延迟时间值越大,声音持续时间越长;回声反复的次数越多,效果就越明显。而音量控制的是指返回声音的音量大小,这个值不宜过大,应该小于原来的音量,否则回声效果就显得不真实了。

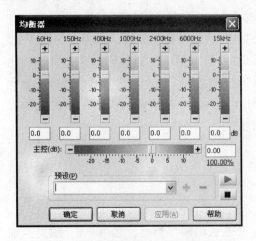

图 2-17　调整频率强度的"均衡器"对话框

图 2-18　"回声"对话框

4)压缩效果

在唱歌的录音中,往往录制出来的效果不那么令人满意,究其原因很大程度上是由于唱歌时气息、力度的掌握不当造成的。有的语句发音过强、用力过大,几乎造成过载失真了;有的语句却"轻言细语",造成信号微弱。如果对这些录音后的音频数据使用压缩效果器就会在很大程度上减少这种情况的发生。压缩效果利用"高的压下来,低的提上去"的原理,对声音的力度起到均衡的作用。在 GoldWave 中,选择"效果"菜单中的"压缩器/扩展器"命令,弹出"压缩器/扩展器"对话框。可进行压缩或扩展的效果设置。在它的几项参数中最重要的是"阈值"的确定,它的取值就是压缩开始的临界点,高于这个值的部分就以比值(%)的比率进行压缩。

5)镶边效果

使用镶边效果能在原来音色的基础上给声音再加上一道独特的"边缘",使其听上去更有趣、更具变化性。选择 GoldWave"效果"菜单下的"镶边器"命令就能看到设置界面。镶边的作用效果主要依靠"频率"、"可变延迟(毫秒)"、"固定延迟(毫秒)"三项参数和"镶边器"的"音量"决定,试着改变它们各自的不同取值就可以得到很多意想不到的奇特效果。如果想要加强作用后的效果比例,则将"镶边器"的"音量"增大就可以了。

6)改变音高

对于模拟音频信号,要想改变它的音高是一件十分费劲的事情,而且改变后的效果不一定理想。但对于数字音频,GoldWave 能够合理地改善这个问题,只需要使用它提供的音高变化命令就能够轻松实现。选择"效果"→"音高"命令,打开如图 2-19 所示的"音高"对话框。其中比例表示音高变化到现在的百分之几,是一种倍数的设置方式。而半音就是借音乐学的概念来表示音高变化程度,表示音高变化的半音数。12 个半音就是一个八度,所以用+12 或−12 来升高或降低一个八度。它下方的"微调"是指半音的微调方式,100 个单位表示 12 个半音。一般变调后声音的节拍速度也相应发生变化,导致音频文件的长度也要相应变化;但在 GoldWave 中可以实现梦寐以求的"变调不变长"功能,这只需将对话框中的"保持节拍"复选框选中就行了,现在再播放时发现还是原来的节拍快慢。

7)音量效果

GoldWave 的音量效果子菜单中包含了选择部分"更改音量"、"淡入"、"淡出"、"最大化音量"、"匹配音量"和"定型音量"等命令,满足人们各种音量变化的需求。其中,"更改音量"命令是直接以百分比的形式对音量进行提升或降低的,其取值不宜过大。如果你既不想出现过载,又想最大范围地提升音量,那么建议使用"最大化音量"命令。它是 GoldWave 为我们提供的最方便、实用的命令之一,一般在歌曲刻录 CD 之前都要做一次音量最大化的处理。淡入淡出效果的制作方法也比较简单,如前所述。

8)机器人声音

所谓机器人声音,是把原始声音加工成类似机器人发出的声音。某些科幻电影中的机器人发出的就是这种声音。

首先确定编辑区域,然后单击"机械化"按钮,显示如图 2-20 所示的"机械化"对话框。在对话框中移动频率滑块,改变机器声音的频率;并选择调制器类型。然后单击"预览当前设定"按钮,聆听效果,直到得到满意的机器人声音。最后单击"确定"按钮使设置生效。

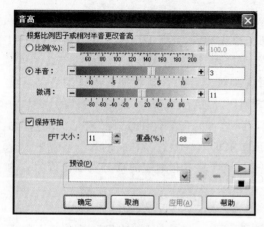

图 2-19 "音高"对话框

图 2-20 "机械化"对话框

9）倒序声音

倒叙声音的基本原理是：将声音数据反向排列，播放出来的效果像宇宙语，没有人能听懂，这是计算机独有的声音效果。倒序声音可以用于声音的加密传输，只有对方采用相同的软件，进行相同的倒序处理，才能听到原有的声音。

选定编辑区域后，单击"倒序"按钮 ←，这时编辑区域内的声音即被变为倒序声音。在电影《泰山》中，导演就是把狮吼倒放，并与正序的虎啸合成为泰山的叫声。

2.4.4 保存声音文件

声音文件格式用于保存数字音频信息，GoldWave 软件带有压缩算法编译器，不仅可以编辑和保存 wav 格式的波形音频文件，而且还可以编辑和保存 MP3、au、ogg 等格式文件。

对编辑处理后的文件需要另存时，可通过"文件"→"另存为"菜单命令，显示"另存音频为"对话框。在该对话框中选择需要的文件格式，指定路径和文件夹，并输入文件名，最后单击"保存"按钮。即可得到所需格式的文件。

2.5 GoldWave 的其他实用功能

GoldWave 除了提供丰富的音频效果制作命令外，还为用户准备了抓取 CD 音轨、批量音频文件格式转换、多种媒体格式支持等非常实用的功能。

2.5.1 抓取 CD 音轨

如果要编辑的音频素材在一张 CD 中的话，现在不需要再使用其他抓音轨软件在各种格式之间导来导去了，直接选择 GoldWave 工具菜单下的"CD 读取器"命令就能够一步完成。在"CD 读取器"对话框中，选择音轨之后单击"保存"按钮，再输入一个保存的文件名称和路径就行了，确实很省事。

2.5.2 批量格式转换

GoldWave 中的批量格式转换也是一个十分有用的功能，它能同时打开多个它所支持格式的文件并转换为其他各种音频格式，运行速度快，转化效果好。所以很多用户对它的这项功能一直情有独钟。选择"文件"→"批量处理"命令，在弹出图 2-21 所示的"批量处理"对话框中添加要转换的多个文件，并选择转换后的格式和路径，然后单击"开始"按钮。稍事等待之后，就会在刚才设置的路径下找到这些新生成的音频格式文件。

2.5.3 支持多种媒体格式

在 GoldWave 的打开命令对话框中就可以发现，除了支持最基础的 wav 格式外，它还直接可以编辑 MP3 格式、苹果机的 aif 格式甚至是视频 mpg 格式的音频文件。这就给我们的操作带来了很多方便，再也不用来来回回在各种格式间转来转去了，GoldWave 的多种媒体格式支持将带给人们更高的工作效率。

GoldWave 还有很多其他功能命令，限于篇幅不能一一叙述，以上面的内容为基础，在实际运用中总结更多的方法、技巧，就能达到各种音频编辑的目的。总之，有了 GoldWave

音频处理技术

图 2-21 "批量处理"对话框

以后,音频编辑不再是难题,一切都变得轻松惬意。对于一般用户来说,GoldWave 不失为是音频编辑软件的最佳选择。

习　题　2

2-1　单项选择题

1. 下列选项中,声音的音调在四者中最高的是(　　)。

    A. 振幅为 10、周期为 0.01 秒　　　　　B. 振幅为 20、周期为 0.005 秒

    C. 振幅为 10、频率为 100Hz　　　　　　D. 振幅为 5、频率为 300Hz

2. 声波不能在(　　)中传播。

    A. 真空　　　　　　B. 空气　　　　　　C. 墙壁　　　　　　D. 水

3. 下列选项中,不属于声音的重要指标的是(　　)。

    A. 频率　　　　　　B. 音色　　　　　　C. 周期　　　　　　D. 振幅

4. 下列选项中,能反映声音强弱的是(　　)。

    A. 频率　　　　　　B. 音色　　　　　　C. 周期　　　　　　D. 振幅

5. 下列选项中,表示两个相邻波峰之间的时间长度的是(　　)。

    A. 频率　　　　　　B. 音色　　　　　　C. 周期　　　　　　D. 振幅

6. 下列选项中,表示声波每秒钟振动次数的是(　　)。

    A. 频率　　　　　　B. 音色　　　　　　C. 周期　　　　　　D. 振幅

7. 自然界的声音是(　　)信号,要使计算机能处理音频信号必须将其(　　),这种转换过程即声音的数字化。

    A. 连续变化的模拟,连续化　　　　　　B. 连续变化的模拟,离散化

    C. 连续变化的数字,离散化　　　　　　D. 连续变化的数字,连续化

8. 对声音信号进行数字化处理,是对声音信号(　　)。

　　A. 采样并量化　　B. 仅采样　　　　C. 仅量化　　　　D. 采样、量化并编码

9. 对声音信号进行数字化处理首先需要确定的两个问题是(　　)。

　　A. 采样频率和量化精度　　　　　　B. 压缩和解压缩

　　C. 录音与播放　　　　　　　　　　D. 样本数量与采样方法

10. 对声音信号进行数字化时,间隔时间相等的采样称为(　　)采样。

　　A. 随机　　　　　　B. 均匀　　　　　C. 选择　　　　　D. 模拟

11. 声音数字化时,存储表示每个数字化声音样本所用的二进制位数,称为(　　)。

　　A. 采样　　　　　　B. 采样频率　　　C. 量化　　　　　D. 量化精度

12. 对声音进行数字化时,每秒钟所采集声音样本的个数,称为(　　)。

　　A. 压缩　　　　　　B. 采样频率　　　C. 解压缩　　　　D. 量化精度

13. 奈奎斯特理论指出,采样频率不低于声音信号最高频率的(　　)倍。

　　A. 1　　　　　　　B. 2　　　　　　　C. 3　　　　　　　D. 4

14. 满足奈奎斯特采样定理的采样信号,所得到的数字信号(　　)。

　　A. 可以还原成原来的声音　　　　　B. 不能还原成原来的声音

　　C. 是音质最好的信号　　　　　　　D. 是模拟声音信号

15. 从听觉的角度看,声音的主要要素不包括(　　)。

　　A. 音调　　　　　　B. 响度　　　　　C. 音长　　　　　D. 音色

16. 声音的高低叫做(　　),它与频率(　　)。

　　A. 音调,无关　　　B. 音调,成正比　　C. 音调,成反比　　D. 响度,无关

17. 下列选项中,数据量最大,但被目前所有的音频播放软件和编辑软件支持的声音文件格式是(　　)。

　　A. MP3　　　　　　B. WAV　　　　　　C. MIDI　　　　　D. ACC

18. 从电话、广播中分辨出熟人是根据(　　)的不同,它是指由谐音的多寡、各谐音的特性决定的。

　　A. 音色　　　　　　B. 响度　　　　　C. 频率　　　　　D. 音调

19. 下列选项中,支持它的制作和播放软件少,且压缩很耗时的音频格式是(　　)。

　　A. WMA　　　　　　B. MP3　　　　　　C. VQF　　　　　D. RAM 和 RM

20. 响度即声音的响亮程度,它与(　　)有关。

　　A. 音色　　　　　　B. 振幅　　　　　C. 频率　　　　　D. 音调

21. 人耳能够听到的声音信号是(　　)。

　　A. 次声波　　　　　B. 超声波　　　　C. 音频　　　　　D. 声波

22. 人们把频率范围为 20～20kHz 的声音信号称为(　　)信号。

　　A. 次声波　　　　　B. 超声波　　　　C. 音频　　　　　D. 声波

23. 人们把高于 20kHz 的声音信号称为(　　)信号。

　　A. 次声波　　　　　B. 超声波　　　　C. 音频　　　　　D. 声波

24. 假设 CD 格式的某立体声音乐的采样频率是 44.1kHz,量化位数为 16b,那么该音乐 1 分钟的数据量约为(　　)(按近似换算率:1KB＝1000B,1MB＝1000KB)。

　　A. 10 584KB　　　　B. 10 584Kb　　　　C. 10.584Mb　　　　D. 84.672MB

25. MP3 的压缩比是（   ）。

    A. 2∶1   B. 4∶1   C. 6∶1   D. 10∶1

26. 下列 GoldWave 操作中,使音频文件时间长度增加的是（   ）。

    A. 静音   B. 插入静音   C. 声音倒序   D. 段落剪切

27. 用 GoldWave 删除一段声音的正确操作应该包括（   ）的步骤。

    A. 选定、静音   B. 拖曳、剪切   C. 选定、删除   D. 选定、插入静音

28. 用 GoldWave 移动一段声音所包括的操作应该是（   ）。

    A. 选定、复制、粘贴   B. 选定、剪切、粘贴

    C. 复制、移动、粘贴   D. 选定、剪切、插入

29. 在 GoldWave 中,能调整各频段音频音强的对话框是（   ）。

    A. 音高   B. 回声   C. 均衡器   D. 压缩器/扩展器

2-2 填空题

1. 声音的三个重要指标参数是（   ）、（   ）和（   ）。

2. 从听觉角度看,声音所具有的三个要素是（   ）、（   ）和（   ）。

3. 笛子和小提琴演奏相同的乐曲时,人们能够正确地分辨出不同的乐器是因为它们的（   ）不同

4. 按照人们听觉的频率范围,声音可以分为（   ）、（   ）和（   ）三类,其中（   ）是指频率低于 20Hz 的信号,（   ）是指频率高于 20kHz 的信号,而（   ）指频率范围在 20Hz～20kHz 的声音信号。

5. 声音数字化先后经历的三个步骤是（   ）、（   ）和（   ）。

6. 音频采样就是将声音信号在时间上进行（   ）处理,即每隔一小段时间在模拟音频信号的波形曲线上采集一个信号样本值。

7. （   ）是指每个声音样本需要用多少位二进制数表示,反映了量度声音波形的精确程度。它的值越（   ）,数字化后的声音信号就越可能接近原始信号,但所需要的存储空间也越（   ）。

8. 数字化声音的三个主要技术指标包括（   ）、量化精度和（   ）。

9. （   ）指单位时间内采集的样本个数。它的值越高,在一定时间间隔内采集的样本数越（   ）,音质越（   ）,数字化声音的数据量越（   ）。

10. 数字化声音的数据量是由（   ）、量化精度、（   ）和声音持续时间所决定的。

11. 利用 GoldWave 录制声音的过程中,首先要通过（   ）菜单下的（   ）菜单项,创建一个新文件,并在（   ）对话框中设定新文件的有关参数。

12. 利用 GoldWave 编辑声音的过程中,首先需要（   ）编辑区域,设定编辑区域起点的操作既可以单击鼠标,也可以用右键菜单下的（   ）命令,设定编辑区域终点的操作用右键菜单下的（   ）命令。

13. 利用 GoldWave 编辑声音的过程中,选择（   ）菜单中的（   ）命令,可以打开"音高"对话框。可以在对话框中通过调整比例因子或（   ）值的滑块来改变声音的音高。

14. 利用 GoldWave 制作淡入淡出效果的过程中,在"淡入"对话框中要设置的值是音量的（   ）值,而在"淡出"对话框中要设置的值是音量的（   ）值。

15. 利用 GoldWave 更改声音文件音量大小,首先应选择主菜单（   ）下的一级子菜

单（　　）；然后，如果要详细设置音量参数，则选择二级子菜单（　　），如果想在不出现声音过载情况下最大限度提升音量，则应该选择二级子菜单（　　）。

2-3 思考题

1. 什么是音频信号？决定音频信号波形的参数有哪些？

2. 什么叫样本精度？样本精度与量化位数有何关系？当量化位数为 8 位时，量化误差的数量级是多少？量化噪声对应的信噪比是多少分贝？

3. 选择采样频率为 44kHz、量化位数为 16 位的立体声录音参数，在不采用压缩技术的情况下，计算机录制 20 分钟的声音需要多少 MB 存储空间？

4. 什么叫声音信号的带宽？声音的质量与它所占用的频带宽度有关，请说出四级音频（电话语音、AM 广播、FM 广播、CD）的带宽。

5. 声频信号能进行压缩编码的依据是什么？音频信号有哪几种编码方式？

第3章　图形图像处理技术

人类获取的信息大约有70%来源于视觉,在多媒体技术中,视觉信息的获取及处理无疑占有举足轻重的地位,视觉信息处理技术在目前以至将来都是多媒体应用的一个核心技术。因此,从本章开始将分别介绍主要视觉媒体的处理技术。图形和图像作为一类重要视觉媒体,既有许多应用领域,又是构成视频、动画的组成元素。所以,本章首先介绍与视觉信息密切相关的颜色的基本概念与颜色空间的表示与转换;然后重点简介数字图像处理领域的主要内容,包括图像的数字化、图像处理的类型、图像压缩编码的常用技术和国际标准、常见图像文件格式。在应用技术方面,介绍著名图像处理软件 Photoshop 的常用操作方法,并通过实例示范,起到学以致用、抛砖引玉的作用。

3.1　图形与图像的基本概念

计算机画面上显示出来的画面与文字,按照其描述方法分类,通常有两种类型:一种称为矢量图形或几何图形,简称图形(Graphics);另一种叫做点阵图像或位图图像,简称图像(Image)。图形和图像的概念既有联系又有区别,是两种不同的媒体形式。

3.1.1　图形

在计算机科学领域,一般称图形(Graphics)为矢量图(Vector Graphics)。图形是用一个指令集合描述的。这些指令描述构成一幅图的所有直线、圆、圆弧、曲线和矩形等的位置、维数和大小、形状、颜色。显示时需要相应的软件读取这些命令,并将其转变为屏幕上所显示的形状和颜色。

产生图形的程序通常称为绘图(Draw)程序,它可以分别产生和操作矢量图形及其各个组成部分,并可以任意移动、缩小、放大、旋转和扭曲各个部分,即使相互覆盖或重叠,也仍然保持各自的特性。

图形与分辨率无关,用户可以将它们缩放到任意尺寸,可以按任意的分辨率打印,而不会遗漏细节或降低清晰度。图 3-1(a)和图 3-1(b)是一个原始图形及对其放大了 4 倍的效果。

图形主要用于标志设计(如徽标)、工程制图和美术字等。常用的图形文件有.3DS(用于 3D 造型)、.DXF(用于 CAD)和.WAM(用于桌面出版等)。但是对于复杂图形,矢量命令会变得复杂,创建图形不自然。由于矢量图形依赖于简单的图元,所以很难表现物体的复杂属性。

(a) 原始图形   (b) 放大4倍后的效果

图 3-1　原始图形及其放大 4 倍后的效果

3.1.2　图像

图像是由许多颜色与亮度不同的像素点组成的，它适合表现层次细致、色彩丰富、包含大量细节的对象(如照片)。组成图像的每个像素点的形状是一个小方块，通常的像素点在计算机显示器上显示时尺寸是相当小的，因为在一定的显示面积范围内，像素点数量巨大；图像中相邻的像素点颜色和亮度也是比较接近的(这叫做相邻像素具有相关性)。这样，从宏观上就看不出一个个像素点的形状。

图像与分辨率有关，用户将它们缩放或低于创建的分辨率打印时，将丢失其中的细节，并出现锯齿状。因为当放大图像时构成图像的像素个数并没有增加，只能是像素本身进行放大，所以可以看见构成整个图像的无数个方块，从而使线条和形状显得参差不齐。图 3-2 展示了一个原始图像的局部放大 4 倍后的效果。

 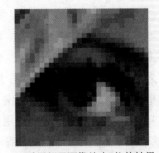

(a) 原始图像   (b) 原始图像的局部子图像   (c) 对局部子图像放大4倍的结果

图 3-2　Lena 图像的局部及其放大 4 倍的效果

计算机数字图像一般是由图像捕获设备或输入设备(如数码相机、扫描仪等)捕捉的实际场景画面，也可以是由一些图像软件生成的任意画面；生成图像的软件通常称为绘画(Paint)软件，利用这样的软件可以制定颜色并画出每个像素点而生成一幅图画。图像所需要的存储空间比矢量图形大得多，因为图像必须指明屏幕上显示的每个像素点的信息。但显示一幅图像所需要的 CPU 计算量要远小于显示一幅图形的 CPU 计算量，这是因为显示图像一般只需把图像信息读入显示缓冲区中即可；而显示一幅图形则需要 CPU 计算组成每个图元(如点、线等)的像素点的位置与颜色,这需要很强的 CPU 计算能力。

3.2 颜色的基本概念与表示方法

3.2.1 颜色的基本概念

颜色是人的视觉系统对可见光的感知结果。物体由于其组成物质和内部结构的不同,受光线照射后,一部分光线被吸收,其余的被反射或投射出来。由于物体表面具有不同的吸收光线与反射光的能力,反射光不同,眼睛就会看到不同的颜色。因此,颜色与光有密切关系,也与被光照射的物体以及观察者有关。

颜色通常使用光的波长来定义,用波长定义的颜色叫做光谱色。人们已经发现,用不同波长的光进行组合时可以产生不同的颜色感觉。

虽然人们可以通过光谱功率分布,也就是用每一种波长光波的功率(占总功率的一部分)在可见光中的分布来精确地描述颜色,但因为眼睛对颜色的采样仅用相应于红、绿和蓝色的三种锥体细胞,因此这种描述方法就产生了很大冗余。这些锥体细胞采样得到的信号通过大脑产生不同颜色的感觉,这些感觉由国际照明委员会(CIE)做了定义,用颜色的三个特性来区分。这些特性是色调(hue)、饱和度(saturation)和明度(brightness),它们是颜色所固有的并且是截然不同的特性。

色调又称为色相,指颜色的外观,用于区别颜色的名称或颜色的种类。色调是视觉系统对一个区域所呈现颜色的感觉。对颜色的感觉实际上就是视觉系统对可见物体辐射或者发射的光波波长的感觉。这种感觉就是与红、绿和蓝三种颜色中的哪一种颜色相似,或者与它们组合的颜色相似。色调取决于可见光谱中的光波的频率,它是最容易把颜色区分开的一种属性。色调用红、橙、黄、绿、蓝、靛、紫等术语刻画。例如,说一幅画具有红色调,是指它在颜色上总体偏红。色调的种类很多,如果要仔细分析,可有 1000 万种以上,但普通颜色即专业人士可辨认出的颜色大约可达 300～400 种。黑、灰、白则为无色彩。色调有一个自然次序:红、橙、黄、绿、青、蓝、靛、紫。在这个次序中,当人们混合相邻颜色时,可以获得在这两种颜色之间连续变化的色调。用于描述感知色调的一个术语是色彩。色彩是视觉系统对一个区域呈现的色调多少的感觉,例如,是浅蓝还是深蓝的感觉。

饱和度是颜色的纯洁性,可用来区别颜色的纯洁程度。当一种颜色掺入其他光成分越多时,就说颜色越不饱和。比如绿色,当它混入了白色时,虽然仍旧具有绿色的特征,但它的鲜艳度降低了,成为淡绿色;当它混入黑色时,成为暗绿色。不同的色相饱和度不相等,例如饱和度最高的色是红色,黄色次之,绿色的饱和度才达到红色的一半左右。完全饱和的颜色则是指没有掺入白光所呈现的颜色,例如仅由单一波长组成的光谱色就是完全饱和的颜色。

明度是视觉系统对可见物体辐射或者发光多少的感知属性。有色表面的明度取决于亮度和表面的反射率。由于感知的明度与反射率不是成正比的,而认为是一种对数关系,因此在颜色度量系统中使用一个比例因子来表示明度。在黑白图像中,明度最高的色是白色,明度最低的色是黑色,中间存在从暗到亮灰色系列。在彩色图像中,任何一种纯度色都有着自已的明度特征。例如,黄色为明度最高的色,处于光谱的中心位置,紫色是明度最低的色,处于光谱的边缘。明度在三要素中具有较强的独立性,它可以不带任何色相的特征而通过黑、白、灰的关系单独呈现出来。色相与饱和度则必须依赖一定的明暗才能显现,色彩一旦发生,明暗关系就会同时出现。

亮度是用来反映视觉特性的光谱敏感函数加权之后得到的辐射功率,用单位面积上反射或者发射的光的强度表示。由于明度很难度量,通常可以用亮度来度量。

在饱和的彩色光中增加白光的成分,相当于增加光能,因而变得更亮了,但它的饱和度却降低了。若增加黑色光的成分,相当于降低了光能,因而变得更暗,其饱和度也降低了。饱和度越高,颜色越艳丽,越鲜明突出,越能发挥其颜色的固有特性。但饱和度高的颜色容易让人感到单调刺眼。饱和度低,色感比较柔和协调,可混色太杂则容易让人感觉浑浊,色调显得灰暗。

3.2.2 颜色空间表示与转换

颜色通常用颜色空间来表示。颜色空间是用一种数学方法形象化表示颜色的,人们用它指定和产生颜色。例如,对于人来说,可以通过色调、饱和度和亮度定义颜色;对于显示设备来说,可使用红、绿和蓝荧光体的发光量描述颜色;对于打印或者印刷设备来说,可使用青色、品红色、黄色和黑色的反射和吸收产生指定的颜色。空间中的颜色能够看到或者使用颜色模型生产。颜色空间中的颜色通常用代表三个参数的三维坐标描述,其颜色取决于所使用的坐标。在显示技术和印刷技术中,颜色空间经常被称为颜色模型。颜色空间侧重颜色的表示,而颜色模型侧重颜色的生成。

在一个典型的多媒体计算机系统中,常常涉及用几种不同的颜色空间表示图形和图像的颜色,以对应于不同场合和应用,各种颜色空间可以方便地进行转换。

1. RGB 颜色空间

计算机颜色显示器显示颜色原理与彩色电视机一样,都是采用红(R)、绿(G)、蓝(B)相加混色的原理,通过反射出三种不同强度的电子束,使屏幕内侧覆盖的红、绿、蓝荧光材料发光而产生颜色的。这种颜色表示的方法称为 RGB 空间颜色表示。在多媒体计算机技术中,用得最多的是 RGB 颜色空间表示。

在 RGB 颜色空间中,任何颜色都可用 RGB 三维空间坐标系中的一个点表示,即任意色光 F 都可以用 RGB 三基色按不同比例相加混合而成,即混合色 F 可以用下式表示:

$$F = r[R] + g[G] + b[B] \tag{3-1}$$

公式(3-1)表示按矢量合成方法相加,[R]、[G]、[B]分别代表三个坐标方向的单位矢量;而 r、g、b 则分别代表红、绿、蓝三种基色的强度数值,假设约定其取值在[0,1]区间范围,某参数取 0 时表示对应的基色最弱(无),某参数取 1 时表示对应的基色最强;合成矢量 F 代表混合色对应的矢量,F 的端点坐标则为 (r,g,b),坐标 (r,g,b) 就表示混合色中三基色分别占的比例。在 RGB 颜色空间中,自然界中任何一种色光都可以由红、绿、蓝三基色按不同的比例相加混合而成,即任何颜色都可以表示为 RGB 颜色空间中的一个点。当三基色分量都为 0(最弱)时,混合得到的是黑色光,故黑色在 RGB 颜色空间中的坐标为 (0,0,0),即为坐标原点;当三基色分量都为 1(最强)时,混合色为白色光,故白色在 RGB 颜色空间中的坐标为 (1,1,1);而红色、绿色、蓝色的坐标分别是 (1,0,0)、(0,1,0)、(0,0,1);其他色都有一组这样的三维坐标值。这就是 RGB 颜色空间的含义。

2. HSI 颜色空间

在 HSI(Hue,Saturation,Intensity)模型中,H 表示色调,S 表示饱和度,I 表示亮度,它反映了人的视觉系统观察颜色的方式。通常把色调和饱和度通称为色度,用来表示颜色的类别与深浅程度。由于人的视觉对亮度的敏感程度远强于对颜色浓淡的敏感程度,因此为了便于颜色处理和识别,人的视觉系统经常采用 HSI 颜色空间,它比 RGB 颜色空间更符合人的视觉特征,在图像处理和计算机视觉中大量算法都可在 HSI 颜色空间中方便地使用,它们可以分开处理而且是相互独立的。因此,在 HSI 颜色空间可以大大简化图像分析和处理的工作量。RGB 颜色空间可以与 HSI 颜色空间相互转换,HSI 颜色空间与 RGB 颜色空间的转换关系可用公式(3-2)表示。

$$F = \frac{2R-G-B}{G-B}$$

$$I = \frac{R+G+B}{3}$$

$$S = 1 - \left[\frac{\min(R,G,B)}{I}\right]$$

$$H = \frac{I}{360}\left[90 - \arctan(F/\sqrt{3}) + \{0, G>B;\ 180, G<B\}\right] \tag{3-2}$$

3. YUV 颜色空间

YUV 颜色空间也称为电视信号彩色坐标系统。在现代彩色电视系统中,通常采用 3 管彩色摄像机或彩色 CCD(电耦合器件)摄像机,它把得到的彩色图像信号,经分色分别放大校正得到 RGB;再经矩阵变换电路得到亮度信号 Y 和两个色差信号 $R-Y$、$B-Y$;最后发送端将亮度和色差 3 个信号分别进行编码,用同一信道发送出去,这就是常用的 YUV 颜色空间。

YUV 彩色电视信号传输时,将 R、G、B 改组成亮度信号和色度信号。PAL 制式将 R、G、B 三色信号改组成 Y、U、V 信号,其中 Y 信号表示亮度,U、V 信号是色差信号。采用 YUV 颜色空间的重要性是它的亮度信号 Y 和色度信号 U、V 是分离的。如果只有 Y 信号分量而没有 U、V 分量,那么这样表示的图就是黑白灰度图。彩色电视采用 YUV 空间正是为了用亮度信号 Y 解决彩色电视机与黑白电视机的兼容问题,使黑白电视机也能接收彩色信号。

根据美国国家电视制式委员会 NTSC 制式的标准,当白光的亮度用 Y 来表示时,它和红、绿、蓝三色光的关系可用公式(3-3)描述。

$$Y = 0.3R + 0.59G + 0.11B \tag{3-3}$$

上式就是常用的亮度公式。色差 U、V 是 $B-Y$、$R-Y$ 按不同比例压缩而成的。YUV 颜色空间与 RGB 颜色空间的转换关系如公式(3-4a)和(3-4b)所示。

$$\begin{bmatrix} Y \\ U \\ V \end{bmatrix} = \begin{bmatrix} 0.299 & 0.587 & 0.114 \\ -0.148 & -0.289 & 0.437 \\ 0.615 & -0.515 & -0.100 \end{bmatrix} \begin{bmatrix} R \\ G \\ B \end{bmatrix} \tag{3-4a}$$

$$\begin{bmatrix} R \\ G \\ B \end{bmatrix} = \begin{bmatrix} 1 & 0 & 1.140 \\ 1 & -0.395 & -0.581 \\ 1 & 2.032 & 0 \end{bmatrix} \begin{bmatrix} Y \\ U \\ V \end{bmatrix} \tag{3-4b}$$

根据式(3-4a)，人们可由原始彩色图像的 RGB 分量得到其 YUV 分量；相反地，根据式(3-4b)，可由原始彩色图像的 YUV 分量得到其 RGB 分量。式(3-4a)与(3-4b)是互为逆运算。其中，R、G、B 的各分量取值范围为 $0 \sim 255$ 的整数。

与 YUV 颜色空间类似的还有 Lab 颜色空间，它也是用亮度和色差来描述颜色分量的，其中 L 为亮度、a 和 b 分别为各色差分量。

YIQ 模型也与 YUV 模型非常类似，是在彩色电视制式中使用的另一种重要的颜色模型，在 NTSC 彩色电视制式中使用。这里的 Y 表示亮度，I、Q 是两个彩色分量。YIQ 和 RGB 的相互转换关系分别用下面的公式(3-5a)和(3-5b)表示。

$$\begin{bmatrix} Y \\ I \\ Q \end{bmatrix} = \begin{bmatrix} 0.299 & 0.587 & 0.114 \\ 0.596 & -0.274 & -0.322 \\ 0.211 & -0.523 & 0.312 \end{bmatrix} \begin{bmatrix} R \\ G \\ B \end{bmatrix} \tag{3-5a}$$

$$\begin{bmatrix} R \\ G \\ B \end{bmatrix} = \begin{bmatrix} 1.000 & 0.956 & 0.621 \\ 1.000 & -0.272 & -0.647 \\ 1.000 & -1.106 & 1.703 \end{bmatrix} \begin{bmatrix} Y \\ I \\ Q \end{bmatrix} \tag{3-5b}$$

4. CMYK 颜色空间

计算机屏幕显示通常用 RGB 颜色空间，它是通过相加来产生其他颜色的，这种做法通常称为加色合成法。加色合成法可以用公式(3-1)来理解：在 RGB 颜色空间中，当 $r=g=b=0$ 时，合成色是黑色；只要加上任何基色(即 RGB 的系数至少有 1 个以上值不为 0)，合成色就不是黑色而是某种其他色。比如，$r=1$，$g=b=0$，合成色是红色；当三种分量均全部等强度加上(均为 1 时)合成色为白色。

彩色打印或彩色印刷的纸张是不能发射光线的，因而彩色打印机或印刷机只能使用一些能够吸收特定的光波而反射其他光波的油墨或颜料。油墨或颜料的三种基色是青(Cyan)、品红(Magenta)和黄色(Yellow)，简称为 CMY。青色对应蓝绿色，品红对应紫红色。理论上说，任何一种由颜料表现的颜色都可以用这三种基色按不同的比例混合而成，这种颜色表示方法称 CMY 颜色空间表示法。彩色打印机采用的就是 CMY 颜色空间，它是通过颜色相减产生其他颜色的，所以称这种方式为减色合成法。CMY 空间正好与 RGB 空间互补，即用白色减去 RGB 空间中的某一颜色值就等于该颜色在 CMY 空间中的值。CMY 空间与 RGB 空间的颜色值互补关系如表 3-1 所示。根据这个原理，很容易把 RGB 空间转换成 CMY 空间。

表 3-1 CMY 空间与 RGB 空间的颜色值互补关系

RGB 空间值	CMY 空间值	合成的颜色	RGB 空间值	CMY 空间值	合成的颜色
(0,0,0)	(1,1,1)	黑	(1,0,0)	(0,1,1)	红
(0,0,1)	(1,1,0)	蓝	(1,0,1)	(0,1,0)	品红
(0,1,0)	(1,0,1)	绿	(1,1,0)	(0,0,1)	黄
(0,1,1)	(1,0,0)	青	(1,1,1)	(0,0,0)	白

图形图像处理技术

CMYK 模型以打印在纸张上油墨的光线吸收特性为基础,白光照射到半透明油墨上时,部分光线被吸收,部分被反射。理论上,青色(C)、品红(M)和黄色(Y)能合成吸收所有光线的黑色。但是,因为所有打印油墨都包含一些杂质,这三种油墨合成实际上产生一种土灰色,必须与黑色油墨混合才能产生真正的黑色。于是在印刷工业上通常用 CMYK 四颜色系统,在 CMY 三色基础上增加了一种黑色 K。这里用 K 表示黑色,而不用 Black 中的首字母 B 表示黑色,是为了避免和 RGB 三基色中的蓝色(Blue,用 B 表示)发生混淆。

3.3　图形处理技术

3.3.1　图形处理技术概述

图形通常由点、线、面、体等几何元素和灰度、色彩、线型、线宽等非几何属性组成。从处理技术来看,图形又分为主要的两类:一类是基于线条信息表示的,用于刻画物体形状的点、线、面、体等几何元素,如工程图、等高线地图、曲面的线框图等;另一类是反映物体表面属性或材质的灰度颜色等非几何要素,它侧重于根据给定的物体描述模型、光照及摄像机来生成真实感图形。人们用概念或数学描述表示物体的几何数据或几何模型,并运用计算机对这些数据或几何模型进行显示、存储、修改、完善等操作,这样的过程叫做计算机图形处理。

图形处理研究的方向包括如何通过计算机生成、处理和显示图形。研究计算机图形处理的学科分支叫计算机图形学。计算机图形学的研究内容涉及用计算机对图形数据进行处理的硬件和软件两个方面的技术,主要围绕着计算机图形信息的输入、表达、存储、显示、变换以及表示物体的图形的准确性、真实性和实时性的基础算法进行研究,如图形硬件、图形标准、图形交互技术、光栅图形生成算法、曲线曲面造型、实体造型、真实感图形计算与显示算法,以及科学计算可视化、计算机动画、自然景物仿真、虚拟现实等。可以说,计算机图形学研究的一个主要内容就是要利用计算机产生令人赏心悦目的真实感图形。为此,必须建立图形所描述的场景的几何表示,再用某种光照模型计算在假想的光源、纹理、材质属性下的光照明效果。所以计算机图形学与另一门学科——计算机辅助几何设计有着密切的关系。

图形处理技术大致可以分为以下几类:

(1) 图形元素的几何变换,即对图形的平移、放大和缩小、旋转、镜像等操作。

(2) 自由曲线和曲面的插值、拟合、拼接、分解、过渡、光顺、整体和局部修改等。

(3) 三维几何造型技术,包括对基本形体的定义及输入、规则曲面和自由曲面的造型技术,以及它们之间的布尔运算方法的研究。

(4) 三维形体的实时显示,包括投影变换、窗口裁剪等。

(5) 真实感图形的生成技术,包括三维图形的消隐算法、光照模型的建立、阴影层次及彩色浓淡图的生成等。

(6) 山、水、花、草、烟云等模糊景物的模拟生成和虚拟现实环境的生成及其控制算法等。

(7) 科学计算可视化和三维或高维数据场的可视化,包括将科学计算中大量难以理解的数据通过计算机图形显示出来,从而使人们加深对其科学过程的理解。

计算机图形处理技术的主要应用领域包括计算机辅助设计(CAD)、计算机辅助制造(CAM)、计算机教育、计算机艺术、计算机模拟、信息的计算机可视化、计算机动画和虚拟现实等方面。其中,CAD是计算机图形学最主要的应用领域之一。

3.3.2 常用图形绘制软件

矢量绘图软件领域向来是CorelDRAW、Illustrator和FreeHand占主流地位,呈三分鼎立之势,并且有各自的忠实用户,三种软件各有优势,很难说谁能够绝对压倒谁。限于篇幅,本章仅简单介绍上述三种常用绘图软件,以及两款具有很好绘图功能的高级语言。

1. CorelDRAW软件

CorelDRAW是加拿大Corel软件公司(官方中文网站http://www.corel.com.cn)的产品。是目前图形软件中最为强大的一个图形绘制与图像处理软件,是一个基于矢量的绘图程序,是绘图与图像编辑组合式软件,其增强的易用性、交互性和创造力可用来轻而易举地创作专业级美术作品;新颖的交互式工具让用户能直接修改图像和加插不同效果,而易于使用的画面控制让用户能即时看到修改结果。物件制作与编辑过程精简化,可使用户用任何选定的创建工具进行基本节点编辑或特件变形。新的点阵图显示功能使物件放置和显示更精确顺畅。无论是简单的公司标识还是复杂的技术图例都不在话下。CorelDRAW的加强性文字处理功能和写作工具亦不同凡响,使人们在编排大量文字版面时,比以往任何时候更加轻松自如,这套矢量绘图软件及其加强型功能,可使用户创作出多种富于动感的特殊效果及点阵图像,使人们在设计和出版一切图形作品时如虎添翼。

CorelDRAW是融合了绘画与插图、文本操作、绘图编辑、桌面出版及版面设计、追踪、文件转换等高品质的输出于一体的矢量图绘图软件,在工业设计、产品包装造型设计,网页制作、建筑施工与效果图绘制等设计领域中得到了极为广泛的应用。CorelDRAW比较常用的版本有9.0、10.0、11、12、X3等。

CorelDRAW的功能可大致分为两大类:绘图与排版。它除了支持矢量图形处理以外,也支持位图图像处理。矢量图形中的图形元素在软件中称为对象。

CorelDRAW除了具有Illustrator和FreeHand两个软件的基本功能之外,还具有以下几大特点:彩色输出中心向导功能、增强的编修工具、支持网页创建和时髦的Internet功能、井井有条的文档管理、绚丽丰富的高精度色彩管理、备份处理结果功能、提供不同的视图质量、方便快捷的打印、强大的图像处理能力、直接制作Flash动画。

2. Illustrator软件

Illustrator是大名鼎鼎的Adobe公司推出的专业绘图工具,是出版、多媒体和在线图形图像工业标准插画绘图软件。将Illustrator与Adobe的另一软件Photoshop配合使用,可以使人们创造出让人叹为观止的图形图像效果。Illustrator提供了绘制各种图形所需的工具,可以使人们获得专业性的图形质量效果。无论是生产印刷、出版线稿的设计者或专业插画家、生产多媒体图像的艺术家,还是万维网或其内容的制作者,都认为Illustrator不仅仅只是一个艺术产品工具而已。它的优势在于处理矢量图形方面,能够非常精确地控制矢量图形的位置、大小,是工业界标准的绘图软件。另外,它在文字处理和图表方面也有着独特的优势,尤其是它将矢量图形、字体和图表有机地结合起来,非常适合于制作海报、网页、广告等宣传资料。

Illustrator 主要具有以下几大特点：文字处理功能、图表功能、增强的画笔效果、增强的混合工具、链接控制面板、动作控制面板、类型取样功能、智能参考线。

3. FreeHand 软件

FreeHand 是 Macromedia 公司的产品。与前面两款软件相比，有它自身的优势：体积不像 Illustrator、CorelDRAW 那样庞大，运行速度快。与 Macromedia 的其他产品如 Flash、Fireworks 等相容性极好。其文字处理功能尤为被人称道，甚至可与一些专业文字处理软件媲美，FreeHand 对于相关的工作和设计人员而言，可以实现常用的大部分功能。

FreeHand 作为插图及排版设计工具，从面市开始，就被公认为最佳的平面印刷排版工具。而今，FreeHand 更可覆盖从插图设计、手册制作、排版印刷、站点地图直至动画制作以及网上出版的所有领域，并且迅速在不同载体上实现同样的创意与设计。人们可通过 FreeHand 独特的设计和结构环境，制作引人注目的插图、图标、Macromedia Flash 图形等，它是专业印刷和网络设计所应用的优秀软件之一。

FreeHand 主要具有以下特点：透视网格功能、即时打包功能、精绘工具功能、交互变形功能、方便快捷的符号素材库、完善的选择功能、透明功能、放大功能、多页面管理。

4. 高级编程语言 Visual Basic

Visual Basic 是一种面向对象的程序设计语言，同时也是一个高效、实用的图形界面软件开发环境。Visual Basic 6.0 具有很强的图形图像处理功能，并广泛应用于图形设计、图像处理及多媒体技术的其他领域中。与目前常用的程序设计语言相比，Visual Basic 6.0 在图形开发方面具有如下特点。

（1）系统提供了功能强大的图形方法。Visual Basic 6.0 提供了画点、画线、画圆（含椭圆、弧线）、矩形（含正方形）等基本图元的图形方法。利用这些图形方法，用户可以在窗体、图片框上实现基本的绘图。此外，Visual Basic 还能够实现对位图图像的处理。

（2）用户设定空间较大。在 Visual Basic 6.0 中，将屏幕和绘图区进行了区分，绘图区作为屏幕的一部分，可以由用户设置其大小和在屏幕上的位置；同时用户可以根据需要在绘图区中设定合适的坐标系。此外，用户也能够利用 Visual Basic 6.0 提供的绘图属性，丰富自己的图形程序。

（3）图形编程不依赖于硬件。Visual Basic 6.0 图形语句功能的实现依赖于 Windows 系统中用于控制屏幕和打印机的驱动程序，而不是程序运行系统的硬件设置。因此，用 Visual Basic 6.0 开发出的图形程序是不依赖于硬件的。这将有利于开发具有高可移植性的图形程序。

（4）开发流程简单，易于掌握。与其他程序设计语言相比，Visual Basic 6.0 相对更为简单，因此，对于初学者来说更易于掌握。

5. 高级编程语言 MATLAB

MATLAB 是一种以矩阵为基本数据类型的科学计算程序设计语言，其功能已经大大超出了单纯科学计算的范围。其超级易用和超级强大的功能已经使 MATLAB 成为科技和工程界最受欢迎的软件之一。MATLAB 具有丰富的内部函数、方便的矩阵操作、内建的复数运算、完整和详细的在线帮助文档。如果考虑到丰富的扩展工具箱（ToolBox），那么 MATLAB 真可谓无所不能了。除此之外，MATLAB 方便强大的数据图形显示功能对

MATLAB 的推广普及起到了不可磨灭的贡献。很多科技工作者(包括大部分理工类研究生)都是应用 MATLAB 画数据曲线图。

直接调用 MATLAB 的内置图形函数即可轻松实现绘图。MATLAB 的图形函数可以分为六大类，即二维图形函数、三维图形函数、特殊图形函数、动画图形函数、文件图形操作函数以及 GUI 图形函数。每一类中包括很多基本图形函数，所以 MATLAB 可以实现所有方式的图形绘制(3D、饼图、矢量场等)。

许多实际的图形并不仅仅包括这些函数产生的图形曲线，还需要其他很多内容，比如需要坐标轴标记文字、曲线文字说明等图形标注。MATLAB 强大的图形标注功能完全可以满足用户的这些需要。MATLAB 也能将图形导出成很多格式的图像文件。

3.4　图像处理技术

图像是人类视觉所感受到的一种形象化的信息，其最大特点就是直观可见、形象生动。图像处理是一门非常成熟而发展又十分迅速的实用性科学，其应用范围遍及科技、教育、商业和艺术领域。图像又与视频技术关系密切，实际应用中的许多图像就来自于采集的视频。计算机图像处理研究的主要内容是如何对模拟图像进行采样、量化，以产生数字图像。如何对数字图像做各种变换，以方便处理；如何压缩图像数据，以便存储和传输等。

3.4.1　图像的数据表示

自然界的各类景物等原始图像源是一种模拟信号，为了使计算机能够记录和处理图像，必须首先将其数字化，数字化后的图像叫做数字图像，计算机图像处理也叫做数字图像处理。数字化后的图像是由许多颜色或灰度不同的像素点组成的，数字图像的数据表示形式是一组二维阵列数据，其数学模型是一个二维函数 $f(i,j)$，其中 i 和 j 是描述点的位置的二维平面坐标，取值为非负整数，分别表示行、列坐标。在 (i,j) 位置处的函数值 $f(i,j)$ 反映该位置点的像素颜色或灰度，称为 (i,j) 点像素值，每个点的像素值的大小由图像本身决定。在计算机中，这种自变量 i、j 为整数型的函数恰好可以用二维数组表示。图 3-3 显示了数字图像的数学表示形式。当一幅图像每一行有 N 个像素、每一列有 M 个像素时，常常将图像的大小(按像素数)记为 $N×M$。

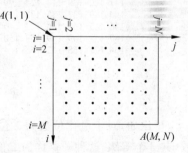

图 3-3　数字图像的数学表示

在数字图像中，一方面由于采样点的数目是有限的(即图像大小是有限的)，因此 i 和 j 的取值范围是有限的，对于一幅有 M 行 N 列像素的图像，i 的取值范围是 $0,1,\cdots,M-1$ 或 $1,2,\cdots,M$，表示有 M 行；j 的取值范围是 $0,1,\cdots,N-1$ 或 $1,2,\cdots,N$，表示有 N 列。至于坐标起点是从 0 开始还是从 1 开始，取决于用什么编程语言表示数字图像，如 C 系列语言由于数组下标是从 0 开始的，于是用 $0\sim M-1$ 和 $0\sim N-1$ 的形式表示；而 MATLAB 语言的数组(矩阵)下标是从 1 开始的，所以在 MATLAB 中表示图像，行、列下标的取值范围是 $1\sim M$ 和 $1\sim N$ 的整数形式。另一方面，由于数字图像的颜色值或灰度值是量化的离散值，故函数值 $f(i,j)$ 也是有限的；比如，对于典型的量化位数为 8 位的灰度图像，每一点像素值的取值范围就是[0,255]内的整数,共 256 个灰度级,像素值为 0 的点最黑,像素值为 255 的点最白,像素值为其他值的介于最黑与最白之间,像素值越大的点越白。图 3-4(a)所示的就是一幅典型的 8 位灰度图像,即 Lena 图像,像素大小为 256×256;图 3-4(b)所示的是取 Lena 的一只眼睛的局部子图并放大到 200%后的结果,该子图像素点对应的像素值矩阵如图 3-4(c)所示,子图对应原始 Lena 图像中第 130～第 145 行、第 128～第 146 列范围内的像素点。

(a) Lena图像 (b) 局部子图

```
96 100  97  73  69  75  68  49  67  99  60  55  65  98 124  93 122 119 115
70  55  61  54  54  51  48  51  52  48  43  43  39  48  72 121 137 127 126
54  50  51  53  47  47  45  44  52  72  62  47  42  38  43  70 120 135 127
48  47  50  48  46  43  44  51  79 149 145  90  48  40  40  43  82 123 133
51  68  54  53  51  36  62  75 102 187 196 168 124  56  50  74  70 115 126
62  96  69  74  83  42  54  93  60 179 200 197 181 120  69 111  96 102 118
70 104 109  61  90  83  86  63  95 202 206 206 202 165  92  88 115  93 111
58  97 118 100  58  56  59  91 178 206 206 204 195 166 122  98 124 108 112
73 106 118 127 113 100 125 173 196 202 207 203 186 143 142 129 114 129 113
102  93  93 129 141 151 156 169 181 189 193 180 167 151 138 119 123 130 124
118 125 125 108 114 103 126 140 147 156 149 160 168 171 172 165 143 127 125
141 140 130 113 124  99 127 134 125 118 111 145 148 161 162 151 134 123 120
144 149 137 135 132 123 128 135 132 128 144 151 152 150 147 147 145 124 124
146 145 140 146 142 140 141 141 149 150 153 158 163 159 158 161 144 128 131
157 153 149 149 153 150 155 156 161 162 165 166 165 160 163 160 140 127 132
164 171 168 162 165 164 163 170 172 170 170 164 173 164 169 152 140 135 143
```
(c) 局部子图对应的像素值数据

图 3-4 Lena 图像、局部子图和子图对应的像素值数据

再比如,对于量化位数为 1 位的图像,每一像素点的像素值取值只能是[0,1]范围的整数,共 2 个等级,这种图像称为二值图像,图像中只有黑点与白点两种,没有中间的灰色点;像素值为 0 的点是黑点,像素值为 1 的点是白点。图 3-5(a)所示的就是一幅大小为 232×186 像素的二值图像,图中像素点的值要么是 0,要么是 1,只有两种取值。图 3-5(b)是图 3-5(a)的马眼睛部分局部子图,大小为 21×21 像素,子图对应原始图像中行号 $i=10～30$、列号 $j=70～90$ 范围内的像素点;图 3-5(c)是图 3-5(b)的像素点对应的像素值矩阵。

彩色图像是由三幅基色图像组合而成的。计算机中一般用 RGB 颜色模型表示彩色图像,因此图像中的一个位置点像素的值包括它的红色分量 R 值、绿色分量 G 值、蓝色分量 B 值。因此一个像素点有三个数据要表示,一幅彩图相当于需要三个二维数组表示,如图 3-6 所示。比如,对于真彩色图像,图像的 R、G、B 三个基色分量图像的像素值都有 256 级,即每一种基色的像素值用 8 位二进制表示,因此存储每个点的像素值需要 3×8 位=3 字节。如

(a) 原始二值图像   (b) 局部子图

```
1 1 1 0 0 0 0 0 0 0 0 0 0 0 0 0 0 0 0 0
1 1 1 0 0 0 0 0 0 0 0 0 0 0 0 0 0 0 0 0
1 1 0 0 0 0 0 0 0 0 0 0 0 0 0 0 0 0 0 0
1 0 0 0 0 0 0 0 0 0 0 0 0 0 0 0 0 0 0 0
0 0 0 0 0 0 0 0 0 0 0 0 0 0 0 0 0 0 0 0
0 0 0 0 0 0 0 0 0 0 0 0 0 0 0 0 0 0 0 0
0 0 0 0 0 0 0 0 1 1 1 1 0 0 0 0 0 0 0 0
0 0 0 0 0 0 1 0 0 0 0 0 1 1 0 0 0 0 0 0
0 0 0 0 0 1 0 0 0 0 0 0 1 1 0 0 0 0 0 0
0 0 0 0 1 0 0 1 1 1 1 1 1 1 1 1 1 1 0 0
0 0 0 1 1 1 1 0 1 0 0 0 1 0 0 0 1 1 1 0
0 0 0 1 1 0 0 1 0 0 0 0 1 0 1 1 0 0 0 0
0 0 1 0 0 0 0 1 0 0 0 1 1 1 0 0 0 0 0 0
0 0 0 1 1 1 0 0 0 1 0 0 1 1 0 0 0 0 0 0
0 0 0 0 1 1 1 1 1 1 1 1 1 0 0 0 0 0 0 0
0 0 0 0 0 0 0 0 0 0 0 0 0 0 0 0 0 0 0 0
0 0 0 0 0 0 0 0 0 0 0 0 0 0 0 0 0 0 0 0
0 0 0 0 0 0 0 0 0 0 0 0 0 0 0 0 0 0 0 0
0 0 0 0 0 0 0 0 0 0 0 0 0 0 0 0 0 0 0 0
0 0 0 0 0 0 0 0 0 0 0 0 0 0 0 0 0 0 0 0
```

(c) 局部子图对应的像素值数据

图 3-5　二值图像、局部子图和子图对应的像素值数据

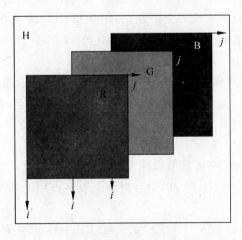

图 3-6　一幅彩图相当于三幅基色图像的叠加

红色分量的取值是 0～255 范围的整数,若红色分量的取值是 0,则表示不含红色成分;若红色分量的取值是 255,则表示含有 100% 的红色成分。绿色、蓝色分量的取值和含义完全类似于红色分量。在 MATLAB 中,三个二维数组可以用一个三维数组来表示,因此,RGB 彩色图像的数据表示是用一个三维数组表示的。如彩色图像 H 中的一个像素可用三维数组元素 $H(i,j,k)$ 表示,其中,i,j 为空间坐标,表示第 i 行、第 j 列位置的元素;而 $k=1$、2、3 分别表示红色分量 R、绿色分量 G、蓝色分量 B。假设空间坐标为 (10,5) 所对应的像素点,其红色分量的强度值为 0、绿色分量的强度值为 128、蓝色分量的强度值为 255,则:$H(10,5,1)=0$,$H(10,5,2)=128$,$H(10,5,3)=255$。由于每种基色的取值有 256 种,那么三种基色的组合有 $256 \times 256 \times 256 = 2^{24} = 16\ 777\ 216$ 种,所以 RGB 真彩色图像有 16 777 216 种颜色。这么多的颜色对于人的眼睛来说已经足够了。

表 3-2 给出了一些常见颜色的 RGB 组合值。

表 3-2 常见颜色的 RGB 组合值

颜　色	R	G	B
红	255	0	0
绿	0	255	0
蓝	0	0	255
黄	255	255	0
紫	255	0	255
青	0	255	255
白	255	255	255
黑	0	0	0
灰	128	128	128

当一幅图中每个像素被赋予不同的 RGB 值时,即可呈现出五彩缤纷的颜色,这样就形成了彩色图。但实际上的做法还有些差别。

例如,有一个长宽各为 200 个像素、颜色数为 16 色的彩色图,每一个像素都用 R、G、B 三个分量表示,因为每个分量有 256 个级别,要用 8 位(b),即一个字节(B)来表示,所以每个像素需要用 3B。整个图像要用 $200 \times 200 \times 3B$(约 120KB),这可不是一个小数目。但如果用下面的方法,就能减小很多。

因为是一个 16 色图,也就是说这幅图最多只有 16 种颜色,那么可以用一个表,表中的每一行记录一种颜色的 R、G、B 值。这样当表示一个像素的颜色时,只需要指出该颜色是在第几行,即该颜色在表中的索引值。例如,如果表的第 0 行为"255,0,0"(红色),那么当某个像素为红色时,只需要标明 0 即可。

下面再来计算一下:16 种状态可以用 4 位(b)表示,所以一个像素只要用半个字节。整个图像要用 $200 \times 200 \times 0.5B$(约 20KB),再加上表格占用的 $3 \times 16 = 48B$,所以其总字节数约为前面的 1/6。

上述的这张 RGB 表,即是人们常说的调色板(Palette),另一种叫法是颜色查找表 LUT (Look Up Table)。Windows 位图中便用到了调色板技术。其实不只是 Windows 位图,许多图像文件格式(如 pcx、tif、gif 等)都用到了该技术。所以很好掌握调色板技术是十分重要的。可见，用调色板表示图像的每个像素值实际上是一个索引值或代码，该代码值作为颜色查找表中某一项的入口地址，根据该地址可查找出包含实际 R、G、B 的强度值。这种用查找映射的方法产生的颜色称为伪彩色。

前面已经提到，真彩色图的颜色高达 256×256×256 种，也就是说它包含了上述提到的 R、G、B 颜色表示方法中所有的颜色，所以这种图叫做真彩色图(True Color)。真彩色图并不是说一幅图包含了自然界所有的颜色，而是说它具有显示所有颜色的能力，即最多可以包含所有的颜色。表示真彩色图时，每个像素直接用 R、G、B 三个分量字节表示，而不采用调色板技术。所以真彩色图像占用三个二维数组的存储空间。

3.4.2 图像的数字化

1. 图像数字化的步骤

图像数字化是计算机处理图像之前必经的基本步骤，目的是把真实的图像(如自然界的各种景物图、传统的照片、纸张印刷图片等)，转变成计算机能够接收的存储格式，即特定的连续数字串。而数字化过程一般也要经过取样、量化和编码等处理步骤。

取样实际上就是要用多少点来描述一幅图像，在图像分辨率(点密度)一定时，总的点数越多图像越大，需要的存储空间也越大。取样要考虑图像分辨率(点密度)和图像的点数(即图像的像素大小)。

量化是指要使用多大范围的数值来表示图像取样之后的每一个点。这个数值范围决定了图像上所能使用的颜色总数，这个颜色总数由存储一个图像点所使用的二进制位数决定。使用的二进制位数越多，能表示的图像颜色总数越多，产生的图像效果越细致、逼真；但占用的存储空间也越大。量化的结果是图像能够容纳的颜色总数。

编码则与图像文件所采用的格式以及压缩编码方式有关。

2. 图像数字化的设备

图像数字化的设备通常有扫描仪和数码相机。

扫描仪是一种典型的静态图像输入设备，其基本功能就是将反映图像特征的光信号转换成计算机可以识别的数字信号。目前，大多数扫描仪采用电荷耦合器件(Charge Coupled Device,CCD)作为光电转换部件；也有部分扫描仪采用了接触图像传感器(Contact Image Sensor,CIS)作为光电转换部件。CCD 和 CIS 都可以将光信号转换成相应的电信号。衡量扫描仪质量的技术指标主要有分辨率、灰度等级、色彩深度、扫描速度、扫描幅面和缩放倍率等。分辨率的计量单位是 dpi，即每英寸长度上分布的点数，分辨率为 600×1200dpi 时，表示横向分辨率为 600dpi，纵向分辨率率 1200dpi。灰度等级反映了单色扫描仪从白色到黑色层次变化的识别能力，如每个像素用 8 个二进制位编码，就可以识别 256 个灰度级；一般扫描仪能达到 1024 个灰度级。色彩深度则反映了彩色扫描仪的色彩表现能力，每一个像素都可分解成红、绿、蓝三种基色的组合，每一基色再用灰度级表示；如用 8 位表示一种基色，则每个像素要用 24 位表示，则彩色扫描仪的色彩深度为 24 位，可以表示 1677 万种颜色。扫描速度是指每扫描一行所需的时间 ms(毫秒)。扫描幅面是指一次扫描所能转换的原图最大范围，有 A4、A3、A1 和 A0 几种。缩放倍率是指扫描后产生的图像尺寸与原稿尺寸的比值。

数码相机用光电传感器和存储器取代了传统相机的感光胶片，当拍摄完毕后，通过相机

图形图像处理技术

上的液晶显示屏就可以看到拍摄的效果,并以图像文件的形式存储在存储器中供计算机调用处理。数码相机的主要技术指标有分辨率、色彩深度、存储器容量和拍摄速度等。分辨率的概念在这里一般指像素点的总数量,用水平方向一行的点数与垂直方向一列的点数之乘积表示,如 640×480 的分辨率约相当于 30 万像素。色彩深度概念的意义与前面的相同,存储容量一般为几个到几十个兆字节。拍摄速度反映了从按下快门到真正开始记录数据之间、拍摄一张照片和下一张照片之间要等待的时间以及存储处理时间。

3. 数字图像的基本概念

1) 分辨率

分辨率是影响图像质量的重要因素,有屏幕分辨率、图像分辨率和像素分辨率之分。

(1) 屏幕分辨率:计算机的显示屏幕由若干点(也称为像素)组成,屏幕分辨率是指屏幕上的像素总数,即屏幕上的最大显示区域,通常表示为:宽度×高度,单位用像素。以 VGA 方式的 640×480 屏幕分辨率为例,表明整个屏幕宽度方向每行有 640 个像素,高度方向每列有 480 个像素。

(2) 图像分辨率:图像的分辨率一般是指在每个单位长度上包含的像素数,反映了图像的像素密度,度量单位为 ppi(Pixel Per Inch,ppi),即"像素/英寸";有时度量单位也用 dpi(Dot Per Inch,dpi),即"点数/英寸"。ppi 多数用于计算机显示领域,而 dpi 多数出现在打印或印刷领域。

有时人们也把"图像的像素大小"称作图像分辨率。图像的像素大小是指一幅图像的像素总数,通常表示为"宽度×高度"形式,与屏幕分辨率的表示方式一样。如 16×8 像素的图像表示宽度方向每行有 16 个像素,高度方向每列有 8 个像素,图像共有 128 个像素。为概念上的严格区分,一般将这种用乘积形式表示的图像像素总数称作图像的像素大小。

(3) 像素分辨率:指一个像素的高和宽之比,通常为 1∶1,这时每个像素为 1 个微小正方形。如果像素分辨率不是 1∶1 的话,将导致图像变形,因此在这种情况下必须进行比例调整。

2) 颜色深度

颜色深度描述图像中可能出现的不同颜色的最大数目,用一个像素所占据的二进制位数表示。如某图像中每个像素的颜色用 24 个二进制位描述,则该图像的颜色深度为 24,可以包含 16 777 216(2^{24})种不同的颜色。可达 2^{24} 种颜色数的图像称为真彩色图像。

3) 图像的数据量

图像的数据量决定了存储一幅图像所需要的磁盘空间,故又称为图像的数据容量。用式(3-6)可以计算出图像的数据量(字节数):

$$图像的数据量＝图像的像素大小×图像深度/8(B) \qquad (3-6)$$

如一幅像素大小为 1024×768 的真彩色图片,其图像数据所需的存储空间大小为 1024×768×24/8B＝2 359 296B＝2304KB。

实际上,在"Windows 资源管理器"下查看到的上述图像的文件大小比上述公式计算出的图像数据量要略大,原因是:上述公式计算出的仅仅是图像数据量的大小,每个文件还有一个文件头,文件头存放了该文件的格式信息,该信息告诉应用软件此文件是什么格式。而整个文件的大小除了图像数据以外,还要包括文件头内容的数据量。

3.4.3 图像变换

由于图像阵列很大，直接在空间域中进行处理涉及的计算量很大，因此，在许多图像处理过程中往往采用各种图像变换方法。常见的图像变换方法有离散傅里叶变换（FFT）、离散余弦变换（DCT）、离散小波变换（DWT）、K-L变换等。这些变换将图像在空间域表示的数据变换到另一个正交矢量空间（称为变换域，多数变换域属于频率域），产生一批变换系数，然后对这些变换系数进行编码处理，从而达到压缩图像数据的目的。

1. 离散傅里叶变换（FFT）

傅里叶变换源于傅里叶分析，傅里叶分析就是把一个任意函数展开成所谓的傅里叶级数，它的基本目的是要把一个信号（时间或空间变量的函数）分解为不同频率的分量之和。参见第2章的公式（2-1）（该公式表示声音信号可以分解为基波和不同频率的谐波之和）。对于连续函数（模拟信号）进行傅里叶分析称为傅里叶变换。而对于离散的数字信号（如数字图像）做傅里叶变换则称作离散傅里叶变换。已有学者研究出来了一种用计算机快速实现傅里叶变换的算法，通常称为FFT算法。由于FFT算法原理比较复杂，这里不做定量的介绍，只列举一个直接运用该算法程序做图像变换的实例。离散傅里叶变换有一维和多维的情况，图像是二维的，故关于数字图像数据的傅里叶变换属于二维傅里叶变换，在MATLAB语言中有一个内部函数fft2可以实现二维傅里叶变换的快速算法；同样有一个内部函数ifft2能实现相应的二维傅里叶逆变换。例如，可以在MATLAB环境中，用下列语句在其命令窗口验证图像的傅里叶变换及其逆变换的结果（注意%后面的内容是注释内容，可以不输入）：

```
A = imread('e:/Pic/Lena.bmp');        % 读取磁盘上指定位置的 Lena 图像文件数据到变量 A
A = double(A);                        % 将 A 中数据转化为双精度实数类型
figure;                               % 打开第 1 个图形显示窗体
imshow(A);                            % 在第 1 个图形窗口显示原始图像
B = fft2(A);                          % 对 A 进行快速离散傅里叶变换,数据结果赋给变量 B
C = fftshift(B);                      % 将频率域的数据中零频率点移到中心位置,得到 C
D = log(abs(C));                      % 对傅里叶变换频谱数据 B 取幅值,然后取幅值的对数
figure;                               % 打开第 2 个图形显示窗体
imshow(D,[2 15]);                     % 显示数据 D,将值为 2 的点设置为最黑,值为 15 的点为最白
A1 = ifft(B);                         % 对 B 进行快速离散傅里叶逆变换,数据结果赋给变量 A1
figure;                               % 打开第 3 个图形显示窗体
imshow(A1,[0 255]);                   % 显示数据 A1,设置值为 0 的点为最黑,值为 255 的点为最白
```

读者可以验证，上述语句执行的结果如图3-7所示。图3-7(a)是在第1个图形窗口显示的Lena图像（即原始空域的数据）；而图3-7(b)是Lena图像经过FFT变换的频谱图像（即图像频率域中数据的显示）；而图3-7(c)是将频谱直接经逆FFT变换后所得到的恢复图像。

2. 离散余弦变换（DCT）

离散余弦变换是离散傅里叶变换的一种特殊情况。在傅里叶级数展开式中，如果被展开的函数是实偶函数。那么，其傅里叶级数中只包含余弦项，再将其离散化由此可导出离散余弦变换（Discrete Cosine Transform，DCT）。

图形图像处理技术

(a) Lena原图　　(b) 经过FFT变换后的频谱图像　(c) 经逆FFT变换后的图像

图 3-7　Lena 原始图像与 FFT 变换、逆 FFT 变换后的图像比较

设图像的像素大小为 $N\times N$，则图像的二维离散余弦变换公式为：

$$C(u,v) = E(u)E(v)\frac{2}{N}\sum_{x=0}^{N-1}\sum_{y=0}^{N-1}f(x,y)\cdot\cos\left(\frac{2x+1}{2N}u\pi\right)\cdot\cos\left(\frac{2y+1}{2N}v\pi\right) \quad (3-7)$$

式中，(x,y) 是图像空域中点的坐标，(u,v) 是图像频域中点的坐标，$x,y,u,v=0,1,\cdots,N-1$。式(3-7)表示由所有点 (x,y) 的像素值，可以得到频率为 (u,v) 点的 DCT 系数 $C(u,v)$。

$E(u)=E(v)=1/\sqrt{2}$，$u=v=0$。

$E(u)=E(v)=1$，$u=1,2,\cdots,N-1$；$v=1,2,\cdots,N-1$。

在所有不同频率点的系数 $C(u,v)$ 中，频率为 0 的系数 $C(0,0)$ 称作直流系数，而其他系数 $C(u,v)$ 称为交流系数。将 $u=v=0$ 代入公式(3-7)，得到直流系数的简化计算公式为：

$$C(0,0) = \frac{1}{\sqrt{2}}\frac{1}{\sqrt{2}}\frac{2}{N}\sum_{x=0}^{N-1}\sum_{y=0}^{N-1}f(x,y)\cdot\cos(0)\cdot\cos(0) = \frac{1}{N}\sum_{x=0}^{N-1}\sum_{y=0}^{N-1}f(x,y) \quad (3-8)$$

由式(3-8)知，DCT 直流系数 $C(0,0)$ 等于空域所有像素值之和的 N 分之一。直流系数的值远远大于任何交流系数的值，这表明图像绝大部分能量集中在直流系数 $C(0,0)$ 上。

反过来，由频域的 DCT 系数，恢复出原来空域像素值的二维离散余弦逆变换公式为：

$$f(x,y) = \frac{2}{N}\sum_{u=0}^{N-1}\sum_{v=0}^{N-1}E(u)E(v)C(u,v)\cdot\cos\left(\frac{2x+1}{2N}u\pi\right)\cdot\cos\left(\frac{2y+1}{2N}v\pi\right) \quad (3-9)$$

式中，$x,y,u,v=0,1,\cdots,N-1$。

$E(u)=E(v)=1/\sqrt{2}$，$u=v=0$

$E(u)=E(v)=1$，$u=1,2,\cdots,N-1$；$v=1,2,\cdots,N-1$

二维离散余弦变换具有可分离特性，所以其正变换和逆变换均可将二维变换分解成一维变换(行、列)进行计算。同傅里叶变换一样，DCT 变换也存在快速算法，这里就不做介绍了。在 MATLAB 语言中，可以用名为 dct2 和 idct2 的内部函数分别实现二维图像的 DCT 和逆 DCT 快速算法。

DCT 可以应用在图像的变换编码中。基于 DCT 变换的图像编码流程如图 3-8 所示，在以 DCT 为主要方法的变换编码中，一般不直接对整个图像进行变换，而是首先将图像分成一个个小块，将 $M\times N$ 的一幅图像分成不重叠的 $K\times K$ 大小的块，分块大小 $K\times K$ 通常选 8×8 和 16×16。然后对每个小块分别进行变换。对每一子块经正交变换得到变换系数，并对变换系数经过量化和取舍，然后采用熵编码等方式进行编码后，再由信道传输到接收端。在接收端，经过解码、反量化、逆变换后，得到重建的图像。

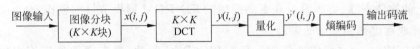

图 3-8　基于 DCT 变换的编码流程

3. 离散小波变换(DWT)

小波变换集成了傅里叶变换的优点,同时又克服了它的许多缺点,在图像处理中有非常重要的应用。小波变换的数学形式非常深奥,属于专门的数学研究领域。在 MATLAB 语言中,有现成的函数可以对图像实现小波变换和小波逆变换,最常用的图像离散小波变换函数是 dwt2,它有几种调用方法,其中最常用的调用方法是给定两个实际参数,第一个参数是表示图像矩阵的数组名,第 2 个参数是用单引号括起来的字符串表示的小波名称(目前数学家已经发现了多种小波类型,如'haar'、'db1'、'db4'等)。小波变换的基本思想就是对信号进行细致的频率分离即多分辨率分解,可以进行多级变换分解。图 3-9(a)是对图像进行小波二级分解的示意,而图 3-9(b)是对 Lena 图像实施小波二级分解的实例。通过一级小波变换,原始图像被分解为 4 个一级子图:即 1 个低频子图 L1(原始图像的近似)和 3 个高频子图:H1(水平方向细节)、V1(垂直方向细节)、D1(对角方向细节)。若对一级近似子图 L1再进行小波分解,则 L1 又可被分解为更低分辨率的 4 个二级子图(L2、H2、V2、D2)。继续对 L2 又可以做第三级分解……如此反复可对数字图像进行多级小波分解。其中最深层的低频子图集中了被分解图像的绝大部分信息,刻画了图像的主体特征,所以称为被分解图像的近似子图;低频子图抗外来影响的能力好。而各层高频子图则分别保持了被分解图像各方向的边缘细节,刻画了被分解图像的边缘细节特征,故统称为被分解图像的细节子图;但高频子图这些边缘细节易受外来噪声、常规图像处理等因素影响,其稳定性较差。相应地,实现图像离散小波逆变换的函数是 idwt2。

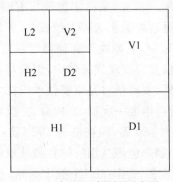

(a) 小波二级分解原理示意图　　　(b) Lena图像小波二级分解实例

图 3-9　图像的小波二级分解

DWT 在静态和动态图像压缩领域得到广泛的应用,并且已经成为某些图像压缩的国际标准(如 MPEG-4)的重要环节。利用小波变换技术实现对图像、视频及声音的压缩可以取得极好的压缩效果。小波压缩的速度很快,而且其还原的影像质量也更为精细。MPEG 的最高压缩比约为 200∶1,对比之下,小波压缩算法对动态影像的压缩比为 480∶1,面对静止影像画图的压缩比也高达 300∶1 以上。小波压缩算法的出现,将会更加促进包括在

图形图像处理技术

Internet 上的视频点播、更高容量和更高画质的 CD-ROM 影视节目的创作、交互式电视、图书检索和异地远程视频会议的发展。

在影像压缩中,动态影像的压缩一般采用 MPEG 算法,静态图像的压缩多采用 JPEG 算法。MPEG 和 JPEG 均基于 DCT(离散余弦变换);使用 DCT 进行图像压缩的缺陷在于图像的细节、精细消息损失太多,人工处理的痕迹较明显。而静态图像压缩的另一种更新的算法是 JPEG 2000 算法,JPEG 2000 算法则是采用了 DWT(离散小波变换)。

3.4.4 图像的编码压缩

图像压缩一般通过改变图像的表示方式实现,因此压缩和编码是分不开的。图像压缩的主要应用是图像信息的传输和存储。

1. 编码压缩的必要性

近年来,随着计算机与数字通信技术的迅速发展,特别是网络和多媒体技术的兴起,多媒体数据已经受到越来越多的关注。而图像、视频等作为重要的媒体数据,已经成为数据压缩的一个重要分支。

众所周知,数字图像其灰度多数用 8 位来量化,而医学图像处理和其他科研应用的图像的灰度量化可用到 12 位以上,彩色图像通常用 24 位量化,因此所需的数据量很大。以存储一幅分辨率为 1024×768 的静态彩色图像为例,其数据量为 $1024 \times 768 \times 3 \times 8bit = 2.25MB$。

存储 1 秒钟 PAL 制式(25 帧每秒)的视频,则每秒的数据量为 $2.25 \times 25 = 56.25MB$。这无疑对图像与视频的存储、处理、传送带来很大的困难。若使量化比特减少,又必然带来量化噪声增大的缺点,且丢失灰度细节的信息。图像和视频的庞大数据对计算机的处理速度、存储容量都提出过高的要求。因此必须进行数据压缩。

若从传送的角度来看,则更要求数据量压缩。首先,某些图像采集有时间性,例如遥感卫星图像传回地面有一定限制时间,某地区卫星过境后无法再得到数据,否则就要增加地面站的数量;其次,图像存储体的存储时间也有限制,它取决于存储器的最短存储时间,若单位时间内大量图像数据来不及存储,就会丢失信息。在现代通信中,图像与视频传输也已成为重要内容。除要求设备可靠、图像保真度高外,实时性将是重要技术指标之一。数字信号传送规定一路数字电话为 64Kb,多个话路通道再组成一次群、二次群、三次群……通常一次群为 32 个数字化路,二次群为 120 路,三次群为 480 路,四次群为 1920 路……彩色电视的传送最能体现数据压缩的重要性,我国的 PAL 制彩色传送用三倍负载波取样。若用 8 位量化需 100Mb,总数字话路为 64Kb,传送彩色电视需占用 1600 个数字话路,即使黑白电视用数字微波接力通信也占用 900 个话路。很显然,在信道宽带、通信链路容量一定的前提下,采用编码压缩技术,减少传输数据量,是提高通信速度的重要手段。

2. 编码压缩的可能性

由上分析可知,没有图像与视频编码及压缩技术的发展,大容量图像和视频信息的存储与传输是难以实现的。但是,如何才能进行压缩呢?为此,需要分析图像与视频的特性。众所周知,视频是由一帧一帧的图像组成的,而图像的各像素之间,无论是在行方向还是在列方向上,都存在一定的相关性。例如,图像背景通常具有同样的灰度,某种特征中像素灰度相同或者相近。也就是说,在一般图像中都存在着很大的相关性,即冗余度。应用某种编码方法提取或减少这些冗余度,便可达到压缩数据的目的。

常见的静态图像数据冗余包括:

1) 空间冗余

这是静态图像存在的最主要的一种数据冗余。一幅图像记录了画面上可见景物的颜色。同一景物表面上各采样点的颜色之间往往存在着空间连贯性,从而产生了空间冗余。我们可以通过改变物体表面颜色的像素存储方式来利用空间连贯性,达到减少数据量的目的。

2) 时间冗余

在视频的相邻帧间,往往包含相同的背景和移动物体,因此,后一帧数据与前一帧数据有许多共同的地方,即在时间上存在大量的冗余。

3) 结构冗余

在有些图像的纹理区,图像的像素值存在着明显的分布模式。例如,方格状的地板图案等。我们称这种冗余为结构冗余。

4) 知识冗余

有些图像的理解与某些知识有相当大的相关性。例如,人脸的图像具有固定的结构。比如说嘴的上方有鼻子,鼻子的上方有眼睛,鼻子位于正脸图像的中线上,等等。这类规律性的结构可由先验知识和背景知识得到,我们称此类冗余为知识冗余。根据已有的知识,对某些图像中所包含的物体,可构造其基本模型,并创建对应各种特征的图像库,进而图像的存储只需要一些特征参数,从而可以大大减少数据量。

5) 视觉冗余

事实表明,人类的视觉系统对图像场的敏感性是非均匀的和非线性的。然而,在记录原始图像数据时,通常假定视觉系统是线性的和均匀的,对视觉敏感和不敏感的部分同等对待,从而产生了比理想编码更多的数据,这就是视觉冗余。

6) 图像区域的相同性冗余

这是指在图像中两个区域或多个区域所对应的所有像素具有相同或相近的值,从而产生的数据重复性存储,这就是图像区域的相同性冗余。在以上的情况下,记录了一个区域中各像素的颜色值,则与其相同或相近的其他区域就不再需要记录其中各像素的值。

7) 纹理的统计冗余

有些图像纹理尽管不严格服从某一分布规律,但是它在统计的意义上服从该规律。利用这种性质可以减少表示图像的数据量,所以称为纹理的统计冗余。

从以上对图像冗余的分析可以看出,图像信息的压缩是可能的。但到底能压缩多少,除了和图像本身存在的冗余度多少有关外,很大程度取决于对图像质量的要求。例如广播电视要考虑艺术欣赏,对图像质量要求就很高,用目前的编码技术,即使压缩比达到3∶1都是很困难的。而对可视电话,因画面活动部分少,对图像质量要求也低,可采用高效编码技术,使压缩比达到1500∶1以上。目前高效图像压缩编码技术已能用硬件实现实时处理,在广播电视、工业电视、电视会议、可视电话、传真和互联网、遥感等多方面得到应用。

3. 编码模型

如图 3-10 所示,一个压缩系统包括两个不同的结构块:一个编码器和一个解码器。图像 $f(x,y)$ 输入到编码器中,这个编码器可以根据输入数据生成一组符号。在通过信道进行传输之后,将经过编码的表达符号送入解码器,经过重构后,就生成了输出图像 $\hat{f}(x,y)$。一般来说, $\hat{f}(x,y)$ 可能是也可能不是原图像 $f(x,y)$ 的准确复制品。如果输出图像是输入的准确复制,系统就是无误差的或具有信息保持编码的系统;如果不是,则在重建图像中就会呈现某种程度的失真。

图 3-10   一个常用于图像压缩系统模型

图 3-10 中显示的编码器和解码器都包含两个彼此相关的函数或子块。编码器由一个消除输入冗余的信源编码器和一个用于增强信源编码器输出的噪声抗扰性的信道编码器构成。一个解码器包括一个信道解码器,它后面跟着一个信源解码器。如果编码器和解码器之间的信道是无噪声的,则信道编码器和信道解码器可以略去,而一般的编码器和解码器分别是信源编码器和信源解码器。

1) 信源编码器和信源解码器

信源编码器的任务是减少或消除输入图像中的冗余。编码的框图如图 3-11(a)所示。从原理来看主要分为三个阶段,第一阶段将输入数据转换为可以减少输入图像中像素间冗余的数据的集合。第二阶段设法去除原图像信号的相关性,例如对电信号就可以去掉帧内各种相关,还可以去除帧间相关。这样有利于编码压缩。第三阶段就是找一种更近于熵,又利于计算机处理的编码方式。下面对框图作一简要讨论。

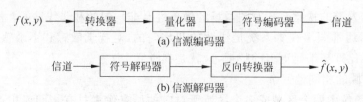

(a) 信源编码器

(b) 信源解码器

图 3-11   编解码器模型

在信源编码的第一阶段,转换器(也称为映射器)将输入数据转换为可以减少输入图像中像素间冗余的数据的集合。这步操作通常是可逆的,并且有可能直接减少表示图像的数据量,从而使编码处理后续阶段中更容易找到像素间冗余,以便进行压缩。行程编码就是在整个信源处理的初始阶段对数据进行压缩转换的例子。

在第二阶段,量化器对转换后的结果进行量化,使输出精度调整到与预设的保真度准则相一致。这一步减少了输入图像的视觉冗余。其操作是不可逆的。因此,当希望进行无误差压缩时,此步必须略去。

在第三阶段,即信源编码处理的最后阶段,符号编码器生成一个固定的或可变长编码,用于表示量化器输出。在大多数情况下,使用变长编码,它用最短的码字表示出现频率最高的输出值,以此减少编码冗余。该操作是可逆的。

图 3-11(a)显示了信源编码处理三个相继的操作,但并不是每个图像压缩系统都必须包含这三种操作。比如,当希望进行无误差压缩时,必须去掉量化器。图 3-11(b)中显示的信源解码器仅包含两部分:一个符号解码器和一个反向转换器。这些模块的运行次序与编码

器的符号编码器和转换模块的操作次序相反。

2）信道编码器和解码器

当图 3-11 中显示的信道带有噪声或易于出现错误时，信道编码器和解码器就在整个译码解码处理中扮演了重要的角色。由于信源解码器几乎不包含冗余，所以如果没有附加这种"预制的冗余"，对噪声传送会有很高的敏感性。信道编码器和解码器通过向信源编码数据中插入预制的冗余数据来减少信道噪声的影响。

最经典的一种信道编码技术是由 R. W. Hamming 提出的，用该技术得到的编码称为汉明（Hamming）码。为了便于讨论汉明码的检错与纠错原理，先给出下列几个概念的定义。

码字：表示一个数（或字符）的若干位二进制代码。

码元：码字中的一位二进制数。

码组：满足一定规则的码字集合。

码距：两个码字之间的相应位置码元不同的位置数，如 1100 与 1111 之间的码距为 2。

根据上面定义，例如，ASCII 码是用 0000000—1111111 表示字符的一种编码。那么，0000000—1111111 就是一个码组；其中每个代码就是该码组中的一个码字，如 0000000、1000001 是其中的两个码字；每个码字中的一位二进制数就是码元。至于码距，ASCII 码的最小码距为 1（如 0000000 与 0000001 之间）。ASCII 码没有检错能力，原因是在于它的最小码距为 1，我们不难理解这个道理：由于任何两个码字的码距为 1，因此当 ASCII 码的码字中只要有 1 个码元出错时，所生成的错误代码仍可以是 ASCII 码中的另一个合法码字，这样就无法判断其真伪。要能检测 1 位出错，必须构造一个最小码距大于或等于 2 的码组。

显然，要能检测 2 位出错，则必须构造一个最小码距大于或等于 3 的码组。汉明码技术就是基于这样的思想，即向被编码数据中加入足够的位数以确保可用的码字间变化的位数最小为 3。例如，利用 Hamming 码将 3 位冗余码加到 4 位字上，使得任意两个有效码字间的距离大于或等于 3，则所有的一位错误都可以被检测出来并得到纠正。与 4 位二进制信息码 $b_3 b_2 b_1 b_0$ 相联系的 7 位 Hamming(7,4)码字 $h_1 h_2 h_3 h_4 h_5 h_6 h_7$ 是：

$$\begin{cases} h_1 = b_3 \oplus b_2 \oplus b_0 \\ h_2 = b_3 \oplus b_1 \oplus b_0 \\ h_4 = b_2 \oplus b_1 \oplus b_0 \\ h_3 = b_3, h_5 = b_2, h_6 = b_1, h_7 = b_0 \end{cases} \quad (3\text{-}10)$$

这里 $\oplus$ 表示异或运算，其运算规则是相同的数异或结果为 0，相异的数异或结果为 1，即 $0 \oplus 0 = 0, 1 \oplus 1 = 0; 1 \oplus 0 = 1, 0 \oplus 1 = 1$。$h_1$、$h_2$ 和 h_4 位分别是位字段 $b_3 b_2 b_0$、$b_3 b_1 b_0$ 和 $b_2 b_1 b_0$ 的偶校验位。

为了将汉明（Hamming）编码结果进行解码，信号解码器必须为先前设立的偶校验的各个位字段进行奇校验并检查译码值。一位错误由一个非零奇偶校验字 $c_1 c_2 c_4$ 给出，这里，

$$\begin{cases} c_1 = h_4 \oplus h_5 \oplus h_6 \oplus h_7 \\ c_2 = h_2 \oplus h_3 \oplus h_6 \oplus h_7 \\ c_4 = h_1 \oplus h_3 \oplus h_5 \oplus h_7 \end{cases} \quad (3\text{-}11)$$

在接收方，首先按照公式（3-11）计算 c_1、c_2、c_4 的值。如果在信道传输过程中没有产生任何码位错误，则有：

图形图像处理技术

$$c_1 = h_4 \oplus (h_5 \oplus h_6 \oplus h_7) = h_4 \oplus (b_2 \oplus b_1 \oplus b_0)$$
$$= (b_2 \oplus b_1 \oplus b_0) \oplus (b_2 \oplus b_1 \oplus b_0) = 0$$
$$c_2 = h_2 \oplus (h_3 \oplus h_6 \oplus h_7) = h_2 \oplus (b_3 \oplus b_1 \oplus b_0)$$
$$= (b_3 \oplus b_1 \oplus b_0) \oplus (b_3 \oplus b_1 \oplus b_0) = 0$$
$$c_4 = h_1 \oplus (h_3 \oplus h_5 \oplus h_7) = h_1 \oplus (b_3 \oplus b_2 \oplus b_0)$$
$$= (b_3 \oplus b_2 \oplus b_0) \oplus (b_3 \oplus b_2 \oplus b_0) = 0$$

即校验字 $c_1 c_2 c_4 = 000$ 的结果对应传输无错的情况。如果发现 c_1、c_2、c_4 中有非零值 1 存在,则意味着在传输信道中有错误产生;所以,对应校验字 $c_1 c_2 c_4$ 的其他七种结果:001、010、011、100、101、110、111,均表示码字传输中出现了错位的情况(有码位变反了,即由 0 变成 1 或由 1 变成 0 了)。比如,若 $c_4 = 1$(c_2 和 c_1 仍为 0),$c_1 c_2 c_4 = 001$(即十进制值 1),则发生错误的码位只可能是 h_1;若 $c_1 c_2 c_4 = 010$ 为十进制值 2,则发生错误的码位只可能是 h_2;若 $c_1 c_2 c_4 = 100$(即十进制值 4),则发生错误的码位只可能是 h_4;若 $c_1 c_2 c_4 = 011$(即十进制值 3),则发生错误的码位只可能是 h_3;如此类推,若校验字 $c_1 c_2 c_4$ 对应的十进制值为 n,则发生错误的码位就是 h_n。这样,解码器根据校验字 $c_1 c_2 c_4$ 的值就能确定出错位置,于是只要简单地将该位置的数码取反即可纠正该位的错误;再从纠正后的二进制值中提取 $h_3 h_5 h_6 h_7$ 就得到发送端发出的正确信息,从而实现了解码。

3)编码压缩方法分类

数据压缩的目标是去除各种冗余,根据压缩后是否有信息丢失,多媒体数据压缩技术可分为无损压缩技术和有损压缩技术两类。下面仅列出几种典型编码压缩方法的名称。

无损压缩可以精确无误地从压缩数据中恢复出原始数据。常见的无损压缩技术有:

- 霍夫曼编码;
- 算术编码;
- 行程编码;
- 词典编码。

尽管人们总是期望无损压缩,但冗余度很少的信息对象用无损压缩技术并不能得到可接受的结果。有损压缩是以丢失部分信息为代价换取高压缩比的,但是,如果丢失部分信息后造成的失真是可以容忍的,则压缩比增加是有效的。常用的一些有损压缩技术包括:

- 预测编码;
- 变换编码;
- 基于模型编码;
- 分形编码;
- 其他编码。

有损压缩技术主要应用于影像节目、可视化电话会议和多媒体网络等由音频、色彩图像和视频组成的多媒体应用中。

3.4.5 常见图像压缩标准

1. JPEG 标准

国际标准化组织(ID)和国际电报电话咨询委员会(CCITT)联合成立的专家组 JPEG(Joint Photographic Experts Group)经过五年艰苦细致的工作,于 1991 年 3 月提出了 ISO

CDIO918 号建议草案：多灰度静止图像的数字压缩编码标准（通常简称为 JPEG 标准）。这是一个适用于彩色和单色多灰度或连续色调静止数字图像的压缩标准。它包括基于 DPCM（差分脉冲编码调制）、DCT（离散余弦变换）和 Huffman 编码的 3 个部分。JPEG 标准实际上有三个范畴：

（1）基本顺序过程（Baseline Sequential Process）实现有损图像压缩，重建图像质量达到人眼难以观察出来的要求。采用的是 8×8 像素自适应 DCT 算法、量化及 Huffman 型的墒编码器。

（2）基于 DCT 的扩展过程（Extended DCT Based Process）使用累进工作方式，采用自适应算术编码过程。

（3）无失真过程（Lossless Process）采用预测编码及 Huffman 编码（或算术编码），可保证重建图像数据与原始图像数据完全相同。

其中的基本顺序过程是 JPEG 最基本的压缩过程：符合 JPEG 标准的软硬件编码/解码器都必须支持和实现这个过程。另两个过程是可选扩展，对一些特定的应用项目有很大实用价值。

基本 JPEG 算法操作可分成以下三个步骤：通过离散余弦变换（DCT）去除数据冗余；使用量化表对 DCT 系数进行量化，量化表是根据人类视觉系统和压缩图像类型的特点进行优化的量化系数矩阵；对量化后的 DCT 系数进行编码使其熵达到最小（即采用熵编码），熵编码采用 Huffman 可变字长编码。下面解释这些算法操作步骤中涉及的概念。

1）离散余弦变换

JPEG 采用 8×8 子块的二维离散余弦变换算法。在编码器的输入端，把原始图像（对彩色图像是每个颜色成分）顺序地分割成一系列 8×8 的子块。在 8×8 图像块中，像素值一般变化较平缓，因此具有较低的空间频率。实施三维 8×8 离散余弦变换可以将图像块的能量集中在极少数个系数上，其他系数的值与这些系数相比，绝对值要小得多。与傅里叶变换类似，对于高度相关的图像数据进行这样变换的效果使能量高度集中，便于后续的压缩处理。

2）量化

为了达到压缩数据的目的，对 DCT 系数要进行量化处理。量化的作用是在保持一定质量前提下，丢弃图像中对视觉效果影响不大的信息。量化是多对一映射，是造成 DCT 编码信息损失的根源。JPEG 标准中采用线性均匀量化器，量化过程为对每个子块 64 个 DCT 系数除以量化步长并四舍五入取整，量化步长由量化表决定。量化表元素因 DCT 系数位置和彩色分量的不同而取不同值。量化表为 8×8 矩阵，与 DCT 变换系数一一对应。量化表一般由用户规定（JPEG 标准中给出了参考值），并作为编码器的一个输入。量化表中的元素为 1～255 之间的任意整数，其值规定了其所对应 DCT 系数的量化步长。DCT 变换系数除以量化表中对应位置的量化步长并舍入小数部分后，多数变为零，从而达到了压缩的目的。

3）游程编码

每个子块的 64 个变换数经量化后，左上角系数是直流分量（DC 系数），其余系数是交流系数（AC 系数）。相邻 8×8 子块之间的 DC 系数一般有很强的相关性，JPEG 标准对 DC 系数采用 DPCM 编码（差分编码）方法，即对相邻像素块之间的 DC 系数的差值进行编码。

图形图像处理技术

其余 63 个交流分量（AC 系数）使用游程编码，从左上角开始沿对角线方向，以 Z 字形（Zig-Zag）进行扫描直至结束。

量化后的 AC 系数中，通常会有许多零值系数，以 Z 字形路径进行游程编码有效地增加了连续出现的零值个数。

4）熵编码

为了进一步压缩数据，对 DC 码和 AC 行程编码的码字再作基于统计特性的熵编码。JPEG 标准建议使用的熵编码方法有 Huffman 编码和自适应二进制算术编码。

2. JPEG 2000 标准

JPEG 静止图像压缩标准在高速率上有较好的压缩效果，但是，在低比特率情况下，重构图像存在严重的方块效应，不能很好地适应当代对网络图像传输的需求。虽然 JPEG 标准有四种操作模式，但是大部分模式是针对不同的应用提出的，不具有通用性，这给交换、传输压缩图像带来了很大的麻烦。因此，提出具有更高压缩率和更多新功能的新一代静止图像压缩技术 JPEG 2000。

从 1997 年 3 月开始，JPEG 委员会致力于制定一个全新的静止图像压缩标准。即 JPEG 2000。2000 年 3 月，JPEG 2000 标准的第一部分已经完成，第一部分描述了 JPEG 2000 的核心编解码系统，是整个标准中最重要的部分。JPEG 2000 正式名称为"ISO 15444"。JPEG 2000 目标是高压缩（低码率），其压缩率比 JPEG 高约 30%左右。

JPEG 2000 与传统的 JPEG 最大的不同，在于它放弃了 JPEG 所采用的以离散余弦变换为主的区块编码方式，而改用以小波变换作为其核心编解码器算法。此外，JPEG 2000 还采用了算术编码及嵌入式分层组织，因此，比以往的静止图像压缩标准复杂，它在同一个码流中实现了无损和有损压缩、分辨率和信噪比的累进性以及随机访问等优良特性。

JPEG 2000 标准具有如下的优点和特点：

（1）具有低码率下的超级压缩性能，这是它最重要的特点。

（2）连续色调和二值压缩。对连续色调图像和二值图像的压缩都具有比较好的效果。

（3）同时支持有损和无损压缩。在一个 JPEG 2000 码流中，可以同时存在有损压缩和高性能的无损压缩数据。

（4）能实现按像素精度和图像分辨率的渐进传输，这也是 JPEG 2000 的一个极其重要的特征。它可以先传输图像的轮廓，然后逐步传输数据，不断提高图像质量，以满足用户的需要，这在网络传输中具有非常重大的意义。下载一个使用 JPEG 2000 压缩编码的图片时，用户可以先看到这个图片的轮廓或缩影，然后决定是否下载它。而且，下载时可以根据用户需要和带宽决定下载图像质量的好坏，从而控制数据量的大小。

（5）对比特流的任意访问和处理支持"感兴趣区域"特性，可以任意指定图像上用户感兴趣区域的压缩质量，还可以选择指定的部分先解压缩，进行旋转、滤波、特征提取等操作。

（6）良好的抗误码特性。因此使用 JPEG 2000 的系统稳定性好、运行平稳、抗干扰性好、易于操作。

（7）基于内容的描述允许在压缩的图像文件中含有对图像内容的说明。使用户在一个大的数据库中迅速找到感兴趣的图像也是图像处理中一个非常重要的问题。

（8）具有图像安全保护特性，允许通过水印、标签、冲压、指纹、加密和加扰等方式对数字图像进行保护。

3.4.6　图像增强

图像增强处理是指根据一定的要求，突出图像中感兴趣的信息，而减弱或去除不需要的信息，从而使有用信息得到加强的信息处理方法。根据增强处理所在的空间不同，图像增强技术可分为基于空间域的增强方法和基于频率域的增强方法两类。前者直接在图像所在的二维空间里进行处理，即直接对每一像素的灰度值进行处理；后者则是先将图像从空间域按照某种变换模型（如傅里叶变换）变换到频率域，然后在频率域空间对图像进行处理，最后将图像频率数据进行相应的反变换恢复出空间域数据。图像增强的方法主要有直方图均衡化法、灰度值调整法、空域滤波法、频域滤波法以及彩色增强法等。

在 Matlab 中，可以用 histeq 函数实现图像直方图均衡化，如语句 J＝histeq(I)对输入图像 I 进行直方图均衡化得到输出图像 J；函数 adapthisteq 实现有限对比自适应直方图均衡化，如语句 J＝adapthisteq(I)对输入图像 I 进行有限对比自适应直方图均衡化得到输出图像 J。函数 imadjust 可以实现对图像灰度值调整到指定范围的功能，如语句 J＝imadjust(I)将输入图像 I 的灰度值映射到[0,255]范围增加图像的对比度。图 3-12 给出了一个基于图像灰度值调整的图像增强的实验结果，实验所采用的图像是 Matlab 系统中自带的图像 pout.tif；图 3-12(a)为原始图像；图 3-12(b)是增强后的图像。

(a) 原始图像　　　　　　　　　(b) 增强后的图像

图 3-12　基于灰度值调整的图像增强

3.4.7　图像恢复与重建

一幅描述物体的图像进行数字化处理后，得到一个二维数组，这个过程把图像转换成数据，而这些数据描述了图像。有了这些描述图像的数据，就可以进行各种处理。然而，如果有一组与物体图像有关的物理数据，能否反过来建立图像呢？这就是图像重建所要解决的问题了，因而可以将图像重建理解为上述过程的逆过程。在放射学、核医学、非破坏性工业测试、数据压缩等领域，图像重建技术得到了广泛的应用，显示出了它的重要价值。

所谓图像重建，是指根据对物体的探测所获取的数据建立数字图像的过程，该图像可以反映被探测物体某个平面的物质结构形态，称为物体的重建图像。图像的重建是一个极其复杂的信号处理过程，是采用某种滤波方法，去除噪声、干扰和模糊等，恢复或重建原来物体图像的过程。常见的图像重建方法有投影重建方法、变换重建方法、级数展开重建方法和综合重建方法等。

由图像的多个一维投影重建该物体的图像,是一种特殊的图像复原技术。人们比较熟悉的医学 CT 扫描(即计算机断层扫描)成像就是这种图像重建方法的典型实例。CT 扫描所得到的一幅图像就是被探测物体的某个截面(如人体头部截面)的重建图像。CT 扫描是用一种射线(X 射线)穿透物体,透过物体后的射线被检测器接收(使接收器得到一组信息数据);当射线穿过物体的某个截面时在检测器上得到的数据值被称作射线的投影。由于物体不同位置的物质结构不同而导致对该位置射线的吸收率就不同于其他位置的吸收率,于是导致接收器不同位置接收到不同的信息,如图 3-13 所示,在 x1 坐标轴方向不同位置记录的数据是不同的。图中表示的扫描是正在 x1 坐标轴方向建立投影,是一维投影。用投影重建图像需要一系列不同方向的投影才能重建物体截面的二维图像。因此,换一个方向照射(如垂直于 x2 轴方向照射,让发射器与接收器都转一个角度,但两者始终保持严格平行),又可以得到一维投影……如此反复,即可得到多个一维投影。由物体截面的多个一维投影即可建立该截面的数字图像。

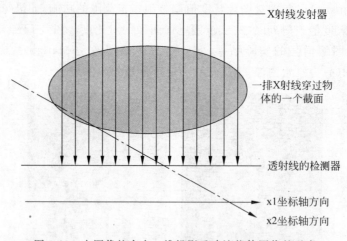

图 3-13　由图像的多个一维投影重建该物体图像的示意

3.5　常见图像文件格式

图像文件的格式是计算机存储这幅图的格式与对数据压缩编码方法的体现,不同的文件格式通过不同的文件扩展名来区分。图像处理软件一般可以识别和使用这些图像文件,并可以在这些图像文件格式之间进行转换。所以,了解常见图像文件的格式非常重要,是正确使用图像文件的基础。

3.5.1　BMP 格式

BMP 是 Bit Mapped(比特映射)的缩写,是 Microsoft 公司为 Windows 自行开发的一种位图文件格式,因为在 Windows 环境中,画面的滚动、窗口的打开或恢复,均是在绘图模式下运作,因此选择的图像文件格式必须能应付高速度操作的要求,不能有太多的计算过程。为了真实地将屏幕内容存储在文件内,避免解压缩时花费时间,微软公司推出了 BMP 图像格式。

BMP 格式是一种与硬件设备无关的图像文件格式,故又称为 DIB(Device Independent Bitmap),其应用非常广。它采用位映射存储格式,除了图像深度可选以外,不采用其他任何压缩,因此 BMP 文件所占用的空间很大。BMP 文件的图像深度可选 1b、4b、8b 及 24b,因此这种格式的图像文件可以是 2 色、16 色、256 色或 16 777 216 色。BMP 文件存储数据时,图像的扫描方式按从左到右、从上到下的顺序。

在 Windows 环境中运行的图形图像软件都支持 BMP 图像格式。BMP 图像文件的结构可分为文件头和图像数据两部分,其中文件头又包括表头、调色板。表头长度固定为 54 字节。而只有真彩色 BMP 图像的文件头没有调色板数据;其余不超过 256 种颜色的图像文件,其文件头都包含调色板信息。BMP 图像文件的结构比较简单,BMP 图像文件格式结构如图 3-14 所示。

图 3-14　BMP 图像文件格式的结构

3.5.2　GIF 格式

GIF(Graphics Interchange Format)的原意是“图像互换格式”。GIF 文件的数据,是一种基于 LZW 算法的连续色调的无损压缩格式。其压缩率一般在 50% 左右,不属于任何应用程序。目前,几乎所有相关软件都支持 GIF 格式。GIF 图像文件的数据是经过压缩的,而且采用了可变长度等压缩算法。所以 GIF 的图像深度为 1～8b,也即 GIF 最多支持 256 种色彩的图像。GIF 格式的另一个特点是:在一个 GIF 文件中可以存多幅彩色图像,如果把存于一个文件中的多幅图像数据逐幅读出并显示到屏幕上,就可构成一种最简单的动画。

一个 GIF 文件包含 6 字节的文件标记信息,其中前面 3 字节为字符串 GIF,后面 3 字节则

图 3-15　GIF 图像文件格式的结构

是 GIF 的版本信息。目前常见的版本有 1987 年 5 月指定的 87a 和 1989 年 7 月所指定的 89a 两种。GIF 89a 格式能够存储成背景透明的形式,并且可以将数张图存成一个文件,从而形成动画效果,所以被广泛应用在网页中。GIF 文件格式结构如图 3-15 所示。其中文件头部分包括表头、逻辑屏幕描述、调色板信息三部分,最后还有一个结束标志。

3.5.3　TIF(TIFF)格式

TIFF 是 Tag Image File Format 的缩写,是一种包容性十分强大的位图图像文件格式,它可以包含许多种不同类型的图像,甚至可以在一个图像文件内放置一个以上的图像,所以 TIFF 文件头被设计为有“弹性”的,文件头由不同的标记所组成,而且包含了固定的和可变动部分的图像。

TIFF 格式支持的色彩数量可高达 16×2^{20} 种。其特点是:存储的图像质量高,但占用的存储空间也非常大,其大小是相应 GIF 图像的 3 倍,是 JPEG(*.jpg)图像的 10 倍;TIFF 图像细微层次的信息较多,有利于原稿阶调与色彩的复制。该格式有压缩和非压缩两种形式,其中压缩形式使用的是 LZW 无损压缩方案。在 Photoshop 中,TIFF 格式能够支持 24 个通道,它是除 Photoshop 自身格式(*.psd 和 *.pdd)外唯一能够存储多个四通道的文件格式。唯一不足之处是:由于 TIFF 独特的可变结构,所以对 *.tiff 文件解压缩非常困难。另外,在 3DS 中也可以生成 *.tiff 格式的文件。*.tiff 文件被用来存储一些色彩绚丽的粘图文件,它将 3DS、Macintosh、Photoshop 有机地结合在一起。

由于 TIFF 格式独立于操作平台和软件,因此在 PC 和苹果机之间交换图像通常都采用

图形图像处理技术

74

这种格式。TIFF 文件格式结构如图 3-16 所示。TIFF 图像文件由三部分组成：表头、标识信息区和图像数据区，可以将表头、标识信息区合称为文件头。文件内固定只有一个表头，且一定要位于文件前端。表头有一个标志参数指出标识信息区在文件中的存储地址，而标识信息区也有一组标识信息，用于存储图像数据区的地址。

图 3-16　TIFF 图像文件格式的结构

3.5.4　PCX 格式

　　PCX 图像格式是由 Zsoft 公司在 20 世纪 80 年代初期设计的，专用于存储该公司开发的 PC Paintbrush 绘图软件所生成的图像画面数据。几乎所有的编辑软件都支持这种文件格式。

　　PCX 图像格式使用行程编码的方法进行压缩，该压缩算法可将一连串重复的图像数据缩减，只存储一个被重复的数据和重复的次数。虽然在显示到屏幕上或是存储成磁盘文件时，都需要花费额外的时间来做压缩编码或解码的工作，但是可节省 30％左右的存储空间，这对于只有少量磁盘空间，但希望能显示漂亮彩色图像的系统是十分适用的。PCX 图像文件的结构如图 3-17 所示。

| 文件头 |
| 图像数据 |
| 调色板数据 |

图 3-17　PCX 图像文件格式的结构

3.5.5　JPEG 格式

　　JPEG 是 Joint Photographic Experts Group（联合图像专家组）的所写。JPEG 是利用基于 DCT 变换压缩技术来存储静态图像的文件格式。压缩技术十分先进，它用有损压缩方式取出冗余的图像数据，在获得极高的压缩率的同时能展现十分丰富生动的图像，即可以用最少的磁盘空间得到较好的图像品质。而且 JPEG 是一种很灵活的格式，具有调节图像质量的功能，允许用不同的压缩比例对文件进行压缩，支持多种压缩级别，压缩比率通常为 10∶1～40∶1，压缩比越大，品质就越低。JPEG 格式压缩的主要是高频信息，对色彩的信息保留较好，适合于互联网，可减少图像的传输时间，可以支持 24b 真彩色，也普遍应用于需要连续色调的图像。

　　与 JPEG 相比，JPEG2000 的优势明显，且向下兼容，因此可取代传统的 JPEG 格式。JPEG2000 既可应用于传统的 JPEG 市场，如扫描仪、数码相机等，又可应用于新兴领域，如网络传输、无线通信等。JPEG 图像文件（*.jpg)的结构如图 3-18 所示。

| 经压缩的图像数据 |
| 各类压缩算法 |

图 3-18　JPEG 图像文件格式的结构

3.5.6　TGA 格式

　　TGA（Tagged Graphics)是由美国 Truevision 公司为其显示卡开发的一种图像文件格式，已被国际上的图形、图像应用领域所接受。TGA 的结构比较简单，属于一种图形、图像数据的通用格式，在多媒体领域有着很大的影响。它支持 32 位软件和 8 位 α 通道电视，是 Windows 与 3DS 进行图形交换的格式。可以将动画通过视频软件转入电视，是计算机生成图像向电视转换的一种首选格式。TGA 图像文件的结构如图 3-19 所示。

| 文件头 |
| 调色板信息 |
| 图像数据 |
| 数据补充区 |

图 3-19　TGA 图像文件格式的结构

3.5.7 PNG 格式

PNG(Portable Network Graphics)是一种能存储 32 位信息的位图文件格式,这是网景公司为支持新一代 WWW 标准而制定的较为新型的图形格式,它综合了 JPG 和 GIF 格式的优点,支持 24 位色彩(256×256×256),压缩不失真并支持透明背景和渐显图像的制作,所以称它为传统 GIF 的替代格式,其图像质量远胜过 GIF。PNG 图像使用了高速交替显示方案,显示速度很快,只需要下载 1/64 的图像信息就可以显示出低分辨率的预览图像。与 GIF 不同的是 PNG 图像不支持动画。

3.5.8 WMF 格式

这是一种矢量图形格式,Word 中内部存储的图片或绘制的图形对象属于这种格式。无论放大还是缩小,图形的清晰度不变,WMF 是一种清晰简洁的文件格式。

3.5.9 EPS 格式

它是 Adobe 公司矢量绘图软件 Illustrator 本身的向量图格式,EPS 格式常用于位图与矢量图之间交换文件。在 Photoshop 打开 EPS 格式时是通过"文件"菜单中的"导入"命令进行点阵化转换的。

图像文件格式还有很多,在此不能全部列举出来。随着多媒体技术的发展,相信将会有越来越多的新图像文件格式不断出现。

3.6　Photoshop 图像处理

Photoshop 是 Adobe 公司开发的平面图像处理软件,它集图像的采集、编辑和特效处理于一身,是多媒体图像素材准备过程中重要的处理工具之一。自 Photoshop 7.0 以后,新版本的软件被命名为 Photoshop CS,本节以常用的 Photoshop CS(8.0.1 版)为蓝本,介绍 Photoshop 图像处理的一些基本技术。

3.6.1 Photoshop 软件界面与功能

Photoshop CS(简称 PS)的界面如图 3-20 所示,主要由菜单栏、工具选项栏、工具箱、控制面板、工作区和状态栏等部分组成。

1. 菜单栏

菜单栏包含执行任务的菜单。这些菜单是按主题进行组织的,共九个菜单项组成。

- "文件"菜单:该菜单项中包含有关文件的操作命令,主要是实现文件的"新建"、"打开"、"存储"、"导入"、"导出"等功能。
- "编辑"菜单:主要用于完成一些常规操作,如图像的复制、剪切、粘贴等;此外,还包括一些其他次要操作,例如,为选区填充颜色或描边等操作。
- "图像"菜单:在该菜单中可以完成图像文件模式转换、图像调整、画布与图像大小的变化等操作。

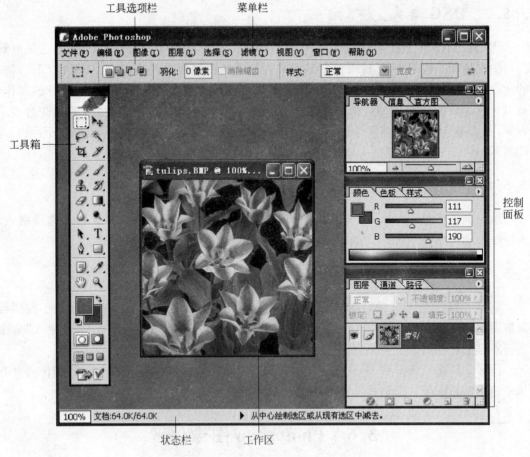

图 3-20　Photoshop CS 操作主界面

- "图层"菜单：该菜单主要以图层为操作对象。如图层的建立、复制和删除，图层样式的设置，图层蒙版的添加以及拼合图层等。
- "选择"菜单：该菜单主要用来设置选区，可以对选区进行多种变换。
- "滤镜"菜单：该菜单中包含了多种滤镜效果，在图像编辑过程中可以应用一种或多种滤镜效果。
- "视图"菜单：该菜单主要用于对文件的视图进行切换，并且可以显示网格、参考线等进行图像的精确定位。
- "窗口"菜单：该菜单主要用于设置窗口的显示内容，隐藏或显示某些控制面板、工具选项。
- "帮助"菜单：该菜单主要用于提供 Photoshop CS 的帮助信息。

2. 工具选项栏

工具选项栏提供了当前正在使用的工具箱中工具的选项。因此，选项栏与上下文相关，并且会随所选工具的不同而变化。当用户在"工具箱"中选择了一个工具后，该工具的选项就在"工具选项栏"显示出来，而且用户可以决定该工具的行为特征。图 3-21 给出了选择"套索"工具时的"工具选项栏"内容。工具选项栏中的一些设置（例如，绘画模式和不透明度)对于许多工具都是通用的,但是有些设置则专用于某个工具(例如,"自动抹掉"设置就是专用于铅笔工具)。可以使用手柄栏将选项栏移动到工作区域中的任何位置,并将它停放在屏幕的顶部或底部。将指针悬停在工具按钮上时会显示该工具的提示信息。如图 3-21 所示。工具的作用会随着"工具选项栏"中的选项设置不同而有相当大的变化,因此在将工具应用于图像之前先检查它的设置是个良好的习惯。

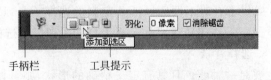

图 3-21　"套索"工具对应的工具选项栏

3. 工具箱

工具箱中存放着用于创建和编辑图像的各种工具。单击工具箱内的工具图标可选择相应的工具。工具图标右下方若有小三角形▲则表示该工具存在隐藏的子工具,单击小三角形▲会展开子工具。将指针放置在工具上会显示工具的提示信息,其中包含工具的名称和键盘快捷键。如图 3-22 所示的部分工具按钮中,当前正在使用的工具是"选择工具",并展开了"选择工具"使其隐藏工具得以所见。工具箱是人们操作最频繁的地方,可以借助鼠标指向一个工具了解该工具的提示信息,根据提示信息可以大概了解该工具的作用。

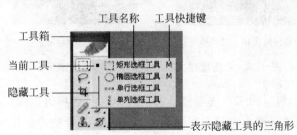

图 3-22　工具箱中的"选择工具"

4. 控制面板

控制面板也叫做调板,它们可帮助监视和修改图像。Photoshop 中提供了 17 种控制面板,分别为导航器、动画、信息、颜色、色板、样式、工具预设、画笔、字符、段落、图层、直方图、图层预设、路径、通道、历史记录和动作。在工作区打开一幅图片后,与该图片有关的信息便会显示在各控制面板中,利用控制面板可以监控或修改图像。

控制面板是一种浮动面板,可以放置在屏幕上的任何位置。默认情况下,控制面板以组的方式堆叠在一起。通过"窗口"菜单下面的相应命令,或者直接单击控制面板的标题栏,可以显示或隐藏该控制面板;可以移动控制面板组、重新排列组中的控制面板,以及从组中移去控制面板。还可以停放控制面板,使其井然有序。"图层"控制面板是最基本和最常用的控制面板之一,因此,多数情况下应使"图层"控制面板显示。

5. 工作区

工作区即为当前正在处理的图像区域,显示当前打开的图像。如果图像由多个图层组成,那么看到的内容将是图层叠加的整体效果。当对图像进行加工处理时,可以在这里实时看到处理的效果。

3.6.2 Photoshop 图像基本操作

Photoshop 的图像编辑操作包括选区（图像区域选定）、擦除、移动、编辑和修改。

1. 选择图像区域

Adobe Photoshop 提供了针对不同选择任务定制的选择工具，可以使用不同工具选择所需要的图像区域。下面对一些比较重要的选择工具和图像区域选择操作进行简要介绍。

1) 使用魔棒工具 ✎ 选择背景

如果对象的背景主要是一种颜色且具有定义精确的形状，则可以使用魔棒工具选择背景。操作方法是：选择魔棒工具，然后在背景中的任何位置单击鼠标。背景区域周围的选框指明背景现在处于可编辑状态（背景部分被选定了）。尝试在整个图像上拖移画笔，以验证是否只有背景（而不是对象）受到影响，如图 3-23 所示。

(a) 使用魔棒工具选择背景　　　(b) 用画笔对选定区域进行编辑

图 3-23　使用魔棒工具选择背景并用画笔编辑背景

使用魔棒工具时，相应的工具选项栏上有一项"容差"选项可以由用户设定数值，"容差"选项的值设置不同对选定操作将带来不同效果，比方说，当要选定的区域的像素颜色不完全相同，"容差"值设置较大时，则意味着能够将那些颜色值与单击点相差较大的点也包含到选定区；反之，"容差"值设置较小时，则单击时选定的区域面积也将小些。

2) 使用椭圆选框工具 ◯ 选择细节

顾名思义，该工具可以选定一个椭圆区域。操作方法是：选择椭圆选框工具，然后拖移以围绕对象中的细节绘制选区边框；放开鼠标后就创建了选区。如果要在绘制时重新定位选区边框，可按住空格键并将选区边框拖移到新位置。如果要在创建选区边框之后移动它，可用鼠标单击边框内的任意位置并拖移。使用椭圆选框工具选择细节的情景如图 3-24 所示。

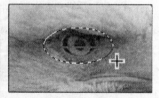

图 3-24　使用椭圆选框工具选择细节

3）使用磁性套索  选择部分对象

磁性套索适合用于选定一个不规则的区域，比一般套索工具得到的选区边界更精细，它是套索工具  下隐藏的子工具。操作方法是：选择磁性套索工具（单击工具箱中套索工具右下角的小三角形展开子工具可以得到），然后在照片中的一部分对象周围单击并拖移鼠标。在拖移鼠标时，Photoshop 会将选区与对象的边缘"对齐"。

磁性套索工具对于建立自由选区特别适合，因为它会跟踪对象的边缘。在带有定义精确的边缘的区域上，它的效果最好。

在拖移鼠标时此工具会放置锚点（通过按 Delete 键可移去锚点）。要终结选区边框，请单击起始锚点（或单击两次）。尝试使用移动工具移动选区。选取"编辑"→"还原"使选区返回到其原始位置。然后，选取"选择"→"取消选择"以取消选择对象。使用磁性套索的情景如图 3-25 所示。

图 3-25　使用磁性套索来选择部分对象

4）添加到选区

如果事先选定了一个区域后，还想将另一部分区域添加到选区范围，则可以用此功能。操作办法是：首先选择选框工具，并粗略地选择照片中的对象。建立初步的选区之后，即可添加部分区域到选区边框内，而不必从头开始重新做选定。选择磁性套索工具，然后在选项工具栏中按下"添加到选区"选项按钮。通过沿对象的外侧拖移来细调选区（请注意此时磁性套索工具指针下面有小加号）。松开鼠标按键。现在，选区边界包含了使用"磁性套索"工具选择的区域。

5）反向选择

反选就是使选区反相。比如一幅图像中已经被选定的区域称为 A 区，余下的非选定区域称为 B 区，如果这时想使被选区由 A 变为 B，最简单的办法就是反选操作。一般来说，背景易于选择，因此，先选定背景，再使选区反相，这是选择对象的最简单方式。反选的操作：选取"选择"→"反选"，或按快捷键 Shift＋Ctrl＋I。请注意，选区边框将变为对象的轮廓。对于选择在背景上具有锐利轮廓的对象，此方法十分有用。

选区确定后，即可在对象上进行编辑，同时保持背景不被改动。选取"选择"→"取消选择"可以取消选区，然后可以尝试另一种选择工具。

2. 擦除或删除图像区域

使用橡皮擦工具可直接擦除不需要的图像区域。也可以在选定擦除区域后，用与该区

图形图像处理技术

域背景色相同的前景色填充。

如果要擦除一个形状不规则的区域，可以先选定区域，然后按 Delete 键删除该区域内容即可。

如果有两个以上的图层时，当上面的图层某个选区内容被擦除或删除后，该区域将变成透明，透过该区域看到的是下面图层的内容。这是 Photoshop 中图像合成的原理。

3. 移动图像

使用移动工具，可以将一个图层上的整个图像或选定区域中的部分图像移动到画布的任意位置。

4. 编辑图像

使用"编辑"菜单中的命令可以对选区内的图像内容执行复制、剪切、粘贴、填充、描边、自由变换、变换和颜色设置等操作。图像的"自由变换"操作与"选择"菜单中的变换选区操作类似。

5. 裁剪图像

裁剪图像就是将图像选区以外的部分切除。具体方法是：用裁剪工具画出选区（选框上出现 8 个调节块，可以改变裁剪区域的大小和倾斜角度），然后按回车键或双击选区，选区外的部分就被自动裁剪掉。也可以用选区工具选定区域后，在"图像"菜单中单击"裁剪"命令。裁剪后的图像可以减小图像文件的大小。

6. 改变图像大小

打开一个图像文件后，在"图像"菜单中单击"图像大小"命令，会弹出"图像大小"对话框，在对话框的"像素大小"栏中重新设置图像的宽度和高度值，或者调整分辨率，都可以改变图像的大小。选中对话框中的"约束比例"选项，可锁定图像的长宽比例，当修改其中一项时，另一项会按比例自动更新，这样能保证图像不会变形。

7. 改变画布大小

在"图像"菜单中单击"画布大小"命令，会弹出"画布大小"对话框。在对话框的"新建大小"栏中修改画布的宽度和高度值，若新画布尺寸大于原来的画布，则可在原图像的周围增加工作空间；若新画布尺寸小于原来的画布，则小于原画布的图像部分将被自动裁剪掉。在"定位"框中确定原画布在新画布中的位置。

改变画布的大小也会改变图像的大小。

8. 改变图像的显示比例

为改变图像的显示比例，可以选择以下方法。

（1）使用缩放工具：在工具箱中选择缩放工具，然后单击图像窗口，可放大显示图像；按住 Alt 键，再单击图像窗口，可缩小显示图像。

（2）使用导航控制面板：在导航控制面板中左右拖到滑块，或直接在文本框中输入百分比，可调整显示比例。

9. 撤销操作

在编辑图像的过程中，单击"编辑"菜单中的"还原"或"重做"命令，可以取消或重做前一步的操作；若想撤销或还原前几步的操作，可以使用历史记录控制面板。

打开一个图像文件后，每当对图像文件进行了一次编辑操作，该操作及其图像的新状态就被添加到历史记录控制面板中（系统默认能够保存 20 次历史记录状态），当后面的操作不满意时,就可以通过历史记录控制面板恢复到前面的操作状态。关闭或重新打开图像文件,则上一工作阶段的所有状态都将从历史记录控制面板中清除。

3.6.3 Photoshop 的图层

1. 图层的概念

在 Photoshop 中用到一个很重要的概念,即图层(Layers)。它体现了数字作图和物理作图的根本区别,图层几乎可以说是 Photoshop 软件的基础。简单说来,图层就是重叠的透明层,每层独立放置画面,又依顺序互相遮挡,用来对各个画面进行管理。图层可以不断添加,后加入的图层将至于先有图层上面。如果最上面的图层布满了内容,看到的整体图像就是最上面图层的图像;如果上面图层无任何内容,则看到的整体图像就是下面图层透过来的内容;如果上面图层的部分区域有内容,而其余部分区域内容被删除,则看到的整体图像就是上面图层部分内容和下面图层透过来的内容之组合,如图 3-26所示。

图 3-26 透过图层上的透明区域使能够看透下面的图层

Photoshop 中的新图像只有一个图层。可以添加到图像中的附加图层、图层效果和图层组的数目只受计算机内存的限制。

图层组可以帮助用户组织和管理图层。用户可以使用组按逻辑顺序排列图层,并减轻"图层"控制面板中的杂乱情况。可以将组嵌套在其他组内,还可以使用组将属性和蒙版同时应用到多个图层。

2. 图层控制面板

图层控制面板列出了图像中的所有图层、组和图层效果。可以使用图层控制面板显示和隐藏图层、创建新图层以及处理图层组。可以在图层控制面板菜单中访问其他命令和选项。

打开一个图像文件,图层控制面板中即显示与该图像有关的各项信息,如图 3-27 所示。

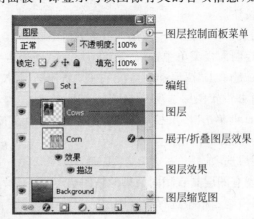

图 3-27 Photoshop 图层控制面板

要显示图层控制面板,请选择"窗口"→"图层"。要使用图层控制面板菜单,请单击控制面板右上角的三角形。它包含用于处理图层的命令。要更改图层缩览图的大小,请从图层控制面板菜单中选取"控制面板选项",然后选择一个缩览图大小。要更改缩览图内容,请从图层控制面板菜单中选取"控制面板选项",然后选择"整个文档"以显示整个文档的内容。选择"图层边界"可将缩览图限制为图层上对象的像素。关闭缩览图可以提高性能和节省显示器空间。

3. 关于背景图层

使用白色背景或彩色背景创建新图像时,"图层"控制面板中最下面的图像为背景。一幅图像只能有一个背景图层,用户无法更改背景的堆叠顺序、混合模式或不透明度。但是,可以将背景转换为常规图层。

创建包含透明内容的新图像时,图像没有背景图层。最下面的图层不像背景图层那样受到限制;可以将它移到图层控制面板的任何位置,也可以更改其不透明度和混合模式。

4. 将背景转换为图层

(1) 在"图层控制面板"中单击两次"背景",或者选取"图层"→"新建"→"背景图层"。

(2) 按住 Alt 键单击"图层控制面板"中的"新建图层"按钮或"创建新组"按钮,以便显示"新图层"对话框并设置图层选项。

(3) 单击"确定"按钮。

5. 将图层转换为背景

(1) 在图层控制面板中选择图层。

(2) 选取"图层"→"新建"→"背景图层"。图层中的任何透明像素都会被转换为背景色。

注意:不能通过将常规图层重命名为"背景"来创建背景图层,而必须使用"背景图层"命令。

6. 创建新图层或组

新图层将出现在"图层控制面板"中选定图层的上方,或出现在选定组内。

(1) 执行下列操作之一:

① 要使用默认选项创建新图层或组,可在"图层控制面板"中单击"创建新图层"按钮或"创建新组"按钮。

② 选取"图层"→"新建"→"图层",或选取"图层"→"新建"→"组"。

③ 从图层控制面板菜单中选取"新建图层"或"新建组"。

④ 按住 Alt 键单击"图层控制面板"中的"新建图层"按钮或"创建新组"按钮,以便显示"新图层"对话框并设置图层选项。

⑤ 按住 Ctrl 键单击"图层控制面板"中的"新建图层"按钮或"创建新组"按钮,以便在当前选定图层下方添加一个图层。

(2) 设置图层选项,并单击"确定"按钮。

7. 创建与现有图层具有相同效果的新图层

(1) 在图层控制面板中选择现有图层。

(2) 将该图层拖移到图层控制面板底部的"新建图层"按钮。新创建的图层包含现有图层的所有效果。

8. 将选区转换为新图层

(1) 建立选区。

(2) 执行下列操作之一：

① 选取"图层"→"新建"→"通过拷贝的图层"，将选区拷贝到新图层中。

② 选取"图层"→"新建"→"通过剪切的图层"，剪切选区并将其粘贴到新图层中。

9. 隐藏或显示图层、组或样式

执行下列操作之一：

① 在"图层控制面板"中，单击图层、图层组或图层效果旁的眼睛图标，眼睛消失，同时该图层内容在文档窗口中隐藏；再次单击图层的该列，眼睛又出现，便会重新显示该图层。

② 按住 Alt 键单击眼睛图标可以只显示该图层或组的内容。Photoshop 将在隐藏所有图层之前记住它们的可视性状态。如果不更改任何其他图层的可视性，则在眼睛列中再次按住 Alt 键时单击将会恢复原来的可视性设置。

③ 在眼睛列中拖移，可改变图层控制面板中多个项目的可视性。

注意：打印输出图层时只打印可视图层。

3.6.4　Photoshop 的路径

路径是由一些点、线段或曲线构成的矢量对象，它提供的是一种精确勾勒或绘制图像的方法，从而完成那些不能由绘图工具完成的工作。

Photoshop 的"路径"控制面板中列出了每条存储的路径、当前工作路径和当前矢量蒙版的名称和缩览图像。关闭缩览图可提高性能。若要查看路径，则必须先在"路径"控制面板中选择路径名。

要显示"路径"控制面板，选择"窗口"→"路径"命令。

要选择路径，请单击"路径"控制面板中相应的路径名。一次只能选择一条路径。

要取消选择路径，请单击"路径"控制面板中的空白区域或按 Esc 键。

要更改路径缩览图的大小，请从"路径"控制面板菜单中选取"控制面板选项"，然后选择大小或选择"无"关闭缩览图显示。

要更改路径的堆叠顺序，请在"路径"控制面板中选择该路径，然后上下拖移该路径。当所需位置上出现黑色的实线时，释放鼠标按钮。

注意：不能更改"路径"控制面板中矢量蒙版或工作路径的顺序。

1. 在路径控制面板中创建新路径

(1) 要创建路径而不命名它，可单击"路径"控制面板底部的"创建新路径"按钮 。

(2) 要创建并命名路径，在确保没有选择工作路径的情况下，从"路径"控制面板菜单中选取"新建路径"，或按住 Alt 键并单击控制面板底部的"创建新路径"按钮。在"新路径"对话框中输入路径的名称，并单击"确定"按钮。

2. 通过绘制形状图层创建新的工作路径

(1) 选择形状工具或钢笔工具，然后单击选项栏中的"路径"按钮 。

(2) 设置工具特定选项并绘制路径。

(3) 如果需要，可绘制其他路径组件。通过单击选项栏中的工具按钮，可以很容易地在绘图工具之间切换。选择路径区域选项以确定重叠路径组件如何交叉。

几个相关选项按钮的功能如下所示。

- 添加到路径区域 ▢：将新区域添加到重叠路径区域。
- 从路径区域减去 ▢：将新区域从重叠路径区域移去。
- 交叉路径区域 ▢：将路径限制为新区域和现有区域的交叉区域。
- 重叠路径区域除外 ▢：从合并路径中排除重叠区域。

在使用形状工具绘制时，按住 Shift 键可临时选择"添加到路径区域"选项；按住 Alt 键可临时选择"从路径区域减去"选项。

3. 存储工作路径

若要存储路径但不重命名它，请将工作路径名称拖移到"路径"控制面板底部的"新路径"按钮。

若要存储并重命名路径，请从"路径"控制面板菜单中选取"存储路径"，然后在"存储路径"对话框中输入新的路径名，并单击"确定"按钮。

4. 重命名存储的路径

两次单击"路径"控制面板中的路径名，然后输入新的名称，最后按 Enter 键。

5. 删除路径

(1) 在"路径"控制面板中单击路径名。

(2) 执行下列操作之一：

① 将路径拖移到"路径"调板底部的"删除"图标 ▢ 中。

② 从"路径"调板菜单中选取"删除路径"。

③ 单击"路径"调板底部的"删除"图标，然后单击"是"按钮。

要删除路径而无须确认，按住 Alt 键同时并单击"路径"调板底部的"删除"图标。

6. 将路径转化为选区

路径提供平滑的轮廓，可以将它们转换为精确的选区边框。任何闭合路径都可以定义为选区边框。可以从当前的选区中添加或减去闭合路径，也可以将闭合路径与当前的选区结合。

将路径转化为选区的具体操作如下：

(1) 在"路径"控制面板中选择要转化的路径。

(2) 执行下列操作之一：

① 单击"路径"调板底部的"将路径作为选区载入"按钮 ○。

② 按住 Ctrl 键并单击"路径"控制面板中的路径缩览图。

7. 将选区转化为路径

使用选择工具创建的任何选区都可以定义为路径。"建立工作路径"命令可以消除选区上应用的所有羽化效果。它还可以根据路径的复杂程度和用户在"建立工作路径"对话框中选取的容差值改变选区的形状。

将选区转化为路径的具体操作如下：

(1) 建立选区，然后执行下列操作之一：

① 单击"路径"控制面板底部的"建立工作路径"按钮 ▢ 以使用当前的容差设置，而不打开"建立工作路径"对话框。

② 按住 Alt 键并单击"路径"控制面板底部的"建立工作路径"按钮。

③ 从"路径"控制面板菜单中选取"建立工作路径"。

(2) 在"建立工作路径"对话框中,输入容差值,或使用默认值。

容差值的范围为 0.5~10 之间的像素,用于确定"建立工作路径"命令对选区形状微小变化的敏感程度。容差值越高,用于绘制路径的锚点越少,路径也越平滑。如果路径用作剪贴路径,并且在打印图像时遇到问题,则应使用较高的容差值。

(3) 单击"确定"按钮。路径出现在"路径"控制面板的底部。

3.6.5　Photoshop 的通道

通道是用来存放颜色信息的,它是存储不同类型信息的灰度图像。打开新图像时,系统会自动创建颜色信息通道。图像的颜色模式决定了所创建的颜色通道的数目。例如,RGB 图像的每种基色(红色、绿色和蓝色)都有一个通道,默认有三个通道:红色通道、绿色通道和蓝色通道。又如,CMYK 图像默认有四个颜色通道:青色通道、品红色通道、黄色通道和黑色通道。

此外,Photoshop 中还有一些特殊通道。

(1) Alpha 通道:将选区存储为灰度图像。可以添加 Alpha 通道创建和存储蒙版,这些蒙版用于处理或保护图像的某些部分。

(2) 专色通道:指定用于专色油墨印刷的附加印版。

一个图像最多可有 56 个通道。通道所需的文件大小由通道中的像素信息决定。某些文件格式(包括 TIFF 和 Photoshop 格式)将压缩通道信息并且可以节约空间。当从弹出式菜单中选取"文档大小"时,未压缩文件(包括 Alpha 通道和图层)的大小显示在窗口底部状态栏最右边。

注意:只要以支持图像颜色模式的格式存储文件,即会保留颜色通道。只有当以 Photoshop、PDF、PICT、Pixar、TIFF 或 Raw 格式存储文件时,才会保留 Alpha 通道。DCS 2.0 格式只保留专色通道。以其他格式存储文件可能会导致通道信息丢失。

3.6.6　Photoshop 的滤镜

滤镜是 Photoshop 中功能最丰富、效果最奇特的工具之一。可以使用滤镜更改图像的外观,例如,为它们指定印象派绘画或马赛克拼贴外观,或者添加独一无二的光照和扭曲。也可以使用某些滤镜清除或修饰图片。Photoshop 的滤镜分为内置滤镜和外挂滤镜,前者是 Adobe 提供、Photoshop 自带的滤镜;后者是第三方开发商提供的(使用前必须先进行安装,然后重新启动 Photoshop),它们都出现在"滤镜"菜单中,使用方法基本相同。第三方开发商提供的某些滤镜可以作为增效工具使用;在安装后,这些增效工具滤镜出现在"滤镜"菜单的底部。

使用滤镜的方法是:

(1) 打开图像文件,选择需要添加滤镜效果的区域。如果是某层上的画面,则在图层控制面板中指定该层为当前层;如果是某层上的部分区域,则先指定该层为当前层,然后用选择工具选出该区域;如果要对整幅图像应用滤镜,则应先合并图层。

(2) 从"滤镜"菜单中选取某种滤镜,并在相应的对话框中根据需要调整好参数,确定后

图形图像处理技术

效果就会立即产生。

（3）在一幅图像上可以同时使用多种滤镜效果，这些效果将叠加在一起，产生千姿百态的神奇效果。

在应用滤镜的时候，以下原则值得注意：

① 滤镜应用于现用的可视图层或选区。

② 对于8位/通道的图像，可以通过"滤镜库"累积应用大多数滤镜。所有滤镜都可以单独应用。

③ 不能将滤镜应用于位图模式或索引颜色的图像。

④ 有些滤镜只对RGB图像起作用。

⑤ 可以将所有滤镜应用于8位图像。

⑥ 可以将下列滤镜应用于16位图像："液化"、"平均模糊"、"两侧模糊"、"模糊"、"进一步模糊"、"方框模糊"、"高斯模糊"、"镜头模糊"、"动感模糊"、"径向模糊"、"样本模糊"、"镜头校正"、"添加杂色"、"去斑"、"蒙尘与划痕"、"中间值"、"减少杂色"、"纤维"、"镜头光晕"、"锐化"、"锐化边缘"、"进一步锐化"、"智能锐化"、"USM锐化"、"浮雕效果"、"查找边缘"、"曝光过度"、"逐行"、"NTSC颜色"、"自定"、"高反差保留"、"最大值"、"最小值"以及"位移"。

⑦ 可以将下列滤镜应用于32位图像："平均模糊"、"两侧模糊"、"方框模糊"、"高斯模糊"、"动感模糊"、"径向模糊"、"样本模糊"、"添加杂色"、"纤维"、"镜头光晕"、"智能锐化"、"USM锐化"、"逐行"、"NTSC颜色"、"高反差保留"以及"位移"。

⑧ 有些滤镜完全在内存中处理。如果所有可用的RAM都用于处理滤镜效果，则可能看到错误信息。

3.6.7　Photoshop制作实例

【实例3-1】　用Photoshop批处理轻松制作网页相册。

Photoshop的批处理功能非常强大，其操作也非常简单。本制作实例介绍怎样用Photoshop批处理功能制作网页相册，操作步骤如下：

（1）准备好要做相册的图片素材。要生成相册的图片素材可以是：产品展示、案例展示、照片展示等，统一将这些图片放在一个文件夹下，本例中将这个文件夹设定为E:\MyPic，这里面放的都是一些大图片，小图片Photoshop会在后面为我们制作。

（2）打开Photoshop的"Web照片画廊"对话框。启动Photoshop，选择如下命令："文件"→"自动"→"Web照片画廊"，弹出如图3-28所示的"Web照片画廊"对话框。

（3）设置"Web照片画廊"对话框中的选项。

① 选择"样式"：在对话框中拉开"样式"下拉列表，可以看到主要有八种样式，选择不同的样式可以生成不同的html页面形式。本例选择了"居中帧1 — 基本"这种样式。

② 选择源图像存放位置：单击"Web照片画廊"对话框中的"浏览"按钮，选择预先存放了需要批量展示的图片所在的文件夹。这里，就是选择准备好的E:\MyPic文件夹。

③ 选择目的图像存放位置：单击"Web照片画廊"对话框中的"目的"按钮，选择硬盘上一个预先创建后的文件夹，用于存放Photoshop制作的结果文件。图3-25中选择的目的文件文件夹是E:\Mydest文件夹。

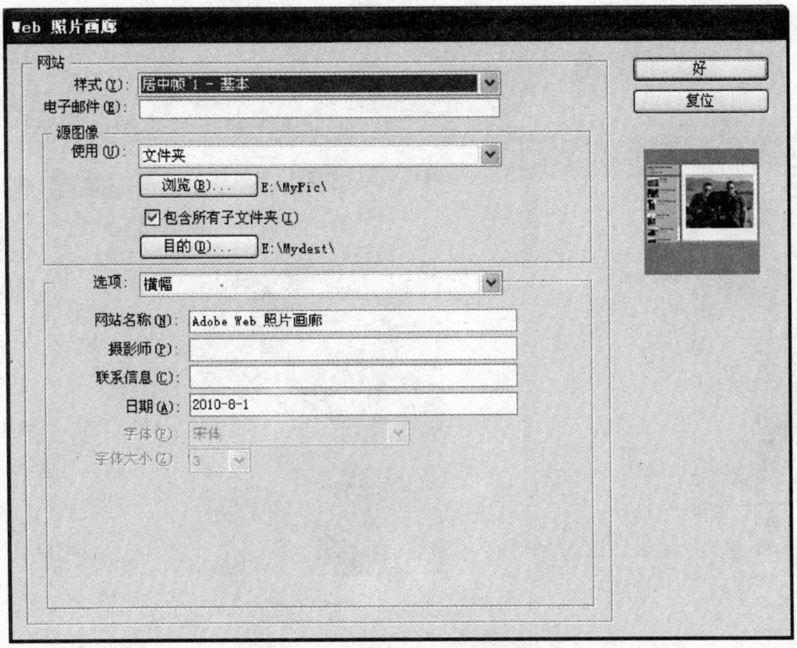

图 3-28　"Web 照片画廊"对话框

④ 设置"选项"。"Web 照片画廊"对话框中的"选项"里面有六个具体选项,它们是:"常规"、"横幅"、"大图像"、"缩览图"、"自定颜色"和"安全性"。其中:

- "横幅"选项　选择该选项可以设置 Web 相册网站的首页面名称,也就是 html 页面的标题内容;此外,还可以填写摄影师、联系信息、时间等内容,如果填写了这些内容,这些信息最后都会显示出来。
- "大图像"选项　选择该项可以设置生成"图片展示"后大图片的长宽等,而且Photoshop 可以自动优化图片大小,当然也可以不设置。
- "缩览图"选项　可以设置生成 html 页面中小图片的大小;也可以设置相框的边框大小,这里直接采用用默认值 0。

通过以上设置后,就可以单击"好"按钮,然后 Photoshop 开始处理指定的系列图片,将图片变成一个图片展示网站,网站的主页文件 index.htm 将存放在前面指定的目标文件夹中。

(4) 查看"Web 照片画廊"结果。完成前面的制作步骤后,打开 IE 浏览器,在地址栏中输入"Web 照片画廊"网站带路径的主页文件,本例的主页文件是 E:\Mydest\index.htm。这时,就可以很方便地查看网页相册的所有图片了,结果如图 3-29 所示。

【实例 3-2】　运用"快速蒙版"抠图实现图像合成。

本实例将介绍一个非常有用的方法,就是使用"快速蒙版(Quick Mask)"画出选区。快速蒙版是一种比较简单的蒙版;Photoshop 中还有"图层蒙版(Layer Mask)"、矢量蒙版(Vector Mask),限于篇幅不再介绍。

最简单的抠图办法是:先用选框工具或套索工具圈定想要的画面,即画一个选区;然后通过反选,把不想要的部分选定;最后执行删除操作(按 Delete 键)清除不要部分。抠图

图 3-29   查看"Web 照片画廊"的结果

的关键点就是画选区。

　　然而,有时需要的选区往往具有不规则的边界,这时用一般选框工具是不行的;即使可以用套索工具细细地描,但也很难画出精细的边界效果来。在这种需要画出不规则边界选区的场合下,快速蒙版是一种有效方法。

　　蒙版其实就是一种和选区有密切关系的编辑手段。一旦选定了某图层的部分区域,并将该图层转到"以快速蒙版模式编辑"的状态后,则未选中的区域将"被蒙版"(即好像被蒙上一层半透明的薄膜似的)。例如可以先做如下实验观察一下快速蒙版的效果:

　　(1)打开一幅图,比如带有荷花与荷叶的图;为了不破坏原图,再复制一个副本图层,目的是将副本图层作为实验操作图层而不破坏原图所在图层。

　　(2)用椭圆选择工具选择一个区域,如图 3-30(a)所示选定了这幅荷花图片的荷花区域,此时的图层状态是处于"以标准模式编辑"。

　　(3)单击工具箱中位于"设置前景色/设置背景色"按钮右下方的"以快速蒙版模式编辑"的按钮 ，将副本图层的编辑状态转换为"以快速蒙版模式编辑",得到如图 3-30(b)所示状态,这时可以看到非选区部分就好像被蒙上了半透明的红色薄膜一样。要转回到图 3-30(a)所示的标准模式编辑状态,则单击工具箱中位于"设置前景色/设置背景色"按钮左下方的"以标准模式编辑"的按钮 ，请注意处于两种模式下的工作区窗口标题栏中内容的区别:在"以快速蒙版模式编辑"状态下,窗口标题栏会出现"快速蒙版"字样。

　　注意:蒙版并不是一个独立的图层。在"以快速蒙版模式编辑"的状态下,看看图层面板就清楚这一点,因为观察到图层面板里并没有增加一个图层。图 3-30(b)中这种红色的"薄膜"就是快速蒙版。在选区以内的画面,是没有红色"薄膜"的,只有选区以外才有这种红色"薄膜"。因此可以这样认为:快速蒙版是选区的另一种表现形式。凡是要的,就是完全

(a) 图层处于"以标准模式编辑"状态

(b) 图层处于"以快速蒙版模式编辑"状态

图 3-30　选区和非选区在标准编辑模式和快速蒙版编辑模式下的对比

透明的,不发生任何变化。凡是不要的,就用红色的蒙版给蒙起来。那么,只要改变红色区域的大小、形状或者是边缘,也就是等价于改变了选区的大小、形状或边缘。所以说:蒙版可以实现选区。

　　要细细地用套索工具来弯弯曲曲地画不规则选区边缘是困难的;而使用蒙版就会方便得多,因为蒙版可以用画笔来调整,通过画笔来细致地修改选区的边界。现在就以图 3-30(b)所示的画面为例,试用画笔改变选区大小。在工具箱中,单击"画笔工具",把前景色设为白色(注意要选白色,这很重要);再到上面的工具选项栏中设置"画笔"的粗细等属性:单击"画笔"后面的小三角按钮,拉开下拉菜单,选择数值为 63,这是一种大油彩蜡笔笔刷,63 是指它的粗细(也可以选别的笔刷,数值越小画笔越细),将"不透明度"的数值选为 100%。然后用这种白前景色画笔在图上画,就会看到,当画笔在椭圆之外的区域划过时,画笔就好像是橡皮擦一样,可以把蒙版擦掉一些,这样,选区就相应地扩大了一些。这正是因为刚才所选的前景色是白色。

　　相反,如果原来把选区选得太大了,现在想要改小,那就要先把前景色改成黑色,再用黑前景色的画笔在选区边界附近画,这时会发现当画笔在选区上划过时,相应的地方就变成了

图形图像处理技术

红色半透明状,即蒙版被补上了。这也是蒙版的好处,可以随意地修改,比套索工具画选区方便多了。

这里,可以发现一点:在蒙版上,是不能画上彩色的。因为这只是选区,不是绘图。用白色画,画出来的是透明部分,是我们所需要的部分(将作为选区);用黑色画,画出来的是半透明红色蒙版,是不需要的部分(将作为非选区内容)。当然,如果用其他颜色的画笔画,产生的是其他效果:如用灰色来画,就是羽化;用深红色来画,它会自动变成深灰色;用浅红色来画,它就会变成浅灰色。这里,最重要的是记住:用白色可以画出要选中的内容,用黑色可以画出不想选中的内容,这一点千万不要搞反了。此外,也可以用橡皮擦修改蒙版区域;不过,橡皮擦与画笔的效果是相反的:即前景色为黑色的橡皮擦等价于前景色为白色的画笔。

当得到满意的选区之后,单击"以标准模式编辑"按钮,就会看到类似于图 3-30(a)一样的情景:即未被蒙版的区域变成了选区。接下来要删除不想要的内容,这就是很容易的操作了,只要"反选"(Ctrl+Shift+I 快捷键)、"删除"(Delete 键)两步操作即可,跟以前学过的操作一样。被删除内容的地方是完全透明的,这样就可以用来与别的图去合成。

其实,在做选区的时候,也不必一定要先用规则的选择工具(如椭圆之类的)画一个选区,打开图像后,可以将图层直接转入快速蒙版编辑模式(不过这时看上去图像编辑区没有任何变化,仅仅是标题栏出现了"快速蒙版"字样);然后,用黑色画笔可以把不要的部分涂抹出来(涂抹过的地方颜色会有所变化);而用白色画笔修改(涂抹过的地方颜色会复原);再转回到标准编辑模式,选区就有了。

还有第三种做法,也是最一般的做法。先打开图像,将图层转入"以快速蒙版模式编辑"状态;再给整个图片填充黑色(具体操作是:选择"编辑"菜单下的"填充"命令,弹出对话框后选择黑色);这样,全图将都出现半透明的红色状态(表示全图都被加上蒙版了);接下来用白色画笔来画出需要保留的部分(选区内容),用黑色画笔画出不想要的内容(非选区内容)。这个方法用于抠图是非常有效的。

下面运用快速蒙版从素材图片图 3-31(a)和图 3-31(b)中分别抠出荷花、花瓶,然后将抠出的图片与一个新建的背景图层合成,得到最终合成图像,效果如图 3-32 所示。操作步骤如下:

(a) 素材图片1

(b) 素材图片2

图 3-31　素材图片

图 3-32　合成图片

（1）打开素材图片之一并创建一个复制的副本图层。在 Photoshop 中，选择"文件"菜单"打开"命令，打开图 3-31(b)所示的荷花图片文件，打开后该图片所在图层成为背景图层；在图层控制面板中右击背景图层，选择快捷菜单中"复制图层"命令，复制出一个名为"背景副本"的图层。尽量使工作区窗口拉大一些，下面的操作在该副本图层上进行，以免破坏原始图像。

（2）观察图像局部放大的细节。选择工具箱中的"缩放工具"，单击副本图层工作区将图像放大显示，于是可以看到放大的局部，如图 3-33 所示。为了看清这个局部在全图中的位置，可以选择"窗口"菜单下的"导航器"命令，调出导航器面板，如图 3-34 所示。在导航器面板中花的四周有一个红色的方框，方框中的内容就是在工作区显示的放大了的局部位置。在导航器的下边，有个三角形的滑块，可以左右移动它，向左移使方框变小，向右移使方框变大，直到全图。也可以直接移动红框，移动所要显示的局部。在左下角有个 170% 字样的数字，这表示目前图片的放大倍数。这个导航器用来抠图是特别有用的。

图 3-33　放大的图像

图 3-34　导航器面板

（3）切换到"以快速蒙版模式编辑"状态。单击工具栏箱中"以快速蒙版模式编辑"的工具按钮，此时，虽然画面没有变化，但可以看到图片上方标题栏里的文件名后面出现了"快速蒙版"字样，这表示此时的编辑状态已进入"以快速蒙版模式编辑"的状态。

（4）给这个副本图层填充黑色。单击"编辑"菜单下的"填充"命令，弹出"填充"对话框；拉开"使用"下拉框，选择"颜色…"选项，将出现"拾色器"对话框，如图 3-35 所示。在"拾色器"对话框中选择黑色后单击"好"按钮，关闭"拾色器"对话框回到"填充"对话框，再单击"好"按钮完成填充色设置。此时，整个画面就呈浅红色了；这一层浅红色就是快速蒙版，表示给整个图层加上了快速蒙版。

当然，也可以用另外一种方法：打开图像后，先用一般选择工具（如套索工具、椭圆选择工具）在图像上选定一个大致区域（即把花朵大致地圈起来）；然后再单击"以快速蒙版模式

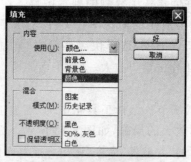

(a) "填充"对话框

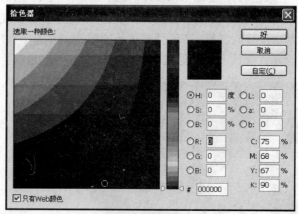

(b) "拾色器"对话框

图 3-35 利用"填充"对话框和"拾色器"对话框设置图层填充色

编辑"按钮。这样就仅使图层中部分内容加上快速蒙版。这时,花朵这部分将保持透明,仅仅是四周的内容呈浅红色(即仅仅使周围内容加上快速蒙版)。这种方法就是前面图 3-30所采用的方法,不需要将图层的填充色设置为红色,蒙版颜色也会呈浅红色。

注意:有些用户的机器上看到的蒙版颜色可能正好相反,即选中的部分出现浅红色的蒙版,而未选中的地方反而是透明的。出现这种情况的原因是 Photoshop 软件的设置曾被别人改动过。可以双击"以快速蒙版模式编辑"按钮,弹出如图 3-36所示的"快速蒙版选项"对话框。这里的"色彩指示",应该选择"被蒙版区域"而不是"所选区域";"颜色"选择红色;不透明度选择 50%。如果不喜欢以红色做蒙版颜色,可以在这里把这个颜色改成别的颜色;不透明度也可以改。

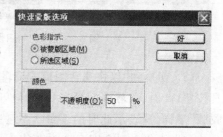

图 3-36 "快速蒙版选项"对话框

(5) 去掉所要区域的蒙版。根据前面介绍的原理,用画笔在画面上画时,如果用黑色,就是增加蒙版,蒙掉不想要的部分;如果是用白色,就是去掉蒙版,使它成为所需的选区内容。现在单击画笔工具,选清晰边缘的笔刷(不要选边上朦胧的笔刷)。笔刷的粗细先选5 个像素。再利用工具箱中"设置前景色"按钮,把前景色设为白色。用细的画笔在花的边沿描绘,而且应该将图像尽量放大,使花的边沿的一个个小方块都看得清,如图 3-37 所示。

这样便于更精细地选定边沿。再用粗一点的画笔在花的内部区域来回画,就会使画过的区域出现没有蒙版的清晰透明画面。可以随时按快捷键 Ctrl+](由 Ctrl 键和右半中括号组合成)将画笔调粗些;相反,按快捷键 Ctrl+[(由 Ctrl 键和左半中括号组合成)将画笔调细些;如果这两个快捷键不起作用,可以先按一下 Shift 键。

图 3-37　图像局部放大后所见的一个个小方块像素

　　注意:有些地方,特别是拐角的地方,可能怎么画也画不好,或者不放心。这时,可以使用放大镜,把这个局部放到足够大,再来仔细地画。当局部放大到很大的时候,有些细微地方看上去画得不是很理想,但可以忽略不计的。因为回到原图后,这些细微的地方会变得极小极小,几乎是看不出来的。

　　(6) 查看选区。经过一段时间的涂抹,觉得已经满意地消除这朵花所在区域的蒙版,此时,单击工具箱中的"以标准模式编辑"按钮,回到标准编辑模式,就可以看到在花的四周出现了选区。

　　在此,顺便介绍一个新方法。就是有了选区之后,直接按 Ctrl+J 键。这样做后,会立即自动新建一个新图层,并且这个新图层上就有了选区内的图形,四周都是透明的。这一个快捷键很方便,它代替了好几步操作:先是复制了选区内的图形,再是新建了一个图层,再是粘贴了这个图形。不妨称这个快捷键为"抠图快捷键"。有了这样的快捷键,一开始就不必复制背景层了。这个方法非常有用,值得好好记住。

　　(7) 保存选区。有时,用户辛辛苦苦画出来的选区想保存起来,已备今后使用;或者想再重新画一次,看看两次画的选区哪一个更好一些。可以到"选择"菜单下单击"存储选区",会出来一个对话框,如图 3-38 所示。在"名称"文本框中给这个选区起个名字,然后单击"好"按钮。现在单击"选择"菜单下的"取消选区"命令,使选区消失;而需要这个选区的时候,可以再到"选择"菜单下单击"载入选区",然后选中刚才所保存的名字,选区就又出现了。

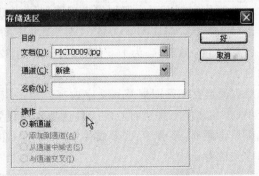

　　(8) 保存. PSD 文件,以便日后使用。

图 3-38　"存储选区"对话框

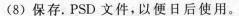

将经过上述选区操作后的文件存储为.PSD格式的文件,以后再打开这个.PSD文件,并"载入选区"后,就可以得到该图的选区。

（9）重复步骤（1）～（8），对花瓶图像作出选区,并存储选区。

（10）利用"文件"菜单下的"新建"命令,新建一个新的文件;然后将新建图像文件所在的背景层填充色设置为蓝色;同时也把两个素材图片文件打开,并能载入选区。

（11）单击工具箱中的移动工具,在按下Ctrl键的同时,用鼠标拖曳荷花图像窗口中的荷花选区,将荷花选区拖到新建的图像文件所在的工作区窗口。同样地,用鼠标拖曳花瓶图像窗口中的花瓶选区,将花瓶选区拖到新建图像文件所在的工作区窗口。注意新文件的三个图层从下到上的顺序是:背景图层、荷花图层、花瓶图层。

（12）在新建文件中,选定最上面的花瓶图层,选择"编辑"菜单下的"变换"以及二级子菜单"水平翻转",使花瓶水平翻转;然后利用移动工具将花瓶移到所要求的位置。

（13）在新建文件中,选定中间的荷花图层,选择"编辑"菜单下的"自由变换"子菜单,然后自由调整荷花的位置、大小、方向,如图3-39所示;当荷花的位置、大小、方向调整好之后,按Enter键生效。至此,图像合成工作完成,最终效果如图3-39所示。

图3-39　合成图像时打开的3个图像文件

【实例3-3】　制作金属特效文字。

本制作实例主要介绍如何运用图层样式工具实现金属字的特效,下面叙述操作步骤。

（1）新建空白文档。选择"文件"菜单下的"新建"命令;在弹出的对话框中设置参数如下:宽为640像素、高为160像素、分辨率为72像素/英寸、颜色模式为RGB、背景色内容为白色。

（2）建立文字图层及其文字内容。单击工具箱中的文字工具 **T**,选择"横排文字工具"子项,并在文字工具所对应的工具选项栏中设置输入字号值为100点,字形选择黑体;然后鼠标单击画布,接着输入"多媒体中心"字样;再单击工具箱中的移动工具,将文字拖到画布的中央位置。

（3）调出"图层样式"对话框并设置相关选项。单击图层控制面板左下方第一个按钮 ，该按钮即"添加图层样式"按钮,在弹出的菜单中选择"投影"菜单项,将弹出"图层样式"对话框;并设置下面几个相关选项。

① 投影:在"图层样式"对话框中,选中"投影"复选框,并单击"投影"文字栏使该栏文字激活,设置"投影"选项的参数如图 3-40 所示。

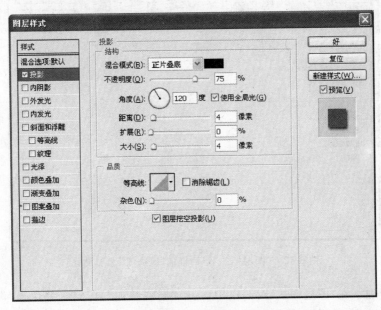

图 3-40 "图层样式"对话框的"投影"选项设置

② 斜面和浮雕:在"图层样式"对话框中,选中"斜面和浮雕"复选框,并单击"斜面和浮雕"文字使该选项激活,设置"斜面和浮雕"选项的参数如图 3-41 所示。选中"斜面和浮雕"项下面的"等高线"复选框,并单击"等高线"文字使该选项激活,设置"等高线"选项的参数如图 3-42 所示。

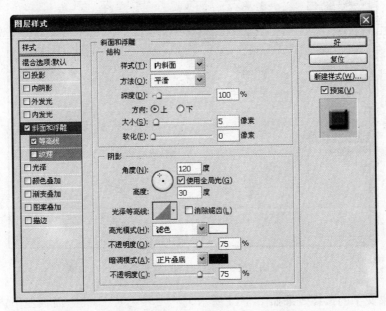

图 3-41 "图层样式"对话框的"斜面和浮雕"选项设置

图形图像处理技术

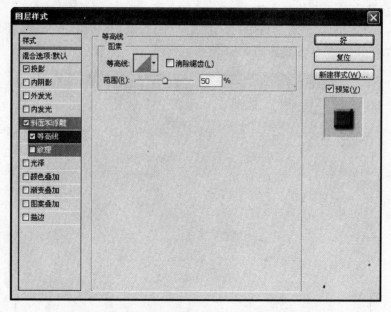

图 3-42 "图层样式"对话框的"等高线"选项设置

③ 渐变叠加：在"图层样式"对话框中，选中"渐变叠加"复选框，并单击"渐变叠加"文字使该选项激活，设置"渐变叠加"选项的参数如图 3-43 所示。其中，渐变颜色设置需要单击"渐变"选项右边的小三角形，弹出"渐变"拾色器，类型选择"橙色-黄色-橙色"渐变（即选择"渐变"拾色器中第 2 行左起的第 2 个方框），如图 3-44 所示。

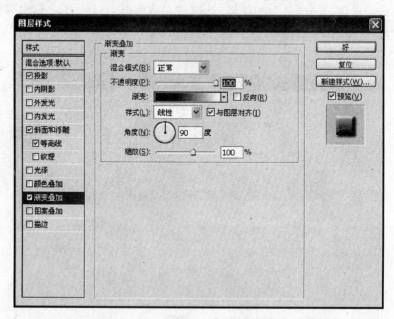

图 3-43 "图层样式"对话框的"渐变叠加"选项设置

金属效果文字的最终效果如图 3-45 所示。

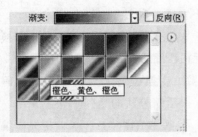

图 3-44 "渐变"拾色器的界面

图 3-45 金属效果文字的最终效果

习 题 3

3-1 单项选择题

1. 下列选项中,组成一幅图像的像素密度的度量方法是( )。

    A. 图像分辨率   B. 图像深度   C. 显示深度   D. 图像数据的容量

2. 下列选项中,决定图像分辨率的主要因素是( )。

    A. 采样   B. 量化   C. 图像深度   D. 图像数据的容量

3. 下列选项中,( )是指图中记录每个像素点所占的位数,它决定了彩色图像中可出现的最多颜色数,或者灰度图像中的最大灰度等级数。

    A. 图像分辨率   B. 图像深度   C. 显示深度   D. 图像数据的容量

4. 图像中的每个像素值都分成 R、G、B 三个基色分量,每个基色分量直接决定其基色的强度,这样产生的颜色称为( )。

    A. 真彩色   B. 伪彩色   C. 直接色   D. RGB 颜色空间

5. 图像中的每个像素值实际上是一个索引值或代码,根据该地址可查找包含实际 R、G、B 的强度值,这种用查找映射的方法产生的颜色称为( )。

    A. 真彩色   B. 伪彩色   C. 直接色   D. RGB 颜色空间

6. 在静态图像中有一块表面颜色均匀的区域,此时存在的是( )。

    A. 空间冗余   B. 结构冗余   C. 知识冗余   D. 视觉冗余

7. 类似于方格状的地板、草席图案的图像,其表面纹理存在着非常强的纹理结构,称之为( )。

    A. 空间冗余   B. 结构冗余   C. 知识冗余   D. 视觉冗余

8. 人脸的图像有固定的结构可由先验知识和背景知识得到,此类冗余为( )。

    A. 空间冗余   B. 结构冗余   C. 知识冗余   D. 视觉冗余

9. JPEG 编码方法使用下面哪一种转换（　　　）。

　　A. 小波变换　　　　　B. 正弦变换　　　　　C. 余弦变换　　　　　D. 傅里叶变换

10. 下面编码方法属于无损压缩方法的是（　　　）。

　　A. 量化　　　　　　　B. 变换编码　　　　　C. 算术编码　　　　　D. 模型编码

11. 下面编码方法属于有损压缩方法的是（　　　）。

　　A. 算术编码　　　　　B. 变换编码　　　　　C. 霍夫曼编码　　　　　D. 行程编码

12. 汉明（Hamming）码属于一种（　　　）技术。

　　A. 算术编码　　　　　B. 变换编码　　　　　C. 信源编码　　　　　D. 信道编码

13. 如果采用相等的量化间隔处理采样得到的信号值,那么这种量化称为（　　　）。

　　A. 均匀量化　　　　　B. 非均匀量化　　　　C. 标准量化　　　　　D. 矢量量化

14. 下列图像格式中属于有损压缩的是（　　　）。

　　A. PCX　　　　　　　B. GIF　　　　　　　C. JPG　　　　　　　D. TIFF

15. 下列图像格式中属于有损压缩的是（　　　）。

　　A. PCX　　　　　　　B. GIF　　　　　　　C. JPG　　　　　　　D. TIFF

16. 对（　　　）压缩广泛采用了 JPEG 算法标准。

　　A. 静止图像　　　　　B. 动态图像　　　　　C. 声音　　　　　　　D. 文本

17. 在"8 位/通道"类型的 RGB 图像中,每个像素占用（　　　）位存储单元。

　　A. 8　　　　　　　　B. 16　　　　　　　　C. 24　　　　　　　　D. 32

18. CMYK 图像在 Photoshop 中默认有（　　　）个颜色通道。

　　A. 1　　　　　　　　B. 2　　　　　　　　C. 3　　　　　　　　D. 4

19. RGB 图像在 Photoshop 中默认有（　　　）个颜色通道。

　　A. 1　　　　　　　　B. 2　　　　　　　　C. 3　　　　　　　　D. 4

3-2　填空题

1. 数字图像可以定义为一个二维函数 $f(x,y)$,其中 x 和 y 是（　　　）,在 (x,y) 坐标处的幅度值 f 称为图像在该坐标点的（　　　）。

2. 数字图像是由有限的元素（像素）组成的（　　　）,其中每一个元素有一个特定的位置和数值。

3. 描述数字图像的像数密度、像素总数、可能出现的颜色总数的概念分别是（　　　）、（　　　）、（　　　）。

4. 同样大小的一幅原图,如果数字化时图像分辨率（　　　）,则组成该图的像素点数目越多,看起来就越逼真。

5. （　　　）是指位图中记录每个像素点所占的位数,它决定了彩色图像中可出现的最多颜色数,或者灰度图像中的最大灰度等级数。

6. 图像深度为 n 时,该数字图像可能出现的颜色数为（　　　）。

7. 图像的分辨率越（　　　）、图像深度越（　　　）,则数字化后的效果越逼真、图像数据量也越大。

8. 图像数据中存在的数据冗余主要有以下几种类型：（　　　）、（　　　）、（　　　）、（　　　）、（　　　）。

9. 与 4 位二进制信息码 1010 相联系的 7 位 Hamming(7,4)码字 $h_1h_2h_3h_4h_5h_6h_7$ 是（　　）；如果接收端得到的校验字 $c_1c_2c_4=000$，表明传输（　　）的情况；如果接收端得到的校验字 $c_1c_2c_4=010$，表明传输中出错的位是（　　）。

10. 在计算机科学领域，一般称图形（Graphics）为（　　）（Vector Graphics）；图形是用一个（　　）描述的，图形与分辨率（　　）。图像是由许多颜色与亮度不同的（　　）组成的，数字图像的数据表示形式是一组（　　）数据，其数学模型是一个（　　）函数，图像与分辨率（　　）。

11. 对于量化位数为 4 位的灰度图像，共有（　　）个灰度级，最黑的点像素值为（　　），最白的点像素值为（　　）。二值图像的每个像素点占存储位数为（　　）位，白点的像素值是（　　），黑点的像素值为（　　）。RGB 真彩色图像每个点的颜色信息需要占（　　）位存储空间。

12. 图像变换是将图像在（　　）域表示的数据变换到另一个（　　）空间，产生一批变换系数。

13. 图像增强处理是指根据一定的要求，（　　）图像中感兴趣的信息，而（　　）或去除不需要的信息，从而使有用信息得到加强的信息处理方法。根据增强处理所在的空间不同，图像增强技术可分为基于（　　）的增强方法和基于（　　）的增强方法两类。

14. 所谓图像重建，是指根据对物体的探测所获取的（　　）建立（　　）的过程，该图像可以反映被探测物体某个平面的物质结构形态，称为物体的（　　）。

15. CT 扫描就是一种图像重建应用实例，当射线穿过物体的某个截面时在检测器上得到的数据值称作射线的（　　），在同一个方向上建立的投影，是（　　），由物体截面的多个（　　）即可建立该截面的数字图像。

16. BMP 格式是一种与（　　）无关的图像文件格式，故又称为 DIB（Device Independent Bitmap）。

17. 在一个 GIF 文件中可以存（　　）彩色图像，如果把存于一个文件中的（　　）图像数据逐幅读出并显示到屏幕上，就可构成一种最简单的（　　）。

18. 简单说来，Photoshop 的图层就是（　　）层，每层独立放置（　　），又依顺序互相遮挡，用来对各个画面进行管理。

19. Photoshop 的路径是由一些（　　）、（　　）或（　　）构成的（　　）对象，它提供了一种精确勾勒或绘制图像的方法，从而完成那些不能由绘图工具完成的工作。

20. Photoshop 的通道是用来存放（　　）的，它是存储不同类型信息的（　　）图像。图像的（　　）决定了所创建的颜色通道的数目。

21. 滤镜是 Photoshop 中功能最丰富、效果最奇特的工具之一。可以使用滤镜更改图像的（　　），例如，为它们指定印象派绘画或马赛克拼贴外观，或者添加独一无二的（　　）和（　　）。Photoshop 的滤镜分为（　　）和外（　　），前者是 Adobe 提供、Photoshop 自带的滤镜；后者是第三方开发商提供的。

22. 蒙版是一种和（　　）有密切关系的编辑手段。一旦选定了某图层的部分区域，并将该图层转到"以快速蒙版模式编辑"的状态后，则（　　）的区域将"被蒙版"。

3-3　思考题

1. 图形与图像有什么区别？

2. 什么是颜色空间？常见的颜色空间有哪些？计算机中最常用的颜色空间是什么？

3. 什么叫图像的分辨率？什么叫图像的颜色深度？

4. Photoshop 中选择图像区域的工具箱工具有哪些？一个形状不规则但颜色均匀的区域用什么工具易于选择？

5. Photoshop 中快速蒙版有何作用？如何修改蒙版区域？

6. Photoshop 中按什么键可以变化画笔笔刷的大小？抠图快捷键是什么？如何保存与取出选区？

第4章 视频处理技术

本章在介绍视频处理技术相关概念的基础上,重点讲述视频压缩标准,使读者对数据压缩技术能有更深入的了解。最后,针对视频处理技术的应用,以视频处理软件 Windows Movie Maker 为例进行介绍,不仅详细介绍该软件的基本功能和界面环境,而且提供了典型制作实例的示范。

4.1 视频技术概述

目前,视频技术的应用范围很广,如网上可视会议、网上可视电子商务、网上政务、网上购物、网上学校、远程医疗、网上研讨会、网上展示厅、个人网上聊天、可视咨询等业务。但是数字视频的数据量是非常庞大的,因此,视频数据的存储、传输以及加工成为多媒体应用面临的最大难题之一。解决上述问题的方法有两种:一是提高计算机的存储容量及通信信道的带宽;二是对多媒体数据进行有效的压缩。显然,前一种方法成本较高、技术难度较大,可扩充性不好。只有后一种方法才可能较妥善地解决问题,其关键是应采取可行的数据压缩技术,通过数据压缩,把数据量压下来,以压缩形式存储、传输,既节约了存储空间,又提高了通信干线的传输效率。换言之,视频压缩技术是视频处理技术中最为关键的核心技术。

4.1.1 视频表示

图像按其灰度等级不同,可分为二值图像和多灰度级黑白图像;按图像的色调划分,可分为黑白图像和彩色图像;按图像所占空间的维数划分,可分为二维图像、三维图像和多维图像;按图像内容的变化性质划分,可分为静止图像和活动图像,活动图像也称为序列图像或视频。

视频是由许许多多幅按时间序列构成的连续图像,每一幅图像称为一帧,帧图像是视频信号的基础。这些帧以一定的速率(单位为帧频率的单位,即每秒显示帧的数目)连续地投射在屏幕上,让人看起来具有连续运动的动态效果。例如,电视就是一种最常见的视频信号,视频内容可以是活动的,也可以是静止的;可以是彩色的,也可以是黑白的;有时变化大,有时变化小;有时变化快,有时变化慢。在多媒体技术中。视频处理一般是借助于一系列相关的硬件(如视频捕获卡)和软件,在计算机上对输入的视频信号进行接收、采集、传输、压缩、存储、编辑、显示、回放等多种处理。视频信号主要是指来自电视机、录/放像机、摄像机、影碟机等视频设备的信号。

4.1.2 视频文件类型

常见的视频文件的类型介绍如下。

1. AVI 文件格式

AVI 文件格式是 Video For Windows 所使用的文件格式,其扩展名为 AVI。它采用了 Intel 公司的 Indeo 视频有损压缩编码技术,把视频和音频信号混合交错地存放在一个文件中,较好地解决了音频信息与视频信息的同步问题,是目前较为流行的视频文件格式。AVI 文件使用的压缩方法有多种,主要使用有损压缩方法。通常采用纯软件的压缩和还原手段。

2. MOV 文件格式

MOV 文件格式是 QuickTime For Windows 所使用的视频文件格式。和 AVI 文件相同,MOV 文件也使用了 Intel 公司的 Indeo 视频压缩编码技术把视频和音频信号混合交错在一起,但具体实现不同。一般认为 MOV 文件图像较 AVI 好,但这只是相对而言,因为不同版本的 AVI 和 MOV 文件的画面质量是很难进行比较的。

3. MPG 文件格式

MPG 文件是最新的数字视频标准文件,也称为系统文件或隔行数据流,是采用 MPEG 方法进行压缩的全运动视频图像。许多视频处理软件都支持该文件格式。在一定条件下,可在 1024×768 的分辨率下以每秒 24、25 或 30 帧的速度播放 128 000 种颜色的全运动视频图像和同步 CD 音质的伴音。

4. DAT 文件格式

DAT 文件是 VCD 专用的视频文件格式,也是基于 MPEG 压缩/解压缩技术的视频文件格式。DAT 也是一种数据流格式。用计算机打开人们非常熟悉的 VCD 光盘,可发现有一个名为 MPEGAV 的目录,里面便是类似 MUSIC01. DAT 或 AVSEQ01. DAT 命名的文件。DAT 文件也是 MPG 格式的,是 VCD 刻录软件将符合 VCD 标准的 MPEG-1 文件自动转换生成的。

4.1.3 模拟视频与数字视频

1. 模拟视频

普通广播电视信号是一种典型的模拟视频信号。电视摄像机通过电子扫描将时间、空间函数所描述的景物进行光电转换后,得到单一的时间函数的电信号,其电平的高低对应于景物亮度的大小,即用一个电信号表征景物。这种电视信号称为模拟电视信号,其特点是信号在时间和幅度上都是连续变化的。对模拟电视信号进行的视频处理技术(如校正、调制、滤波、录制、编辑、合成等)称为模拟视频技术。在电视接收机中,通过显示器进行电光转换,产生为人眼所接受的"模拟"信号的光图像。

2. 数字视频

数字视频是指用二进制数字表示的视频信号,数字视频既可直接来源于数字摄像机(例如 CCD 摄像机等),也可将模拟视频信号经过数字化处理变成数字视频信号。模拟视频信号经过采样、量化和编码数字化处理后,就变成由一帧帧数字图像组成的图像序列,即数字视频信号。每帧图像由 N 行、每行 M 个像素组成,即每帧图像共有 $M \times N$ 个像素。利用人眼的视觉惰性,每秒连续播放 30 帧(帧频 f_p)以上,就能给人以较好的连续运动景物的感觉。若表示每个像素颜色信息所用的存储位数为 N_b 比特,则数字视频信号的信息传输速率为 $M \times N \times f_p \times N_b$(单位:比特/秒,b/s,bps)。

与模拟视频相比,数字视频具有很多优点:便于传输和交换,便于多媒体通信,便于存储处理和加密,无噪声积累,差错可控制,可通过压缩编码减低数码率,便于设备的小型化,信噪比高,稳定可靠,交互能力强等。

随着数字电路和微电子技术的进步,特别是超大规模集成电路的快速发展,使得数字视频的优点变得越来越突出,应用越来越广泛。例如,高清晰度电视(HDTV)、多媒体、视频会议、移动视频、监视控制、医疗设备、航空航天、军事、教育、电影等。

目前,数字视频用于桌面和掌上技术已经成熟,业已成为消费电子产业的支柱,例如数字电视、数码相机和数码摄像机等。数字视频将会给计算机、通信和电子消费等产业带来一种革命性的“变化”。

4.1.4 视频压缩基础

数字视频既可以由对模拟视频信号(由模拟摄像机获取)进行数字化处理得到,也可以直接由数字化摄像机获取。一方面,数字视频的数据量非常大,例如一路 PAL 制的数字电视(DTV)的信息速率高达 216Mb/s,1GB 容量的存储器也只能存储不到 10s 的数字视频图像。如果不进行压缩,要进行传输(特别是实时传输)和存储几乎是不可能的,因此视频压缩编码无论在视频通信还是视频存储中都具有极其重要的意义。视频编码的目的就是在确保视频质量的前提下,尽可能地减少视频序列的数据量,以便更经济地在给定的信道上传输实时视频信息或者在给定的存储容量中存放更多的视频图像。另一方面,研究表明,原始视频数据表示有极强的相关性,也就是说有大量的冗余信息,这样就可以通过特定的编码方法将庞大数据中的冗余信息去掉(去除数据之间的相关性),保留相互独立的信息分量从而达到压缩视频数据量的目的。

1. 视频中存在的冗余现象

视频数据主要存在下列冗余。

1) 空间冗余

同一帧图像中相邻的像素具有很强的相关性。例如,数字化图像中某个区域的颜色、亮度、饱和度等相同,则该区域里的像素点数据也是相同的,这样,只需记下一个像素点的数据及其他像素点的位置,就可以得到该区域的所有信息,大量的重复像素数据就形成了空间冗余。

2) 时间冗余

图像序列中相邻帧的对应像素具有很强的相关性。后一帧的数据与前一帧的数据有许多相同之处,这样就形成了时间冗余。

3) 结构冗余

在视频图像的纹理区,像素的亮、色度信息存在着明显的分布模式,如果知道了分布模式,就可以通过某种算法生成图像,即存在结构冗余。

4) 知识冗余

指视频图像中所包含的某些信息与人们的一些经验及知识有关。例如在头肩图像中,头、眼、鼻和嘴的相对位置等信息就是人类的共性知识。

5）视觉冗余

研究发现人眼的视觉特性是非均匀和非线性的。例如，人眼对视频图像色度的敏感性远低于对亮度的敏感性，对低频信息的敏感度高于对高频信息的敏感度等。在很多场合，人眼是视频信息的最终接收者，因此，可以对人眼不敏感的信息少编码甚至不编码以压缩数据量。压缩视频的过程实质上就是去掉我们感觉不到的那些东西对应的数据。

6）信息熵冗余

信息熵是指一组数据所携带的信息量，信息熵冗余又称为编码冗余，是指信息熵少于数据编码的码元长度而形成的冗余。打个比喻来说，床的一般长度是 2 米，而绝大部分人并没有那么高，这多出来的部分就是冗余。如果将数据编码的码元长度看成是床，将信息熵看成是人，就不难理解信息熵冗余的概念了。

标准的数字摄像机的压缩率为 5∶1，有的格式可使视频的压缩率达到 100∶1。但过分压缩也不是件好事。因为压缩得越多，丢失的数据就越多。如果丢弃的数据太多，产生的影响就显而易见了。

数据压缩的理论基础是香农的信息论，它一方面给出了数据压缩的理论极限，另一方面给出了数据压缩的技术途径。由于视频是连续的静态图像，因此其压缩编码算法与静态图像的压缩编码算法有某些共同之处，但是运动的视频还有其自身的特性，因此在压缩时还应考虑其运动特性才能达到高压缩的目标。在视频压缩中常需用到下面的一些基本概念。

2. 视频压缩涉及的几个概念

1）有损压缩和无损压缩

在视频压缩中有损和无损的概念与静态图像中基本类似。无损压缩也即压缩前和解压缩后的数据完全一致。有损压缩意味着解压缩后的数据与压缩前的数据不一致。在压缩的过程中要丢失一些人眼和人耳所不敏感的图像或音频信息，而且丢失的信息不可恢复。几乎所有高压缩的算法都采用有损压缩，这样才能达到低数据率的目标。丢失的数据率与压缩比有关，压缩比越小，丢失的数据越多，解压缩后的效果一般越差。此外，某些有损压缩算法采用多次重复压缩的方式，这样还会引起额外的数据丢失。

2）帧内压缩和帧间压缩

帧内压缩也称为空间压缩。当压缩一帧图像时，仅考虑本帧的数据而不考虑相邻帧之间的冗余信息，这实际上与静态图像压缩类似。帧内一般采用有损压缩算法，由于帧内压缩时各个帧之间没有相互关系，所以压缩后的视频数据仍可以帧为单位进行编辑。帧内压缩一般达不到很高的压缩。

采用帧间压缩是基于许多视频或动画的连续前后两帧具有很大的相关性，或者说前后两帧信息变化很小的特点。也即连续的视频其相邻帧之间具有冗余信息，根据这特性，压缩相邻帧之间的冗余量就可以进一步提高压缩量，减小压缩比。帧间压缩也称为时间压缩，它通过比较时间轴上不同帧之间的数据进行压缩。帧间压缩一般是无损的。帧差值算法是一种典型的时间压缩法，它通过比较本帧与相邻帧之间的差异，仅记录本帧与其相邻帧的差值，这样可以大大减少数据量。

3）对称和不对称编码

对称性是压缩编码的一个关键特征。对称意味着压缩和解压缩占用相同的计算处理能力和时间，对称算法适合于实时压缩和传送视频，如视频会议应用就以采用对称的压缩编码算法为好。而在电子出版和其他多媒体应用中,一般是把视频预先压缩处理好后再播放,因此可以采用不对称编码。不对称或非对称意味着压缩时需要花费大量的处理能力和时间,而解压缩时则能较好地实时回放,也即以不同的速度进行压缩和解压缩。一般地说,压缩一段视频的时间比回放(解压缩)该视频的时间要多得多。例如,压缩一段三分钟的视频片断可能需要 10 多分钟的时间,而该片断实时回放时间只有三分钟。

4.2 视频压缩标准

4.2.1 视频压缩编码的国际标准

数字视频处理技术在通信、电子消费、军事、工业控制等领域的广泛应用促进了数字视频编码技术的快速发展,并催生出一系列的国际标准。近年来,国际标准化组织 ISO 和国际电信联盟 ITU-T 相继制定了一系列视频压缩编码的国际标准(如表 4-1 所示),有力地促进了视频信息的广泛传播和相关产业的巨大发展。

表 4-1 视频压缩编码的国际标准

标 准	名 称	比 特 率	主 要 应 用
MPEG-1	面向数字存储的运动图像及其伴音编码	≤1.5Mb/s	光盘存储,视频娱乐,视频监控
MPEG-2	运动图像及其伴音信息的通用编码	1.5～100Mb/s	数字电视(DTV),高清晰度电视(HDTV)
MPEG-4	音视频对象的通用编码	8Kb/s～35Mb/s	因特网,交互式视频,可视检索,内容操作,消费视频 专业视频,2D/3D 计算机图形,移动视频
H.261	P×64Kb/s 音视频业务编解码	P×64Kb/s(P:1～30)	ISDN 视频会议
H.263	低比特率通信视频编码	8Kb/s～1.5Mb/s	视频电话,视频会议,移动视频
H.264	先进视频编码	8Kb/s～100Mb/s	视频电话,视频会议,视频广播,因特网

4.2.2 视频压缩编码标准化组织

1. ISO MPEG

运动图像专家组(MPEG)是国际标准化织织(ISO)和国际电工委员会(IEC)的一个工作组,即第一联合技术委员会第 29 子委员会的第 11 个工作组,其官方名称为 ISO/IEC JTC1/SC29/WG11。

MPEG 致力于制定运动图像(视频)及音频的压缩、处理和播放标准。它开发了一系列重要的音视频标准 MPEG-x,例如 MPEG-1、MPEG-2、MPEG-4、MPEG-7 和 MPEG-21;MPEG 最杰出的贡献是制定了音频和视频压缩标准。

MPEG 由许多专题子小组组成,每个子小组负责解决与标准有关的某个特定问题。MPEG 组织的专家来自世界范围内的企业和研究机构。MPEG 每隔 2～3 个月召开一次会议。

2. ITU-T VCEG

视频编码专家组(VCEG)是国际电信联盟标准化部门的一个工作组。下设 16 个子小组。第 16 子小组致力于制定多媒体、系统和终端的国际标准,其官方名称为 ITU-T SG16。

VCEG 制定了一系列与电信网络和计算机网络有关的视频通信标准 H.26X,例如 H.261、H.263、H.263+、H.263++和 H.264。

3. JVT

联合视频小组(JVT)的成员来自于 ISO/IEC JTCI/SC29/WG11(MPEG)和 ITU-T SGI6VCEG)。JVT 的成立缘于 MPEG 对先进视频编码工具的需求。JVT 的主要工作目标是推动 H.264/MPEG-4 第十部分的发布。

4.2.3 H.26X 视频压缩编码标准

H.26X 是由 ITU-T 制定的视频编码标准,主要有 H.261、H.262、H.263、H.264 等。其中,H.261 制定于 20 世纪 90 年代初,尽管目前它的应用正在渐渐减少,但其所采用的基本方法和思路对之后的视频编码标准的制定影响很大,对于理解 MPEG-1、MPEG-2、H.263 和 H.264 等标准非常有帮助,H.262 是 MPEG-2 标准的视频部分。H.263 标准制定于 1996 年,是目前视频会议的主流编码方法。2002 年制定的 H.264 标准则是新一代的视频编码标准,在相同视频质量下,其压缩倍数较 H.263 有较大提高,具有广阔的应用前景。

1. H.261

H.261 是 ITU-T 针对视频电话、视频会议等要求实时编解码和低时延应用提出的第一个视频编解码标准,于 1990 年 12 月发布。

H.261 是最早出现的实用的视频编码建议,目的是规范 ISDN 上的会议电视和可视电话应用中的视频编码技术。它采用的算法结合了可减少时间冗余的帧间预测和可减少空间冗余的 DCT 变换的混合编码方法,和 ISDN 信道相匹配,其输出码率是 $p\times 64$kb/s,p 取值较小时,只能传清晰度不太高的图像,适合于面对面的电视电话;p 取值较大时(如 $p>6$)可以传输清晰度较好的会议电视图像。H.261 采用的编码算法是帧间预测、变换编码和运动补偿的混合。编码算法的数据率主要设置在 40Kb/s 和 2Mb/s 之间。帧间预测消除了时间冗余,而变换编码消除了空间冗余。运动矢量用来帮助提供运动编译码补偿。为了消除传输比特流过程中更进一步的冗余现象,需要使用可变行程编码。H.261 支持编码器中的运动补偿。运动补偿中,在前帧(恢复帧)中构造了一个搜索域来决定最好的参考宏块。H.261 支持两种图像分辨率:QCIF (1/4 公共交换格式),其像素为 144×176;CIF(公共交换格式),其像素为 288×352。视频多路器将压缩数据构造成分层比特流,每帧图像分为如下四层。

(1) 图像层:与视频图像(帧)相符。

(2) 块组:与 1/12 of CIF 图像或 1/3 of QCIF 相符。

(3) 宏块:与亮度的 16×16 像素和两个相应空间色度的 8×8 像素成分相符。

(4) 块:与 8×8 像素相符。

2. H.263

H.263 标准制定于 1995 年,是 ITU-T 针对 64kb/s 以下的低比特率视频应用而制定的标准。它的基本算法与 H.261 基本相同,但进行了许多改进,使 H.263 标准获得了更好的编码性能。在比特率低于 64kb/s 时,在同样比特率的情况下,与 H.261 相比,H.263 可以获得 3~4dB 的质量(PNSR)改善。H.263 的改进主要包括支持更多的图像格式、更有效的运动预测、效率更高的三维可变长编码代替二维可变长编码以及增加了四个可选模式。

H.263 系统支持五种图像格式。其参数如表 4-2 所示。H.263 规定,所有的解码器必须支持 SUB-QCIF 和 QCIF 格式。所有的编码器必须支持 SUB-QCIF 和 QCIF 格式中的一种,是否支持其他格式由用户决定。

表 4-2　H.263 所支持的五种图像格式的参数

参　　数	Sub-QCIF	QCIF	CIF	4CIF	16CIF
Y 有效取样点数	128 点/行	176 点/行	352 点/行	704 点/行	1408 点/行
U,V 有效取样点数	64 点/行	88 点/行	176 点/行	352 点/行	704 点/行
Y 有效行数	96 行/帧	144 行/帧	288 行/帧	576 行/帧	1152 行/帧
U,V 有效行数	48 行/帧	72 行/帧	144 行/帧	288 行/帧	576 行/帧
块组层数	6 行/帧	9 组/帧	18 组/帧	18 组/帧	18 组/帧

与 H.261 相同,H.263 仍然采用图像层 P、块组层 GOB、宏块层 MB 和块层 B4 个层次的数据结构,但与 H.261 不同的是,在 H.263 中,每个 GOB 包含的 MB 数目是不同的。H.263 规定,一行中的所有像素只能属于一个 GOB,因此对于不同的格式,一个 GOB 所包含的 MB 是不同的,对应的行数也是不同的。

H.263 还给出了四种可选模式,供用户选择使用。这四种模式是:无限制运动矢量模式、基于语法的算术编码模式、先进预测模式和 PB 图像模式。

无限制的运动矢量模式允许运动矢量指向图像以外的区域。当某一运动矢量所指的参考宏块位于编码图像之外时,就用其边缘的图像像素值代替。当存在跨边界的运动时,这种模式能取得很大的编码增益,特别是对小图像而言。另外,这种模式包括了运动矢量范围的扩展,允许使用更大的运动矢量,这对摄像机运动特别有利。

基于语法的算术编码模式使用算术编码代替霍夫曼编码,可在信噪比和重建图像质量相同的情况下降低码率。

先进的预测模式允许一个宏块中 4 个 8×8 亮度块各对应一个运动矢量,从而提高了预测精度;两个色度块的运动矢量则取这 4 个亮度块运动矢量的平均值。补偿时,使用重叠的块运动补偿,8×8 亮度块的每个像素的补偿值由 3 个预测值加权平均得到。使用该模式可以产生显著的编码增益,特别是采用重叠的块运动补偿,会减少块效应,提高主观质量。

PB 图像模式引入了一种新的帧——PB 帧,一个 PB 帧由一个 P 帧和一个 B 帧组成,一起编码。模式规定一个 PB 帧包含作为一个单元进行编码的两帧图像。PB 图像模式可在码率增加不多的情况下,使帧率加倍。

3. H.264

视频联合工作组 JVT 于 2001 年 12 月成立,由 ITU-T 和 ISO 两个国际组织有关视频编码的专家联合组成。JVT 的工作目标是制定一个新的视频编码标准,适应视频的高压缩比、高图像质量以及良好的网络适应性等要求。其工作成果为 2003 年通过的 ITU-T H.264 标准，也成为 ISO 的 MPEG-4 标准的第十部分，其名称为"先进视频编码"（Advanced Video Coding）。H.264 具有以下优点，这些优点来源于 H.264 结构上和算法上的改进。

- 更高的编码效率。在相同视频质量的情况下，H.264 可比 H.263 和 MPEG-4 节省 50%左右的码率。
- 自适应的时延特性。H.264 既可以工作于低时延模式下，应用于视频会议等实时通信场合，也可以用于没有时延限制的场合，例如视频存储等。
- 面向 IP 包的编码机制。H.264 引入了面向 IP 包的编码机制，有利于 IP 网络中的分组传输，支持网络中视频流媒体的传输，并且支持不同网络资源下的分级传输。
- 错误恢复功能。H.264 提供了解决网络传输包丢失问题的工具，可以在高误码率的信道中有效地传输数据。
- 开放性。H.264 基本系统无须使用版权，具有开放性。

H.264 标准在结构和算法上有很多的改进，并使它成为一个应用广泛且高效的标准。以下是 H.264 标准在结构和算法上所具有的特点。

1）分层设计

H.264 的算法在概念上可以分为两层：视频编码层（Video Coding Layer，VCL）负责高效的视频内容表示，网络提取层（Network Abstraction Layer，NAL）负责以网络所要求的恰当的方式对数据进行打包和传送。在 VCL 和 NAL 之间定义了一个基于分组方式的接口，打包和相应的信令属于 NAL 的一部分。这样，高编码效率和网络友好性的任务分别由 VCL 和 NAL 完成。VCL 层包括基于块的运动补偿混合编码和一些新特性。与前面的视频编码标准一样，H.264 没有把前处理和后处理等功能包括在草案中，这样可以增加标准的灵活性。NAL 负责使用下层网络的分段格式封装数据，包括组帧、逻辑信道的信令、定时信息的利用或序列结束信号等。例如，NAL 支持视频在电路交换信道上的传输格式，支持视频在 Internet 上利用 RTP/UDP/IP 传输的格式。NAL 包括自己的头部信息、段结构信息和实际载荷信息，即上层的 VCL 数据（如果采用数据分割技术，数据可能由几部分组成）。

2）精度、多模式运动估计

H.264 支持 1/4 或 1/8 像素精度的运动矢量。在 1/4 像素精度时可使用 6 抽头滤波器减少高频噪声，对于 1/8 像素精度的运动矢量，可使用更为复杂的 8 抽头的滤波器。在进行运动估计时，编码器还可选择"增强"内插滤波器提高预测的效果。在 H.264 的运动预测中，一个宏块（MB）可以被分为不同的子块，形成七种不同模式的块尺寸。这种多模式的灵活和细致的划分，更切合图像中实际运动物体的形状，大大提高了运动估计的精确程度。在这种方式下，在每个宏块中可以包含有 1、2、4、8 或 16 个运动矢量。在 H.264 中，允许编码器使用多于一帧的先前帧用于运动估计，这就是所谓的多帧参考技术。例如 2 帧或 3 帧刚刚编码好的参考帧，编码器将选择对每个目标宏块能给出更好的预测帧，并为每一宏块指示是哪一帧被用于预测。

3）4×4 块的整数变换

H.264 与先前的标准相似，对残差采用基于块的变换编码，但变换是整数操作而不是实数运算，其过程和 DCT 基本相似。这种方法的优点在于：在编码器和解码器中允许精度相同的变换和反变换,便于使用简单的定点运算方式。也就是说,这里没有"反变换误差"。变换的单位是 4×4 块,而不是以往用的 8×8 块。由于用于变换块的尺寸缩小,运动物体的划分更精确,这样,不但变换计算量比较小,而且在运动物体边缘处的衔接误差也大为减小。为了使小尺寸块的变换方式对图像中较大面积的平滑区域不产生块之间的灰度差异,可对帧内宏块亮度数据的 16 个 4×4 块的 DC 系数(每个小块一个,共 16 个)进行第二次 4×4 块的变换,对色度数据的 4 个 4×4 块的 DC 系数(每个小块一个,共 4 个)进行 2×2 块的变换。H.264 为了提高码率控制的能力,量化步长的变化的幅度控制在 12.5% 左右,而不是以不变的增幅变化。变换系数幅度的归一化被放在反量化过程中处理以减少计算的复杂性。为了强调彩色的逼真性,对色度系数采用了较小量化步长。

4) 统一的 VLC

H.264 中熵编码有两种方法,一种是对所有的待编码的符号采用统一的 VLC(Universal VLC,UVLC),另一种是采用内容自适应的二进制算术编码(Context-Adaptive Binary Arithmetic Coding,CABAC)。CABAC 是可选项,其编码性能比 UVLC 稍好,但计算复杂度也高。UVLC 使用一个长度无限的码字集,设计结构非常有规则,用相同的码表可以对不同的对象进行编码。这种方法很容易产生一个码字,而解码器也很容易地识别码字的前缀,UVLC 在发生比特错误时能快速获得重同步。

5) 帧内预测

在先前的 H.26x 系列和 MPEG-x 系列标准中,都是采用帧间预测的方式。在 H.264 中,对 Intra 图像编码时可用帧内预测。对于每个 4×4 块(除了边缘块特别处置以外),每个像素都可用 17 个最接近的先前已编码的像素的不同加权和(有的权值可为 0)预测,即此像素所在块的左上角的 17 个像素。显然,这种帧内预测不是在时间上,而是在空间域上进行的预测编码算法,可以除去相邻块之间的空间冗余度,取得更为有效的压缩。

6) 面向 IP 和无线环境

H.264 草案中包含了用于差错消除的工具,便于压缩视频在误码、丢包多发环境中传输,如移动信道或 IP 信道中传输的健壮性。为了抵御传输差错,H.264 视频流中的时间同步可以通过采用帧内图像刷新完成,空间同步由条结构编码(slice structured coding)支持。同时为了便于误码以后的再同步,在一幅图像的视频数据中还提供了一定的重同步点。另外,帧内宏块刷新和多参考宏块允许编码器在决定宏块模式的时候不仅可以考虑编码效率,还可以考虑传输信道的特性。除了利用量化步长的改变适应信道码率外,在 H.264 中,还常利用数据分割的方法应对信道码率的变化。从总体上说,数据分割的概念就是在编码器中生成具有不同优先级的视频数据以支持网络中的服务质量 QoS。例如采用基于语法的数据分割(syntax-based data partitioning)方法,将每帧数据的按其重要性分为几部分,这样允许在缓冲区溢出时丢弃不太重要的信息。还可以采用类似的时间数据分割(temporal data partitioning)方法,通过在 P 帧和 B 帧中使用多个参考帧完成。在无线通信的应用中,可以通过改变每一帧的量化精度或空间/时间分辨率支持无线信道的大比特率变化。可是,在多播的情况下,要求编码器对变化的各种比特率进行响应是不可能的。因此,不同于 MPEG-4 中采用的精细分级编码(Fine Granular Scalability,FGS)的方法(效率比较低),H.264 采用流切换的 SP 帧代替分级编码。

4.2.4 MPEG 视频压缩编码标准

与 H.26x 系列标准单纯对视频进行压缩编码不同,MPEG 标准主要由视频、音频和系统三部分组成,是一个完整的多媒体压缩编码方案。MPEG 系列标准阐明了编解码过程,严格规定了编码后产生的数据流的句法结构,但并没有规定编解码的算法。

1. MPEG-1

MPEG-1 标准是"用于数字存储媒体高达约 1.5Mb/s 的活动图像和伴随音频的编码",1992 年 11 月形成国际标准。MPEG-1 主要是针对存储媒体的视频编码标准,MPEG-1 标准共分为五部分:系统部分 ISO/IEC 11172-1,定义视频码流和音频码流的复用与同步;视频部分 ISO/IEC 11172-2,定义视频信号的压缩和解压缩;音频部分 ISO/IEC 11172-3,定义音频信号的压缩和解压缩;一致性测试部分 ISO/IEC 11172-4,定义码流的合法性测试和验证,提供了校验方法和标准流样板,使生产者能测试解码器的一致性或通过系统产生的复用数据流;MPEG-1 的第 5 部分为一个技术报告,不用做标准,仅推荐一个参考软件,是完全用 C 语言编写的系统标准程序、音视频解码器以及相应的编码例。MPEG-1 是将视频数据压缩成 1~2Mb/s 的标准数据流,它对动作不激烈的视频信号可获得较好的图像质量,但当动作激烈时,图像就会产生马赛克现象,因此这种技术不能广泛推广。MPEG-1 主要用于家用 VCD,它需要的存储空间比较大。

2. MPEG-2

MPEG-2 标准是"活动图像及其伴音的通用编码",该标准于 1994 年 11 月公布,所规定的图像格式符合 CCIR—601 建议:720×576(PAL)和 720×480(NTSC),规定的码率为 3~10Mb/s。MPEG-2 不仅有逐行扫描(面向帧),也有隔行扫描(面向场)的规定,面向 DVB、DVD 和 HDTV,还包括 16∶9 宽高比的图像格式。MPEG-2 标准充分考虑了对 MPEG-1 的兼容和对图像质量以及传输速率的多层次要求,具有可分级性、灵活性和广泛的适应性。即在 6Mb/s 时具有模拟复合电视的质量;在 9Mb/s 时具有模拟分量电视的质量,支持多声道的音频编码。

MPEG-2 标准已经很完善,并得到了广泛应用,是国际上公认的 DVB、DVD 和 HDTV 的信源编码标准。现在也应用于数字电视制播系统的存储、非线性编辑和记录视频压缩编码。

MPEG-2 不是 MPEG-1 的简单升级,MPEG-2 在系统和传送方面做了更加详细的规定和进一步完善,还专门规定了多路节目的复用方式。此外,MPEG-2 还兼顾了与 ATM 信元的适配问题。

3. MPEG-4

MPEG-4 标准是"基于音频和可视对象的编码"。与前两者不同,MPEG-4 标准不仅是针对一定比特率下的视频、音频编码,更加注重多媒体系统的交互性和灵活性。MPEG-4 标准主要应用于视像电话,视像电子邮件和电子新闻等,其传输速率要求较低,在 4800~64 000b/s 之间,分辨率为 176×144。MPEG-4 利用很窄的带宽,通过帧重建技术,压缩和传输数据,以求得最少的数据获得最佳的图像质量。与 MPEG-1 和 MPEG-2 相比,MPEG-4 的特点是其更适于交互 AV 服务以及远程监控。MPEG-4 是第一个使使用者由被动变为主动(不再只是观看,允许参与其中,即有交互性)的动态图像标准;它的另一个特点是其综合性；从根源上说，MPEG-4 试图将自然物体与人造物体相融合（视觉效果意义上的）。MPEG-4 的设计目标还有更广的适应性和可扩展性。

1）MPEG-4 标准的目标

该标准于 1999 年 5 月形成国际标准，是一种基于对象的视、音频编码标准。

2）MPEG-4 标准的组成

MPEG-4 标准主要由以下六部分组成。

（1）系统部分 ISO/IEC14496-1：规定数据流格式和文件格式，定义了基本流复用和同步、随机存取、时间标志、对象内容的识别，规定了二进制场景描述格式，知识产权的管理与保护等。

（2）视频部分 ISO/IEC14496-2：规定自然和合成的视频对象的编码表示。

（3）音频部分 ISO/IEC14496-3：规定自然的和合成的音频对象的编码表示。

（4）一致性测试部分 ISO/IEC14496-4：定义了比特流和设备的一致性条件，这部分用来测试 MPEG-4 的实现。

（5）ISO/IEC14496-5 参考软件：包括与 MPEG-4 的主要部分相对应的软件

（6）多媒体传输集成框架（DMIF）：这是 MPEG-4 应用层与传输网络的接口，定义了通信协议，使 MPEG-4 系统的数据流能进入各种传输网络，还包含一个存储格式 MP4，用于存储编码的场景。

4.3　使用 Windows Movie Maker 制作视频

Windows Movie Maker 是微软公司的一款视频编辑软件，集成在 Windows Me 和 Windows XP 操作系统中。这里以 Windows XP 操作系统为例来说明。当然，市面上还有一些性能远胜于 Movie Maker 2.1 的数字视频编辑软件产品，Adobe Premiere Elements 和 Pinnacle Studio Pro 9 就是其中的佼佼者，但从易用方便的角度来说，Windows XP 捆绑的 Windows Movie Maker（后面简称 Movie Maker）是我们的首选。Movie Maker 功能完善，它所具有的功能基本上能满足普通用户的需要。所有的工作基本上在"一拖一拉"中即可实现，具有大量的视频效果和视频过渡效果，可以轻松地做出具有专业水平的视频动画，这对普通的家庭用户已经足够了。

4.3.1　Movie Make 软件界面与功能

Windows Movie Maker（简称 WMM），是 Windows XP 的一个标准组件，其功能是将录制的视频素材，经过剪辑、配音等编辑加工，制作成富有艺术魅力的个人电影；也可以将大量照片，进行巧妙的编排，配上背景音乐，还可以加上解说词和一些精巧特技，加工制作成电影式的电子相册。而 Windows Movie Maker 最大的特点就是操作简单，使用方便，并且用它制作的电影体积小巧。这些多媒体文件使用 Windows 自带的媒体播放器即可随时欣赏，如果把文件上传到网页，在 IE 6.0 以上的浏览器它们可以自动播放。

在 Windows XP 中打开"开始"菜单，依次选择"所有程序"→"附件"→ Windows Movie Maker 命令，系统将打开 Movie Maker 主界面，如图 4-1 所示。

主界面分成了上、下两部分，上方一字排开了三个窗格，左边的是"任务"窗格，里面列举

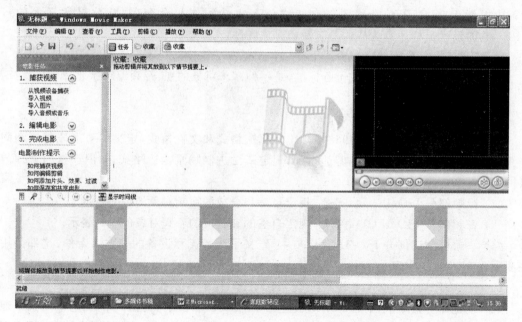

图 4-1　Windows Movie Make 主界面

出了大部分可快速激活的任务种类；中间是"收藏"窗格，这儿不仅是收藏捕捉的视频片段以及重要视频文件的地方，同时也是 Movie Maker 存放"视频过渡"和"视频效果"的地方；右边的窗格是一个播放器，用来让用户预览编辑好的视频片段。主界面的下方是情节提要框，在情节提要框里则可以建立一些关键帧，以便用户从总体上对正在编辑的电影文件进行控制。在情节提要框中单击"显示时间线"按钮，可还以将情节提要框切换成时间线框。通过时间线框，用户可以对当前电影文件的播放时间、单位时间内包含的帧以及所添加的声音文件进行控制。Movie Maker 是通过各种命令、窗口和视图进行电影文件创建和编辑的。同 Windows 中其他应用程序的窗口操作一样，对 Windows Movie Maker 软件可以很方便地进行窗口最小化、最大化、放大、缩小、移动和关闭等操作。Windows Movie Maker 在其工具栏设置了许多使用方便的按钮，当执行某项命令时，只需将鼠标指针移至相应的按钮，然后单击鼠标左键即可。

4.3.2　素材文件的获取

当创建一个新的 Movie 电影文件时，素材源文件的获取将是一个首要的工作。用户可以使用 Windows Movie Maker 通过摄像机、Web 摄像机或其他视频源将音频和视频捕获到计算机上，然后将捕获的内容应用到电影中。也可以将现有的音频、视频或静止图片导入 Windows Movie Maker，然后在制作的电影中使用。

1. 视频/音频文件的导入

（1）单击"文件"菜单，选择"新建"→"项目"命令，新建一个电影项目。

（2）选择"文件"→"导入到收藏"命令或选择"电影任务"窗格中的"捕获视频"下的"导入视频/音频"，在打开的"导入文件"对话框中选择相应的文件。

（3）导入完成后，在 Windows Movie Maker 的"收藏"窗格将出现已经导入的视频文件和音频文件。重复上述步骤的操作，即可完成对所有视频文件和音频文件的导入过程，如图 4-2 所示。

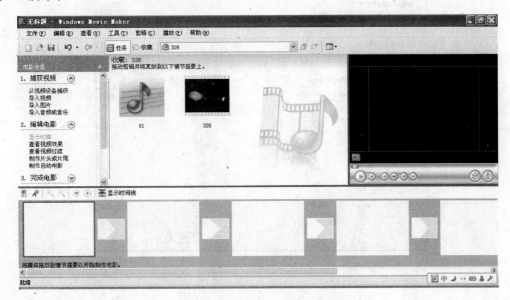

图 4-2　视频文件和音频文件的导入

2. 捕获视频

（1）选择"电影任务"窗格中的"捕获视频"下的"从视频设备捕获"，打开"视频捕获向导"对话框，如图 4-3 所示。在该对话框中选择要用其进行捕获的视频捕获设备。

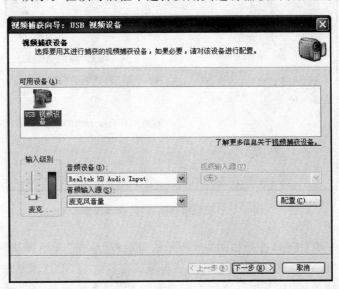

图 4-3　"视频捕获向导"对话框

（2）单击"下一步"按钮，出现的对话框如图 4-4 所示，此时需要为捕获的视频输入文件名并选择视频文件保存位置。

（3）单击"下一步"按钮，打开如图 4-5 所示的对话框，对捕获视频进行设置。

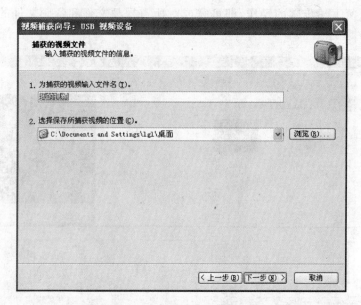

图 4-4 "视频捕获向导"的视频输入文件名和文件保存位置指定

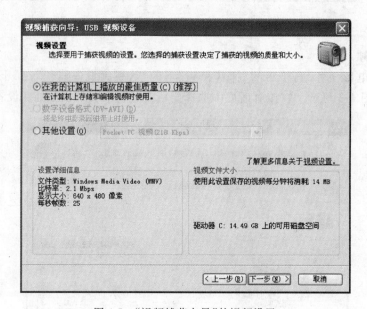

图 4-5 "视频捕获向导"的视频设置

　　(4) 单击"下一步"按钮,打开如图 4-6 所示的对话框,单击"开始捕获"按钮开始捕获视频,捕获完毕单击"停止捕获"按钮。在开始捕捉视频文件之前,千万不要忘了将下方的复选框"完成向导后创建剪辑"打上勾。这样在用户每次按下"开始捕获"和"停止捕获"时,这之间剪辑的视频片段都将会作为一个单独的文件保存下来。这样做的好处就是易于辨识,进入下一步制作时,也不会搞混淆。

　　(5) 单击"完成"按钮,视频文件的录制工作完成,Movie Maker 将自动导入该录制好的视频文件,并在"收藏"中显示它的图标,如图 4-7 所示。

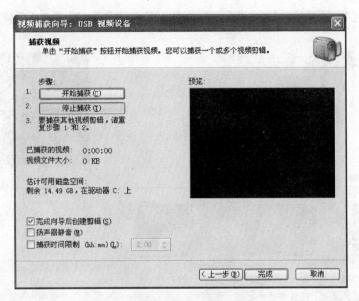

图 4-6 "视频捕获向导"的视频捕获

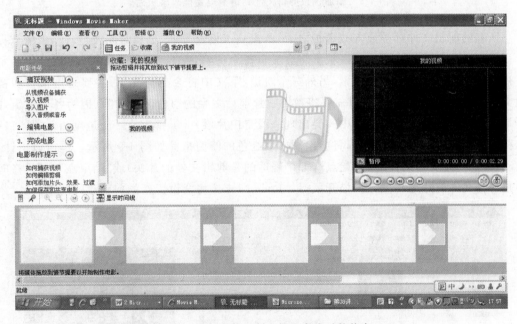

图 4-7 视频文件录制和导入完成后的状态

4.3.3 编辑项目

在 Movie Maker 的"收藏"中导入视频文件之后,就可以进行电影文件的编辑合成工作了。

在"收藏"窗格中,选中所要添加到电影中的视频剪辑,并单击鼠标右键,从弹出的快捷菜单中选择"添加到情节提要"命令,即可将所选中的视频剪辑文件一一添加到情节提要框中的故事板上,如图 4-8 所示。Movie Maker 是一套非线性视频工具,也就是说,用户可以任意编排剪辑,丝毫不受实际拍摄顺序的影响。因此,在将剪辑文件拖动到故事板上时,可以打乱文件的排列顺序。

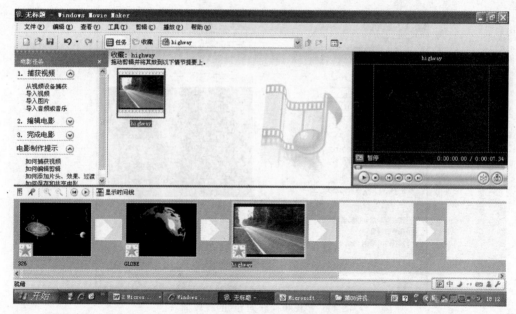

图 4-8　添加视频剪辑文件到情节提要框故事板后

　　所有的剪辑文件都被拖入故事板之后,单击故事板上方的"显示时间线"按钮,由情节提要视图切换为时间线视图。故事板上将会显示每个剪辑内的一张图片,时间线窗口中展示了视频组成元素和音频组成元素,另外三个轨道(下文中将会具备介绍)主要是用来修剪视频文件的,如图 4-9 所示。有时需要将剪辑图片前后多余的空白部分清除(因为各个剪辑并不是连续录制,拼凑在一起时,中间会出现一段空白片段)。屏幕上有一个进度指示器,将鼠标移到一个剪辑片段的边缘处,将会出现一个红色的修剪指针如图 4-9 所示。单击该指针,拖动鼠标,直至到达所需的"起始点"(如果修剪的是剪辑文件的片头)或"结束点"(如果修剪的是剪辑文件的片尾)。然后,松开鼠标,Movie Maker 将会设置新的剪裁点的位置。

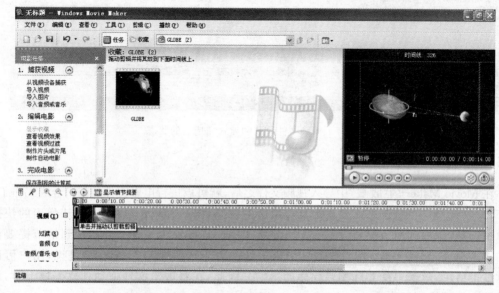

图 4-9　时间线窗口中展示的视频和音频组成元素

4.3.4 视频过渡及效果

1. 视频过渡

视频过渡其功能是在两个相邻剪辑间建立同时淡出及淡入过渡的效果。简单的过渡处理包括"消融",指将两个剪辑衔接在一起,在第一个剪辑即将结束,第二个剪辑尚未开始的这个视频转场阶段中,第一个剪辑慢慢地淡出,第二个剪辑慢慢地淡入,达到平稳过渡的效果。当然时间线视图上的剪辑并不是都需要做过渡处理的。用户可直接进行剪裁,先试试在不作任何过渡处理的情况下浏览一遍制作好的视频文件,看一看效果如何。一般情况下,只有当相邻剪辑间情节出现了重大转折,为了给观看者一个提示(比如说,说明背景时间或背景地点)时,才需要插入过渡效果。Movie Maker 自带的视频过渡效果都存放在收藏栏中,与用户捕获的视频文件存放在同一级目录中。单击"电影任务"窗格下的"编辑电影"→"查看视频过渡"这一项,界面上将会显示各种过渡效果,如图 4-10 所示。从中挑选一种过渡效果,将图标拖至两个相邻剪辑之间,就能够将过渡效果插入进去。这样经过淡入淡出处理的两个相邻剪辑拼凑在一起时,完全看不出衔接的痕迹。

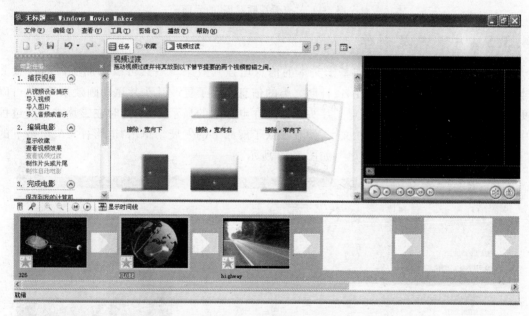

图 4-10 "查看视频过渡"的界面

2. 视频效果

视频效果决定了视频剪辑、图片或片头在项目及最终电影中的显示方式。其中最基础也是最重要的就是淡入效果和淡出效果,前者指的是画面从黑起变,最终变白;后者指的是画面由白起变,最终转黑。在电影中视频剪辑、图片或片头的整个显示过程中都可以应用视频效果。单击"电影任务"窗格下的"编辑电影"→"查看视频效果"这一项,界面上将会显示各种视频效果,如图 4-11 所示。从中挑选一种视频效果,将图标拖至目标剪辑文件的左下角,就能够将视频效果插入进去。

图 4-11 "查看视频效果"的界面

4.3.5 片头片尾制作

用户可以通过向电影添加基于文本的信息增强其效果。虽然可以添加所需的任意文本,但最好包括如电影片名、姓名、日期之类的信息。除了更改片头片尾动画效果外,还可以更改片头或片尾的外观,这决定了片头或片尾在电影中的显示方式,同时在影片进行的过程中也可以间或出现一些说明性文字,便于观众了解故事的发展。单击"电影任务"-窗格下的"编辑电影"→"制作片头或片尾",如图 4-12 所示。

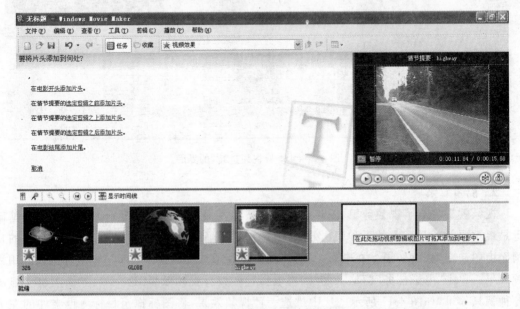

图 4-12 "制作片头或片尾"界面

在这个页面可以选择添加片头还是片尾,以制作片头为例,单击在"电影开头添加片头",如图4-13所示。填写好影片的标题之后,用户还可以单击文本框下方的"更改片头动画效果"和"更改文本字体和颜色"两个选项,尝试不同的动画效果以及字体显示方式。

图 4-13 "电影开头添加片头"的界面

4.3.6 处理音频

电影文件编辑合成的另外一个主要任务就是将音频和视频文件进行结合,使其在播放视频文件的同时,也播放音频文件。在情节提要框中单击"显示时间线"按钮,切换到时间线框,从"收藏"窗格中选择要添加的音频剪辑文件,单击鼠标右键,从弹出的快捷菜单中选择"添加到时间线"命令,即可将选中的音频剪辑文件添加到时间线框中,如图4-14所示。

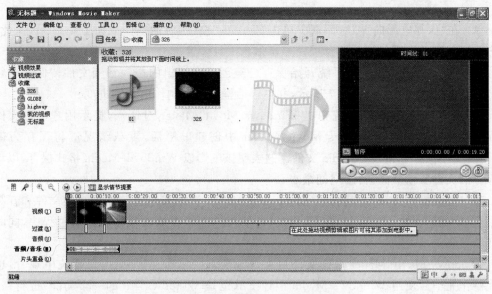

图 4-14 添加音频剪辑文件到时间线框

此时，Movie Maker 的操作界面如图 4-14 所示，如果当前导入的视频剪辑和音频剪辑的长度不同，将鼠标移到音频文件的边缘处，将会出现一个红色的修剪指针，单击该指针，拖动鼠标，直至到达所需的位置，使视频和音频剪辑都在同一时间结束。

在预览框中单击"播放"按钮，可以对制作好的电影文件在窗口模式下进行播放测试。单击"全屏"按钮，可以在全屏模式下对该电影进行播放测试。

4.3.7 输出保存电影

（1）选择"电影任务"窗格中的"保存到我的计算机"，打开如图 4-15 所示的"保存电影向导"对话框，为保存的电影输入文件名和保存电影的位置。

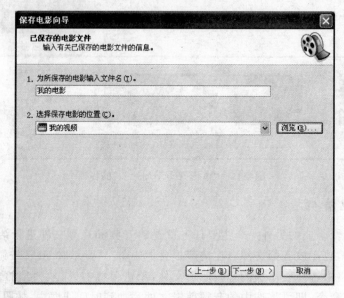

图 4-15 "保存电影向导"对话框

（2）在"保存电影向导"对话框中单击"下一步"按钮，对话框变成如图 4-16 所示，此时，用户可以对当前电影的播放质量以及显示信息进行设置。

（3）单击"下一步"按钮，系统开始保存已经创建和编辑的视频音频文件，"保存电影向导"对话框的情景变成如图 4-17 所示，并在对话框中显示制作电影的进度。

（4）制作电影完毕后，系统弹出 Windows Movie Maker 对话框，提示用户电影文件已经保存至计算机。在 Windows Movie Maker 中创建电影后，默认情况下将保存为带有 WMV 扩展名的 Windows Media 文件。这表明该电影以 Windows Media 格式保存，以该格式保存的文件质量最高，占用空间最小。

经过上述操作后，用户就已经通过 Movie Maker 将原来毫无关系的视频文件和音频文件结合在一起，生成了一个独立的电影文件，使用户能够在播放视频剪辑的过程中，同时播放音频剪辑。

Windows Movie Maker 电影文件可在 Windows Movie Maker 用户系统中观看，也可以在制作完毕后使用 Windows Media Player 8（也是 Windows XP 的一个功能）进行播放。但如果想让朋友和家人分享自己的作品，可用发送 E-mail 的方式或发布到 Web 站点共享。

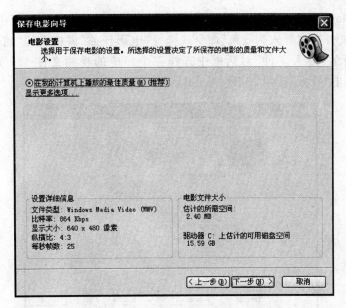

图 4-16 "保存电影向导"之电影设置

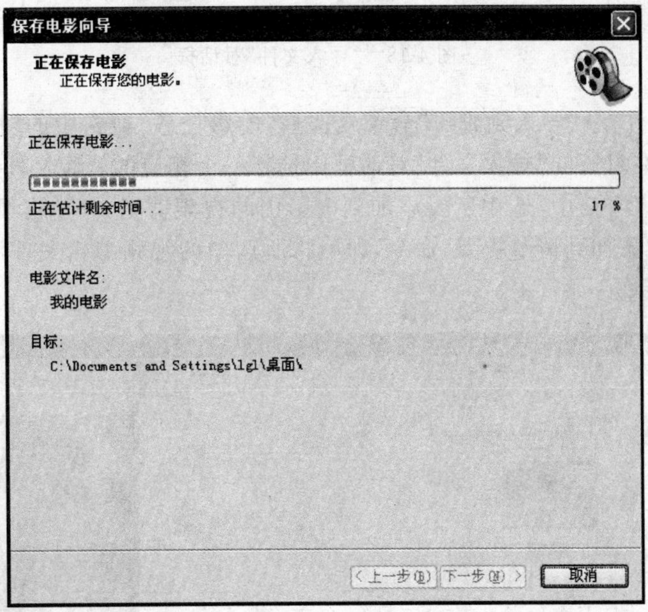

图 4-17 "保存电影向导"之保存电影

用 E-mail 发送电影文件的方法为：选择"电影任务"窗格中的"通过电子邮件发送"，打开"通过电子邮件发送电影"对话框，然后按向导要求一步步操作就可以了。

4.3.8 Movie Maker 制作实例

【实例 4-1】 由多个独立的视频剪辑文件、音频文件合成制作为电影。

本操作实例完整地介绍了如何将原来独立的视频文件和音频文件结合在一起，生成一个统一的电影文件，详细操作步骤如下。

（1）打开 Movie Maker，单击"文件"菜单，选择"新建"→"项目"命令，新建一个电影项目。

（2）选择"文件"→"导入到收藏"命令或选择"电影任务"窗格中的"捕获视频"下的"导入视频"，在打开的"导入文件"对话框中选择三个相应的视频文件 326. avi、globe. avi 和 highway. avi，单击"导入"按钮，如图 4-18 所示。

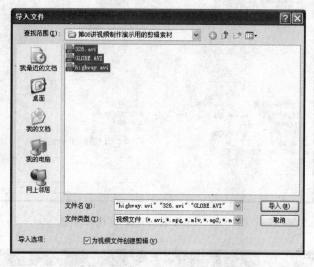

图 4-18 "导入文件"对话框

（3）选择"文件"→"导入到收藏"命令或选择"电影任务"窗格中的"捕获视频"下的"导入音频或音乐"，在打开的"导入文件"对话框中选择一个相应的音频文件 01. wav。

（4）在"收藏"窗格中，选中所要添加到电影中的视频剪辑，并单击鼠标右键，从弹出的快捷菜单中选择"添加到情节提要"命令，即可将所选中的视频剪辑文件添加到情节提要框中，如图 4-19 所示。

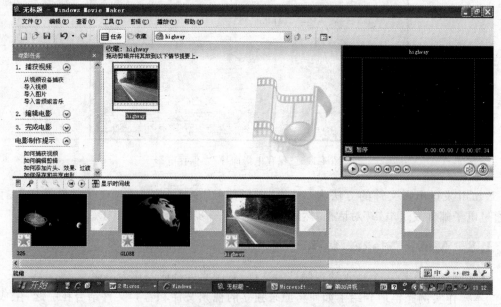

图 4-19 添加视频剪辑文件到情节提要框中

（5）单击"电影任务"窗格下的"编辑电影"→"制作片头或片尾"，在窗口中单击"在电影开头添加片头"。

（6）输入片头文本"计算机学院"，并"更改片头动画效果"为"滚动，透视"，如图4-20所示，单击"完成，为电影添加片头"。同样的步骤给电影加上片尾。

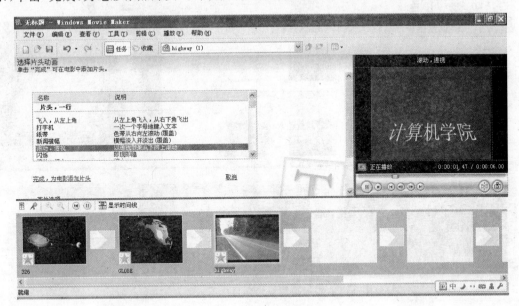

图 4-20　为电影添加片头

（7）单击"电影任务"窗格下的"编辑电影"→"查看视频过渡"，从窗格中挑选一种过渡效果，将图标拖至两个相邻剪辑之间，如图4-21所示。

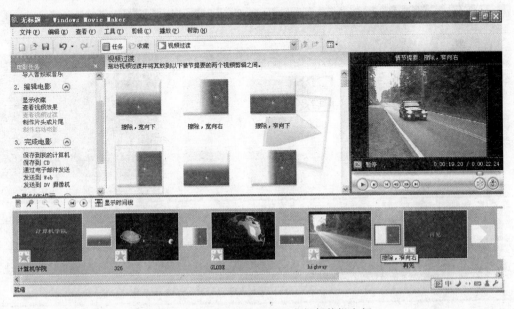

图 4-21　添加过渡效果到两个相邻剪辑之间

视频处理技术

（8）单击"电影任务"窗格下的"编辑电影"→"查看视频效果"，从中挑选一种视频效果，将图标拖至目标剪辑的左下角，如图 4-22 所示。

图 4-22　添加视频效果到目标剪辑的左下角

（9）在情节提要框中单击"显示时间线"按钮，切换到时间线框，从"收藏"窗格中选择要添加的音频剪辑文件 01.wav，单击鼠标右键，从弹出的快捷菜单中选择"添加到时间线"命令，即可将选中的音频剪辑文件添加到时间线框中，如图 4-23 所示。

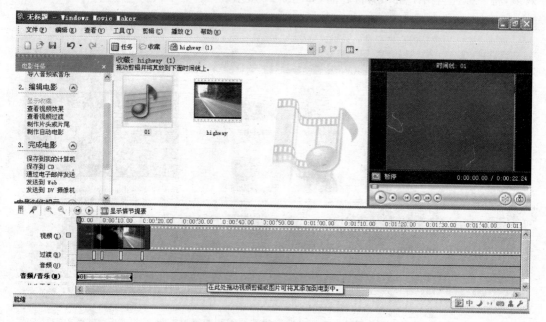

图 4-23　添加音频剪辑文件到时间线框

（10）将鼠标移到音频文件的边缘处，将会出现一个红色的修剪指针，单击该指针，拖动鼠标，使视频和音频剪辑都在同一时间结束，如图 4-24 所示。

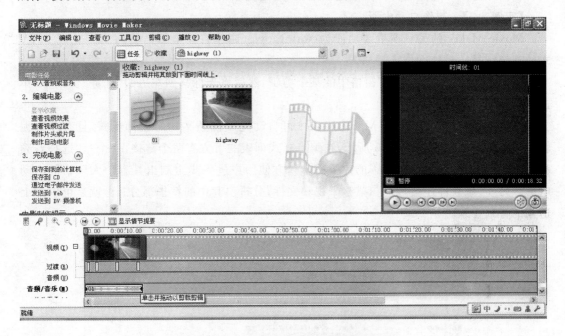

图 4-24　调整视频和音频剪辑的结束时间

（11）在时间线框中，选择音频，然后单击鼠标右键，选择"淡入/淡出"，使音频达到平稳过渡的效果。

（12）选择"电影任务"窗格中的"保存到我的计算机"打开保存电影向导，为保存的电影输入文件名"计算机学院"，并将电影保存在桌面上。

（13）这时，在桌面上出现了"计算机学院.wmv"的电影文件。双击该文件，可预览电影效果。

【实例 4-2】　由多个静态图片文件合成制作为电影式的电子相册。

原理：如果将实例 4-1 所用的单个视频素材文件换成一幅幅的静态图片文件，按照类似该制作实例的操作方法，可以由许多静态图片制作成一套电影式的电子相册。

基本操作步骤可以归纳如下：

（1）将静态数码照片导入到 Movie Maker 中。

无论是用扫描仪扫描的照片，还是用数码相机拍摄的照片，都可以用来制作成幻灯片式效果的电子相册。单击"任务"窗格中的"导入图片"，导入数码照片，然后将它拖动到时间线视图中的"视频栏"的任何位置处。视频上方有一排按钮，用户可单击其中的放大（放大时间线）和缩小（缩小时间线）按钮，来放大或缩小图片。

（2）将已经导入的图片添加到时间线的情节提要框中。

在"收藏"窗格中，选中所要添加到电子相册中的静态图片，将所选中的图片文件添加到情节提要框中。

（3）加入过渡效果。

在图片与图片之间也可以添加过渡效果，方法类似实例 4-1。

【实例 4-3】 制作自动电影。

Movie Maker 的另一项重要功能为 AutoMovie（制作自动电影），将剪辑转化成 MTV 式的音像制品。具体操作步骤如下：

（1）单击放置在"收藏栏"窗格中的某个剪辑，然后将光标移到左边的"任务"窗格中，单击"制作自动电影"。

（2）选择一种编辑样式。Movie Maker 可自动完成视频文件的编辑步骤，且有多种编辑样式供用户挑选。如图 4-25 所示，在编辑样式列表的下方有两个链接，一个是"选择音频和背景音乐"，一个是"输入电影的片头文本"，方便用户进一步定制出具有个人风格的自动电影。另外，该软件还会自动扫描整个视频文件，分析出其中的精华部分；再就是可以配上适当的背景音乐。

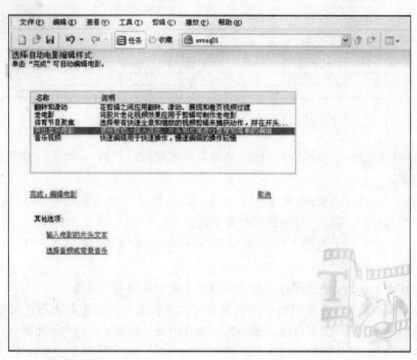

图 4-25　编辑样式选择

（3）完成电影输出保存。单击界面上"完成，编辑电影"选项。在左边的"任务"窗格"完成电影"一栏下列出了五种输出路径，用户可从中任选一种，在"保存电影向导"的指引下，完成最终的着色润饰。

注意：Movie Maker 无法识别 DVD 格式的视频文件。如果要制作 DVD，必须安装一个第三方 DVD 制作程序，比如说 MyDVD。单击"任务"窗格中的"保存到我的计算机"，选择以 DV-AVI 格式输出视频文件。如图 4-26 所示，在电影设置界面上还列出了其他许多设置选项。

图 4-26 选择以 DV-AVI 格式保存视频文件

习 题 4

4-1 单项选择题

1. 信源编码的一个最主要目的,就是要解决(　　)问题。

　　A. 数据冗余　　　　　　　　　B. 数据的压缩

　　C. 数据传输　　　　　　　　　D. 数据存储

2. (　　)是一组数据所携带的信息量。

　　A. 数字　　　　B. 文字　　　　C. 数据　　　　D. 图像

3. 可逆压缩也叫做(　　)。

　　A. 信息墒　　　　　　　　　　B. 无失真编码

　　C. 有损压缩　　　　　　　　　D. 失真编码

4. 视频信号主要是指来自(　　)。

　　A. 摄像机　　　B. 收录机　　　C. 投影仪　　　D. CD 机

5. 每帧图像由 N 行、每行 M 个像素组成,帧频为 f_p,每个像素用 N_b 比特表示,数字视频信号的信息传输速率为(　　)。

　　A. $M \times N$　　　　　　　　　B. $M \times N \times f_p \times N_b$

　　C. $M \times N \times f_p$　　　　　　　D. $2 \times M \times N \times f_p \times N_b$

4-2 填空题

1. MPEG 组织是制定(　　)的组织。

2. 数据冗余有空间冗余、时间冗余、结构冗余、知识冗余、(　　)和(　　)。

3. 在 Movie Maker 中要让两个相邻剪辑间建立同时淡出及淡入过渡的效果,应该使用(　　)功能。

4. MPEG 标准主要由(　　)、音频和系统三部分组成,它是一个完整的多媒体压缩编码方案。

5. H.26X 是由 ITU-T 制定的视频编码标准,主要有 H.261、H.262、(　　)、H.264 等几个标准。

4-3　思考题

1. 无损编码和有损编码有何区别。

2. 何为 MPEG 标准?

3. 试述 H.261 和 H.263 的区别。

4. 试述视频压缩的必要性和可行性。

5. 简单描述 H.263 中的四种可选模式。

第 5 章　动画制作技术

计算机动画是在传统动画的基础上,采用计算机图形图像技术而迅速发展起来的一门高新技术。动画充分利用了人们的想象力,使多媒体信息更加生动、直观、易于理解、风趣幽默和富于表现力。在理论方面本章主要介绍动画的基本概念和基本原理;在应用方面,选择了目前非常流行的动画制作软件 Flash 作为典型工具,介绍该软件的使用方法。

5.1　动画的基本概念和原理

研究表明,人在看物体时,当一个场景从人眼前消失后,该场景在视网膜上不会立即消失,而是要保留 1/24 秒,这就是人眼的"视觉暂留"效应。根据人眼的这一特点,如果每秒接连播放 24 幅或更多的画面,那么前一个画面在人脑中消失之前,下一个画面就进入了人脑,这样就可以看到没有闪烁的连续影像。因此,在通常情况下,动画的播放速度要高于每秒 24 幅画面,这样才能使画面流畅、连贯,如果以低于每秒 24 幅画面的速度播放,就会出现跳格/停顿的现象。动画从技术上讲,是一种把一连串绘制好的图片拍摄成动作变化的系列画面,然后以不低于每秒 24 幅画面的速度快速播放所得到的效果。传统的动画采用连续画面技术,将一系列手工制作的单独画面拍摄在胶片上,以每秒 24 帧的速度连续播放,利用人类视觉暂留的原理,产生动作变化的效果,形成连续的动画。

5.1.1　动画的分类

随着计算机图形学的不断发展,计算机在动画制作中发挥的作用越来越大,形成了如今的计算机动画技术。计算机动画是数字化动画。

计算机动画如果按照动画的创作方式(或实现方式)分类,可分为两大类:帧动画和造型动画,造型动画属于矢量动画。而按动画的空间视觉效果分,则可以分为如下三大类:二维动画、三维动画和变形动画。

1. 帧动画与矢量动画(造型动画)

帧动画由图形或图像序列组成,序列中的每幅静态图像称为一帧。因此,帧动画中构成动画的基本单位是帧,一部动画片由很多帧组成。帧动画借鉴了传统动画的概念,每帧的内容不同,当连续播放时,形成动画视觉效果。帧动画又可以分为逐帧动画和补间动画。在逐帧动画中,每一帧上都有可编辑的对象角色,设计者可以分别进行修改。而在补间动画中,设计者只需要在一个表演时间的两端分别给出两个关键帧,表示运动物体的初始和终结状态,动画制作软件就可以通过一定的算法计算生成自然、平滑的中间帧,从而产生细腻的动画效果。

造型动画也称为对象动画,就是利用三维软件创造三维形体。建立复杂的形体有三种造型技术。其一,组合技术:先绘出基本的几何形体,再将它们变成需要的形状,然后通过不同的方法将它们组合在一起。其二,拓展技术:先创建二维轮廓,再将其拓展到三维空间。其三,放样技术:先创建一系列二维轮廓,用来定义形体的骨架,再将几何表面附于其上,从而建立立体图形。总之,造型动画是要经过计算机计算才能生成的,动画主要表现为变换的图形、线条和文字(其画面只有一帧);动画的制作通常采用编程方式或某些工具软件。所以,造型动画也可以称为矢量动画。

2. 二维动画与三维动画

二维动画又叫"平面动画",具有非常灵活的表现手段、强烈的表现力和良好的视觉效果。二维动画的特点是:运用传统动画的基本概念,在平面上构成动画的基本动作。并且在保持传统动画的表现力和视觉效果的基础上,尽量发挥计算机处理的高效率、低成本等特点。由于二维动画的图形设计只局限于平面,因此它缺乏立体感;此外,二维动画对光、影、景深、景浅等要求不高,制作比较简单。

三维动画又叫"空间动画",主要表现三维的动画主体和背景,它的图形设计强调空间概念,配上真实色彩和三维虚拟环境,动画效果会显得相当逼真。实质上,三维动画是在一个三维虚拟空间上创建物体的模型,把模型放在三维的虚拟空间中,配上灯光效果,然后给对象赋予动态效果和各种质感。

5.1.2　动画的技术参数

1. 帧速度

针对帧动画而言,动画是利用快速变换帧的内容而达到运动的效果。一帧即一幅静态图像,而帧速度是指一秒钟播放的画面数量,即帧的数量。一般帧速度为每秒 30 帧或每秒 25 帧。

2. 画面大小

动画的画面尺寸一般为 $320 \times 240 \sim 1280 \times 1024$ 像素大小范围之间。画面的大小与图像质量和数据量有直接的关系,一般情况下,画面越大、图像质量越好,则数据量越大。

3. 图像质量

图像质量和压缩比有关,一般来说,压缩比较小时对图像质量不会有太大的影响,但当压缩比超过一定的数值后,将会看到图像质量明显下降。所以,对于图像质量和数据量要适当折中选择。

4. 数据率

在不计压缩的情况下,帧动画的数据率是指帧速度与每帧图像数据量的乘积。如果一幅图像为 1MB,则每秒的数据容量将达到 25MB 或 30MB,即数据率为 25MB/s 或 30MB/s,经过压缩后数据率将减少几十倍。尽管如此,由于数据量太大致使计算机、显示器跟不上速度,因此,只能减少数据率和提高计算机的运算速度,可通过降低帧速度或缩小画面尺寸的方法减少数据率。

5.1.3　动画的生成方法

生成动画的方法多种多样,如变形动画、关键帧动画等。本节简要介绍实现计算机动画的几种方法。

1. 关键帧动画

关键帧是计算机动画中最基本并且运用最广泛的方法。关键帧技术来源于传统的动画制作。出现在动画片中的一段连续画面实际上是由一系列静止的画面来表现的。制作过程并不需要逐帧绘制，只需要从这些静止画面中选出少数几帧加以绘制。被选出来的画面一般出现在动作变化的转折点处，对这段连续动作起着关键的控制作用，因此称为关键帧。绘出关键帧后，再根据关键帧插入中间画面，就完成了动画制作。在二维、三维计算机动画中，中间帧的生成由计算机完成。所有影响画面图像的参数都可成为关键帧的参数，如位置、旋转角、纹理的参数等。图 5-1 为关键帧以及由计算机对两幅关键帧进行插值生成若干中间帧的过程。

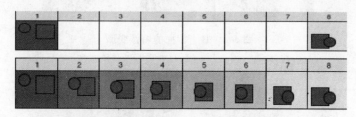

图 5-1　第 1 帧和第 8 帧是关键帧，其余各帧（2～7 帧）可由插值算法生成

从原理上讲，关键帧插值问题可归结为参数插值问题，传统的插值方法均可应用到关键帧方法中。但关键帧插值又与纯数学的插值不同，有其特殊性。一个好的关键帧插值方法必须能够产生逼真的运动效果，并能给用户提供方便有效的控制手段。一个特定的运动从空间轨迹来看可能是正确的，但从运动学或动画设计来看可能是错误的或者是不合理的。用户必须能够控制运动的特性，即通过调整插值函数改变运动的速度和加速度。

2. 调色板动画

调色板动画涉及画出物体和处理调色板的颜色，或者只是处理调色板的颜色而不重画物体。例如，让一个圆形物体从屏幕的左边运动到屏幕的右边，圆形物开始向右边运动时的初始颜色为红色，随着它的运动，有规则地用不同的调色板项重新绘制它，这样在每次重画时它的颜色就会改变。

某些情况下，物体并不运动，只有它的颜色被改变。例如，可以用不同的颜色段画一个轮子。按规则的间隔每次只改变调色板中的一项，这样的颜色就会有规律地变化。这些调色板项可以按这种方式循环以产生运动的错觉。

3. 变形动画

变形技术是计算机动画中的一种重要的运动控制方式。变形动画也是帧动画的一种，它具有把物体形态从一种形态过渡到另外一种形态的特点。变形可以是二维或三维的。常见的有基于特征的图像变形（如图 5-2 所示），二维形状混合、轴变形方法、三维自由形体变形（Free-Form Deformation，FFD）（如图 5-3 所示）等。

基于图像的变形是一种常用的二维动画技术。它包含图像之间的插值变形和图像本身的变形。对图像本身变形时，首先需要定义图像的结构特征，然后按特征结构进行图像变形。两幅图像之间变形时，首先分别按结构对两幅原图像进行自身的变形，然后从不同的方向渐隐渐显地得到两个图像系列，最后合成图像间插值。

三维插值变形是指任意两个三维物体之间插值的转换渐变，处理对象可以是三维几何体，也可以附加物体的物理几何特征。

图 5-2　基于特征的图像变形

图 5-3　三维自由形体变形

4. 基于物理模型的动画

基于物理模型的计算机动画是一种崭新的动画生成方法。该方法大量运用弹性力学和流体力学的方程进行计算,力求使动画过程体现出最适合真实世界的运动规律。然而要真正达到真实的运动是很难的,比如人的行走或跑步是全身的各个关节协调的结果(见图 5-4),要实现很自然的人走路的动画(见图 5-5),计算方程非常复杂和计算量极大,所以,基于物理模型的计算机动画还有许多内容需要进一步研究。

图 5-4　人体骨架模型

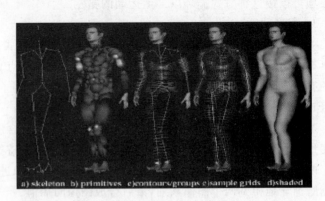

图 5-5　虚拟人体的分层表示模型

5. 过程动画

过程动画是指动画中物体的运动或变形用一个过程描述。在过程动画中,物体的变形是基于一定的数学模型或物理规律的。最简单的过程动画是用一个数学模型去控制物体的几何形状和运动,如水波的运动。

6. 运动捕捉

运动捕捉技术是一种新的动画制作方法,它是通过分析人体运动序列图像提取人体关节点的三维坐标的,从而得到人体的运动参数,进而获得完全真实的人体动画。

7. 三维扫描

三维扫描技术又称为三维数字化技术,它能对立体的实物进行三维扫描,迅速获得物体表面各采样点的三维空间坐标和色彩信息,从而得到物体的三维彩色数字模型。

5.1.4 动画的制作环境

计算机动画的关键技术体现在计算机硬件和动画制作软件两方面。

1. 动画制作的硬件环境

制作动画的计算机应该是一台多媒体计算机,具有高主频的 CPU、大容量内存和硬盘空间,能够使用和加工各种媒体文件。专业制作动画的工作人员一般使用具有硬盘阵列的图形工作站进行动画的加工和处理。另外,彩色显示器对于动画制作也十分重要,应选用屏幕尺寸大、色彩还原好、点距小的彩色显示器。显示适配器的缓存容量与动画系统的显示分辨率有紧密的关系,其容量应尽可能大,保证较高的显示分辨率和良好的色彩还原。

2. 动画制作的软件环境

目前,大多数动画制作和处理软件都运行在 Windows 环境中,为了保证动画系统稳定、可靠地运行,Windows 中不要同时运行其他应用程序,同时应关闭任务栏中当前不使用的任务项。例如,可以关闭某些病毒监控程序,因为这些程序可能影响动画程序运行的速度,并且容易误把动画系统形成的中间数据视为病毒,造成不必要的麻烦。

动画制作软件是由计算机专业人员开发的制作动画的工具,使用这一工具不需要用户编程,通过简单的交互式操作就能实现计算机的各种动画功能。动画制作软件通常具备大量的编辑工具和效果工具,用来绘制和加工动画素材。不同的动画制作软件用于制作不同形式的动画。例如 Animator Pro、Ulead GIF Animator、Animation Studio、Flash 等软件适合用于制作专业动画、网页动画、变形动画等各种形式的平面动画。3D Studio、3D Studio Max、Cool 3D、MAYA 等软件适合用于制作三维造型动画、文字三维动画、特效三维动画等。但在实际的动画制作中,一个动画素材的完成往往只不使用一个动画软件,是多个动画软件共同编辑的结果。

5.1.5 动画的文件格式

动画文件有许多不同的存储格式,不同的动画软件可以产生不同的文件格式,目前应用最广泛的动画文件格式有以下几种。

1. GIF 文件格式(.gif)

Gif 动画文件是指传统的 Gif 的 89a 格式。该文件格式最多只能处理 256 种色彩,不能用于存储真彩色的图像文件,但能够存储成背景透明的形式。所以该文件格式广泛应用于网页设计中。

2. SWF 文件格式(. swf)

SWF 是一种矢量动画格式,因其采用矢量图形记录画面信息,所以这种格式的动画在播放时会失真,且容量很小,非常适合描述由几何图形组成的动画。Micromedia 公司的二维动画制作软件 Flash,专门用于生成 SWF 文件格式的动画。由于这种格式的动画可以与 HTML 文件充分结合,并能添加音乐,形成二维电影,因此广泛应用于网页设计中。

3. AVI 文件格式(. avi)

AVI 是音频视频交错(Audio Video Interleaved)的英文缩写,是一种带有声音的文件格式,符合视频标准,通常叫做视频文件或电影文件。受视频标准的制约,该格式的动画画面分辨率是固定的,当显示器的显示分辨率很高时,该格式的画面尺寸显得很小。另外,AVI 格式只是作为控制界面上的标准,不限定压缩算法,因此用不同压缩算法生成的 AVI 文件,必须使用相应的解压缩算法才能播放。常用的 AVI 播放驱动程序主要是 Microsoft 公司的 Video 1,Intel 公司的 Intel Video,还有 Cinepak Code by Radius 以及 MPEG 系列压缩模式。

4. FLC 文件格式(. fli/. flc)

FLC 文件格式是 Autodesk 公司的动画制作软件中采用的彩色动画文件格式,是一种"无声动画"格式。该格式的动画文件采用数据压缩格式,代码效率较高。FLI 是最初基于 320×200 分辨率的动画文件格式,而 FLC 则是在 FLI 上的进一步扩展,采用更高的数据压缩技术,分辨率也扩大到 320×200～1600×1280。

5.2　使用 Flash 制作动画

Flash 是目前非常流行的二维动画制作软件。它能够将矢量图、位图、音频和深层的脚本交互,并灵活地有机结合在一起,创造出缤纷绚丽的动画效果;再加上它简单易学、操作方便等优点,得到了广大动画爱好者的肯定,广泛应用于互联网、多媒体教学、游戏制作和广告动画等众多领域。

Flash 之所以能够吸引众多的动画爱好者,就是因为 Flash 动画的表现形式可以多种多样,设计者可以自由绘制矢量图形,在动画中尽情地应用各种夸张的手法表现出其丰富的想象力。本节将以 Flash MX Professional 2004 为蓝本,首先介绍 Flash 软件的界面主要组成部分和一些相关的重要概念,然后介绍一些典型的 Flash 动画的制作方法和实例。

5.2.1　Flash 软件界面与功能

运行 Flash MX 2004,首先看到的是操作"开始"页面。页面中列出了一些常用的任务,左边是打开最近用过的项目,中间是创建各种类型的新项目、右边是从模板创建各种动画文件,如图 5-6 所示。单击"创建新项目"下的"Flash 文档",就创建了一个新的动画文件。

Flash 的工作界面由下列几个主要部分组成,最上方的是"菜单栏";执行"窗口/工具栏/主工具栏"命令,可在"菜单栏"下方打开"主工具栏";"主工具栏"的下方是"文档选项卡",用于切换打开的当前文档;"时间轴"和"舞台"位于工作界面的中心位置;左边是功能强大的"工具箱",用于创建和修改矢量图形内容;多个"面板"围绕在"舞台"的下面和右边,包括常用的"属性"和"帮助"面板,还有"设计面板"和"开发面板",如图 5-7 所示。

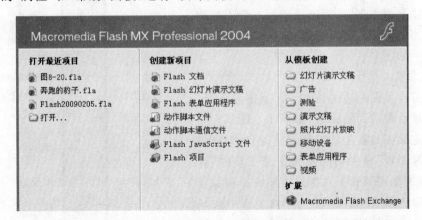

图 5-6　Flash MX 2004 的操作"开始"页面

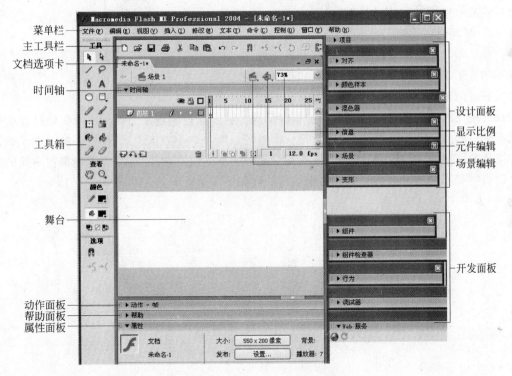

图 5-7　Flash MX 2004 软件界面

下面对几个最常用的部分作进一步介绍。

1. 文档选项卡

　　一件 Flash 动画称作一个 Flash 文档,Flash 文档以 fla 为扩展名的文件保存,可以在 Flash 软件中打开一个已有的 fla 文档进行编辑加工,也可以新建一个空白文档从头开始制作新动画。新建或打开一个文档时,在"时间轴"的上方会显示出"文档选项卡"。如果打开或创建多个文档,"文档名称"将按文档创建的先后顺序显示在"文档选项卡"中,文档选项卡中显示文档的文件名(如果该文档尚未存盘,其默认名称为"未命名-数字＊"的形式)。单击文件名称,可以在多个文档之间进行快速切换。用鼠标右键单击"文档选项卡",在弹出的菜单中可以快速实现"新建"、"打开"、"保存"等功能。

2. 工具箱

位于工作界面左边的长方形区就是工具箱,它是 Flash 最常用到的面板,如图 5-8 所示。用户可以自定义工具箱中的工具编排,执行"编辑/自定义工具面板"命令,打开"自定义工具栏"对话框,可以根据需要和个人喜好重新安排和组合工具的位置。在"可用工具"选项列表框中选择工具,单击"增加"按钮就可以将所选择的工具添加到"当前选择"中。单击"恢复默认值"按钮就可以恢复系统默认的工具设置。

3. 时间轴

在 Flash 文档制作过程中,时间轴是一个最基本的常用部分,Flash 动画的组织和编排通常都是在时间轴上完成的。在概念上,可以把时间

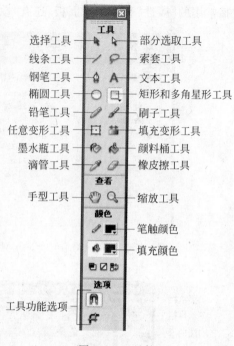

图 5-8　工具箱

轴视为用连续的时间点串接起来的一根时间线;它形象地表现了 Flash 动画变化过程的先后各个时间点。在形式上,时间轴上每一个时间点用一个小方框表示,代表一帧。在动画正常播放的情况下,播放头随时间的推移在时间轴上从左向右顺序移动,也就使得在不同的时刻动画中有不同的画面。时间轴的组成与功能如图 5-9 所示。

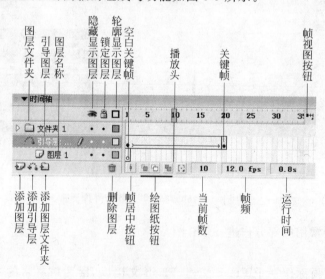

图 5-9　时间轴

4. 舞台

"舞台"位于工作界面的正中间部位,是放置动画内容的区域,如图 5-10 中间的白色区

所示。舞台内容可以是矢量插图、文本框、按钮、导入的位图图形或视频剪辑等。可以在"属性"面板中设置和改变"舞台"的大小，默认状态下，"舞台"的宽为 550 像素，高为 400 像素。

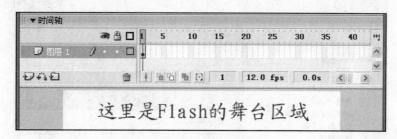

图 5-10　舞台

工作时根据需要可以改变"舞台"显示的比例大小，可以在"时间轴"右上角的"显示比例"中设置显示比例，最小比例为 8%，最大比例为 2000%，在下拉菜单中有三个选项，"符合窗口大小"选项用来自动调节到最合适的舞台比例大小；"显示帧"选项可以显示当前帧的内容；"全部显示"选项能显示整个工作区中包括在"舞台"之外的元素，如图 5-11 所示。

选择工具箱中的"手形工具" ，在舞台上拖动鼠标可平移舞台。选择"缩放工具" ，在舞台上单击可放大或缩放舞台的显示。选择"缩放工具"后，在工具箱的"选项"下会显示出两个按钮，分别为"放大" 和"缩小" ，如图 5-12 所示。

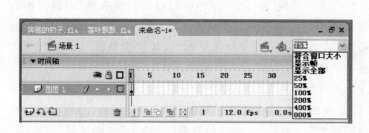

图 5-11　舞台显示比例

图 5-12　缩放工具的选项

5. 常用面板

Flash MX 2004 有很多面板，默认状态下，在"舞台"的正下方有三个比较常用的浮动面板，分别是"帮助"面板、"动作"面板和"属性"面板，单击面板"标题栏"或其左端的按钮 ，可以展开该面板，展开后的面板其"标题栏"左端的按钮为倒三角形 ，如图 5-13 所示。再次单击已经展开的面板标题栏或其左端的倒三角形按钮 ，可将面板折叠起来（使面板变成最小化状态）。

拖动面板左侧的 到舞台上，可将面板独立出来，成为窗口显示模式。

展开面板后，单击面板右上角的 按钮，在弹出的面板选项菜单中选择"关闭面板"命令，可将面板关闭，想再次打开面板时，可执行"窗口"菜单中的相关命令即可。

如果想回到默认时的面板布局状态，可执行"窗口"→"面板设置"→"默认布局"系列命令。以下简单介绍几个常用面板的功能：

（1）帮助面板。可以随时对软件的使用或动作脚本语法进行查询，使用户更好地使用

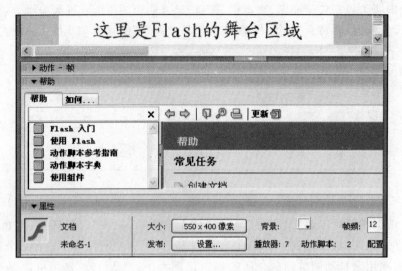

图 5-13   舞台正下方的三个常用面板

软件的各种功能。

(2) 动作面板。它是主要的"开发面板"之一,是动作脚本的编辑器。

(3) 属性面板。利用它可以很容易地访问舞台或时间轴上当前选定项的最常用属性,也可以在面板中更改对象或文档的属性。

(4) 设计面板。选择"窗口"→"设计面板"命令,在菜单中可以看到所有的"设计面板",单击面板的名称,就可以打开或关闭相应的面板。默认状态下,打开的"设计面板"分布在舞台右侧的面板组中。"设计面板"包括"对齐"面板、"颜色样本"面板、"混色器"面板、"信息"面板、"场景"面板和"变形"面板等六种类型。

(5) 开发面板。选择"窗口"→"开发面板"命令,从菜单中可以看到所有的"开发面板",单击面板的名称可以打开或关闭相应面板。默认状态打开的一些"开发面板"分布在舞台右侧的面板组中。"开发面板"包括"动作"、"组件"、"组件检查器"、"输出"、"调试器"、"行为"和"Web 服务"面板。

(6) 其他面板。选择"窗口"菜单下的"其他面板"菜单项,从菜单中可以查看到所有的其他面板,单击面板名称可以打开相应的面板。"其他面板"下面包括"辅助功能"、"影片浏览器"、"历史记录"、"字符串"和"公用库"等面板。

5.2.2 Flash 中几个重要概念

1. 帧

(1) 帧:在 Flash 中,帧是指动画播放过程中的某一个点,也就是串接时间线上的一个时间点。在时间轴上用一个小方框表示一帧。

(2) 关键帧:它是在动画播放过程中发生变化的时间点。关键帧中可以加入动作脚本,所谓动作脚本即控制 Flash 动作的一些程序代码。在选定的方框位置按 F6 键可以插入关键帧。

(3) 普通帧:它又叫静态帧或时间帧,使动画播放过程中保持原有画面和状态,不产生动画变化的时间点。普通帧不能加入动作脚本。在选定的方框位置按 F5 键可以插入普通帧。

（4）空白帧：即不包含任何动画符号和元素的帧，空白帧不能加入动作脚本。

（5）空白关键帧：它是一种特殊的关键帧，没有任何动画符号和元素，但可以加入动作脚本的时间点。

2. 图层

图层也是 Flash 软件中使用的一个重要概念。一幅图可以被拆分成若干图层，或者说一幅图是由若干图层组成的。图层就像叠放在一起的透明的胶片，每一层上都包含不同的元素，它们同时出现在舞台上。如果图层上没有任何东西，可以透过它直接看到下一层。从功能上来看，Flash 的图层类似于 Photoshop 图像编辑中的图层，不同的是图层在 Photoshop 中是静态的，而在 Flash 中可以是动态的。图层可以理解为没有背景的一个单独动画。除了普通的图层外，Flash 中还有以下一些特殊层：

（1）引导层。引导层是辅助动画运动的一个特殊层，其功能是使被引导层的动画元素按照引导层中定制的运动轨迹运动，引导层本身的元素并不出现在完成的动画中。

（2）遮罩层。遮罩层是辅助动画制作的一个特殊层，其功能是使在完成的动画中，在遮罩层和被遮罩层相重合的区域只显示被遮罩层的效果。

（3）层文件夹。层文件夹是在时间轴上创建的一个特殊文件夹，用来存放和管理时间轴上的层。

3. 元件和场景

（1）元件。它是 Flash 动画中的主要动画元素，分为影片剪辑、按钮和图形三种类型。它们在动画中各具不同的特性和功能。

（2）场景。同一个动画中的各个不同的、互不影响的工作区即为不同的场景。

4. 绘图纸

绘图纸是时间轴控制区下部 5 个按钮的统称，它们用于控制帧的显示状态。绘图纸的功能是帮助定位和编辑动画，这个功能对制作逐帧动画特别有用。通常情况下，Flash 在舞台中一次只能显示动画序列的单个帧。使用绘图纸功能后，就可以在舞台中一次查看两个或多个帧。图 5-14 是使用绘图纸功能后的场景，可以看出，当前帧中内容用全彩色显示，其他帧内容以半透明显示，看起来好像所有帧内容是画在一张半透明的绘图纸上，这些内容相互层叠在一起。当然，这时只能编辑当前帧的内容。

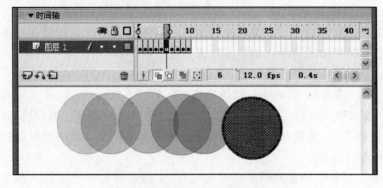

图 5-14　同时显示多帧内容的变化

绘图纸包含如下几个按钮。

(1)"帧居中"按钮 ⚹ ：动画运行时单击它,可以将播放磁头的位置停在时间轴的中间。

(2)"绘图纸外观"按钮 ⚹ ：按下此按钮后,在时间轴帧的上方,将出现 ⟨⟩ 绘图纸外观标记。拉动外观标记的两端,可以扩大或缩小显示的帧范围。

(3)"绘图纸外观轮廓"按钮 ⚹ ：按下此按钮后,场景中显示各帧内容的轮廓线,填充色消失,特别适合观察对象轮廓,另外可以节省系统资源,加快显示过程。

(4)"编辑多个帧"按钮 ⚹ ：按下后可以显示全部帧内容,并且可以进行"多帧同时编辑"。

(5)"修改绘图纸标记"按钮 ⚹ ：按下后将弹出如图 5-15 所示的菜单,各菜单项作用分别为:

• "总是显示标记"菜单项　总是在时间轴标题中显示绘图纸外观标记。

• "锚定绘图纸"菜单项　会将绘图纸外观标记锁定在它们在时间轴标题中的当前位置。通常情况下,绘图纸外观范围是和当前帧的指针以及绘图纸外观标记相关的。通过锚定绘图纸外观标记,可以防止它们随当前帧的指针移动。

• "绘图纸 2"菜单项　会在当前帧的两边显示 2 个帧。

• "绘图纸 5"菜单项　会在当前帧的两边显示 5 个帧。

• "绘制全部"菜单项　会在当前帧的两边显示全部帧。

图 5-15　"修改绘图纸标记"按钮的下拉菜单

5.2.3　图形绘制

动画制作所需的基础素材,一方面来源于对一些现有素材的收集,另一方面依靠自己从头开始制作。图形绘制就是制作素材的主要手段。因此,本节将详细讨论如何应用 Flash 中的工具绘制图形。

1. 绘制直线、椭圆和矩形

可以使用直线、椭圆和矩形工具轻松创建这些基本几何形状。椭圆和矩形工具可以创建边框和填充形状,矩形工具可以创建方角或圆角的矩形。

绘制直线、椭圆或矩形的步骤如下:

(1)选择线条(或者铅笔、画笔)、椭圆或矩形工具。

(2)选择"窗口"→"属性"菜单项,然后在"属性"对话框中选择边框和填充属性。

(3)对于矩形工具,通过双击圆角矩形图标并输入一个角半径值就可以指定圆角。如果值为零,则创建的是方角。

(4)在舞台上拖动。如果使用的是矩形工具,在拖动时按住上下箭头键可以调整圆角半径。对于椭圆和矩形工具,按住 Shift 键拖动可以将形状限制为正圆形和正方形。对于线条工具,按住 Shift 键拖动可以将线条限制为倾斜角度为 45 度的倍数。

2. 绘制多边形和星形

使用"多角星形工具",可以绘制多边形和星形。可以选择多边形的边数或星形的顶点数(从 3～32)。也可以选择星形顶点的深度。

绘制多边形或星形的步骤如下:

(1) 在矩形工具上单击并按住鼠标按钮,然后拖动以从弹出菜单中选择"多角星形工具"子工具项。

(2) 选择"窗口"→"属性"菜单项,可以查看属性面板。

(3) 在"属性"对话框中设置笔触属性(含笔触颜色、笔触高度/笔触样式),也可以设置填充颜色。

(4) 在"属性"对话框中单击"选项"按钮,可以弹出"工具设置"对话框。在"工具设置"对话框中,执行以下操作:

① 对于"样式",可以选择"多边形"或"星形"。

② 对于"边数",可以输入一个介于 3～32 之间的数字。

③ 对于"星形顶点大小",可以输入一个介于 0～1 之间的数值以指定星形顶点的深度。此数值越接近 0,创建的顶点就越深(如针)。如果是绘制多边形,应保持此设置不变(它不会影响多边形的形状)。

④ 单击"确定"按钮,以关闭"工具设置"对话框。

(5) 在舞台上用选择工具拖动可以调整图形对象的位置;用任意变形工具可以调整图形的形状和大小。

3. 使用钢笔工具

要绘制精确的路径,如直线或者平滑流畅的曲线,可以使用钢笔工具。可以创建直线或曲线段,然后调整直线段的角度和长度以及曲线段的斜率。当使用钢笔工具绘画时,进行单击可以在直线段上创建点,进行单击和拖动可以在曲线段上创建点。可以通过调整线条上的点来调整直线段和曲线段。可以将曲线转换为直线,反之亦可。也可以显示用其他Flash 绘画工具在线条上创建的点,以调整这些线条,这些绘画工具包括铅笔、刷子、线条、椭圆或矩形工具等。

4. 使用刷子工具

刷子工具能绘制出刷子般的笔触,就好像在涂色一样。它可以创建特殊效果包括书法效果。可以使用刷子工具功能键选择刷子的大小和形状。对于新笔触来说,刷子大小甚至在更改舞台的缩放比率级别时也保持不变,所以当舞台缩放比率降低时同一个刷子大小就会显得太大。例如,假设将舞台缩放比例设置为 100%,并使用刷子工具以大小为最小的刷子涂色。然后,将缩放比率更改为 50%,并用最小大小的刷子再画一次。绘制的新笔触就比以前的笔触显得粗 50%(更改舞台的缩放比率并不更改现有刷子笔触的大小)。

在使用刷子工具涂色时,可以使用导入的位图作为填充。

5. 使用橡皮擦

使用橡皮擦进行擦除可删除笔触和填充。可以快速擦除舞台上的任何内容,擦除个别笔触段或填充区域,或者通过拖动进行擦除。可以自定义橡皮擦工具以便只擦除笔触、只擦除几个填充区域或单个填充区域。橡皮擦工具可以是圆的或方的。

6. 修改形状

可以修改形状,方法是将线条转换为填充、扩展填充对象的形状,或通过修改填充形状的曲线来柔化其边沿。

"将线条转换为填充"功能可将线条转换为填充,这样就可以使用渐变填充线条或擦除一部分线条。"扩展形状"和"柔化边沿"功能允许扩展填充形状并模糊形状边沿。

"扩展填充"和"柔化填充边沿"功能在不包含很多细节的小型形状上使用效果最好。对拥有过多细节的形状应用"柔化边沿"功能会增大 Flash 文档和生成的影片文件(.SWF 文件)的大小。

要将线条转换为填充,请执行以下操作:

(1) 选择一条或多条线。

(2) 选择"修改"→"形状"→"将线条转换为填充"菜单项。

要扩展填充对象的形状,请执行以下操作:

(1) 选择一个填充形状。该命令在没有笔触的单色填充形状上使用效果最好。

(2) 选择"修改"→"形状"→"扩展填充"菜单项。

(3) 在"扩展路径"对话框中,输入"距离"的像素值并为"方向"选择"扩展"或"插入"。"扩展"可以放大形状,而"插入"则缩小形状。

要柔化对象的边沿,请执行以下操作:

(1) 选择一个填充形状。

(2) 选择"修改"→"形状"→"柔化填充边沿"菜单项。

设置下列选项:

(1) "距离"是柔边的宽度(以像素为单位)。

(2) "步骤数"控制用于柔边效果的曲线数。使用的步骤数越多,效果就越平滑。但增加步骤数会使文件变大并降低绘画速度。

(3) "扩展"或"插入"控制着在柔化边沿时形状是放大还是缩小。

7. 创建文本

可以创建三种类型的文本字段:静态文本字段、动态文本字段和输入文本字段。所有的文本字段都支持 Unicode。静态文本字段显示不会动态更改字符的文本。动态文本字段显示动态更新的文本,如体育比赛的实时得分、股票报价或天气报告。输入文本字段用户可以将文本输入到表单或调查表中。

可以在 Flash 中创建水平文本(从左到右流向)或静态垂直文本(从右到左流向或从左到右流向)。默认情况下,文本以水平方向创建。可以选择首选参数设置使垂直文本成为默认方向,以及设置垂直文本的其他选项;具体设置方法是选择"编辑"菜单中的"首选参数"命令,弹出"首选参数"对话框,选择"编辑"标签,然后在"垂直文本"栏中将"默认文本方向"复选框选中,这里也可以将"从右到左的文本流向"复选框选中。

要创建文本,可以选择文本工具 **A**,然后在舞台上单击就会出现文本块框线,即可将文字输入在舞台上的文本块中。水平文本块的宽度或垂直文本块的高度默认是可以自动扩展的,在创建静态文本时,可以将文本放在单独的一行中,该行会随着输入的文本扩展。也可以将文本放在定宽文本块(适用于水平文本)或定高文本块(适用于垂直文本)中,所谓定宽文本块(或定高文本块)就是宽度固定(或高度固定)的文本块。对于可扩展的静态水平文本块,用鼠标指向其右上角的圆形手柄时,鼠标会变成水平方向双箭头形状,这时用鼠标沿水平方向拉动文本框到一定宽度时停止,文本块就变成定宽文本块。对于可扩展的静态垂直的文本块,用鼠标指向其左下角的圆形手柄时,鼠标会变成垂直方向双箭头形状,这时用鼠标沿垂直方向拉动文本框到一定宽度时停止,文本块就变成定高文本块。当在定宽(高)文本块中输入文本时,可以自动改变文本块高(宽)以自动适应输入内容的增加。在创建动态文本或输入文本时,也可以将文本放在单独的一行中,或创建定宽或定高的文本块。

Flash 会在文本块的一角上显示一个手柄以标识该文本块的类型:对于扩展的静态水平文本,会在该文本块的右上角出现一个圆形手柄,如图 5-16 所示。对于具有定义宽度的静态水平文本,会在该文本块的右上角出现一个方形手柄,如图 5-17 所示。

图 5-16　扩展的静态水平文本 　　　　　图 5-17　定义宽度的静态水平文本

可以在按住 Shift 键的同时双击动态和输入文本字段的手柄,以创建在舞台上输入文本时不扩展的文本块。这样就可以创建固定大小的文本块,并且用多于它可以显示的文本填充它,从而创建滚动文本。

5.2.4　加入声音

Macromedia Flash MX 2004 和 Macromedia Flash MX Professional 2004 提供了许多使用声音的方式。可以使声音独立于时间轴连续播放,或使动画和一个音轨同步播放。向按钮添加声音可以使按钮具有更强的互动性,通过声音淡入淡出还可以使音轨更加优美。

在 Flash 中有两种类型的声音:事件声音和音频流。事件声音必须完全下载后才能开始播放,除非明确停止,它将一直连续播放。音频流在前几帧下载了足够的数据后就开始播放;音频流可以通过和时间轴同步以便在 Web 站点上播放。

1. 导入声音

通过将声音文件导入到当前文档的库中,可以把声音文件加入 Flash。声音放在时间轴上时,应将声音置于一个单独的层上。

可以将 WAV 和 MP3 两种声音文件格式导入到 Flash 中。如果系统上安装了 QuickTime 4 或更高版本,则还可以将 AIFF、Sun AU 和只有声音的 QuickTime 影片这些附加的声音文件格式导入。

Flash 在库中保存声音以及位图和元件。和图形元件一样,只需要一个声音文件的副本就可在文档中以各种方式使用这个声音。

声音要使用大量的磁盘空间和内存空间。但是,MP3 声音数据经过了压缩,比 WAV 或 AIFF 声音数据小。通常,当使用 WAV 或 AIFF 文件时,最好使用 16 位 22kHz 单声(立体声的数据量是单声的两倍),但是 Flash 只能导入采样比率为 11kHz、22kHz 或 44kHz,8 位或 16 位的声音。在导出时,Flash 会把声音转换成采样比率较低的声音。如果要向 Flash 中添加声音效果,最好导入 16 位声音。如果 RAM 有限,就使用短的声音剪辑或用 8 位声音而不是 16 位声音。

注意:当将声音导入到 Flash 时,如果声音的记录格式不是 11kHz 的倍数(例如 8、32

或 96kHz),将会重新采样。

导入声音的操作步骤如下:

(1) 选择"文件"→"导入"→"导入到库"命令。

(2) 在"导入"对话框中,定位并打开所需的声音文件。

2. 向 Flash 文档中添加声音

要将声音从库中添加到文档,可以把声音分配到一个层,然后在"属性"检查器的"声音"控件中设置选项。建议将每个声音放在一个独立的层上。使用"声音"对象的 LoadSound 方法,可以在运行时将声音载入 SWF 文件中;不过这是一种高级的操作方法,涉及编程的概念和如何使用"声音"对象的 LoadSound 方法等问题。

要测试添加到文档中的声音,可以使用与预览帧或测试 SWF 文件相同的方法:在包含声音的帧上面拖动播放头,或使用在控制器或"控制"菜单中的命令。

向 Flash 文档中添加声音的操作步骤如下:

(1) 如果还没有将声音导入库中,先将其导入库中(操作方法:选择"文件"→"导入"→"导入到库"命令,在"导入到库"对话框中定位声音文件位置并选择它,单击"打开"按钮)。

(2) 选择"插入"→"时间轴"→"图层"命令,为声音创建一个层。

(3) 选定新建的声音层后,将声音从"库"面板中拖到舞台,声音就添加到当前层中。可以把多个声音放在同一层上,或放在包含其他对象的层上。但是,建议将每个声音放在一个独立的层上。每个层都作为一个独立的声音通道。当回放 SWF 文件时,所有层上的声音就混合在一起。

(4) 在时间轴上,选择包含声音文件的第一个帧。

(5) 选择"窗口"→"属性"命令展开属性面板,在属性面板中设置下面选项。

从"声音"下拉列表框中选择声音文件。

从"效果"弹出菜单中选择效果选项。

- "无":不对声音文件应用效果,选择此选项将删除以前应用过的效果。
- "左声道/右声道":只在左或右声道中播放声音。
- "从左到右淡出/从右到左淡出":会将声音从一个声道切换到另一个声道。
- "淡入":会在声音的持续时间内逐渐增加其幅度。
- "淡出":会在声音的持续时间内逐渐减小其幅度。
- "自定义":可以通过使用"编辑封套"创建自己的声音淡入和淡出点。

从"同步"弹出菜单中选择"同步"选项。

- "事件"选项:会将声音和一个事件的发生过程同步起来。事件声音在它的起始关键帧开始显示时播放,并独立于时间轴播放完整个声音,即使 SWF 文件停止也继续播放。当播放发布的 SWF 文件时,事件声音混合在一起。事件声音的一个示例就是当用户单击一个按钮时播放的声音。如果事件声音正在播放,而声音再次被实例化(例如,用户再次单击按钮),则第一个声音实例继续播放,另一个声音实例同时开始播放。
- "开始"选项:它与"事件"选项的功能相近,但如果声音正在播放,使用"开始"选项则不会播放新的声音实例。
- "停止"选项:将使指定的声音静音。

- "数据流"选项：将同步声音，以便在 Web 站点上播放。Flash 强制动画和音频流同步。如果 Flash 不能足够快地绘制动画的帧，就跳过帧。与事件声音不同，音频流随着 SWF 文件的停止而停止。而且，音频流的播放时间绝对不会比帧的播放时间长。当发布 SWF 文件时，音频流混合在一起。

为"重复"输入一个值，以指定声音应循环的次数，或者选择"循环"以连续重复声音。要连续播放，请输入一个足够大的数，以便在扩展持续时间内播放声音。例如，要在 15 分钟内循环播放一段 15 秒的声音，应输入 60。

注意：不建议循环播放音频流。如果将音频流设为循环播放，帧就会添加到文件中，文件的大小就会根据声音循环播放的次数而倍增。

3. 向按钮添加声音

可以将声音和一个按钮元件的不同状态关联起来。因为声音和元件存储在一起，它们可以用于元件的所有实例。

向按钮添加声音的操作步骤如下：

(1) 在"库"面板中选择按钮。

(2) 从面板右上角的选项菜单中选择"编辑"。

(3) 在按钮的时间轴上，添加一个声音层。

(4) 在声音层中，创建一个常规或空白的关键帧，对应于想添加声音的按钮状态。例如，要添加一段在单击按钮时播放的声音，可以在标签为 Down 的帧中创建一个关键帧。

(5) 单击刚刚创建的关键帧。

(6) 选择"窗口"→"属性"命令。

(7) 从属性面板的"声音"弹出菜单中选择一个声音文件。

(8) 从"同步"弹出菜单中选择"事件"。

要将不同的声音和按钮的每个关键帧关联在一起，请创建一个空白的关键帧，然后给每个关键帧添加其他声音文件。也可以使用同一个声音文件，然后为按钮的每一个关键帧应用不同的声音效果。

4. 使用声音编辑控件

要定义声音的起始点或控制播放时的音量，可以使用"属性"检查器中的声音编辑控件。Flash 可以改变声音开始播放和停止播放的位置。这对于通过删除声音文件的无用部分来减小文件的大小是很有用的。

编辑声音文件的操作步骤如下：

(1) 在帧中添加声音，或选择一个已包含声音的帧。

(2) 选择"窗口"→"属性"命令。

(3) 在属性面板中，单击"效果"下拉框旁边的"编辑"按钮，系统会弹出"编辑封套"对话框；在"编辑封套"对话框中，执行以下任意操作：

① 要改变声音的起始点和终止点，可拖动"编辑封套"中的"开始时间"和"停止时间"控件。

② 要更改声音封套，可拖动封套手柄改变声音中不同点处的级别。封套线显示声音播放时的音量。单击封套线可以创建其他封套手柄（总共可达 8 个）。要删除封套手柄，请将其拖出窗口。

③ 单击"放大"或"缩小",可以改变窗口中显示声音的多少。

④ 要在秒和帧之间切换时间单位,可单击"秒"和"帧"按钮。

(4) 单击"播放"按钮,可以听编辑后的声音。

5. 在关键帧中开始播放和停止播放声音

在 Flash 中与声音相关的最常见任务是与动画同步播放和停止播放关键帧中的声音。

停止播放和开始播放关键帧中声音的操作步骤如下:

(1) 向文档中添加声音。要使此声音和场景中的事件同步,请选择一个与场景中事件的关键帧相对应的开始关键帧。可以选择任何同步选项。

(2) 在声音层时间轴中要停止播放声音的帧上创建一个关键帧。在时间轴中将出现声音文件的表示。

(3) 选择"窗口"→"属性"命令,并单击右下角的箭头以展开属性面板。

(4) 在属性面板的"声音"弹出菜单中,选择同一声音。

(5) 从"同步"弹出菜单中选择"停止"。在播放 SWF 文件时,声音会在结束关键帧处停止播放。

(6) 要回放声音,只需移动播放头。

5.2.5 输出动画文件

动画制作好之后,可以将动画文件保存为 Flash MX 源文件,操作方法是:执行"文件"→"保存"或"文件"→"另存为"命令,文件保存为 *.fla 扩展名的文件;源文件可以在 Flash MX 中打开,并进行修改。

或者将动画导出成 swf 影片文件,操作方法是:执行"文件"→"导出"→"导出影片"命令,然后在出现的对话框中指定一个保存位置和文件名,文件扩展名默认就是 swf;单击"确定"按钮后,又出现一个"导出 Flash Player"的对话框,在该对话框中可以设置一些选项,也可以取默认选项设置,直接单击"确定"按钮即可。

也可以将达到最终效果的动画进行发布,生成一个能够脱离 Flash MX 运行的动画文件。发布 Flash 动画文件的操作步骤是:执行"文件"→"发布"命令(或按 Shift+F12 键),就会按默认设置在存放源文件的同一文件夹里生成一个同名的 swf 文件和(或)html 文件。swf 文件可以用 Flash 动画播放器软件播放(Flash MX 2004 就自带了一个播放软件:Micromedia Flash Player 7,该软件一般随 Flash MX 一起安装);而 html 文件则可以在网页浏览器中运行。在生成发布文件之前也可以对发布文件的一些属性进行设置,操作方法是执行"文件"→"发布设置"命令,在弹出的"发布设置"对话框中设置选项参数。也可以通过执行"文件"→"发布预览"命令,对即将发布的默认选项的效果进行预览。

5.2.6 基本动画的制作方法与实例

前面所有的绘图功能都是为使用 Flash 制作动画打基础的。在 Flash 中有三种基本的动画:逐帧动画、补间动画、引导路径动画。本节介绍这三种基本动画的制作原理和方法。

1. 逐帧动画

逐帧动画更改每一帧中的舞台内容,它最适合于每一帧中的图像都在变化而不是仅仅简单地在舞台中移动位置的复杂动画。它的原理是在连续的关键帧中分解动画动作,也就是每一帧中的内容不同,连续播放而成动画。逐帧动画在 Flash 的时间轴上表现为连续出现的关键帧,图 5-18 示意了在 Flash 时间轴上创建逐帧动画的时间轴情景。逐帧动画增加文件大小的速度比补间动画快得多,因为,Flash 会保存逐帧动画中每个完整帧的信息。

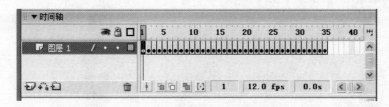

图 5-18　在 Flash 时间轴上创建逐帧动画的界面

逐帧动画的优点是:它与电影播放模式相似,很适合于表演很细腻的动画,如 3D 效果、人物或动物急剧转身等效果。而它的缺点是:由于帧序列每帧的内容不一样,因此增加了制作负担而且最终输出的文件也很大。

制作 Flash 逐帧动画的方法有:

- 用导入的静态图片建立逐帧动画(用 gif、jpg、png 等格式的静态图片连续导入到 Flash 中,就会建立一段逐帧动画);
- 文字逐帧动画(用文字作帧中的元件,实现文字跳跃、旋转等特效);
- 导入序列图像(可以导入 gif 序列图像、swf 动画文件或者利用第 3 方软件产生的动画序列);
- 绘制矢量逐帧动画(用鼠标或压感笔在场景中一帧帧地画出帧内容);
- 指令逐帧动画(在时间轴面板上,逐帧写入动作脚本语句来完成元件的变化,需要有一定编程基础)。下面以实例介绍其中比较简单的三种方法。

1) 导入静态图片建立逐帧动画

在这种方法中,将 gif、jpg、png 等格式的静态图片连续导入到 Flash 中,就会建立一段逐帧动画。因此,用这种方法制作动画之前,首先要准备好每一帧所需的图片素材,这些单个的图片之间有顺序关系,相邻的图片在形态上有少量变化。每一个图保存为一个文件,每个文件的文件名首部相同,尾部由序列数字组成(比如,图片 1. gif、图片 2. gif、图片 3. gif,等等)。

【实例 5-1】　"走路的女孩"逐帧动画。本实例介绍用导入静态图片法制作逐帧动画的方法。动画展示如下动作过程:在绿树成荫的背景道路上,一个女孩在漫步前行,最终效果如图 5-19 所示。下面介绍该动画的制作步骤。

(1) 新建影片文档。

执行"文件"→"新建"命令,在弹出的"新建文档"对话框中选择"常规"标签下的"Flash 文档"选项后,单击"确定"按钮,新建一个空白影片文档。用鼠标右击舞台区,选择右键菜单下的"文档属性(M)…"子菜单,弹出"文档属性"对话框,在该对话框中可设置文档属性。考虑到本实例的背景素材图片大小为 827×600 像素,将文档尺寸设置为 827×600,这样使背景图片充满整个舞台;又考虑到本实例拥有女孩走路素材图片共 8 幅,于是将"帧频"设置为 4fps,这样 2 秒钟可播放完所有图片帧;其他选项取默认值;如图 5-20 所示。

图 5-19 "走路的女孩"逐帧动画　　　　　图 5-20 "文档属性"对话框

（2）创建背景图层。

Flash 会自动为一个新文档创建一个图层，并将该图层默认命名为"图层 1"；双击"图层 1"名称进入图层名称编辑状态，将"图层 1"名称修改为"背景"。选择该图层的第一帧，执行"文件"→"导入"→"导入到舞台"命令，将事先准备好的背景图片文件"背景.JPG"导入到场景中；如果图片尺寸小于舞台面积，可用鼠标拖动图片，使其位置处于舞台中央。再单击时间轴第 8 个方框以选择该图层的第 8 帧，按 F5 键，增加过渡帧，使帧内容延续到第 8 帧。至此，背景层创建完毕。

（3）创建人物图层，并导入系列图片。

单击时间轴面板中的"插入图层"按钮 ，创建一个新图层（默认名称为"图层 2"）；双击"图层 2"进入图层名称编辑状态，将此图层名称修改为"女孩"。选择"女孩"图层第 1 帧，执行"文件"→"导入"→"导入到舞台"命令；先在"导入"对话框中选择事先准备好的系列图片（走路 1.gif，走路 2.gif……走路 8.gif）的第一个图片文件。这时会弹出一个对话框，询问是否导入序列中的所有图像，选择"是"按钮，Flash 会自动把 gif 中的图片序列按序以逐帧形式导入"女孩"图层的场景中，它们被 Flash 自动分配在 8 个关键帧中，如图 5-21 所示。

（4）调整人物图层对象位置。

此时，时间轴的帧区出现连续的关键帧，从左向右依次选择各关键帧，就会先后看到形态各异的 8 幅女孩图片；当快速地依次显示 8 幅图片时，就产生了女孩走路的动画效果。但是，被导入的动画序列位置最初可能并未处于恰当的位置（比如本例中女孩的脚已经超出了舞台工作区的底线），因此需要适当移动它们的位置，使得画面协调、美观。可以一帧帧地调整女孩图片的位置，即完成一幅图片的调整后记下其坐标值；再把其他图片设置成相同坐标值；但这样做需要有足够的耐心和时间。

而采用"多帧编辑"功能进行调整则更加方便快捷，操作方法是：

① 先将背景层加锁。单击与 图标在同一竖线的"背景"图层上的那个小点，使该小点变成 样图标，这就把"背景"图层加了锁，在对其他图层进行编辑时就不会改变"背景"图层。

② 单击时间轴面板下方的"编辑多个帧"按钮，使它呈按下状态；再单击"修改绘图纸

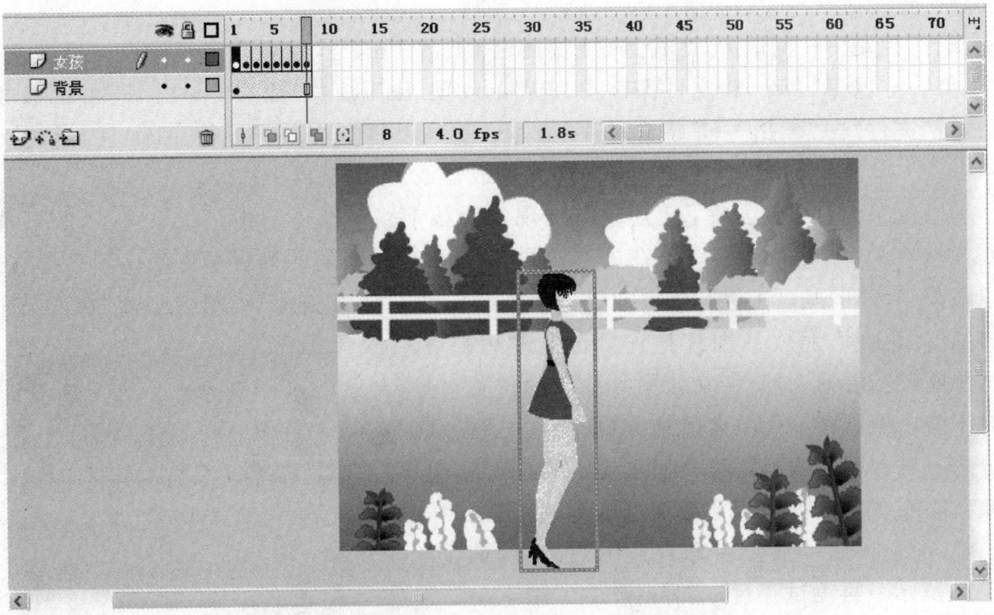

图 5-21　图片序列被逐帧导入到舞台中

标记"按钮 [·] 右下角的三角标记，拉开弹出菜单并选择"绘制全部"菜单选项。

③ 最后执行"编辑"→"全选"命令，看上去重叠的 8 帧图片全部被选定了。

④ 单击工具箱中的选择工具 ，用鼠标左键按住场景中的女孩图片拖动，就可以把 8 帧中的图片一次性全部移动到场景的合适位置，如图 5-22 所示。

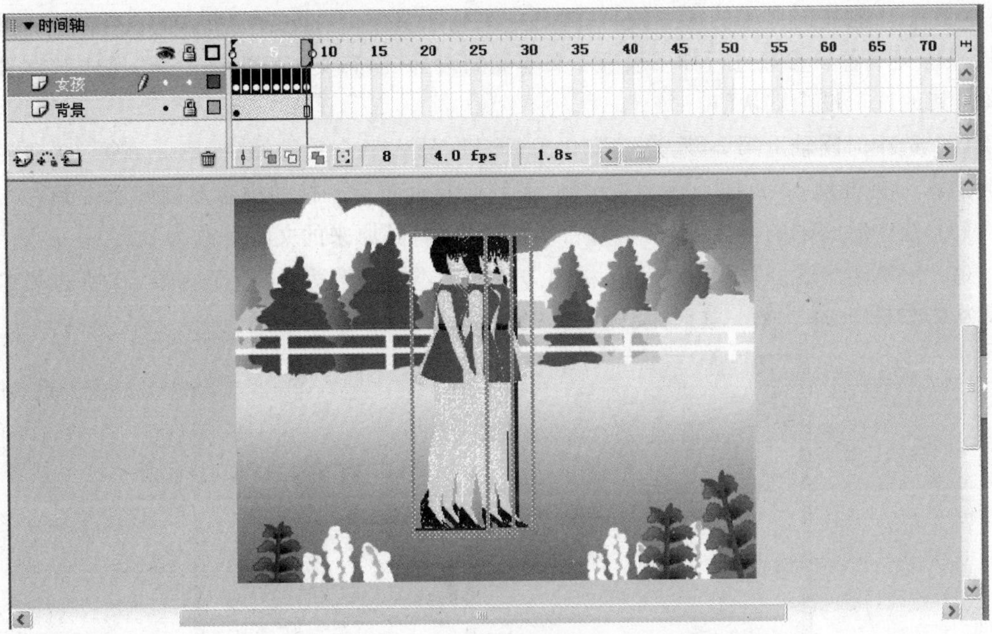

图 5-22　选取多帧编辑

（5）测试存盘。

执行"控制"→"测试影片"命令（或快捷键 Ctrl＋Enter），观察动画效果。如果满意，执行"文件"→"保存"命令，将文件保存成"走路的女孩.fla"文件。如果要导出 Flash 的播放文件，执行"文件"→"导出"→"导出影片"命令；就可以将源文件导出为 Flash 的播放文件（.swf 文件），该文件可以脱离 Flash 环境在播放器或 IE 浏览器中播放。

动画效果的进一步发挥：上述动画展现的女孩走路动作是始终在原地踏步，如果希望出现如下效果：女孩的走路动作在进行的同时，其位置从最初的舞台左边变化到舞台右边。可以在第（4）步的基础上进行如下改进：再单击一次按钮  去掉"编辑多个帧"功能；选择女孩图层第 1 帧，将女孩图片拖到舞台最左边；再选择女孩图层第 2 帧，将女孩图片放置的位置相对于前一帧右移一段距离的地方（应大约右移八分之一舞台宽度的距离）；如此类推，分别调整各帧女孩图像的水平位置；最后，选择女孩图层第 8 帧，将女孩图片放置在舞台最右边位置，如图 5-23 所示。再测试存盘，这时就产生了如下动画效果：女孩在从左向右走路，经过 2 秒钟后，女孩走完了舞台场景中的一段路程。

图 5-23　选取多帧编辑

2）文字逐帧动画

【实例 5-2】　由变化数字组成的"倒计时"逐帧动画。本动画展现如下情景：场景中数字从 9 依次变化到 0，即实现"倒计时"效果。操作步骤如下：

（1）新建一个文档，在"文档属性"对话框中，将"帧频"改为 2fps。单击"工具箱"中的"文本工具"；选中时间轴的第 1 帧，在舞台中央输入文本 9。再选定所画的文本，在"属性"面板中将文本各项参数进行如下设置：文本类型设为"静态文本"，字体设为"黑体"，字号设为 60，其他选项设为默认值。

（2）选中时间轴上第 2 帧，连续按 9 次 F6 键，插入 9 个关键帧（即第 2 到第 10 个关键帧为插入的关键帧）。每插入一个关键帧，系统会自动将前一帧的内容复制到后一帧。

（3）选中时间轴的第 2 帧，双击舞台中的文本，将其原来的文字 9 改为 8。

（4）重复与步骤（3）相同的操作，将第 3 帧的文本由 9 改为 7；直至将第 10 帧的文本由 9 改为 0，如图 5-24 所示。这时，动画制作完毕。

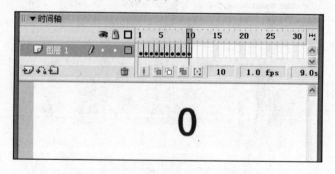

图 5-24　制作第 10 帧的文本内容后

（5）最后，执行"控制"→"测试影片"命令或按 Ctrl＋Enter 键，预览动画效果。

3）绘制矢量逐帧动画

【实例 5-3】 "球形单摆的周期性摆动"矢量逐帧动画。本逐帧动画展示如下动作过程：一个球形单摆绕天花板上的固定点作周期性来回摆动，如图 5-25 所示。其具体操作步骤如下：

（1）新建一个文档，在图层 1 画一根水平直线和一个小圆球表示天花板和单摆的固定点。先单击"工具箱"中的"直线工具" ╱ ，在图层 1 第 1 帧中画一根直线；接着单击"椭圆工具" ○ ，然后按住 Shift 键的同时用鼠标在直线的中点位置画一个小圆，如图 5-26 所示。

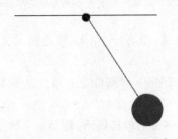

图 5-25　球形单摆的周期性摆动　　　图 5-26　图层 1 的天花板平面和固定点

（2）选中时间轴上第 2 帧，连续按 9 次 F6 键，插入 9 个关键帧，即第 2 到第 10 帧是插入的 9 个关键帧；使第 1 帧的图形延续到 2～10 帧。再单击"插入图层"按钮 ，添加图层 2。

（3）选择图层 2 的第 1 帧，单击"工具箱"中的"椭圆工具" ○ ，按住 Shift 键的同时，在舞台上画出一个正圆代表单摆球；再用直线工具画一根直线与单摆球连接；单击"工具箱"中的"选择工具" ，然后选择整个单摆图形（含直线、球），再按 F8 键，在弹出的"转换为符号"对话框中将单摆图形转化为图形元件，如图 5-27 所示。然后单击工具箱中的"任意变形工具" ，将第 1 个单摆图形的直线方位调整到图 5-28 左起第 1 个单摆形状的直线方向，并结合键盘上的上、下、左、右四个方向键，移动单摆图形，使其直线端点与上方固定点重合。

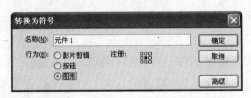

图 5-27　"转换为符号"对话框

（4）选定第一个单摆图形，单击"编辑"菜单下的"复制"命令，然后单击"编辑"菜单下的"粘贴"命令，复制出第 2 个单摆图形；然后单击工具箱中的"任意变形工具" ，将第 2 个单摆图形的直线方位调整到图 5-28 左起第 2 个单摆形状的角度，结合键盘上的上、下、左、右四个方向键，移动第 2 个单摆图形，使其直线端点与天花板固定点重合。如此类推，继续复制出第 3、第 4、第 5 个单摆图形，并用"任意变形工具" 调整各单摆图形的直线方位，用四个方向键平移图形，将各个单摆图形最后调整到图 5-29 所示的各个方向位置。

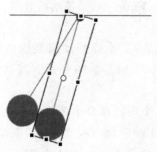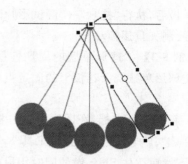

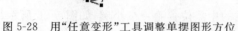

图 5-28　用"任意变形"工具调整单摆图形方位　　图 5-29　调整好的 5 个不同方位的单摆图形

（5）选中图层 2 时间轴上第 2 帧，连续按 9 次 F6 键，在第 2～第 10 帧处插入关键帧，于是第 1 帧的单摆图案被复制到第 2～第 10 帧。

（6）选定第 1 帧，单击左起第 2 个单摆图形，按 Delete 键删除之；用此法删除其余 3 个，只保留最左边的第 1 个单摆图形。

（7）用类似步骤（6）的操作删除第 2～第 10 帧中多余的单摆图形，使第 2～第 5 帧分别保留左起第 2～第 5 个单摆图形，第 6～第 10 帧分别保留右起第 1～第 5 个单摆图形。

（8）最后，执行"控制"→"测试影片"命令或按 Ctrl＋Enter 键，预览动画效果，这时将看到单摆绕天花板固定点作往返周期性运动。

2. 补间动画

补间动画即过渡变形动画，包括动作补间和形状补间。补间动画只需制作动画的首末两个关键帧，这样可减少制作工作量和文件大小；中间帧由系统自动生成，能使过渡效果平滑。

可以通过以下方法创建补间动画：在起始关键帧中为实例、组合对象或文本定义属性，然后在后续关键帧中更改对象的属性。Flash 在关键帧之间的帧中创建从一个关键帧到下一个关键帧的动画。

1）动作补间动画的制作原理与实例

在 Flash 的时间轴面板上，在一个时间点（关键帧）放置一个元件，然后在另一个时间点（关键帧）改变这个元件的大小、颜色、位置、透明度等，Flash 根据二者之间的帧的值创建的动画称为"动作补间动画"。

构成动作补间动画的元素是元件，包括影片剪辑、图形元件、按钮等，除了元件，其他元素包括文本都不能创建动作补间动画，其他的位图、文本等都必须要转换成元件才行，只有把形状"组合"或者转换成"元件"后才可以做"动作补间动画"。

【实例 5-4】　"上下弹跳的小球"动作补间动画。本动画表现一个球在舞台中上下弹跳，可按下面的操作步骤制作。

（1）在时间轴（如果时间轴不可见，选择"窗口"菜单下的"时间轴"，确保"时间轴"项被选中）中，双击"层 1"的标题并输入"跳动的球"。然后按 Enter 键以重命名该图层。

（2）在"跳动的球"图层仍处于选中状态时，选择该图层的第 1 帧。单击"工具箱"中的"椭圆工具"；按住 Shift 键的同时在舞台中画出一个正圆。

（3）单击"工具箱"中的"选择工具"，选择舞台中的正圆；然后按 F8 键，打开"转换为符号"对话框,在"转换为符号"对话框中选择"图形"选项,注册点选中心点;然后单击"确定"按钮,将舞台中的正圆转换为图形元件。如有必要,可使用"选择"工具重新定位小球位置。

(4) 在"选择"工具仍处于选中状态时,在"跳动的球"图层中,选择第 30 帧。然后按 F6 键插入一个关键帧。

(5) 选择第 15 帧并按 F6 键添加另一个关键帧。

(6) 在播放头仍处于第 15 帧上时,按住 Shift 键沿着直线移动小球,并将小球向上拖动,使它移动到原位置正上方一定距离的位置。

(7) 在"跳动的球"图层中,选择第 2 帧与第 14 帧之间的任何帧。在属性面板中,从"补间"下拉菜单中选择"动作",如图 5-30 所示。于是,在这两个关键帧之间的时间轴中会出现一个箭头,如图 5-31 所示的第 2 帧与第 14 帧之间的箭头。

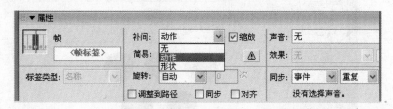

图 5-30 "属性"面板中设置"补间动作"

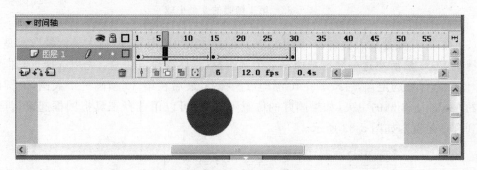

图 5-31 在关键帧的中间帧设置"补间-动作"属性后

(8) 选择第 16 帧和第 29 帧之间的任何帧。同样,使用属性面板中的"补间"下拉菜单,选择"动作"菜单项。于是,在这两个关键帧之间的时间轴中也会出现一个箭头,如图 5-31 所示的第 16 帧与第 29 帧之间的箭头。至此,动画制作基本完成,时间轴的正确形态将如图 5-31 所示。

(9) 选择"文件"→"保存"命令,保存源文件;并按 Ctrl＋Enter 键测试影片。

2) 形状补间动画的制作原理与实例

在 Flash 的时间轴面板上,在一个时间点(关键帧)绘制一个形状,然后在另一个时间点(关键帧)更改该形状或绘制另一个形状,Flash 根据二者之间帧的值或形状创建的动画称为"形状补间动画"。

形状补间动画可以实现两个图形之间颜色、形状、大小、位置的相互变化,其变形的灵活性介于逐帧动画和动作补间动画二者之间,使用的元素多为用鼠标或压感笔绘制出的形状,如果使用图形元件、按钮、文字,则必先"打散"再变形。

【**实例 5-5**】 "五球连环"形状补间动画的制作。本动画表现如下情景：五个小球逐渐结合变成一个大球。其操作步骤如下所述。

（1）新建一个 Flash 文档，在时间轴（如果时间轴不可见，选择"窗口"菜单下的"时间轴"，确保"时间轴"项被选中）中，双击"层 1"的标题并输入"变形的球"；然后按 Enter 键，这就将该图层名称改成了"变形的球"。

（2）在"变形的球"图层的第 1 帧，用椭圆工具结合 Shift 键，画五个大小差不多的圆，位置如图 5-32 所示（如果某个圆的位置不理想而需要调整，可以先用选择工具把该圆框起来，再用鼠标拖动它，即可把它移动到合适位置）。

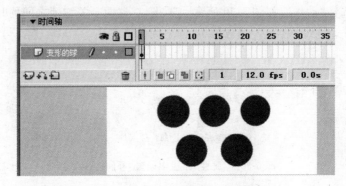

图 5-32　第 1 帧画的 5 个小球

（3）在第 30 帧处插入关键帧（操作方法：右击选择快捷菜单项"插入关键帧"，或是直接按快捷键 F6）；然后在这一帧里把原来五个圆删掉（具体操作方法是：先用选择工具框定五个圆，使圆全部被选定，然后按 Delete 键即可删掉）；最后在第 30 帧画一个大圆，大圆的位置大约在原来五个圆的中央（如果画好的位置不理想，可以用选择工具把圆框起来，再用鼠标拖到合适位置），如图 5-33 所示。

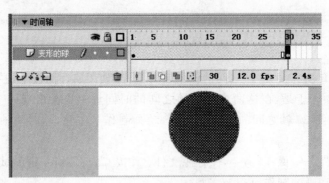

图 5-33　第 30 帧画的 1 个大球

（4）这是最后一步，也是最关键的一步，这时，应该给前面已经创建的两关键帧之间加上形状补间，方法是：选定第 1 到第 30 帧间的任意一帧（单击某帧即选定该帧），比如单击时间轴上的第 15 个小框选定第 15 帧；再展开下面的属性面板，界面类似于前面的图 5-30，但这里应选择"补间"下拉菜单中的"形状"。

（5）动画制作完毕，最终界面如图 5-34 所示；可以按 Ctrl＋Enter 键测试影片。

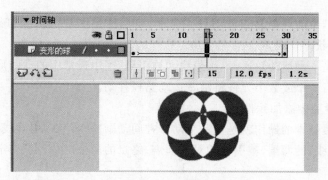

图 5-34　在关键帧的中间帧设置"补间-形状"属性后

对比图 5-31 与图 5-34,可以发现两种补间动画在时间轴上的表现形态非常相似。其实,形状补间动画和动作补间动画都属于补间动画;前后都各有一个起始帧和结束帧。但两者是有区别的,将两者之间的区别归纳起来,如表 5-1 所示。

表 5-1　形状补间动画和动作补间动画的区别

区 别 之 处	动作补间动画	形状补间动画
在时间轴上的表现	淡紫色背景加长箭头	淡绿色背景加长箭头
组成元素	影片剪辑、图形元件、按钮、文字、位图等	形状,如果使用图形元件、按钮、文字,则必先打散再变形
完成的作用	实现一个元件的大小、位置、颜色、透明度等的变化。	实现二个形状之间的变化,或一个形状的大小、位置、颜色等的变化。

3. 引导路径动画

将一个或多个层链接到一个运动引导层,使一个或多个对象沿同一条路径运动的动画形式称为"引导路径动画"。这种动画可以使一个或多个元件完成曲线或不规则运动。

1) 创建引导路径动画的一般方法

(1) 创建引导层和被引导层。

一个最基本"引导路径动画"由两个图层组成,上面一层是"引导层",它的图层图标为 ，下面一层是"被引导层",图标 同普通图层一样。

在普通图层上单击时间轴面板的"添加引导层"按钮 ，该层的上面就会添加一个引导层 ，同时该普通层缩进成为"被引导层",如图 5-35 所示。

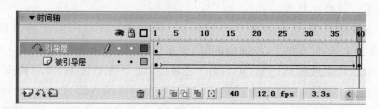

图 5-35　引导层与被引导层

(2) 引导层和被引导层中的对象。

引导层是用来指示元件运行路径的,所以"引导层"中的内容可以是用钢笔、铅笔、线条、椭圆工具、矩形工具或画笔工具等绘制出的线段。

而"被引导层"中的对象是跟着引导线走的,可以使用影片剪辑、图形元件、按钮、文字等,但不能应用形状。

由于引导线是一种运动轨迹,不难想象,"被引导"层中最常用的动画形式是动作补间动画,当播放动画时,一个或数个元件将沿着运动路径移动。

(3) 向被引导层中添加元件。

"引导动画"最基本的操作就是使一个动作补间动画"附着"在"引导线"上。所以操作时特别要注意"引导线"的两端,被引导的对象起点、终点的两个"中心点"一定要对准"引导线"的两个端头。

2) 应用引导路径动画的技巧

(1) "被引导层"中的对象在被引导运动时,还可作更细致的设置,比如运动方向,把属性面板上的"调整到路径"复选项选中,对象的基线就会调整到运动路径。而如果在"对齐"复选项前打勾,元件的注册点就会与运动路径对齐,如图 5-36 所示。

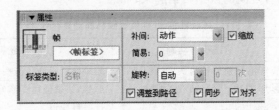

图 5-36　被引导层动作补间动画的属性设置

(2) 引导层中的内容在播放时是看不见的,利用这一特点,可以单独定义一个不含"被引导层"的"引导层",该引导层中可以放置一些文字说明、元件位置参考等,此时,引导层的图标为　。

(3) 在做引导路径动画时,按下工具栏上的"对齐对象"功能按钮　,可以使"对象附着于引导线"的操作更容易成功。

(4) 过于陡峭的引导线可能使引导动画失败,而平滑圆润的曲线段有利于引导动画成功制作。

(5) 被引导对象的中心对齐场景中的十字星,也有助于引导动画的成功。

(6) 向被引导层中放入元件时,在动画开始和结束的关键帧上,一定要让元件的注册点对准线段的开始和结束的端点,否则无法引导,如果元件为不规则形,可以按下工具栏上的任意变形工具　,调整注册点。

(7) 如果想解除引导,可以把被引导层拖离"引导层",或在图层区的引导层上单击右键,在弹出的菜单上选择"属性",在弹出的"图层属性"对话框中选择"正常"作为图层类型。

(8) 如果想让对象做圆周运动,可以在"引导层"画个圆形线条,再用橡皮擦去一小段,使圆形线段出现两个端点,再把对象的起点、终点分别对准端点即可。

(9) 引导线允许重叠,比如螺旋状引导线,但在重叠处的线段必须保持圆润,让 Flash 能辨认出线段走向,否则会使引导失败。

3) 引导路径动画的制作实例

【实例 5-6】"纸飞机沿引导线轨道飞行"的引导路径动画制作。

本例通过在被引导层画一个简单纸飞机图形,创建引导路径动画,操作步骤如下:

（1）新建影片。新建一个 Flash 文档文件，在属性对话框中，设定尺寸 400×300，背景颜色为蓝色。

（2）制作纸飞机图形元件。

① 先利用矩形工具在舞台上画一个矩形；然后用部分选取工具 ▶ 向外拖拉矩形的一角，再将矩形另一对角向内拖动；用直线工具 ╱ 连接刚拖过的两个角；利用颜料桶工具 ◈ 填充直线两边三角区域的颜色，以便改变飞机两三角翅的颜色。此时，飞机图形画好了。

② 利用选择工具 ▶ 选中整个飞机图形，执行"修改"→"转换为元件"命令（或直接按 F8 键），将飞机图形转换为图形元件，注册点选为中心点。此时飞机外沿出现蓝色边框，中心点出现一个带圆圈的＋标记表示的注册点，如图 5-37 所示。

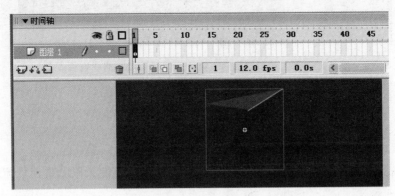

图 5-37　飞机图形被转换为图形元件

（3）制作动画。

① 双击图层 1 名称，将名称改为"被引导层"；单击被引导层的第 1 帧，将飞机拖放在场景中的左上角。用变形工具调整飞机大小方向，一直调到满意为止。

② 选择被引导层第 40 帧，按 F6 键插入关键帧。

③ 单击被引导层第 1～第 40 帧之间的任何帧，找到下面的属性面板，选择"补间"下拉菜单的"动作"，建立 1～40 帧之间的小飞机动作补间动画；并将"调整到路经"复选框选中。

④ 单击时间轴窗口上的"添加引导图层"按钮 ⋰ ，这时在第一图层上就增加一个引导图层，双击引导层名称，将名称改为"引导层"。单击引导层第 1 帧，在工具栏中选择铅笔工具，并选铅笔工具的附属选项为"平滑"。然后用铅笔工具在场景中画一个平滑曲线（就是飞机的运动轨迹）。

⑤ 选择被引导层的第 1 帧。拖动第 1 帧上的飞机到曲线左端点上，注意一定要把飞机上的注册点调到与曲线左端点重合，如图 5-38 所示。

⑥ 选择被引导层的第 40 帧。用同样的方法将飞机拖动到曲线的右端点上，飞机注册点与曲线的右端点重合（这很重要，否则飞机不在线上运动）。

⑦ 按 Ctrl＋Enter 键，测试影片效果。

（4）输出和保存影片文件。

分别执行"文件"→"保存"和"文件"→"导出"→"导出影片"命令，保存 Flash 源文件并导出 Flash 影片文件。

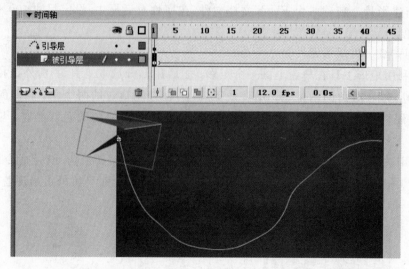

图 5-38　调整被引导层第 1 帧的元件注册点到曲线左端点上

习　题　5

5-1　单项选择题

1. 动画的播放速度至少要高于每秒(　　)幅画面才能使人眼获得连贯流畅的完全动画效果。

　　A. 20　　　　　　　B. 22　　　　　　　C. 24　　　　　　D. 25

2. 下列动画中,属于矢量动画的是(　　)。

　　A. 逐帧动画　　　　　　　　　B. 动作补间动画

　　C. 形状补间动画　　　　　　　D. 造型动画

3. 动画的帧速度是指(　　)。

　　A. 帧移动的速度　　　　　　　B. 每帧停留的时间

　　C. 每秒钟出现的不同画面数　　D. 帧动画每秒钟播放的画面帧数

4. 下列动画文件格式中,符合视频标准且画面分辨率固定的是(　　)。

　　A. GIF 文件格式　　　　　　　B. SWF 文件格式

　　C. AVI 文件格式　　　　　　　D. FLC 文件格式

5. 下列动画文件格式中,不能添加声音的是(　　)。

　　A. GIF 文件格式　　　　　　　B. FLC 文件格式

　　C. SWF 文件格式　　　　　　　D. AVI 文件格式

6. 下列(　　)存储格式只是作为控制界面上的标准,不限定压缩算法,因此用不同压缩算法生成的文件,必须使用相应的解压缩算法才能播放。

　　A. GIF 文件格式　　　　　　　B. SWF 文件格式

　　C. AVI 文件格式　　　　　　　D. FLC 文件格式

7. 下列存储格式,属于 Flash 影片文件格式的是(　　)。

　　A. FLA 文件格式　　　　　　　B. SWF 文件格式

C．AVI 文件格式　　　　　　　　D．FLC 文件格式

8．下列软件中，不适合用于制作网页动画的是（　　　）。

　　A．Animator Pro　　　　　　　B．Ulead GIF Animator

　　C．3D Studio Max　　　　　　　D．Animation Studio

9．没有任何动画符号和元素，但可以加入动作脚本的帧是（　　　）。

　　A．空白帧　　　　　　　　　　B．关键帧

　　C．普通帧　　　　　　　　　　D．空白关键帧

10．Flash 中不能导入采样比特率为（　　　）的 8 位及 16 位的声音。

　　A．11kHz　　　　B．22kHz　　　　C．44kHz　　　　D．88kHz

11．Flash 不可以输出下列格式（　　　）的文件。

　　A．fla　　　　　B．swf　　　　　C．html　　　　D．flc

12．Flash 中空白关键帧在时间轴上的标志是（　　　）。

　　A．空心圆　　　　B．实心方框　　　C．空心方框　　　D．实心圆

5-2　填空题

1．计算机动画如果按照动画的创作方式分类，可分为两大类：（　　　）和（　　　），后者属于矢量动画。而按动画的空间视觉效果分，则可以分为三大类：（　　　）、（　　　）和（　　　）。

2．在过程动画中，物体的变形是基于一定的（　　　）或物理规律的。最简单的过程动画是用一个（　　　）去控制物体的几何形状和运动。

3．在关键帧动画中，只要画出关键帧，而中间帧由计算机对两幅关键帧进行（　　　）生成。

4．基于物理模型的计算机动画方法大量运用了（　　　）和（　　　）的方程进行计算，力求使动画过程体现出最适合真实世界的运动规律。

5．在 Flash 时间轴的任一点按（　　　）键可以在该点插入普通帧，按（　　　）键可以在该点插入关键帧。

6．选定 Flash 舞台中的图形后按（　　　）键可以弹出"转换为符号"对话框，测试影片可以按（　　　）键。

7．用 Flash 中的文本工具输入文字时，对于扩展的静态水平文本，在该文本块的右上角有一个（　　　）手柄，而对于具有定义宽度的静态水平文本，在该文本块的右上角有一个（　　　）手柄。

8．向 Flash 文档中添加声音，首先要将声音导入库中，操作方法是选择"（　　　）"→"（　　　）"→"（　　　）"命令，在"（　　　）"对话框中定位声音文件位置并选择它，单击"打开"按钮。

9．发布 Flash 动画文件的操作步骤是：执行"（　　　）"→"（　　　）"命令（或按"（　　　）"键），就会按默认设置在存放源文件的同一文件夹里生成一个同名的 swf 文件和（或）（　　　）文件。

10．在制作逐帧动画的导入系列图片操作步骤中，首先选择动画图层的第（　　　）帧，执行"（　　　）"→"（　　　）"→"（　　　）"命令；先在"导入"对话框中选择事先准备好的系列图片的第一个图片文件。

11．用椭圆工具画正圆或用矩形工具画正方形时，需要加按（　　　）键。

12. 在不计压缩的情况下,帧动画的数据率是指(　　)与(　　)的乘积。

13. 在 Flash 的时间轴面板上,在一个时间点(关键帧)放置一个(　　),然后在另一个时间点(关键帧)改变这个(　　)的(　　)、颜色、位置、透明度等,Flash 根据二者之间的(　　)创建的动画称为"动作补间动画"。

14. 在 Flash 的时间轴面板上,在一个时间点(关键帧)绘制一个(　　),然后在另一个时间点(关键帧)更改该(　　)或绘制另一个(　　),Flash 根据二者之间的帧的(　　)创建的动画称为"形状补间动画"。

15. 将一个或多个(　　)链接到一个(　　),使一个或多个(　　)沿同一条路径运动的动画形式称为"引导路径动画"。"被引导层"中的对象可以使用影片剪辑、图形元件、按钮、文字等,但不能应用(　　)。

5-3　思考题

1. 从动画的生成方法来看,计算机动画制作涉及哪些常用技术?

2. 降低帧动画的数据率有哪些办法?

3. Flash 逐帧动画的原理是什么? 逐帧动画有哪些制作方法?

4. Flash 形状补间动画和动作补间动画的相似点和不同点是什么?

5. 什么叫引导路径动画? 创建引导路径动画的一般方法包括哪些要点?

第6章 | Visual Basic 多媒体程序设计

本章主要介绍利用 Visual Basic(以下简称 VB)实现多媒体应用编程的初步知识。在介绍 VB 集成开发环境及 VB 必要语言知识的基础上,重点介绍如下几个多媒体应用方面的编程技术:图形绘制和图像简单处理、向数据库表的字段输入图片和显示数据表中图片字段信息、利用多媒体控件实现媒体文件播放、利用时钟控件实现动画编程。使读者在最短的时间内,快速掌握 VB 多媒体程序设计的基本技术。

6.1 VB 编程基础

VB 是 Microsoft 公司推出的基于 Windows 平台的程序开发工具,其程序设计风格与传统面向过程的程序设计方法不同,它采用面向对象和事件的程序设计方法,是一种采用事件驱动编程机制的语言。

利用 VB,可以编程处理文本、图形、图像、音频、视频、动画等多媒体数据,以设计或构造适合不同需求的多媒体应用系统。在多媒体程序设计方面,VB 不但自身提供了控件对象及多媒体控件,如 MCI(Media Control Interface)控件,还支持对众多第三方多媒体控件的使用及 API 函数的调用。

6.1.1 VB 集成开发环境

本章以常用的 Visual Basic 6 版本为例进行介绍。启动 VB6,新建标准 EXE 工程,就进入集成开发环境界面,如图 6-1 所示。在这里,用户可以集程序编辑、调试、编译和运行等操作为一体,开发程序非常方便快捷。集成开发环境的组成可以划分为两大区域:常规部分(图 6-1 的上边方框范围)、VB 特有部分(图 6-1 方框以外的区域)。

1. VB 集成开发环境的常规组成部分

Visual Basic 软件程序本身,也跟其他 Windows 应用程序一样,具有标题栏、菜单栏、工具栏这些常规组成部分。其中,标题栏显示"Microsoft Visual Basic [设计]"内容;菜单栏提供了编辑、设计和调试 VB 应用程序所需要的菜单命令。工具栏是一些常用菜单命令的快捷按钮。

2. VB 集成开发环境的特有组成部分

1) 窗体窗口

窗体窗口是用来设计 VB 程序界面的地方。

2) 代码窗口

代码窗口是用来编写 VB 程序代码的地方。

图 6-1 VB 的集成开发环境

3）工具箱窗口

工具箱窗口包含建立应用程序界面所需的内部控件。

4）工程窗口

工程窗口显示一个应用程序所有的文件名称（一个程序称作一个工程，一个工程由多个不同类型的文件组成）。

5）属性窗口

属性窗口显示了当前对象（窗体或某个控件）的所有属性，用于填写窗体或控件的属性值。

6）其他窗口

其他窗口主要有立即窗口（调试程序用）、窗体布局窗口（用于指定程序运行时的初始位置）。

VB 涉及以下三个重要概念。

（1）窗口。窗口是一种有边界的矩形区域。例如，Windows 资源管理器窗口、Word 的文档窗口、对话框窗口等。

（2）事件。事件是通过鼠标、按键的操作、程序的控制或其他窗口所产生的操作或行为。

（3）消息。VB 采用事件驱动模型。在事件驱动模型中，程序代码不是按照预定的顺序执行，而是在响应不同的事件时执行不同的代码片段。Windows 操作系统通过给每一个窗口提供一个唯一的标识符（窗口句柄 Hwnd）来管理所有的窗口。操作系统连续地监视每一个窗口的活动或事件信号。当发生事件时，将引发一条消息，操作系统处理该消息并广播给其他窗口。最后，每一个窗口根据自身处理该条消息的指令而采取适当的操作。

6.1.2 VB面向对象编程的基本知识

1. 类与对象的概念

1）对象

对象是具有某些特性的具体事务的抽象。如一个具体的人、一个具体的动物、一辆具体的车，等等，都是生活中所指的一个对象。面向对象编程语言里，也借鉴了自然界对象的概念，通俗地讲，一些构成程序的"软件部件"都可以称作对象，如 VB 中的一个窗体、一个文本框控件等，其实都是预先已经编好的且调式通过的一些"软件部件"，它们都是对象。那么，当用户要编一个自己的应用程序时，就可以将某些合适的"软件部件"直接"搬"到自己的程序中，就如同拼装机器直接将零部件拿来组装一样，方便快捷。

2）类

类是同种对象的集合与抽象，或者说是同种对象的统称。如所有的人构成一个类——人类；所有动物构成一个类——动物类；所有的鸟构成一个类——鸟类，而鸟类是动物类下面的一个子类。VB 程序中，同种控件对象的集合就是一种类，如工具箱里面提供的就是各种对象类，用户可以由某个类生成一个具体对象。

3）类和对象的关系

类是创建对象实例的模板，而对象是类的一个实例。如人类是创建一个对象（如张三）的模板，而对象（如张三）是人类的一个实例。VB 中，工具箱里文本框类是创建文本框的模板，窗体上任何一个具体的文本框对象是由文本框类生成的一个实例。

4）对象的三要素

（1）属性：属性是描述对象特征的要素，它通常是一些数值。如描述一个人高矮特征的要素是身高，用的是数值数据（如 1.6 米、175 厘米等）；反映人的皮肤颜色特征的要素是肤色，用的是非数值数据（如黄色、黑色）。计算机中的数据既有数值数据，也有非数值数据。VB 中的对象也有特征，因此需要用属性值描述这些特征，如一个文本框有多宽、多高？文本框的文字用什么颜色（前景色）？其他地方用什么颜色（背景色）？这些都是涉及属性方面的事。

（2）方法：方法是反映对象动作行为的要素，动作行为体现为事物的运动过程。如人具有跑、跳、哭、笑、思考问题等行为，这些行为用一个术语称谓就叫做方法。VB 中的对象也有方法，如对象的位置移动方法（方法名为 Move），运用该方法可以使一个对象（如文本框）从一个位置移动到另一个位置。

（3）事件：事件是指在一定条件下发生的现象。如某个人对象在某种条件下有挨打的现象发生，这就是一种事件。VB 中的对象也有事件，如对象被鼠标单击（事件名为 Click）或双击（事件名为 dblClick），运用鼠标点击一个对象（如按钮）就意味着发生了鼠标单击事件或双击事件。

2. VB 对象的基本操作

VB 程序界面由对象组成，VB 中的对象主要有窗体、工具箱中的控件。窗体在新建程序时被自动创建。

1）控件对象的建立

建立一个对象即指在程序窗体中添加一个对象，或者说画出一个对象。有两种方法：

方法一　单击工具箱中一个对象类，出现十字形鼠标指针，用该指针在窗体上拖曳鼠标即可画出一个控件对象。

方法二 双击工具箱中一个对象类，即可加入一个该类控件的具体对象。

2）控件对象的命名

任何控件对象都具有一个最基本的属性，即"名称"属性；"名称"属性的值就是该对象的名称。注意：在同一个程序中，每个对象的名称必须不同，这样才不至于产生名称冲突。VB 对象有如下自动命名规则：控件类名＋数字序号，如 Command1、Command2……如果用户不去修改新建对象的属性值的话，VB 就按照这种自动命名方式给每个新建对象取这样的默认名称。

3）控件对象的选定

单击一个对象可选定一个对象，这时该对象周围会出现八个方向的控制柄（即八个小方块点）。要同时选定多个对象，有两种方法：

方法一 拖动鼠标指针，将欲选定对象包含在一个虚框内即可。

方法二 先选定一个对象，按 Ctrl 键，再单击其他要选定的对象。

4）控件对象的复制和删除

复制对象：选定要复制的对象，单击 工具栏"复制"按钮，再单击"粘贴"按钮；这时会出现一个对话框询问是否建立控件数组，单击"否"按钮，于是就复制出一个大小、标题相同，但名称不同的对象。

删除对象：选中要删除的对象，再按 Del 键或 Delete 键。

3. 事件驱动编程机制

在集成开发环境进行编程和调试程序时，涉及两个状态：设计时、运行时。

设计时：指编写 VB 代码和给控件指定属性值的阶段。

运行时：指运行程序的阶段，若程序有错将不能继续运行。

VB 基于事件编程的机制包含如下内容。

1）使用对象的属性

属性（Property）是反映对象特征的数据，有的属性用数值数据描述，而另外一些属性则是用非数值数据描述。如一个"人"对象，有这样的一些属性：姓名、年龄、身高，等等。使用对象属性包含两方面意思：一是引用对象的属性值，又叫读取属性；二是给对象的属性赋予某个值，叫做设置属性值，又叫写属性。

（1）引用对象的属性值：

引用对象的属性值指在代码中将对象的当前属性值作为已知值使用。

形式：

对象名.属性名

举例：

```
Label2.Caption = Label1.Caption    '引用标签 Label1 的属性，用它设置 Label2 的属性
Print Label1.Height                '引用 Label1 的高度属性，将它打印出来
```

注意：单撇号引导的内容不是程序语句，而是注释内容（只给人看）。

（2）给对象属性设置值

给对象属性设置值就是要将一个新的值赋予给对象的某个属性，改变该属性的值。具

体实现的方法有两种：一是在设计时利用属性窗口给对象属性设置值，该属性即刻被改变；二是利用代码窗中写的赋值语句，在程序运行时执行赋值语句实现对属性赋值。

利用属性窗口给对象属性设置值（填表方式）的操作方法如下：

在对象窗口选定要设置属性的对象；然后在属性窗口找到要设置的属性名，在该属性名所在行的右边栏填入新的属性值。

利用程序语句给对象属性设置值（代码方式）的语句格式为：

对象名.属性名 = 属性值

这里，= 为赋值操作符号，该语句称为赋值语句。

注意：大多数属性既可以读取、也可以任意设置新的值；但有少数属性为"只读"属性，只能读取其值，而不能给它设置新值。下面通过一些通俗的比喻例子进行举例说明，如人的职务属性既可读取，又可以设置；但性别、民族属性则是只读属性，不能随意设置新值。

下列性别属性是只读属性，只能读取，不能设置：

Print 曹操.性别（三国人物曹操的性别为"男"，显示该属性值为"男"，可读，正确）。

曹操.性别 = "女"（三国人物曹操的性别为只读属性，不可设置为"女"，故语句错误）。

下列职务属性是可读又可写的属性：

Print 张三.职务（显示张三的"职务"属性值，假设为"科长"，可打印出"科长"，正确）。

张三.职务 = "处长"（改变张三的"职务"属性值为"处长"，因职务可变，故语句正确）。

2) 使用对象的方法

方法（Method）是描述对象行为的过程，因此使用对象的方法，实质是调用对象的某个程序过程（带来的效果是执行一段内部系统程序）。使用方法只能用语句形式。

使用对象方法的语句，一般语法格式如下：

对象名.方法名　[参数列表]

上述一般表达形式中，加中括号的参数列表内容不一定要有。如具体实例语句：

张三.跑步　100

其中，对象名就是"张三"，方法名就是"跑步"，参数就是100（比如意为跑100米）。

对象方法的使用格式与属性相似，都是对象名和方法名之间加点；所不同的是：方法的使用多数都带有参数。又如：

Form1.Print "欢迎使用 VB"

该语句是对 Form1 对象使用 Print 方法，参数为非数值数据，而是字符串数据"欢迎使用VB"，该语句实现的效果就是在窗体 Form1 中打印出"欢迎使用 VB"字样信息。

3) 使用对象的事件

事件是指窗体或控件能识别的活动，通俗点讲就是在一定条件下发生的现象。事件一般发生在用户与应用程序交互的时候。如单击控件、键盘输入、移动鼠标等，都是一些事件。

部分事件由系统产生，不需要用户激发。如计时器事件、程序启动时窗体加载事件等。

VB 为每个对象预定义了若干事件，对这些事件，对象都能识别。

一个事件对应一个事件处理子程序，事件处理子程序的格式：

```
Sub 对象名_事件名()
    …… '用户编写的事件处理代码（也可不写任何代码）
End Sub
```

"对象名_事件名"叫做事件处理过程的名称。当"事件名"对应的事件发生时，系统会执行对应事件处理子程序中用户编写的事件处理代码；如果用户对该事件没有编写任何事件处理代码，则该事件发生时，程序不会作出任何反应。比如，按钮对象，被命名为 Command1，按钮能识别鼠标单击事件，鼠标单击事件的事件名是 Click，如果用户在该事件处理子程序中写一条这样的语句：Form1.Print "单击"，使事件处理子程序成为：

```
Sub Command1_Click()
    Form1.Print "单击"
End Sub
```

运行时，若用户单击该名为 Command1 的按钮，则窗体上会打印出"单击"字样，单击一次，该语句执行一次，"单击"字样打印一次；单击多次，该语句执行多次，"单击"字样也就打印多次，即程序对代码作出响应。如果该事件处理子程序中任何语句没写，则运行时即使单击该按钮，也看不到程序有任何反应。

下面列举一些常见事件的事件处理过程名称，并指出各事件发生的条件。

- Form_Load()：窗体加载时发生的事件，对应的事件处理过程名称为 Form_Load。
- xxx_Click()：用户单击 xxx 对象时发生的事件，对应的事件处理过程名称为 xxx_Click。
- Form_Paint()：窗体要重画时发生的事件，对应的事件处理过程名称为 Form_Paint。
- xxx_Timer()：当 xxx 定时器的定时间隔到点时发生的事件，对应的事件处理过程名称为 xxx_Timer。
- xxx_Change()：当 xxx 文本框中内容发生变化时发生的事件，对应的事件处理过程名称为 xxx_Change。
- Form_MouseDown(…)：当用户在窗体上按下鼠标键时发生的事件，对应的事件处理过程名称为 Form_MouseDown。
- Form_MouseMove(…)：当鼠标在窗体上移动时发生的事件，对应的事件处理过程名称为 Form_MouseMove。

括号中有省略号的，表示该事件处理过程的子程序是带参数的，这里省写了一些参数。

说明：如果某事件发生时，希望程序作出某种特定的响应，则必须在设计时对该事件的处理过程编写相应代码；如果不编写任何代码，则事件发生后不会有任何反应。对一个具体程序，往往只要对该程序所关心的部分事件处理过程编写代码。而对于那些不感兴趣的事件不编写事件的处理代码。

4) 事件驱动程序的机制

事件驱动程序的机制，概括起来可用下列几句话总结：

(1) 应用程序基于对象组成；

(2) 每个对象都有预先定义的事件；

(3) 每个事件的发生都依赖于一定的条件(即用户的驱动或系统状态的变化等)；

（4）每个事件发生后系统该做何反应则取决于用户给该事件过程编写了什么代码。

简言之，事件驱动程序的核心机制是：由用户控制事件的发生，而代码做出响应。

事件驱动程序与过程式程序的比较：

- 过程式程序设计——流程完全取决于代码。
- 事件驱动程序——流程掌握在运行时用户的控制中。

【实例 6-1】 设计一个界面如图 6-2 所示的程序，其中各对象的名称如下所示。

（1）窗体对象的名称：frmTime。

（2）显示日期时间的标签对象：采用默认
名称。

（3）四个命令按钮对象的名称：

- 字体变红色——cmdRed；
- 字体变蓝色——cmdBlue；
- 刷新时间——cmdTimeUpdate；
- 退出程序——cmdExit。

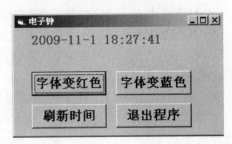

图 6-2　实例 6-1 的程序界面

下面设置各对象的字体属性(Font)和标题属性(Caption)：

字体 Font 属性在属性表中进行设置；三个命令按钮对象的标题 Caption 属性也用属性表设置；而标签的 Caption 属性则用语句设置(用到两个 VB 获取时间的内部函数 Time、Now)。

编写事件处理代码，代码窗口的代码如下：

```
Private Sub Form_Load()
    Label1.Caption = Time        '窗体加载事件处理过程的代码
End Sub


Private Sub cmdRed_Click()
    Label1.ForeColor = vbRed     '"字体变红色"按钮单击事件处理过程的代码
End Sub


Private Sub cmdTimeUpdate_Click()
    Label1.Caption = Now         '"刷新时间"按钮单击事件处理过程的代码
End Sub


Private Sub cmdExit_Click()
    End                          '"退出"按钮单击事件处理过程的代码
End Sub
```

注意：对 cmdBlue 按钮的单击事件处理过程，并没有写代码；此外却增加了对窗体加载事件的处理过程编写了代码，目的在于程序一运行，能够立即看到标签有时间显示。Time 函数的值只包含时、分、秒，不含日期；而 Now 函数的值比 Time 函数值多出日期内容。

保存程序所有文件(利用"文件"→"工程文件另存为"或"窗体文件另存为"命令，分别保存程序的工程文件 * . vbp、窗体文件 * . frm)，建议本题的文件名采用：Exam6_1. vbp，Exam6_1. frm，同一个程序主文件名取相同名字，便于管理。文件保存后，开始试运行(执行

Visual Basic 多媒体程序设计

"运行"→"启动"命令，或者单击工具栏启动按钮 ▶）；如果发现问题，请首先停止程序运行（执行"运行"→"结束"命令，或者单击工具栏结束按钮 ■，或直接关闭运行的程序窗口），返回到设计时状态，对错误进行改进；修改程序后再试运行，直到正确为止（不仅能正确运行，而且结果符合题意，才算完全正确）。

5）编写 VB 程序的一般步骤

（1）新建工程：该步骤一般在启动 VB 时，系统会自动完成。

（2）添加控件：从工具箱选择所需控件，加入到窗体。

（3）设置属性：对程序中要求取值为固定数值的属性，可以事先在属性表中填好。

（4）编写代码：对程序中要求系统作出响应的有关事件的处理过程编写代码，这些代码负责对相关事件发生后作出反应。编写代码需要用户具有必要的 VB 语法知识，这在接下来的 6.1.3 节和 6.1.4 小节将对关键语法分别进行必要介绍。

（5）保存工程：先把程序的工程文件、窗体文件等保存到磁盘文件，以免发生不测损失设计成果。

（6）运行工程：直接在集成开发环境试运行，即"启动"程序。

（7）修改工程：如果在上一步出现错误，则要经历这个步骤，如果没有错误，跳过这一步。

（8）最后保存：程序运行正确后，再单击保存按钮 🖫，以便保存最终版本。

（9）生成可执行文件：上面在 VB 集成开发环境中运行程序，是以解释方式运行的，即并没有将整个程序编译为二进制可执行文件，只是对源文件逐句地解释执行（翻译一句、执行一句）。如果要使程序能在没有安装 VB 的机器上运行（当然，至少安装了 Windows 平台），应该将源程序文件进行编译，得到二进制的可执行程序文件（EXE 文件）。编译 EXE 文件的方法如下：执行"文件"菜单/"生成???.exe(K) ⌐•"命令，然后在对话框中给 EXE 文件取个文件名（可以使用与工程文件主名相同的默认名称），单击"确定"按钮，VB 就开始进行编译，很快就得到了相应的可执行文件。以后，直接在 Windows"我的电脑"中双击 exe 文件就可运行上述 VB 程序，即可脱离 VB 集成开发环境运行。

6.1.3 VB 的基本数据类型与运算类型

1. VB 的基本数据类型及对应关键字

VB 中的基本数据类型有（对应的英文单词是表示该类型的关键字）：

- 整数——Integer。
- 长整数——Long。
- 单精度实数——Single。
- 双精度实数——Double。
- 字符串型——String。
- 逻辑数据——Boolean。

注：字符串数据常量的表示，必须用英文双引号，如"中国"、"Hello"。逻辑数据只有两种值：True、False。

2. 变量、常量、表达式

1）变量

变量即在程序运行过程中值可以发生变化的量。变量可以看作是一个被命名的内存单元；用途是存放数据；"变"的意思是指该内存单元中存放的数据可变；变量有不同种类之分，种类区分可以存放何种类型的数据，种类不同的变量其内存单元的大小不同，使用变量前一般要指定变量名称和类型，用下列形式的语句定义变量名称与数据类型：

Dim 变量名 As　数据类型

具体例句，如：

Dim x As Integer　　　　　　　　　　'该语句定义变量 x 为整数类型变量

2）常量

常量是程序中不变的量。包括直接常量、符号常量和系统常量。

（1）直接常量如 15、－5.8、"China"、True、False，等等。

（2）符号常量：用一个标识符表示的常量，先要定义符号常量标识符，定义格式如下：

Const 符号常量标识符 [As 数据类型]＝表达式

中括号里面部分可省略，如：

Const PI As Double ＝ 3.1415926　　'定义 PI 表示双精度数值 3.1415926
Const XM As String ＝ "曹操"　　　　'定义 XM 表示字符串数值"曹操"

（3）系统常量：用系统保留的一些关键字所表示的常量，这些关键字由小写字母"vb"开头。如一些常用颜色值，VB 就提供了系统常量的表示法，如 vbRed（红色）、vbBlue（蓝色）、vbBlack（黑色）。

3）表达式

由运算符将变量、常量甚至函数连接起来，得到的式子叫表达式。表达式都有一个值，即表达式的值，表达式值的类型一般取其中精度最高的数据的类型。

3. VB 中的基本运算符

VB 中的基本运算有四类，算术运算、字符串连接运算、关系运算、逻辑运算。

1）算术运算

类型符号有＋加、－减、＊乘、/除、\求除法商的整数部分、^乘方。

2）字符串连接运算

类型符号有 &、＋（注意后面这个符号，即可作为算术加法符号，也可以作为字符串连接符号）。

3）关系运算（比较运算）符号

类型符号有＞（大于）、＞＝（大于或者等于）、＜（小于）、＜＝（小于或者等于）、＝（等于）、＜＞（不等于）。

关系运算的结果为逻辑值 True/False。求关系表达式的值举例如下：

6＞5：结果为 True。

3＞＝3：结果为 True。

6＜＝5：结果为 False。

7＜＞7：结果为 False。

"中国"＝ "中国"：结果为 True。

"ABD">"ABC"：结果为 True。

注意：字符串的大小比较是逐个比较每个位置字符的 ASCII 码大小，从左边第一个开始比较，当首次遇到两者字符不同时，哪个字符的 ASCII 大，该字符串就大；只有字符串的字符个数和每个字符都相同时，两个字符串才相等。

4）逻辑运算

类型符号有 And 与，Or 或，Not 非。

表达式结果取值为逻辑值 True 或 False。

x And y：当 x 和 y 都是 True 时，结果才为 True；其余情况结果都是 False。

x Or y：当 x 和 y 中有一个以上是 True 时，结果为 True；只有 x 和 y 全为 False 时结果才为 False。

Not x：当 x 是 True 时结果是 False；当 x 是 False 时结果是 True。

5）内部函数

VB 中提供了许多内部函数（又叫标准函数），可以直接调用，调用格式一般为：

函数名([实际参数列表])

有些函数没有参数，则[实际参数列表]部分不需要提供参数。一些示例如下：

y＝Sqrt(x)：Sqrt 函数是求非负实数的平方根函数，此语句将 x 开平方的值赋给 y。

y＝Sin(3.14/2)：Sin 函数是求一个角度（单位用弧度）的正弦，本语句求 $\sin(\pi/2)$ 即 y＝0.5。

T＝Time：Time 函数是获取机器中当前时间的函数（无参数），该语句使 T 得到当前计算机系统时间。

n＝Len("中国 OK")：Len 是求字符串的字符数的函数，本语句 n 得到的值为 4，因为 VB 中将一个汉字和一个英文字母都看作一个字符，故"中国 OK"字符串的字符数为 4。

6.1.4 VB 程序的三种基本结构

1. 顺序结构

当程序中没有控制流程转向的语句（分支语句、循环语句、跳转语句等）时，语句被执行的顺序严格遵守书写的先后顺序；由这样的语句组成的程序结构叫顺序结构。是程序三种基本结构中的一种最常见、最简单的情景。顺序结构一般由赋值语句、输出数据语句和输入数据语句组成。

赋值语句是最基本、最常用的语句，赋值语句的功能就是将一种数据送到某个内存变量存储单元，赋值语句的格式如下：

变量名 = 表达式

其中，右边可以是一个常数、变量，它们都是特殊的表达式。不管左边的变量原来的值是多少，执行该语句后，左边变量的值就被右边表达式的值所替代。例如：假设变量 x 原来值为 7，然后执行赋值语句 $x＝5$，此语句的作用如图 6-3 所示。

又如，假设变量 x 原来值为 7，然后执行赋值语句 $x＝x＋1$，此语句的作用如图 6-4 所示。

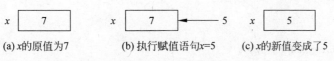

(a) x的原值为7　　　(b) 执行赋值语句x=5　　　(c) x的新值变成了5

图 6-3　赋值语句 $x=5$ 的执行过程

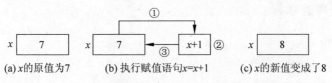

(a) x的原值为7　　　(b) 执行赋值语句x=x+1　　　(c) x的新值变成了8

图 6-4　赋值语句 $x=x+1$ 的执行过程

2. 选择结构

1) 单分支选择

有时,程序中的某一语句段是否要执行,需要视某个条件而定。用 IF 语句实现单分支选择结构的一般格式如下:

```
IF 条件 Then
    语句段
End If
```

上面是写成块 IF 的形式。如果语句段部分只有一句,这时可以写成如下的行 IF 形式:

```
IF 条件 Then    语句段
```

<条件> 部分是一种逻辑值(True/False),一般用关系表达式或逻辑表达式表示;但也可以用数值表达式表达(如果是数值表达式,则 VB 将非 0 值当成 True;将 0 值当成 False)。单分支选择结构用程序流程图表示如图 6-5 所示。

例如,已知两个数 x 和 y,比较它们的大小,若 x 小于 y,则交换 x 与 y 的值。用 VB 写出算法的程序代码。

分析:本题关键算法是交换算法,可利用一个中间变量 t,按图 6-6 所示的原理写出语句。代码如下:

```
If   x < y Then
    t = x
    x = y
    y = t
End If
```

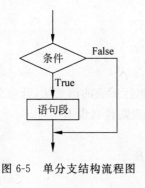

图 6-5　单分支结构流程图

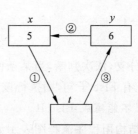

图 6-6　两数交换流程图

或

```
If  x < y Then t = x: x = y: y = t
```

注：VB 中允许一行写多条语句，当一行写多条语句时，语句之间要加冒号。

2）二分支选择语句

```
If 表达式 Then
    语句块 1
Else
   语句块 2
End If
```

若语句块 1 和 2 都只有一条语句时，也可以写成如下行的形式：

```
If  表达式  Then  语句 1  Else 语句 2
```

二分支选择 IF 语句的执行机制是：若<条件>部分是 True，则执行<语句块 1>；若<条件>部分是 False，则执行<语句块 2>。

二分支选择结构用程序流程图表示如图 6-7 所示。

例如，用 VB 写出计算下列分段函数的程序代码：

$$y = \begin{cases} \sin(x) + \sqrt{x^2 + 1}, & x \neq 0 \\ \cos(x) - x^3 + 3x, & x = 0 \end{cases}$$

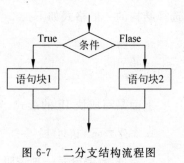

图 6-7　二分支结构流程图

用双分支结构实现如下：

```
If  x <> 0 Then
    y = sin(x) + sqrt(x * x + 1)
Else
    y = cos(x) - x^3 + 3 * x
End If
```

3）多分支选择

用 If 实现多分支选择格式如下：

```
If  表达式 1  Then
    语句块 1
ElseIf  表达式 2  Then
   语句块 2
        ⋮
[ Else
    语句块 n + 1  ]
End If
```

不管有几个分支，依次判断，当某条件满足，执行相应的语句块，其余分支不再执行；若条件都不满足，且有 Else 子句，则执行该语句块，否则什么也不执行。

注意：ElseIf 不能写成 Else If。

多分支选择结构用程序流程图表示如图 6-8 所示。

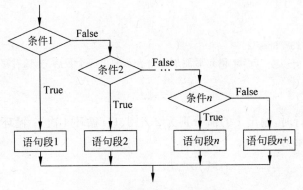

图 6-8　多分支结构流程图

3. 循环结构

1) For…Next 循环语句

当循环次数事先能确定时,可以采用 For…Next 循环语句,基本的 For…Next 循环语句的语法格式如下:

```
For 循环变量 = 初值 To 终值 [Step　步长]
        语句块     <------- 循环体
  Next 循环变量
```

说明:

* <循环变量>　必须为数值型变量。
* <步长>　为数值型常量。一般为正数,此时初值应小于等于终值;若为负值,初值应大于等于终值;若为 0,则形成无限循环;若省略,默认为 1。
* <语句块>　可以是一条语句或多条语句,它们共同构成循环体,被反复执行。

在正常循环情况下(非无限循环情况),循环的有限次数 n 由下式计算:

$$n=\text{Int}[(\text{终值}-\text{初值})/\text{步长}]+1$$

其中,Int()是 VB 的取整函数,规则如下:Int(5.1)=5,Int(5.9)=5。

基本 For 循环语句执行的流程图如图 6-9 所示。

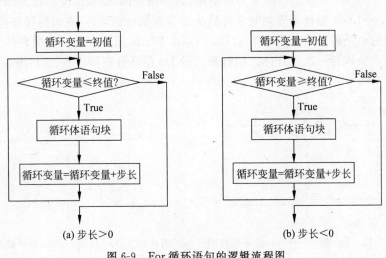

(a) 步长>0　　　　　　　　　(b) 步长<0

图 6-9　For 循环语句的逻辑流程图

174

代码示例：

```
For  I = 2  To  13  Step 3
      Print  I,           'Print 语句后面加逗号表示输出一个数后,光标右移一个打印区
Next I
Print  "I = ",I
```

上述程序段执行时,输出 I 的值分别为 2、5、8、11(循环 4 次);循环结束后 I 值为 14,因此最后一句输出结果为 I=14。

再举一个示例：

```
S = 0
For  x = 1  To  5
  S = S + x
Next x
Print  "S = ",S
```

上述程序段执行时,被加的数 x 是循环变量,x 取值依次为 1、2、3、4、5(循环 5 次),故 S 的值相当于：0+1+2+3+4+5=15,所以循环结束后输出结果为 S=15。

2) Do While…Loop 或 Do…Loop While 循环语句

当循环次数事先不能确定时,可以采用 Do While…Loop 或 Do…Loop While 循环语句,基本的 Do While…Loop 或 Do…Loop While 循环语句语法格式分别如图 6-10 与图 6-11 所示。

```
Do While 条件
    语句块
Loop
```

图 6-10　Do While…Loop 循环

```
Do
    语句块
Loop While 条件
```

图 6-11　Do…Loop While 循环

说明：

- <条件>　是一个逻辑值或数值,当该值为 True 或非零数值时,执行<语句块>部分的语句;否则,不执行<语句块>部分的语句,转而跳到 Loop 后面的语句往下执行。

- <语句块>　可以是一条或多条语句,属于循环体,是被反复执行的部分。

Do While…Loop 循环为先判断条件后决定是否执行循环体,有可能循环体一次也不被执行(当最初的<条件>为 False 时)。Do…Loop While 循环为先执行循环体后判断条件,不管怎样,至少会执行一次循环体。两种形式的 Do 循环分别如图 6-12 和图 6-13 所示。

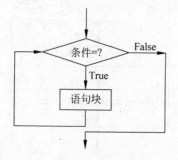

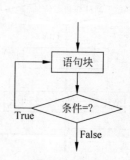

图 6-12　Do While…Loop 循环流程图　　图 6-13　Do…Loop While 循环流程图

【实例 6-2】 (1)写出下列代码段(a)与代码段(b)的运行结果;(2)如果将第 1 行的语句 n＝1 都改成 n＝6,两者的结果又是多少? 并进行简单比较说明。

例题 6-4 代码段(a):	例题 6-4 代码段(b):
S＝0;n＝1	S＝0;n＝1
Do While n＜6	Do
S＝S＋n	S＝S＋n
n＝n＋1	n＝n＋1
Loop	Loop While n＜6
Print "S＝"; S	Print "S＝"; S

解答:

(1) 两者都是求 n＝1、2、3、4、5 这几个数的和,结果存放于 S 中,开始时两者的循环条件 n＜6 都是 True,直到 n 变成 6 时,循环条件 n＜6 才都是 False。所以,最后一次被加到 S 中的 n 值是 5,故两段代码输出的结果都是:S＝15。

(2) 由于初始条件已经改为 n＝6,对于(a)来说,首先在判断循环条件时就发现条件 n＜6 为 False,所以循环体一次也不执行,输出结果为 S＝0。对于(b)来说,首先无条件执行循环体语句一次,得到 S＝0＋6＝6,n＝6＋1＝7,然后再判断循环条件,此时发现条件 n＜6 为 False,才不再继续执行循环体,因此最后输出结果为 S＝6。

总结:对于一开始条件就为 False 的情况,Do While…Loop 循环一次也不执行;但 Do…Loop While 循环至少要执行一次。对于一开始条件就为 True 的情况,Do While…Loop 循环和 Do…Loop While 循环的结果是等价的。

6.2 VB 图形绘制技术

通过前面必备的基础语法知识学习,读者应该初步知道怎么编写简单的 VB 程序了,或者,至少可以读懂一些简单 VB 程序了。因此,从本节起将开始多媒体应用编程的学习,本节介绍 VB 的基本图形绘制技术。

6.2.1 VB 坐标系统设置与绘图方法

在 VB 中,坐标系统是一个二维网格,可定义屏幕上、窗体中或其他容器中的位置。VB 默认窗体内部区域的左上角点的坐标为(0,0);使用窗体中的坐标(x,y),可定义窗体内部点的坐标位置。若窗体内部区域宽度为 a,高度为 b;则窗体右下角点的坐标就是(a,b)。如图 6-14 所示。

VB 图形绘制可以在窗体中进行,也可以在图片框中进行,多数情况下是在图片框中进行绘图。为了实现几何图形的绘制,要用到窗体或图片框的坐标系统。VB 的默认坐标系统有时不太适合某些实际需要,这时可以自己重新定义坐标系统。

1. 绘图涉及的 PictureBox 控件相关属性

1) DrawWidth 属性

DrawWidth 属性设置画笔粗度,默认值为 1,数值越大,点越粗。如

```
Picture1.DrawWidth = 3    '设置画笔粗度为 3
```

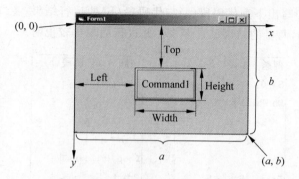

图 6-14　VB 窗体的默认坐标系及其内部控件的位置、大小属性

2）ScaleLeft、ScaleTop、ScaleWidth、ScaleHeight 和 ScaleMode 属性

这些属性用于自定义 VB 的坐标系——改变默认方式。

（1）ScaleLeft、ScaleTop：自定义左上角点的坐标值。

（2）ScaleWidth、ScaleHeight：自定义图片框的宽度和高度（标称宽度和标称高度）数值。

（3）ScaleMode 属性：指定长度度量单位，默认为 1-Twip（缇），各种取值对应的单位如下：

- ScaleMode＝1　缇，twip（默认）。
- ScaleMode＝2　磅，point，1/72 英寸。
- ScaleMode＝3　像素，pixel。
- ScaleMode＝4　字符。
- ScaleMode＝5　英寸。
- ScaleMode＝6　毫米。
- ScaleMode＝7　厘米。

2. 图片框坐标系的自定义

设某图片框命名为 P，若自定义图片框 P 的左上角坐标为 $(x1, y1)$，右下角坐标为 $(x2, y2)$，如图 6-15 所示。则需要设置图片框控件的 ScaleLeft、ScaleTop、ScaleWidth、ScaleHeight 属性，这些属性的设置值应满足如下关系：

```
P.ScaleLeft = x1
P.ScaleTop = y1
P.ScaleWidth = x2 - x1
P.ScaleHeight = y2 - y1
```

可见，要使 y 轴正向朝上，即要求 y1＞y2，则 ScaleHeight 属性需设置成负值。

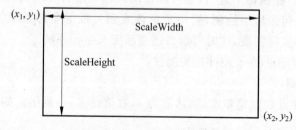

图 6-15　自定义坐标系统

注意：对象的自定义高度与自定义宽度之比应该等于其真实高度与真实宽度之比，即，ScaleHeigh/ScaleWidth 应等于 Height/Width；否则，自定义坐标系的纵、横坐标将出现不一致的单位长度。

3. 主要绘图方法

绘图主要是利用图片框控件的几个主要绘图方法，包括画点、线段（含矩形）、圆（含椭圆、弧线）等基本方法。

1）画点方法 PSet

PSet 用于在图片框指定位置画点，需要指定点的坐标，然后在该坐标处画出点。画点方法 PSet 的语法格式如下：

对象名.PSet [Step] (x,y),[Color]

其中：(x,y) 为所画点的坐标，是必选参数。Step 为可选关键字，如果加 Step，则表示 (x,y) 的值是相对于画笔当前位置的相对坐标值；如果省略 Step，则 (x,y) 的值是相对于图片框坐标系原点的值。Color 位置处用于填写颜色值，为可选参数，若填入某种颜色数值，则表示以该颜色画点；若省去颜色参数，则用默认颜色画点。

例句：

```
Picture1.Pset (5,2),vbRed    '在坐标系中坐标为 (5,2)的位置画一个点,颜色为红色
Picture1.Pset Step(5,2)      '在相对于上次画笔位置水平右移 5 单位、垂直下移 2 单位的位置画一
                             '个点,颜色为默认色(一般为黑色)
```

2）画线段和矩形的 Line 方法

Line 方法可以在对象上画直线和矩形。语法格式如下：

对象名.Line [Step] (x1,y1)-[Step] (x2,y2),[color],[B][F]

- 对象名：可以是 PictureBox 对象的名称或窗体的名称。
- x1,y1：为线段的起点或矩形的左上角坐标。
- x2,y2：为线段的终点或矩形的右下角坐标。
- Step：为可选关键字，有 Step，表示后面的(x,y)坐标值是相对于画笔当前位置的值；无 Step，表示后面的(x,y)坐标值是相对于坐标系原点的值。
- B：为可选关键字，有 B，表示画矩形；无 B，表示画线段。
- F：为可选关键字，表示用画矩形的颜色填充矩形，F 必须与 B 一起使用。

例句：

```
P1.Line (5,2)-(15,2),vbBlue    '在 P1 上画经过 (5,2)和(15,2)的线段,蓝色线
P1.Line (5,2)-(15,7),B
'在 P1 上画一个长为 10 高为 5 的矩形,颜色为默认色,不用矩形颜色填充内部
P1.Line (5,2)-(15,7),vbRed,BF
'在 P1 上画一个长为 10 高为 5 的矩形,颜色为红色,用矩形颜色填充内部
```

注意：对于有多个参数的方法，当省去中间的可选参数而不省去后面的参数时，参数之间的逗号不能省，逗号留着用于占位。

3）画圆（椭圆、弧）的 Circle 方法

Circle 方法可以在对象上画圆、椭圆或弧。其语法格式如下：

对象名.Circle (x,y),radius,[color,start,end,aspect]

其中,必选参数(x,y)为圆、椭圆或弧的中心坐标值。必选参数 radius 表示半径值。可选参数 color 表所画线条的颜色;可选参数 start、end 分别表示弧线的起始角度、终止角度,取值为 0~2π 之间的数,画圆弧;取值为负值时,画扇形,负号表示画圆心到圆弧的径向线。可选参数 aspect 表示圆或椭圆的纵轴与横轴的比率,默认值为 1,画圆;大于 1 为纵轴长、横轴短的椭圆;小于 1 时为纵轴短、横轴长的椭圆。

例句:

```
Circle (12,12),15                '画一个半径为 15 的圆,圆心在坐标(12,12)处
Circle (10,10),15,,,,0.5         '画纵轴与横轴之比为 0.5 的椭圆
P.Circle (0,0),50,vbRed,0,3.14   '画上半圆构成的弧线,颜色为红色
```

4) Cls 方法

清除运行时图片框或窗体上所生成的图形和文本。语法格式如下:

对象名.Cls

其中,<对象名>可以是窗体名或图片框名。

5) 打印字符的 Print 方法

利用 PictureBox 控件的 Print 方法,可以在控件中打印文本字符。语法格式如下:

对象名. Print [Spc(n)｜Tab(n)] [表达式] [结束符]

其中,加中括号的参数项为可选项(可有可无)。各部分的含义如下:

- 对象名 表示承载打印内容的控件名称,可以是窗体名或图片框名。
- Spc(n) 表示插入 n 个空格。
- Tab(n) 表示插入点定位在绝对列号 n 上。
- 表达式 是要输出的表达式,可以是字符常量或数值常量,如果是变量名则输出变量值。
- 结束符 表示下一个字符输出位置的标点符号,可以是逗号、分号或无任何符号。逗号表示下一个打印位置隔一个打印区(一般为 14 字符宽);分号表示下一个打印位置紧跟前一个字符;无任何结束标记则换行打印下一个字符。

6.2.2 绘图程序实例

【实例 6-3】 在窗体上设置一个图片框 Picture1,自定义图片框的坐标系统:将 Picture1 的坐标系统原点(0,0)设置在图形区域的中点,并以坐标原点为圆心画半径为 500 缇的圆。

解答:

知识提示:画圆的方法是 Circle,其语法如下:

对象名. Circle (圆心坐标),半径数值,画线颜色

本例语句:

Picture1.Circle (0,0),500,vbBlack

可以这样自定义坐标属性:

```
Picture1.ScaleWidth = 2000                '将区域宽度指定为2000单位
Picture1.ScaleHeight = 1500               '将区域高度指定为2000单位
'下面两句使左上角坐标值变成(-1000,-750)
Picture1.ScaleLeft = -1000
Picture1.ScaleTop = -750
```

因此,按上述设置,坐标系统原点(0,0)就在图片框图形区域的几何中点。

以上属性设置在程序启动的窗体加载事件过程中执行,可以写到 Form_Load()事件处理过程中。在 Picture1 的 Click 事件处理过程中调用 Circle 方法画圆。完整的程序代码如下:

```
Private Sub Form_Load()
        Picture1.ScaleWidth = 2000            '将区域宽度指定为2000单位
        Picture1.ScaleHeight = 1500           '将区域高度指定为2000单位
        Picture1.ScaleLeft = -1000
        Picture1.ScaleTop = -750
End Sub
Private Sub Picture1_Click()
        Picture1.Circle  (0,0),500,vbBlack
        Picture1.DrawWidth = 3                '设置画笔粗度为3点
        Picture1.PSet (0,0),vbRed             '画圆心点(红色)
End Sub
```

【实例6-4】 用 Line 方法在窗体上画同心矩形,结果如图6-16所示。

解答:

在窗体上设置一个 PictureBox 控件,用 Line 方法以不同的颜色画25个同心矩形,并以同色填充,颜色由函数 QBColor 设置,线条宽度由属性 DrawWidth 确定。在 Picture1 的 Click 事件处理过程中,循环调用 Line 方法25次,每次画一个矩形。因此,完整的程序代码为:

图6-16 同心矩形

```
Private Sub Picture1_Click()
    Dim CX,CY,F,F1,F2,I                  '声明变量
    Picture1.ScaleMode = 3              '设置 ScaleMode 为像素
    CX = Picture1.ScaleWidth / 2        '水平中点
    CY = Picture1.ScaleHeight / 2       '垂直中点
    Picture1.DrawWidth = 8              '设置画笔粗度属性 DrawWidth
    For I = 50 To 0 Step -2
        F = I / 50                      '执行中间步骤
        F1 = 1 - F: F2 = 1 + F          '计算 F1 和 F2
        Picture1.ForeColor = QBColor(I Mod 15)      '设置前景颜色
        Picture1.Line (CX * F1,CY * F1)-(CX * F2,CY * F2),,BF
    Next I
End Sub
```

【实例6-5】 用 PSet 方法在两个图片框中分别画正弦函数曲线,结果如图6-17所示。

解答:

曲线可以看成是由许多点组成的,因此只要计算出函数 $y = \mathrm{Sin}(x)$ 许多组点的值,即可在适当的坐标中将这些点逐个画出来。由图6-17可知,本题画出的曲线范围在 x 取值为0

Visual Basic 多媒体程序设计

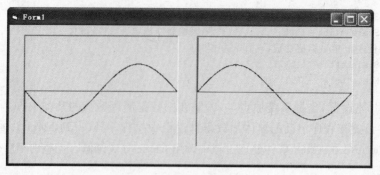

图 6-17　画正弦函数曲线

到 2π 的范围。左边的图片框坐标系设置为 y 轴正方向向下,右边的图片框坐标系设置为 y 轴正方向向上, x 轴正方向都是水平向右。图片框的高度设置为 2,宽度设置为 2π 。代码写在图片框的鼠标单击事件处理过程中,完整代码如下:

```
Private Sub P1_Click()                   '左边图片框的名称为 P1
    Dim x As Single, y As Single
    Const π As Single = 3.14159          '定义 π 为符号常量
    P1.ScaleLeft = 0                     '设置图片框左上角的横坐标为 0
    P1.ScaleTop = - 2                    '设置图片框左上角的纵坐标为 - 2
    '故左上角点坐标被自定义为(0, - 2)
    P1.ScaleHeight = 4
    '此句设置的图片框高度 4 为正数
    '则纵轴的正方向按默认(从上往下)
    P1.ScaleWidth = 2 * π
    P1.Line (0,0) - (2 * π,0),vbRed      '画横轴的正半轴
    P1.Line (0,0) - (0,2),vbRed          '画纵轴的正半轴
    For x = 0 To 2 * π Step 0.01
        y = Sin(x)
        P1.PSet (x,y),vbBlue
    Next
    P1.DrawWidth = 3
    P1.PSet (π / 2,1),vbRed              '在(π/2,1)处画一个红色点
End Sub
Private Sub P2_Click()                   '右边图片框的名称为 P2
    Dim x As Single, y As Single
    Const π As Single = 3.14159          '定义 π 为符号常量
    P2.ScaleLeft = 0                     '设置图片框左上角的横坐标为 0
    P2.ScaleTop = 2                      '设置图片框左上角的纵坐标为 2
    '故左上角点坐标被自定义为(0,2)
    P2.ScaleHeight = - 4                 '此句设置的图片框高度为负数 - 4
    '则纵轴的正方向跟默认相反(从下往上)
    P2.ScaleWidth = 2 * π
    P2.Line (0,0) - (2 * π,0),vbRed      '画横轴的正半轴
    P2.Line (0,0) - (0,2),vbRed          '画纵轴的正半轴
    For x = 0 To 2 * π Step 0.01
        y = Sin(x)
        P2.PSet (x,y),vbBlue
```

```
        Next
        P2.DrawWidth = 3
        P2.PSet (π / 2,1),vbRed            '在(π/2,1)处画一个红色点
End Sub
```

注意：在图片框中画点、线等图形元素时，所有点的坐标值必须落在坐标系的值范围内，若超出坐标系的范围则无法画出。设函数的自变量取值范围为$[x_a, x_b]$，函数值的取值范围为$[y_a, y_b]$，则坐标系统左上角点的横坐标应小于或等于x_a，右下角点的横坐标应大于或等于x_b；坐标系统左上角点的纵坐标和右下角点的纵坐标，一个应小于或等于y_a，另一个则应大于或等于y_b。即坐标系的小值应小于或等于函数变量的小值，坐标系的大值应大于或等于函数变量的大值。

【实例 6-6】 用 Circle 绘圆方法绘制由圆环构成的艺术图案。构造图案的算法为：将一个半径为 r 的圆周等分为 n 份，以这 n 个等分点为圆心，以小于 r 值的半径 r_1 绘制 n 个圆。

解答：

在窗体上添加一个图片框 Picture1，在图片框的单击事件处理过程中实现绘图，首先设定圆的半径 r 为窗体高度的四分之一，圆心在窗体的中心，在圆周上等分 n 份。所画各圆的半径 r_1 为定位用的圆的半径 r 的 90%。当 $n=6$ 时画出的结果如图 6-18(a)所示，此时还特意将每个圆的圆心点位置也画了出来；当 $n=20$ 时画出的结果如图 6-18(b)所示。

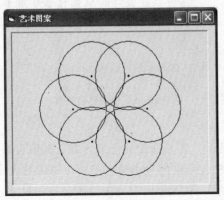 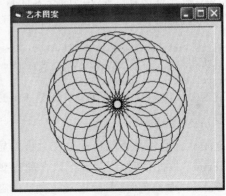

(a) 等分圆周为6份　　　　　　　　　　　(b) 等分圆周为20份

图 6-18　绘制艺术图案

图 6-18(b)程序的参考代码如下：

```
Private Sub Picture1_Click()
    Dim x As Single,y As Single,r As Single
    Dim x0 As Single,y0 As Single,π As Single
    Picture1.Cls
    π = 3.14159
    r = Picture1.ScaleHeight / 4       '圆的半径 r
    x0 = Picture1.ScaleWidth / 2       '圆心点横坐标
    y0 = Picture1.ScaleHeight / 2      '圆心点纵坐标
    st = π / 10                        '等分圆周为 20 份
    For I = 0 To 2 * π Step st         '循环绘制圆
        x = r * Cos(I) + x0            '取圆周上的等分点(x,y)
```

```
                y = r * Sin(I) + y0
                Picture1.Circle (x,y),0.9 * r   '以半径 r1 = 0.9r 绘制圆
        Next I
    End Sub
```

6.3　VB 图像处理技术

本节介绍图像的缩放、翻转、旋转等处理操作,需要用到一种 Windows 的应用程序编程接口(API)函数,主要是其中的一个名为 StretchBlt 的 API 函数。首先介绍 StretchBlt 函数的语法功能;其次,以 StretchBlt 函数为例,介绍 API 函数的声明与调用用法;最后给出实现图像缩放、翻转、旋转等处理的程序代码。

6.3.1　图片框和图像框的图像加载与删除

1. 图片框 PictureBox

如果要利用程序语句实现加载一幅图像到图片框中,需要用到 LoadPicture 内部函数,通过该函数将待装载的图片文件以赋值语句的形式对 Picture 属性赋值。

1) Picture 属性与 LoadPicture 函数

Picture 属性可设置被显示的图片文件名。其实,可以在设计时从属性表中加载图像到图片框;但这里我们学习如何在运行时使用 LoadPicture 函数载入图形。举例如下:

```
Picture1.Picture = LoadPicture("E:\MyPic\Lena.bmp")
'上述语句将指定位置(E:\MyPic\文件夹)的 Lena.bmp 图像装入图片框 Picture1
Picture1.Picture = LoadPicture()
'上述语句对 LoadPicture() 不提供参数,表示删除图片框 Picture1 中的已有图片
```

2) AutoSize 属性

决定图片框控件是否能自动改变大小以显示其装入图片的全部内容。其值可取:

- True。取此值时,图片框可以自动改变大小,框的大小适应于所装图像的大小。
- False。取此值时,图片框不能自动改变大小(大小固定为先前所设定的尺寸)。

其中,默认值是 False。

2. 图像框 Image

图像框 Image 与图片框 PictureBox 的功能类似、操作也类似,不同的是图像框 Image 的功能没有图片框强大,而且它不能用作容器控件(即它里面不能再放置其他控件),也不支持前面针对图片框的绘图方法。

如果要利用程序语句实现加载一幅图像到图像框中,也可以用 LoadPicture 内部函数,通过该函数将待装载的图片文件以赋值语句的形式对图像框的 Picture 属性赋值。

1) Picture 属性与 LoadPicture 函数

Picture 属性可设置被显示的图片文件名,既可以从属性表中加载图像到图像框,也可以在运行时使用 LoadPicture 函数载入图形。用 LoadPicture 函数载入图形的语句举例如下:

```
Image1.Picture = LoadPicture("E:\MyPic\Lena.bmp")
```

'上述语句将指定位置(E:\MyPic\文件夹)的 Lena.bmp 图像装入图像框 Image1
Image1.Picture = LoadPicture()
'上述语句对 LoadPicture() 不提供参数,表示删除图像框 Image1 中的已有图片

2) Stretch 属性

决定待装入的图片的大小能否自动适应图像框控件的大小,以便图像文件内容能否全部被显示。其值可取 True 或 False,其中默认值是 False。

- True:取此值时,图像可以自动改变大小,使所装图像的大小适应于图像框的大小。
- False:取此值时,图像不能自动改变大小(大小固定为文件图像的原始大小)。

注意:图像框 Image 的 Stretch 属性对应于图片框 PictureBox 的 AutoSize 属性,但 PictureBox 是让框的大小去适应图像,而 Image 是让图像大小去适应框的大小。这一点从意义上看是相反的。

6.3.2 API 函数 StretchBlt 的语法

StretchBlt 函数的功能是复制一个图片框中的图片到另一个图片框中。调用 StretchBlt 函数的语法格式:

StretchBlt hDestDc, x, y, nWidth, nHeight, hSrcDc, xSrc, ySrc,   nSrcWidth, nSrcHeight,dwRop

参数解释如下:

- hDestDc   目标图片框的句柄,即目标图片框的 hDC 属性值。
- hSrcDc   来源图片框的句柄,即来源图片框的 hDC 属性值。
- x,y   复制到目标图片框图像的左上角坐标(目标起点坐标)。
- nWidth,nHeight   复制到目标图片框中的宽度、高度。
- xSrc,ySrc   来源图片框的左上角坐标(被复制的起点坐标)。
- nSrcWidth,nSrcHeight   源图片框要复制部分的宽度、高度。
- dwRop   表示绘制方式,可取 SRCCOPY 方式(直接复制),SRCCOPY 是一个系统常量。

6.3.3 API 函数的声明

由于 API 函数不是 VB 的内部函数,而是 Windows 系统中的函数,所以使用起来比 VB 标准函数要多一道手续:即先要声明。声明这一步除了要声明该函数外,还要同时声明可能会用到的一些系统常量。

不过,VB 对 Windows 的所有 API 函数及其系统常量的声明语句都写在了一个文本文件 WIN32API. TXT 中(注:假设 VB 安装在 D:盘,则 WIN32API. TXT 文件所在位置是: D:\Microsoft Visual Studio\Common\Tools\Winapi),编程人员只要直接从该文本文件中拷贝声明语句到自己的程序中。拷贝的办法有两种:一是通过 VB 的一个外接程序(API 浏览器)完成;另一个办法就是直接打开该文本文件,找到所需 API 函数的声明语句进行复制。

下面介绍方法一:利用"API 浏览器"将 StretchBlt 函数、SRCCOPY 常量的声明语句找出来,并自动将声明语句拷贝到程序代码窗口的"通用-声明"区,操作步骤如下:

(1) 在 VB 开发环境中,单击"外接程序"→"API 浏览器"选项,弹出"API 浏览器"窗口

（若菜单下无"API 浏览器"或 API Viewer，可从"外接程序管理器"子菜单的对话框设置"加载"，重启 VB 即可发现"外接程序"菜单下有"API 浏览器"或 API Viewer 子项）。API Viewer 窗口如图 6-19 所示。

图 6-19　API Viewer 窗口

　　（2）在"API 浏览器"窗口单击"文件"→"加载文本文件"选项，在打开文件对话框中找到 Win32API.TXT，单击"确定"按钮；然后在"API 浏览器"窗口"API 类型"下拉列表中选择"声明"；就会在"API 浏览器"窗口的"可选项"列表中出现所有 API 函数的名称。

　　（3）在"可选项"列表上方的文本框中输入所要的 API 函数名称前几个字母，系统就会定位到匹配的名称上；选择所需要的那个 API 函数的名称，单击"添加"按钮，所选函数的声明语句就被加入到"API 浏览器"窗口下面的列表框中。

　　（4）如果还有其他 API 函数要声明，再重复步骤（3）添加本程序将需要的所有 API 函数的声明到下面的列表框中。

　　（5）在 API Type 下拉表中选择"常数"，用同样的方法添加"常数"的声明语句到下面的列表框中。

　　（6）单击"Insert"按钮，就会直接将声明语句插入到程序的代码窗口中；或单击"复制"按钮将语句先复制到剪贴板，然后再回到 VB 程序代码窗口"粘贴"也可。

　　注意：如果声明语句是插入到 VB 程序的窗体模块中，函数的声明中应将 Public 关键字改为 Private，常量、类型也应去掉 Public 关键字。

6.3.4　实现图像缩放、翻转、旋转的程序

　　【实例 6-7】 编程实现图像缩放、翻转、旋转等功能，界面如图 6-20 所示。

　　首先，设计如图 6-20 所示的程序界面，其中含 2 个图片框，8 个命令按钮，上面还有 2 个标签。第一行的"复制"～"缩小"按钮的名称分别为 Command1～Command4，第 2 行的"上

下翻转"~"退出"按钮名称分别为 Command5~Command8。源图片框、目标图片框的名称分别为 Picture1、Picture2，并在属性表中设置如下属性的值：

```
Picture1.Autosize = True
Picture1.ScaleMode = 3
Picture1.Picture 为 Lena 图像
Picture2.ScaleMode = 3
Picture2 与 Picture1 等大
```

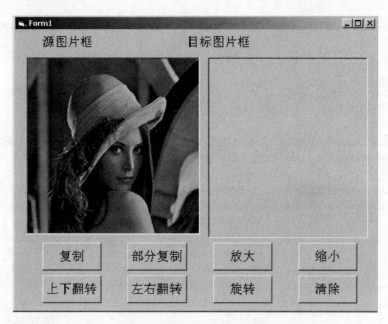

图 6-20　图像操作的程序界面

完整程序代码如下：

（1）代码窗口的"通用-声明"区的声明语句以及几个变量的定义语句。

```
'API 函数 StretchBlt 的声明：
Private Declare Function StretchBlt Lib "gdi32" (ByVal hdc As Long, ByVal x As Long, ByVal y As Long, ByVal nWidth As Long, ByVal nHeight As Long, ByVal hSrcDC As Long, ByVal xSrc As Long, ByVal ySrc As Long, ByVal nSrcWidth As Long, ByVal nSrcHeight As Long, ByVal dwRop As Long) As Long
'常数 SRCCOPY 的声明：
Const SRCCOPY = &HCC0020
'定义 6 个变量的数据类型：
Dim Dst as long, Src as long
Dim p1w as integer, p1h as integer
Dim p2w as integer, p2h as integer
```

（2）Form_Load 过程的初始化语句代码。

```
Private Sub Form_Load()              '本过程在程序启动时执行
    Src = Picture1.hdc
    Dst = Picture2.hdc
    p1w = Picture1.ScaleWidth
```

```
       p1h = Picture1.ScaleHeight
       p2w = Picture2.ScaleWidth
       p2h = Picture2.ScaleHeight
   End Sub
```

(3) 各命令按钮单击事件处理过程的程序代码为：

```
Private Sub Command1_Click()    '复制
    StretchBlt Dst,0,0,p2w,p2h,Src,0,0,p1w,p1h,SRCCOPY
End Sub
Private Sub Command2_Click()    '复制一部分(取源图片右下角 1/4 面积复制到目标图片框左上角)：
                                '右下角 1/4 面积
    StretchBlt Dst,0,0,p2w / 2,p2h / 2,Src,p1w / 2,p1h / 2,p1w / 2,p1h / 2,SRCCOPY
End Sub
Private Sub Command3_Click()    '放大(源图片宽度高度均放大到 2 倍再复制到目标图片框左上角)
    StretchBlt Dst,0,0,p1w * 2,p1h * 2,Src,0,0,p1w,p1h,SRCCOPY
End Sub
Private Sub Command4_Click()    '缩小(源图片宽度高度均缩小到 0.5 倍再复制到目标图片框左上角)
    StretchBlt Dst,0,0,p1w / 2,p1h / 2,Src,0,0,p1w,p1h,SRCCOPY
End Sub
Private Sub Command5_Click()    '上下翻转
    StretchBlt Dst,0,p1h,p1w, - p1h,Src,0,0,p1w,p1h,SRCCOPY
End Sub
Private Sub Command6_Click()    '左右翻转
    StretchBlt Dst,p1w,0, - p1w,p1h,Src,0,0,p1w,p1h,SRCCOPY
End Sub
Private Sub Command7_Click()    '180 度旋转(顺时针旋转 180 度)
    StretchBlt Dst,p1w,p1h, - p1w, - p1h,Src,0,0,p1w,p1h,SRCCOPY
End Sub
Private Sub Command8_Click()    '清除(清除目标图片框内容)
    Picture2.Refresh            '执行 PictureBox 对象的 Refresh 方法
End Sub
```

6.4　用 VB 操纵多媒体 Access 数据库

本节介绍借助 VB 的 Data 控件，使 VB 程序能访问 Access 数据库。重点是利用 VB 访问数据库这种手段，实现对数据库中图片字段的输入输出功能。

6.4.1　Data 控件的作用与主要属性

1. Data 控件的作用

Data 控件主要是起到一个建立 VB 中某些标准控件与数据库连接的桥梁作用。通过这种连接关系的建立，就可以利用 Data 控件返回数据库中的部分数据记录的集合(比如一个数据表)。

要利用 Data 控件返回数据库中部分记录的集合(比如一个数据表)，应先在应用程序窗体上画出 Data 控件，再通过它的三个基本属性 Connect、DatabaseName 和 RecordSource 设置要访问的数据库资源。

2. Data 控件的三个最基本属性

1）Connect 属性

Connect 属性的取值类型是字符串类型，其值表示要连接的数据库类型，及用于连接 ODBC 数据库时传递的附加参数。它的取值可以是下列字符串（默认值为 Access）。

- Access：表示要连接的数据库类型是 Access（此项为缺省设置）。
- dBASE Ⅲ：表示要连接的数据库类型是 dBASE Ⅲ。
- dBASE 5：表示要连接的数据库类型是 dBASE 5.0。
- Paradox 5.x：表示要连接的数据库类型是 Paradox 5.x。
- Foxpro 2.6：表示要连接的数据库类型是 FoxPro 2.6。
- Excel 3.0：表示要连接的数据库类型是 Excel 3.0。

2）DatabaseName 属性

DatabaseName 属性的取值类型也是字符串类型，其值为要打开的数据库的名称。对于本地数据库，其值可以形如 d:\student\score.mdb。对于远程网络服务器数据库，其值可以形如\\server\work\score.mdb（使用机器名）；或 g:\work\score.mdb（使用虚拟逻辑驱动器）。该属性可以在属性窗口中指定，也可在运行时用程序代码指定。

3）RecordSource 属性

RecordSource 属性的取值类型也是字符串类型，其作用是设置操作的数据来源。操作的数据来源可以是基本表、SQL 查询的结果集（或记录集）；因此，该属性的取值可以是基本表的名称、SQL 查询语句。比如，要访问 score.mdb 数据库中的名为"数学成绩"的表，则 RecordSource 属性的取值应设置为表名"数学成绩"。

Data 还有一些其他属性，如 Recordset 属性、RecordType 属性、Option 属性、Exclusive 属性、ReadOnly 属性、EditMode 属性（只读属性，不能赋值）。但一个最简单的应用可以不需要使用这些属性，限于篇幅，不再介绍。

6.4.2 数据绑定控件的使用

1. 数据绑定控件的作用和类型

数据绑定控件的作用是：在 VB 程序界面上用来显示数据库表中某些数据字段的值。能够作为标准绑定控件使用的 VB 控件有如下几种：TextBox、Label、PictureBox、CheckBox、ListBox、Image、ComboBox 等；但最常用的绑定控件一般由文本框、标签、图片框担任。

要使绑定控件能被数据库约束，必须在设计或运行时将这些控件的 DataSource 属性和 DataField 属性分别绑定到数据控件和数据表的字段上，这是控件作为数据绑定控件使用时，需要重点关注的两个属性。

2. 数据绑定控件的两个关键属性

1）DataSource 属性

DataSource 属性指定该控件要绑定的数据源，其值为 Data 控件的名称。该属性一般只能在设计时通过属性窗口进行设置，而不能在运行时通过赋值语句设置。如果一个窗体中有多个 Data 控件，一个绑定控件只能与其中一个 Data 控件绑定（一对一）。

2）DataField 属性

DataField 属性指定该控件要绑定的数据字段，其值一般是数据表的字段名。该属性既可以直接在属性窗口中设置(设计时),也可用代码赋值在运行时设置。比如窗体上有一个数据控件名称为 Data1,又有一个作为数据绑定控件使用的文本框控件名称是 Text1;如果要通过 Data1 控件作为连接数据库的桥梁,使文本框 Text1 显示数据表中一个名为"学号"的字段信息,则用代码设置 Text1 的 DataField 属性的语句是:Text1.DataField ="学号"。

3. 标准数据绑定控件的用法

先添加标准数据绑定控件到窗体,调好位置并设置好其他属性后,对于数据库的应用,重点设置好如下两个属性:

(1) 在设计时,通过属性窗口,将它们的 DataSource 属性绑定到窗体的数据控件。

(2) 通过窗体界面的属性窗口或代码窗口写赋值语句,将它们的 DataField 属性绑定到数据表的字段。

6.4.3 用 Data 控件与数据绑定控件访问数据库的编程步骤

利用 Data 控件结合数据绑定控件进行编程,一般将经历如下步骤:

(1) 在 VB 窗体中加入一个 Data 控件。

(2) 设置 Data 控件的 DatabaseName 属性(其值为要访问的数据库名)。

(3) 设置 Data 控件的 RecordSource 属性(其值一般为要访问数据库的数据表名)。

(4) 添加适当数量的数据绑定控件(如 TextBox 等)用于显示字段值。

(5) 设置数据绑定控件的 DataSource 属性指定数据源(其值为 Data 控件的名称)。

(6) 设置数据绑定控件的 DataField 属性(每个绑定控件分别设置不同数据字段名)。

(7) 必要时使用 Data 控件的方法和事件;并添加其他代码,实现更为复杂的功能。

(8) 执行该工程。

Data 控件添加到 VB 程序窗体中后的形状如图 6-21 所示。通过 Data 控件,在 VB 界面上一次只能显示一条记录的内容,而一条记录又包含多个字段(比如学生信息表可能有这样的字段:学号、姓名、专业,等等)。如果要在 VB 界面上显示其中的 n 个字段的内容,那么界面上就要放置 n 个数据绑定控件,一个数据绑定控件显示一个数据字段的信息。程序开始运行时,通过 Data 控件首先显示的是数据表里面的第一条记录,如果要查看其他记录的信息,可以单击 Data 控件上的记录移动按钮,Data 控件有 4 个记录移动按钮,其含义分别如图 6-21 所示。一旦单击某个按钮使记录发生移动,数据绑定控件中的信息就会写入与其相连接的数据表对应字段,而数据表中新的信息也会显示到数据绑定控件,实现双向刷新。

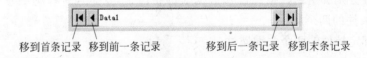

移到首条记录　移到前一条记录　　移到后一条记录　移到末条记录

图 6-21　Data 控件的形状和按钮作用

6.4.4 用 VB 访问 Access 数据表图片字段的程序

本节通过一个程序实例,利用 Data 数据控件结合图片框绑定控件,实现图像数据向数据库输入的功能。并用数据绑定控件显示数据表字段内容。

图片信息输入数据库字段的原理：照片的信息量一般很大，是二进制的信息对象，因此在建立 Access 数据表时必须将这类字段指定为对象型（OLE 对象）。而一幅照片是一个文件，不能直接通过键盘输入到该字段，也没有加载一个文件到数据表的办法，也没有将文件赋给一个字段的赋值语句；因此无法用常规输入方法将一幅图片输入到数据库的表字段中去。然而，图片文件可以加载到图片框；而图片框又可以作为数据绑定控件使用，这样就可以将它与数据表的照片字段进行绑定；然后通过移动 Data 控件记录可以将绑定控件中的信息写入数据表，这样就将图片框中的数据写入了数据表。

【实例 6-8】 有一个事先建立的 Access 数据库名为"含照片库.mdb"，该数据库中有一个包含照片字段的数据表，表名称为"人物信息"，除了名为"照片"的字段外，该表还有下列字段：号码、姓名、性别、志向。编程实现对该数据表上述字段信息的访问，包括信息向表中输入和表中数据向 VB 界面显示双向功能。界面如图 6-22 所示。

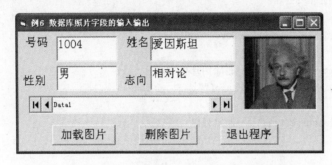

图 6-22 在 VB 中访问 Access 数据库的程序界面

解答：

（1）界面设计。

被显示的 Access 数据库名：含照片库.mdb。

被显示的 Access 数据库的数据表名：人物信息。

Data 控件属性设置：

名称＝Data1；

DatabaseName＝"文件路径\含照片库.mdb"；

RecordSource＝"人物信息"。

数据绑定控件名称与作用：

Text1（显示号码）、Text2（姓名）、Text3（性别）、Text4（志向）、Picture1（显示照片）。

数据绑定控件属性设置：

DataSource＝ Data1；

DataField＝表的相应字段。

添加 4 个标签控件，将它们的 Caption 属性分别设置为"号码"、"姓名"、"性别"、"志向"等 4 个数据字段的名称；添加 3 个命令按钮，将它们的 Caption 属性值分别设置为"加载图片"、"删除图片"、"退出程序"。

（2）编写代码。

注：在下面的"加载图片"过程中，输入图片文件名时用到了 VB 输入对话框 InputBox() 函数，利用该函数，在出现对话框的文本框里面输入一串字符，然后单击"确定"按钮，则文本

框中的字符串将作为函数值被赋给左边的 FileNane 变量。InputBox()函数共有 3 个字符串参数：第一个参数作为提示信息出现在输入对话框中；第二个参数作为标题信息出现在输入对话框标题栏中；第三个参数作为默认输入的字符串出现在输入对话框的文本框中，用户可以直接采用这个内容，也可以修改它。输入对话框界面如图 6-23 所示。

图 6-23　输入对话框 InputBox()的界面

在代码窗口中写出如下代码：

```
Private Sub Command1_Click()    '加载图片到图片框
    Dim FileNane As String
    FileNane = InputBox("请输入应用程序文件夹中的图片文件名",,"照片 1.jpg")
    Picture1.Picture = LoadPicture(FileNane)
End Sub
Private Sub Command2_Click()    '删除图片框中图片
    Picture1.Picture = LoadPicture("")
End Sub
Private Sub Command3_Click()    '退出程序
    End
End Sub
```

6.5　用 VB 实现多媒体文件播放

用 VB 实现多媒体文件播放的方法主要有两类：一类方法是利用一些第三方公司开发的媒体播放控件（即所谓的 ActiveX 控件）；另一类方法是利用 Windows 提供的一些有关 API 函数。前者相对简单，与使用 VB 标准控件的方法类似，所以本节介绍一种利用 ActiveX 控件（Multimedia MCI 控件）实现媒体文件播放的方法。该控件功能强大，支持的媒体格式也比较多，是比较常用的一种 ActiveX 控件。

6.5.1　Multimedia MCI 控件的添加

由于 Multimedia MCI 控件不是 VB 的标准控件，属于 ActiveX 控件，因此 VB 的工具箱中事先是没有它的。要使用这样的 ActiveX 控件，先要把它添加到工具箱。

1. 把 Multimedia MCI 控件加到工具箱

按照将 ActiveX 控件加到工具箱的一般操作步骤执行：

（1）在"工程"菜单中，单击"部件"以打开"部件"对话框。

（2）在"部件"对话框中，选定控件名称左边的复选框（Multimedia MCI 控件的名称是 Microsoft Multimedia Control 6.0），如图 6-24 所示。

（3）单击"确定"按钮以关闭"部件"对话框。

这时，所选定的 ActiveX 控件将出现在工具箱中（Multimedia MCI 控件在工具箱中的

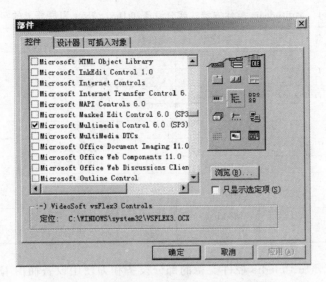

图 6-24 在"部件"对话框中选定所需部件

图标是 ![icon]，鼠标指向它时显示的提示名称是 MMControl）。

2. 把 Multimedia MCI 控件添加到窗体上

方法与添加工具箱中标准控件到窗体完全一样，有两种方法：或者是单击再在窗体上画出；或者是双击工具箱中的 Multimedia MCI 控件图标。

3. Multimedia MCI 控件的按钮

当用户打开有效的多媒体设备并且控件可用时，系统会自动完成相应工作。按钮被分别定义为 Prev、Next、Play、Pause、Back、Step、Stop、Record 和 Eject，Multimedia MCI 控件的按钮在界面上的形式与家电中的录音机相应按钮的功能类似。用户可以为某一个按钮编写程序，从而为其增加特殊功能；但通常用默认的按钮功能就能很好地播放音乐和视频。

6.5.2 Multimedia MCI 控件的主要属性和事件

要学会使用 Multimedia MCI 控件编程，首先要了解该控件的主要属性和事件的意义和用法。其中，该控件主要属性中最重要的两个必须掌握，即 DeviceType、Command 属性。

1. DeviceType 属性

DeviceType 属性用于指定播放设备的类型。在引用控件时，需要首先指定控件的 DeviceType 属性，虽然有时也可以缺省该属性的设置，对于复杂的 MCI 设备和播放 CD 音乐是必须要设置该属性的。设置 DeviceType 属性的语句格式是（在不加特别说明的情况下，假设 Multimedia MCI 控件的名称是 MMControl1，下同）：

```
MMControl1.DeviceType = Devname
```

其中，Devname 是代表多媒体设备名称的字符串，Multimedia 控件支持的多媒体设备的 Devname 值及其对应的媒体格式如表 6-1 所示。

Visual Basic 多媒体程序设计

表 6-1　Multimedia 控件支持的部分设备和 DeviceType 属性要求的字符串

设 备 类 型	字符串	文件类型	描　　述
CD audio	cdaudio		音频 CD 播放器
Digital Audio Tape	dat		数字音频磁带播放器
Digital video(not GDI-based)	DigitalVideo		窗口中的数字视频
Other	Other		未定义 MCI 设备
Overlay	Overlay		覆盖设备
Scanner	Scanner		图像扫描仪
Sequencer	Sequencer	.mid	音响设备数字接口（MIDI）序列发生器
Vcr	VCR		视频磁带录放器
AVI	AVIVideo	.avi	视频文件
videodisc	Videodisc		视盘播放器
waveaudio	Waveaudio	.wav	播放数字波形文件的音频设备。

表 6-1 列出了 Multimedia 控件支持的部分设备和为使用设备而由 DeviceType 属性要求的字符串。那些同时列出了对应文件类型的是复合设备。

例句：

```
MMControl1.DeviceType = "WaveAudio"  '指定 Wave 音频设备
MMControl1.DeviceType = ""           '指定 MP3 音频设备
MMControl1.DeviceType ="Sequencer"   '指定 midi 音频设备
MMControl1.DeviceType = "AVIVideo"   '指定视频设备
```

2. Command 属性

在 Multimedia 控件中非常有用的另一个属性是 Command，通过它的不同设置值，在运行过程中向多媒体设备发出不同的命令，命令格式是：

```
MMControl1.Command = CmdString
```

其中，CmdString 是代表命令名称的字符串，取值可以是"Open"（打开 MCI 设备）、"Play"（用 MCI 设备进行播放）、"Close"（关闭 MCI 设备），等等。Multimedia 控件本质上是该命令集的 Visual Basic 接口。如 Play 或 Close 等命令在 Win32(R) API 的 MCI 命令结构中都有等价命令。例如，Play 对应 MCI_PLAY。表 6-2 列出了 Multimedia 控件使用的 MCI 命令，同时还列出了它们对应的 Win32 命令。

表 6-2　Multimedia 控件使用的 MCI 命令及其对应的 Win32 命令

命　令	MCI 命令	描　　述
Open	MCI_OPEN	打开 MCI 设备
Close	MCI_CLOSE	关闭 MCI 设备
Play	MCI_PLAY	用 MCI 设备进行播放
Pause	MCI_PAUSE 或 MCI_RESUME	暂停播放或录制
Stop	MCI_STOP	停止 MCI 设备
Back	MCI_STEP	向后步进可用的曲目
Step	MCI_STEP	向前步进可用的曲目
Prev	MCI_SEEK	使用 Seek 命令跳到当前曲目的起始位置。如果在前一 Prev 命令执行后三秒内再次执行，则跳到前一曲目的起始位置；或者如果已在第一个曲目则跳到第一个曲目的起始位置

命　令	MCI 命令	描　述
Next	MCI_SEEK	使用 Seek 命令跳到下一个曲目的起始位置（如果已在最后一个曲目，则跳到最后一个曲目的起始位置）
Seek	MCI_SEEK	向前或向后查找曲目
Record	MCI_RECORD	录制 MCI 设备的输入
Eject	MCI_SET	从 CD 驱动器中弹出音频 CD
Save	MCI_SAVE	保存打开的文件

例句：

```
MMControl.Command = "Open"        '打开设备
MMControl.Command = "Play"        '媒体播放
MMControl.Command = "Pause"       '播放暂停
MMControl.Command = "Close"       '关闭设备
```

3. 其他属性

Multimedia MCI 控件还有 FileName、Visible、Mode、Wait、Shareable、Notify、UpdateInterval 等属性。以下通过具体语句形式介绍这些属性的含义和设置值的类型。

1) FileName 属性

取值字符串类型，表示播放的媒体文件名（可以带路径）。

在运行时要改变 Multimedia MCI 控件的 FileName 属性，必须先关闭然后重新打开 Multimedia MCI 控件。比如，下面的示例首先关闭 Multimedia MCI 控件；再重新设置 DeviceType 属性，并重新设置 FileName 属性；最后打开这个 Multimedia MCI 控件。

```
MMControl1.Command = "close"
MMControl1.DeviceType = "WaveAudio"
MMControl1.FileName = "C:\WINDOWS\Media\Windows XP 登录音.wav"
MMControl1.Command = "open"
```

2) Visible 属性

Visible 属性控制设备的可见性，取逻辑值，True 可见，False 不可见。

```
MMControl.Visible = True/False    '指定多媒体控件对象在执行阶段是否可见（即是否显示
                                  '出来）。True 可见，False 不可见
```

3) Mode 属性

反映媒体设备目前状态信息，Mode 属性在运行时为只读属性。如：

```
n = MMControl.Mode                'n 得到反映媒体设备目前状态信息的整数
```

4) AutoEnable 属性

决定 Multimedia MCI 控件是否能够自动启动或关闭控件中的某个按钮。如果 AutoEnable 属性被设置为 True，Multimedia MCI 控件就启用指定 MCI 设备类型在当前模式下所支持的全部按钮。这一属性还会禁用那些 MCI 设备类型在当前模式下不支持的按钮。

```
MMControl.AutoEnable = True/False
```

5）ButtonEabled 属性

该属性设定控件上各个按钮的状态是否有效，例如：

```
MMControl1.PlayEabled = True        '有效
MMControl1.StopEabled = False       '不有效
```

6）Wait 属性

Wait 属性指定 MMControl 控件是否等到下一命令执行完毕，才将控制权还给应用程序。例如：

```
MMControl1.Wait = True               '等待
MMControl1.Wait = False              '不等待
```

7）Shareable 属性

决定该设备能否为不同的程序共享，取逻辑值，True 共享，False 不共享。

```
MMControl.Shareable = True/False     '指明该设备能否为不同的程序共享
```

8）Notify 属性

描述下一个 MCI 控制命令是否采用确认服务，取逻辑值 True 或 False。

```
MMControl. Notify = True/False        '若为 True，则下一个 MCI 控制命令完成时会激发一个确认完
成事件，即 Button_done 事件；若为 False，则下一个 MCI 控制命令完成时不会激发一个确认完成事件
```

9）UpdateInterval 属性

决定两次 StatusUpdate 事件发生所间隔的时间毫秒数

```
MMControl. UpdateInterval = n        '使两次 StatusUpdate 事件发生所间隔的时间毫秒数为 n 毫秒
```

10）hWndDisplay 属性

hWndDisplay 属性的值为长整数，用来指定视频播放的窗口。如果用图片框作为播放窗口，该属性的值取图片框的 hWnd 属性值，例如：

```
MMControl.hWndDisplay = Picture1.hWnd  '指定在 Picture1 中播放 * .avi 文件
```

4. Multimedia MCI 控件的常用事件

Multimedia MCI 控件的常用事件如表 6-3 所示。

表 6-3　Multimedia MCI 控件的常用事件

事　件	说　明
Done	在 Notify 设为 True 时，MCI 控制指令执行完毕时，激发该事件
ButtonClick	单击按钮
ButtonComplete	按钮执行命令完成
ButtonGetFocus	按钮获得输入焦点
ButtonLostFocus	按钮失去输入焦点
StatusUpdate	更新媒体控制对象的状态信息时发生。该事件与 Updateinterval 属性值有关，每隔一个 Updateinterval 时间就产生一次该事件

根据事件驱动程序的机制,只有对这些事件的相应事件处理过程编写了代码,才能在这些事件发生时有一定的反应出现。

6.5.3 音、视频播放示例程序

【实例6-9】 本例是一个用 Multimedia MCI 控件集成音乐和视频播放的应用程序,用了2个 Multimedia 控件,其中,用 MMControl1 控件用于播放声音,它可播放 *.wav、*.mid、*.mp3 文件。用 MMControl2 控件播放 *.avi 视频文件,且指定视频在图片框 Pictutre1 中播放。这样,使音像可以同时播放。要播放的音频文件和视频文件须事先在两个文本框中分别指定。程序的播放界面如图 6-25 所示。

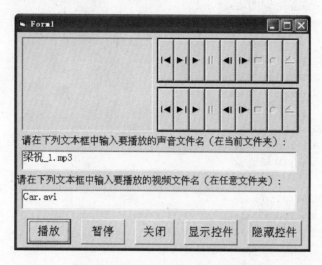

图 6-25 音、视频播放示例程序界面

完整的程序代码如下:

```vb
Private Sub cmdPlay_Click()                    '播放
    MMControl1.Notify = False
    MMControl1.Wait = True
    MMControl1.Shareable = False
    MMControl2.Notify = False
    MMControl2.Wait = True
    MMControl2.Shareable = False
    '指定播放的声音文件
    MMControl1.FileName = Text1.Text
    '指定播放的视频文件
    MMControl2.FileName = Text2.Text
    '下列语句用 VB 的 Right 函数取 Text1 右边 3 个字符,得到播放文件的扩展名
    d = Right(Text1.Text,3)              '播放文件的扩展名由文件名最右边的 3 个字符决定
    '下列 IF 语句结构由声音文件的类型确定 MMControl1 使用的设备类型
    If d = "mid" Or d = "MID" Then
        MMControl1.DeviceType = "Sequencer"
    ElseIf d = "wav" Or d = "WAV" Then
        MMControl1.DeviceType = "WaveAudio"
    ElseIf d = "mp3" Or d = "MP3" Then
```

Visual Basic 多媒体程序设计

```
        MMControl1.DeviceType = ""
    End If
    '指定 MMControl2 使用的设备类型
    MMControl2.DeviceType = "AVIVideo"
    '打开 MCI 设备并播放
    MMControl1.Command = "Open"
    MMControl1.Command = "Play"
    MMControl2.Command = "Open"
    MMControl2.Command = "Play"
End Sub
Private Sub cmdPause_Click()               '暂停
    MMControl1.Command = "Pause"
    MMControl2.Command = "Pause"
End Sub
Private Sub cmdClose_Click()               '关闭
    MMControl1.Command = "Close"
    MMControl2.Command = "Close"
End Sub
Private Sub cmdShow_Click()                '显示控件
    MMControl1.Visible = True
    MMControl2.Visible = True
End Sub
Private Sub cmdHide_Click()                '隐藏控件
    MMControl1.Visible = False
    MMControl2.Visible = False
End Sub
Private Sub Form_Load()                    '初始化工作
    MMControl2.hWndDisplay = Picture1.hWnd '指定在图片框中播放 avi 视频
End Sub
```

6.6　用 VB 编制动画程序

在 VB 程序运行时,通过不断移动某个控件的位置,即可实现动画效果。比如,移动文本框或标签,可以实现文字动画;移动图片框或图像框,可以实现图像动画。在动画的编程中,一个非常重要的控件起着关键作用,它就是 VB 的时钟控件(Timer 控件)。

6.6.1　时钟控件的属性、事件

时钟(Timer)控件是 VB 的标准控件,该控件在程序运行时能够以 Interval 属性值为时间间隔不断自动激发 Timer()事件。因此,Interval 属性和 Timer()事件对时钟控件非常重要。

1. 常用属性

(1) Interval 属性:其值为数值类型,当设置为正整数时,该数值是表示不断自动激发 Timer()事件的事件间隔。单位:毫秒(ms)。比如要设置事件发生的时间间隔为 0.5 秒的话,则 Interval 属性的值应该设置 500。

若 Interval＝0,则屏蔽时钟控件,即停止执行 Timer()过程。

（2）Enabled 属性：该属性取值为逻辑值,控制时钟控件能否起作用。

Enabled ＝ True：时钟控件起作用,Timer 事件按 Interval 间隔不断发生。

Enabled ＝ False：时钟控件不起作用,停止时钟工作,Timer()事件停止发生。

2. 常用事件

Timer()事件：每隔 Interval 时间系统自动激发的事件,属于时钟控件的系统事件。

6.6.2 实现控件运动的基本语句

实现控件运动的基本原理是改变控件的位置,要改变控件的位置有两种基本途径可实现：一是使用 VB 控件的 Move 方法(该方法大多数控件支持)；二是用赋值语句改变控件的 Top 属性、Left 属性,同样可以改变位置。

1. Move 方法

作用：移动对象的位置(并可在移动位置时改变对象的大小),适用于可视对象。

语法格式如下：

```
Object.Move Left [,Top,Width,Height]
```

Move 方法的语法包含下列部分。

- Object：是一个对象的名称,其值可以是标签、文本框等可视对象的名称。
- Left：是必需的参数,类型为单精度值,指示 Object 移到新地方后距离其容器控件左边界的水平坐标距离(x 轴方向的坐标值)。
- Top：可选参数,类型也是单精度值,指示 Object 移到新地方后距离其容器控件顶边的垂直坐标距离(y 轴方向的坐标值)。
- Width：可选的参数,类型也是单精度值,指示 Object 新的宽度。
- Height：可选的参数,类型也是单精度值,指示 Object 新的高度。

说明：

只有 Left 参数是必须的。但是,要指定任何其他参数,必须先指定出现在语法中该参数前面的全部参数。例如,如果不先指定 Left 和 Top 参数,则无法指定 Width 参数。

移动 Form 对象或 PictureBox 中的控件(或多文档窗体中的子窗体)时,则使用该容器窗体的坐标系统。任何容器对象的默认坐标系统都是以其左上角点为坐标原点(0,0),向右为横轴正方向,向下为纵轴正方向。这种默认的坐标系统方式也可自行更改(具体方法可参阅前面的 6.2.1 节内容)。

设窗体名为 Form1,其中有一图片框名为 Picture1,移动图片框的语句举例如下：

```
Picture1.Move Form1.ScaleWidth / 2,Form1.ScaleHeight / 2
```

上述语句将图片框移到 Left＝Form1.ScaleWidth/2,Top ＝ Form1.ScaleHeight/2 的位置,移动后图片框的大小不变。

```
Picture1.Move 200,100,Picture1.Width / 2,Picture1.Height / 2
```

上述语句将图片框移到 Left ＝ 200,Top ＝ 100 的位置,移动后图片框的宽度和高度都将变为原来的一半。

2. 改变 Top 属性和 Left 属性的赋值语句

设窗体名为 Form1，窗体中有一名 Label1 的标签，窗体坐标系统采用默认的坐标系，移动该标签的语句举例如下：

```
Label1.Left = Label1.Left + 100    '执行此句表示 Label1 标签右移 100 单位
Label1.Left = Label1.Left - 200    '执行此句表示 Label1 标签左移 200 单位
Label1.Top = Label1.Top + 50       '执行此句表示 Label1 标签下移 50 单位
Label1.Top = Label1.Top - 150      '执行此句表示 Label1 标签上移 150 单位
```

如果要使 Label1 标签向与 x 轴正向成 45 度倾角的右上方移动大约 141 单位距离，可以综合执行下列两句：

```
Label1.Left = Label1.Left + 100    '右移 100 单位
Label1.Top = Label1.Top - 100      '上移 100 单位
```

6.6.3 典型示例程序

【实例 6-10】 动态文字。本程序使用两个标签分别实现文字闪烁、字号动态变大的效果，界面如图 6-26 所示。其中，"欢迎！欢迎！"字样闪烁，"英雄"字样动态变大。

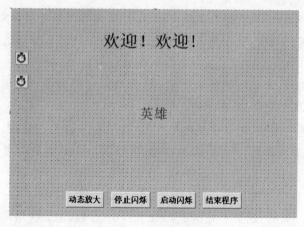

图 6-26 动态文字

解答：

（1）界面设计与属性表属性设置。在窗体上放置名为 Label1 和 Label2 的两个标签，它们的 Caption 内容分别是"欢迎！欢迎！"、"英雄"字样，字体大小和初始位置通过属性表设置成图 6-26 所示。添加四个命令按钮，名称分别为 Command1～Command4，它们的 Caption 内容分别是"动态放大"、"停止闪烁"、"启动闪烁"、"结束程序"字样，Font 属性设置为"黑体"、"四号"字，位置如图 6-26 所示。添加两个时钟控件，名称默认为 Timer1 和 Timer2，位置任意（因为程序运行时，时钟控件是不可见的）。选定窗体，在属性表中将它的 BorderStyle 属性（边框属性）设置为 0 值（无边框），将它的 BackColor 属性（背景色）设置为草绿色。

（2）代码编写。用 Timer1 控制 Label1 标签文字的隐、显交替变化，用 Timer2 控制 Label2 标签的字号动态变大。编写两个时钟控件的 Timer() 事件代码和四个按钮的单击事

件处理过程代码,完整代码如下:

```
Private Sub Command1_Click()           '放大
    Label2.FontSize = 8                '初始化标签2的字号为8
    Timer2.Enabled = True              '启动Timer2时钟控件
    Timer2.Interval = 50               '设置Timer2的时间间隔为50毫秒
End Sub
Private Sub Command2_Click()           '停止闪烁
    Timer1.Enabled = False
End Sub
Private Sub Command3_Click()           '启动闪烁
    Timer1.Enabled = True
    Timer1.Interval = 200
End Sub
Private Sub Command4_Click()           '结束程序
    End
End Sub
Private Sub Timer1_Timer()             '控制"欢迎"标签时显时隐
    If Label1.Visible = True Then      'IF结构实现两种状态的轮流转换
        Label1.Visible = False
    Else
        Label1.Visible = True
    End If
End Sub
Private Sub Timer2_Timer()                '控制"英雄"标签渐渐变大
    Label2.FontSize = Label2.FontSize + 10 'Label2"英雄"标签动态放大字体
    '以下两句使"英雄"标签在窗体居中
    Label2.Left = (Form1.Width - Label2.Width) / 2
    Label2.Top = (Form1.Height - Label2.Height) / 2
    '以下判断句使"英雄"标签停止放大
    If Label2.FontSize > 100 Then
        Timer2.Enabled = False
    End If
End Sub
```

【实例 6-11】 滚动字幕。本程序模拟电影电视中片头或片尾垂直向上移动演员表字幕的情景,设计时的界面如图 6-27 所示,运行时的效果如图 6-28 所示。

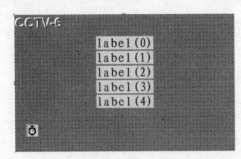

图 6-27 "滚动字幕"程序设计时界面

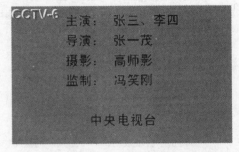

图 6-28 "滚动字幕"程序运行时界面

解答：

（1）界面设计与属性表属性设置。在窗体上放置 7 个标签，它们名称相同（均命名为 Label），于是 7 个标签构成了一个控件数组（共同的名称 Label 就是数组名）。与一般高级语言的数组概念类似，这里每一个标签都是这个标签数组中的一个元素，当需要引用某个标签元素时，除了需要写出共同的名称外，还要带一个下标序号，下标默认从 0 开始。这样，7 个标签元素的完整名称就分别是 Label(0)，Label(1)，…，Label(6)。在运行时通过语句设置标签 Label(0) 到 Label(4) 的 Caption 属性，即 Label(0).Caption="主演：张三、李四"，Label(1).Caption="导演：张一茂"，Label(2).Caption="摄影：高师影"，Label(3).Caption="监制：冯笑刚"，Label(4).Caption="中央电视台"。程序运行时控制这些标签往上移动。在设计时，将 Label(5).Caption 与 Label(6).Caption 的值都设置为"CCTV-6"，但 Label(5) 和 Label(6) 两个标签的前景色分别设置为白色、灰色，且两个标签的尺寸一样、位置基本重合但略有错位，就可以得到图中的效果。添加一个时钟控件，名称默认为 Timer1，位置任意（因为程序运行时，时钟控件是不可见的）。选定窗体，在属性表中将它的 BorderStyle 属性（边框属性）设置为 0 值（无边框），将它的 BackColor 属性（背景色）设置为草绿色。

（2）代码编写。用 Timer1 的 Timer 事件处理过程代码控制 Label(0)～Label(4) 标签位置向上移动，直到 Label(3) 控件完全移出窗体上边界时，时钟控件停止触发 Timer 事件，这样 Label(4)（Caption="中央电视台"）的标签就停留在窗体中。Timer1 的有效性在程序加载过程设定为 True。单击窗体能退出程序的运行状态。程序的完整代码如下：

```
Private Sub Form_Load()                   '窗体加载过程
'本例使用了标签控件数组，其名称分别为：Lab(0)～Lab(4)
'使用标签控件数组的目的是为了通过循环语句简化编程
    Lab(0) = "主演：张三、李四"
    Lab(1) = "导演：张一茂"
    Lab(2) = "摄影：高师影"
    Lab(3) = "监制：冯笑刚"
    Lab(4) = " 中央电视台 "
    Lab(0).AutoSize = True
    Lab(0).Font = 24
    Lab(0).FontBold = True
    Lab(0).FontName = "黑体"
    Lab(0).ForeColor = vbRed
    Lab(0).BackColor = Form1.BackColor
    Lab(0).Left = (Form1.ScaleWidth - Lab(0).Width) / 2
    Lab(0).Top = Form1.ScaleHeight
    For i = 1 To 3
        Lab(i).AutoSize = True
        Lab(i).Font = 24
        Lab(i).FontBold = True
        Lab(i).FontName = "黑体"
        Lab(i).ForeColor = vbRed
        Lab(i).BackColor = Form1.BackColor
        Lab(i).Left = Lab(0).Left
        Lab(i).Top = Lab(i - 1).Top + (Lab(i - 1).Height) * 1.5
```

```
    Next i
    Lab(4).AutoSize = True
    Lab(4).Font = 32
    Lab(4).FontBold = True
    Lab(4).FontName = "黑体"
    Lab(4).ForeColor = vbRed
    Lab(4).BackColor = Form1.BackColor
    Lab(4).Left = (Form1.ScaleWidth - Lab(4).Width) / 2
    Lab(4).Top = Lab(3).Top + (Lab(3).Height) * 3
    Timer1.Interval = 50
End Sub
Private Sub Timer1_Timer()
    For i = 0 To 4                      '循环使每个标签上移
        Lab(i).Top = Lab(i).Top - 50
    Next i
    If Lab(3).Top < -Lab(3).Height Then 'Lab(3)完全移出窗体时
        Timer1.Enabled = False
    End If
End Sub
Private Sub Form_Click()               '单击窗体结束程序
    Timer1.Enabled = False
    End
End Sub
```

【实例 6-12】 蝴蝶飞舞。本程序利用时钟控件和三个图像框实现蝴蝶飞舞的动画,设计时的界面如图 6-29 所示,运行时的效果如图 6-30 所示。

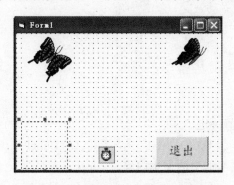

图 6-29 "蝴蝶飞舞"程序设计时界面

图 6-30 "蝴蝶飞舞"程序运行时界面

解答:

(1)界面设计与属性表属性设置。在窗体上放置三个图像框,名称分别设置为 ImaMain、ImaOpenWings、ImaCloseWings;其中,ImaOpenWings 图像框在设计时通过属性表预装文件名为 OpenWins.bmp 的图片(如图 6-29 左上角图像所示),而 ImaCloseWings 图像框在设计时通过属性表预装文件名为 CloseWins.bmp 的图片(如图 6-29 右上角图像所示),ImaMain 图像框在设计时未装入图片。添加一个命令按钮,名称为 cmdEnd,它的 Caption 内容是"退出"字样,Font 属性设置为"楷体"、"三号"字,位置如图 6-29 所示。添加一个时钟控件,名称默认为 Timer1,位置任意(因为程序运行时,时钟控件是不可见的),Interval 属性值设为 100。选定窗体,在属性表中将它的 BackColor 属性(背景色)设置为白色。

Visual Basic 多媒体程序设计

    (2) 代码编写。用 Timer1 的 Timer 事件处理过程的代码控制 ImaMain 图像框的移动,同时轮流交替地用 ImaOpenWings 和 ImaCloseWings 图像框中的图片对 ImaMain 图像框的 Picture 属性赋值,使 ImaMain 图像框在移动位置时,时而里面装的图像是展开翅膀的蝴蝶,时而里面装的图像是收起翅膀的蝴蝶,综合效果就是蝴蝶在飞舞。注意,在 Timer1 的 Timer 事件处理过程中利用了一个静态逻辑变量 ImaBmp 标志两种不同状态(所谓静态变量就是用关键字 Static 定义的变量,这种变量在一个过程调用结束后继续保留已有的当前值,下次再调用该过程时的初值就是上次结束过程时候的值)。完整代码如下:

```
Private Sub Timer1_Timer()              '时钟控件 Timer()事件的处理过程
    Static ImaBmp As Boolean            '静态(Static)逻辑变量 ImaBmp
    ImaMain.Move ImaMain.Left + 50,ImaMain.Top - 20
    If ImaMain.Top <= 0 Then            '当 ImaMain 移出窗体上边时
        ImaMain.Left = 0                '重新使 ImaMain 从左下方出来
        ImaMain.Top = 1320
    End If
    If ImaBmp = True Then
        ImaMain.Picture = ImaOpenWings.Picture
    Else
        ImaMain.Picture = ImaCloseWings.Picture
    End If
    ImaBmp = Not ImaBmp
End Sub
Private Sub cmdEnd_Click()              '退出
    End
End Sub
```

习 题 6

6-1 单项选择题

1. 标签框内所显示的内容,由( )属性值决定。

    A. Text   B. (名称)   C. Caption   D. Label

2. 文本框的( )属性用于设置或返回文本框中的文本内容。

    A. Text   B. (名称)   C. Caption   D. Name

3. 窗体的标题栏显示内容由窗体对象的( )属性决定。

    A. BackColor   B. BackStyle   C. Text   D. Caption

4. 以下叙述中正确的是( )。

    A. 窗体的 Name 属性指定窗体的名称,用来标识一个窗体

    B. 窗体的 Name 属性的值是显示在窗体标题栏中的文本

    C. 可以在运行期间改变对象的 Name 属性的值

    D. 对象的 Name 属性值可以为空

5. 刚建立一个新的标准 EXE 工程后,不在工具箱中出现的控件是( )。

    A. Data 控件   B. 图片框

    C. Multimedia MCI 控件   D. 文本框

6. 在设计阶段,当双击窗体上的某个控件时,所打开的窗口是( )。

    A. 工程资源管理器窗口   B. 工具箱窗口

    C. 代码窗口   D. 属性窗口

7. 有下列 For 循环语句:

```
For j = 7 to 90 step 5
        Print j
Next j
```

    上述循环语句共执行循环体的次数是( )。

    A. 14   B. 15   C. 16   D. 17

8. 若有下列 For 循环语句:

```
For j = -3 to 20 Step 0
    Print j;
Next j
```

    则其循环体将被执行的次数是( )。

    A. 0   B. 1   C. 无限循环   D. 23

9. 在窗体或图片框中画矩形,使用的方法名是( )。

    A. Circle   B. Line   C. PSet   D. Point

10. 能画出纵轴与横轴比率为 4 的椭圆的语句是( )。

    A. Circle (0,0),8,,,,0.25   B. Circle (0,0),8,4

    C. Circle (0,0),8,,,,4   D. Circle (0,0),8,,,0.25

11. 能使 MCI 多媒体控件播放 MP3 音频的设备类型设置语句应该是( )。

    A. MMControl1. DeviceType = "WaveAudio"

    B. MMControl1. DeviceType = ""

    C. MMControl1. DeviceType = "Sequencer"

    D. MMControl1. DeviceType= "AVIVideo"

12. VB 访问数据库时,应该与数据表字段名绑定的是( )。

    A. Data 控件的 Connect 属性   B. Data 控件的 RecordSource 属性

    C. 数据绑定控件的 DataSource 属性   D. 数据绑定控件的 DataField 属性

6-2 填空题

1. 在 VB 中窗体文件的后缀名为( ),工程文件的后缀名为( )。

2. 图像框和图片框均可用于装载、显示图形文件,可在设计阶段给它们的( )属性赋值,也可在运行阶段通过( )函数装入图形文件。

3. VB 是一种面向( )的可视化程序设计语言,采取了( )的编程机制。

4. 定义一个名为 x 的整数变量,VB 语句为( )。

5. 定义一个名为 x 的长整数变量,VB 语句为( )。

6. 求变量 a 的平方根,将结果赋给变量 y,VB 语句为( )。

7. 为了在运行时把 C:\Windows 目录下的图形文件 picfile. jpg 装入图片框 Picture1,所使用的语句为( )。

8. 为了使时钟控件 Timer1 每隔 0.5 秒触发一次 Timer 事件,应将 Timer1 控件的( )

属性的值设置为(   )。

9. 为了将图片框 Picture1 的左上角点设置为自定义坐标系统的(-10,10),将图片框 Picture1 的右下角点设置为自定义坐标系统的(10,-10),如果用程序语句设置,则语句是: Picture1.ScaleLeft =(   ),Picture1.ScaleTop =(   ),Picture1.Scalewidth =(   ), Picture1.ScaleHeight =(   )。此时,图片框的几何中心点的坐标值为(   )。

10. 在图片框 Picture1 中,用 VB 画线方法画出经过起点(-10,10)与终点(10,-10) 的线段,颜色为默认色,VB 语句是(   )。如果以点(-10,10)与(10,-10)分别作为矩形 的左上角和右下角,画一个颜色为默认色的矩形,VB 语句是(   )。

11. 在图片框 Picture1 中,用 VB 画圆方法画出以点(0,0)为圆心,半径为 50 的圆,颜 色为默认色,VB 语句是(   )。如果以上述数据画椭圆,椭圆纵轴与横轴比为 0.5,颜色为 默认色,则 VB 语句是(   )。

12. 在图片框 Picture1 中,将画笔粗度设置为 3,VB 语句是(   )。如果在点(10, 10),处画一个点,颜色为红色(限定用系统常量关键字表示颜色),则 VB 语句是(   )。

13. 在 VB 中调用 Windows 的 API 函数需要先(   );声明 API 函数的语句可以在 VB 安装目录下的一个文本文件中找到,该文本文件名为(   )。

14. 用 VB 中的 Data 控件访问 Access 数据库"人事管理.mdb"中的名为"职工信息"的 表,则 Data 控件的 Connect 属性应设置为(   ),DatabaseName 属性应设置为(   ), RecordSource 属性应设置为(   )。

15. 用 VB 中文本框 Text1 通过数据控件 Data1 绑定 Access 数据库"人事管理.mdb" 中的名为"职工信息"的表中的字段"姓名",则文本框 Text1 的 DataSource 属性应设置为 (   ),DataField 属性应设置为(   )。

16. 用多媒体播放控件 MMControl1 播放 AVI 视频,首先应该设置设备类型属性,VB 语句是(   )。指定 MMControl1 的播放文件为"E:\Media\Car.AVI",VB 语句是(   )。打 开设备的 VB 语句是(   )。开始播放的 VB 语句是(   )。

17. 将标签 Label1 在窗体中右移 100 单位,同时上移 200 单位,坐标系统是 VB 默认 的。用两条赋值语句实现分别是:Label1.Left =(   ),Label1.Top =(   )。

18. 用 Move 方法,将标签 Label1 移动到距离窗体左边界 100 单位,上边界 200 单位的 位置,同时使标签的高度变为它原来高度的一半、宽度变为它原来宽度的 2 倍,则 VB 语句 是(   )。

6-3 思考题

1. 事件驱动程序的机制是什么? 它与传统的过程式程序有何区别?

2. 在 VB 的通常默认情况下,窗体或图片框的坐标系统的纵坐标轴(y 轴)的正向是朝 下的。如何通过自定义方法能将纵坐标轴(y 轴)的正向设置成朝上?

3. 画圆的方法 Circle 还可以用来画哪些其他图形? 参数(x,y),radius,color,start, end,aspect 分别代表什么含义? 哪些参数是必须要填写的?

4. 图片框的 AutoSize 属性与图像框的 Stretch 属性有哪些相似性和不同点?

5. Data 数据控件的两个最重要属性的名称以及设置值各是什么? 数据绑定控件的两

个最重要属性名称以及设置值各是什么？

6. 用时钟控件控制标签控件的位置向右移动，标签的名称为 Label1，语句每次执行时标签移动的距离为 d，每隔 t 秒钟移动距离 d。那么，时钟控件的 Interval 属性设置值应该为多少数值？移动标签的语句如何写？该语句应该写在什么过程中？要加快该标签的移动速度，有什么办法？

第7章   多媒体系统结构

多媒体计算机系统是多媒体硬件系统和多媒体软件系统的统一体。本章主要介绍多媒体计算机系统结构,并着重介绍多媒体计算机的硬件和外围设备;其次,对多媒体操作系统和常用多媒体应用软件也进行了简单介绍。

7.1   多媒体计算机系统结构

多媒体技术是计算机技术、视听技术和通信技术等多种技术不断发展的结果。多媒体技术的真正兴起则是 20 世纪 80 年代的事情。

近几年来,多媒体技术得到迅速的发展、越来越受到重视,多媒体技术已经渗透到教育、医疗、影视、娱乐、咨询、设计、军事等各行各业。正是由于多媒体技术发展的成果,使得计算机家电化的呼声越来越高。

多媒体技术正在向智能化和立体化方向发展。一方面,基于内容管理的多媒体技术如图像理解、语音识别、多媒体信息检索、虚拟现实等正在蓬勃发展,人们与计算机的交互方式将可以语言、行为等自然交往的方式进行;另一方面,随着网络技术、通信技术和流媒体技术的发展,图像、声音、视频、动画等多媒体信息已能够在宽带网络上传输,并基本上能够满足实时性的要求。使用现有的电话网络和有线电视网络也能够实现交互式宽带多媒体的传输,无线通信技术的发展将满足人们随时随地进行多媒体人机交互的需要。多媒体技术的发展,将有力地推动计算机应用的发展。

多媒体计算机系统是对基本计算机系统的软硬件功能的扩展,作为一个完整的多媒体计算机系统,它应该包括五个层次的结构,如图 7-1 所示。

多媒体应用系统	第五层
多媒体著作工具及软件	第四层
多媒体应用程序接口(API)	第三层
多媒体操作系统	第二层
多媒体通信软件	
多媒体输入输出控制卡及接口	第一层
多媒体计算机硬件	
多媒体外围设备	

图 7-1   多媒体计算机系统结构

最底层为多媒体计算机硬件系统。其主要任务是能够实时地综合处理文、图、声、像信息,实现全动态视像和立体声的处理。同时还需对多媒体信息进行实时的压缩与解压缩。

第二层是多媒体的软件系统。它主要包括多媒体操作系统、多媒体通信软件等部分。操作系统具有实时任务调度、多媒体数据转换和同步控制、多媒体设备的驱动和控制以及图形用户界面管理等功能。

第三层为多媒体应用程序接口（API）。这一层是为上一层提供软件接口，以便程序员在高层通过软件调用系统功能，并能在应用程序中控制多媒体硬件设备。

第四层为多媒体著作工具及软件。它是在多媒体操作系统的支持下，利用图形和图像编辑软件、视频处理软件、音频处理软件等编辑与制作多媒体节目素材，并在多媒体著作工具软件中集成。

第五层是多媒体应用系统，这一层直接面向用户，是为满足用户的各种需求服务的。

7.2 多媒体计算机硬件简介

多媒体计算机需要快速并实时完成视频和音频的压缩和解压，图像的特技效果（缩放、旋转、淡入淡出、雾化、阴影等），图形的处理（绘制、生成图形等），语音数据的处理，要想很好地完成这些功能，常常需要一些专用的硬件。

1995年，VCD开始流行，VCD的数据格式是MPEG-1。当时，计算机的CPU主流是386、486，如果用CPU来解压数据播放VCD，效果很差，图像色彩严重失真，而且每秒只能播放几帧画面。为了能让计算机很好地播放VCD，便给计算机配上专门的多媒体硬件——MPEG解压卡（即电影卡），效果自然就非常好了。

近几年来，三维动感游戏流行，此类游戏（如极品飞车、隐藏与危险等）为了达到"逼真"的效果，要求计算机能在每秒生成几百万甚至上千万个三角形、矩形，而且还要作出各种类似雾化、阴影等特效的同时，游戏场景的变化速度要能跟得上玩家的速度（即"逼真"）。这样的要求即使Pentium Ⅲ也力不从心。当把图形加速卡（如Voodoo卡）这种多媒体硬件加上后，一切就变得令人满意了。

随着多媒体计算机处理的数据越来越复杂，计算量越来越大，传送量越来越多，就要求计算机的硬件性能不断提高。如当初的8MB带宽的ISA总线已不能满足视频数据的传送，不久带宽告急，就专门为视频数据开启了一个33MB的PCI通道，很快又无法满足需求。于是，又设计了一个更高带宽、更好性能的AGP通道；为了加快外部设备同系统交换数据，又产生了USB、IEEE 1394；同样，CPU已经从4.7MHz、准16位的8088/8086升级到了500MHz、全64位、带MMX多媒体指令的Pentium Ⅲ。

同时，由于多媒体计算机的任务之一就是让用户界面更友好、操作更方便，这就要求输入输出设备丰富。于是，从单一的键盘、鼠标输入进入触摸屏、手写板、扫描仪、麦克风、数码相机、摄像机等多种设备百花齐放的时代。

正是人们永不满足的需求，使多媒体计算机的硬件技术、性能不断提高。为了统一各厂商的多媒体计算机（MPC）接口的标准和协调多媒体计算机市场，多媒体计算机市场协会和微软公司于1990年制定了MPC标准1.0。该标准对多媒体计算机及相应的硬件规定了必需的技术规格，要求所有使用MPC标志的多媒体产品都必须符合该标准。在此基础上，各大硬件厂商大力开发具有音频和视频功能的板级产品，使普通计算机扩展为多媒体计算机，形成了多媒体计算机热潮。随着计算机和多媒体产品性能的不断提高，多媒体计算机协会于 1993 年 5 月制定了 MPC 标准 2.0,进一步扩展了多媒体计算机的结构。为了适应最新计算机硬件和软件水平,1995 年 6 月又公布了 MPC 标准 3.0。

MPC Level 3 标准如下所示。

1. 硬件配置

- CPU:75MHz Pentium 以上。
- 随机存储器:8MB 及以上。
- 硬盘:540MB。
- CD-ROM(光驱):平均寻道时间小于 250ms,持续传输率 600KB/s,支持 ISO 9660、CD Audio、CD-DA/XA、Photo CD、CD-Ⅰ 等。具有 64KB Buffer。
- 显示器:800×600×64K 色以上,传送 160×120 位图时间少于 2ms。
- 声卡:44.1kHz,16 位立体音及 Wavetable 合成器,S/N 低于 65dB。
- 喇叭:频宽 120Hz~15kHz 或 100Hz~15kHz,左右喇叭各有 3W 输出。
- 麦克风:频宽 100Hz~12kHz,有 40db 的灵敏度,阻抗 600Ω。
- MPEG 卡:符合 OPEN MPEG-Ⅰ 标准,可达 320×240×15b,每秒 30 页。

2. 软件配置

操作系统:Windows 3.1 或 MS-DOS 6.0 以上,建议 Windows 95。

1995 年 8 月,Microsoft 公司推出 Windows 95。Windows 95 以其友善的界面、简便的操作和对多媒体的全面支持而被越来越多的微机采用。在计算机的硬件方面,Intel 公司从 Pentium Pro 开始,把多媒体扩展(Multimedia Extension,MMX)技术加入到微处理器中。随着计算机和多媒体技术的发展,如今的多媒体计算机已远远超过 MPC Level3 标准的规定,主流的多媒体计算机,主频已超过 2GHz,内存容量已超过 1GB,硬盘容量已超过 100GB,其他配置的性能也大大超过 MPC Level3 标准,操作系统也从过去的 Windows 95、Windows 98、Windows Me 发展到现在的 Windows XP、Windows Vista。其他操作系统如 UNIX、Linux 等也都是多媒体技术。

另外,值得大家注意的是:当多媒体计算机的整体性能变得越来越好时,某些多媒体硬件可以被多媒体应用软件代替。如对于 Pentium MMX 以上的机型,播放 VCD 时一般都采用软解压软件(如 Xing Player、豪杰解霸等),而不用 MPEG 解压卡。这正是多媒体技术研究发展的目的,尽量不用专用部件解决多媒体数据的问题。

多媒体硬件系统包括多媒体计算机的主机系统、音频与视频获取系统、磁盘存储系统和显示系统等,如图 7-2 所示。

为了使计算机能够实时地处理多媒体信息,对多媒体数据进行压缩编码和解码,早期的解决办法是设计制造专用的接口卡。目前的发展趋势是将上述功能集成到处理器芯片中,这种芯片可分为三类:

第一类是采用 VLSI(超大规模集成电路)实现的通用和专用的数字信号芯片,可用于数字信息的处理;

第二类是在现有的 CPU 芯片中增加多媒体与通信的功能,如 Intel 的 MMX 微处理器;

第三类称为媒体处理器(Media Processors),它以多媒体和通信功能为主,同时融合 CPU 芯片的原有计算机功能。

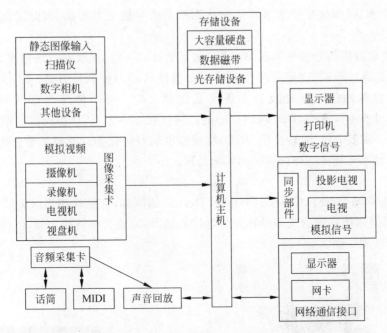

图 7-2　多媒体计算机硬件

3. 数字信号处理器

数字信号处理器(Digital Signal Processor,DSP)是一种用 VLSI 实现的通用和专用的数字信号芯片,以数字计算的方法对信号进行处理,具有处理速度快、灵活、精确、抗干扰能力强、体积小等优点。

4. 具有多媒体功能的微处理器

计算机微处理器芯片是多媒体计算机的核心,它的性能好坏直接影响到多媒体计算机的整体功能。为加速对多媒体信息的处理速度,Intel 公司推出了基于 MMX 技术的微处理芯片。MMX 技术将面向多媒体数据处理的指令集成到 CPU 芯片内,这给多媒体系统的体系结构带来了革命性的变化。

5. 媒体处理器

媒体处理器可定义为一种专门用于同时加速处理多个多媒体数据的可编程处理器,在媒体处理器中执行特定多媒体功能的软件称为媒体件。由媒体处理器和媒体件共同处理包括图形、视频、音频及通信在内的各种多媒体数据。

7.3　多媒体 I/O 设备简介

7.3.1　扫描仪

扫描仪是桌面模拟/数字转换器,它能获取模拟视觉信号——文件、杂志、照片、图片等,并将它们转化为计算机能识别的数字化的图形图像,随它捆绑的软件或专门的软件(如 Photoshop、Photostyler 等)可帮助用户扫描获取数据、修改编辑扫描得到的数据,并把处理后的数据用在计算机其他方面的应用上(如传真、排版等)。甚至可利用光学字符识别软件

（OCR）扫描文本，把图像化的文本转化为计算机上的一般文本数据，以此实现文本输入的"视觉化"。

　　扫描仪获取数据的方法基本相同：光源水平地排成一行，光线穿过扫描仪表面、照亮目标文件，反射光通过透镜，这里有一排电荷耦合器件（CCD）检测反射光，CCD 将反射光转化为电脉冲，电脉冲的电压随反射光强度变化而改变。每个像元都有一个 CCD，因此 600dpi（每英寸有 600 个点，Dot Per Inch）的扫描仪有 600 个 CCD 排列在扫描仪的感光头上。最后，一个或多个模/数转换器（A/D）将模拟电信号转化为计算机所能处理、识别的 0、1 数字信号。图 7-3 就是一种扫描仪的实物外形。

1. CCD

　　CCD 是电荷耦合器件（Charge-Coupled Device）的简称，它能够将摄入光线转变为电荷并将其存储、转移，把成像的光信号转变为电信号输出，完成光电转换功能，因此是理想的摄像元件。图 7-4 是一种 CCD 的外形。

图 7-3　扫描仪外形

图 7-4　CCD 外形

　　CCD 在摄像机、数码相机和扫描仪中应用广泛，只不过摄像机中使用的是点阵 CCD，即包括 x、y 两个方向用于摄取平面图像，而扫描仪中使用的是线性 CCD，它只有 x 一个方向，y 方向扫描由扫描仪的机械装置完成。

　　CCD 的加工工艺有两种，一种是 TTL 工艺，一种是 CMOS 工艺，现在市场上所说的 CCD 和 CMOS 其实都是 CCD，只不过是加工工艺不同，前者是毫安级的耗电量，而后者是微安级的耗电量。TTL 工艺下的 CCD 成像质量要优于 CMOS 工艺下的 CCD。CCD 广泛用于工业、民用产品。

　　衡量 CCD 摄像机性能的技术指标主要有以下几个方面：清晰度、灵敏度（也称最低照度）、信噪比、视频输出。

- CCD 像素。CCD 像素是 CCD 的主要性能指标，它决定了显示图像的清晰程度，分辨率越高，图像细节的表现越好。CCD 是由面阵感光元素组成，每一个元素称为像素，像素越多，图像越清晰。现在市场上大多以 25 万和 38 万像素为划界，38 万像素以上者为高清晰度摄像机。彩色摄像机的典型分辨率是在 320 到 500 电视线之间，主要有 330 线、380 线、420 线、460 线、500 线等不同档次。分辨率是用电视线（TV LINES）来表示的，彩色摄像头的分辨率在 330～500 线之间。分辨率与 CCD 和镜头有关，还与摄像头电路通道的频带宽度直接相关，通常规律是 1MHz 的频带宽度相当于清晰度为 80 线。频带越宽,图像越清晰,线数值相对越大。

- 灵敏度。灵敏度是 CCD 对环境光线的敏感程度,或者说是 CCD 正常成像时所需要的最暗光线。照度的单位是勒克斯(LUX),数值越小,表示需要的光线越少,摄像头也越灵敏。月光级和星光级等高增感度摄像机可工作在很暗条件,2~3lux 属一般照度,现在也有低于 1lux 的普通摄像机问世。
- 扫描制式。CCD 的扫描制式有 PAL 制和 NTSC 制之分。
- 摄像机电源。摄像机电源有交流 220V、110V、24V,直流 12V 或 9V 等类型。
- 信噪比。信噪比的典型值为 46dB,若为 50dB,则图像有少量噪声,但图像质量良好;若为 60db,则图像质量优良,不出现噪声。
- 视频输出。视频输出多数为 $1.0V_{P-P}$、75Ω 规格,均采用 BNC 接头。

2. 扫描仪的分类

图像扫描仪一般分为平板式、手持式和滚筒式三种。

平板式扫描仪是最流行、使用最广的扫描仪。随着平板式扫描仪价格的不断下跌,目前不管是商业用户还是家庭用户,都选择这种扫描仪。如图 7-3 所示的扫描仪就是一种平板式扫描仪,它看起来是一个矩形的方块,通常大约是 10inch 宽、12 或 13inch 长,这种扫描仪能方便地扫描 8.5×17inch 的纸张。和复印机一样,平板式扫描仪扫描纸张时,通过移动感光头以扫过整个纸张,感光头在玻璃下方,上面的盖子盖紧面板以控制光量,使扫描效果更好。平板式扫描仪的精确度是最高的,因为扫描时文件并不移动。另外,感光头在一个密封的环境中沿着一粗细受控制的路径移动,以提高实际分辨率。一般情况下,平板式扫描仪需要手动送纸。不过,用户可以买一台能自动将纸送入送出到扫描仪面板的文件送纸器,以此实现平板式扫描仪的自动送纸。

在扫描仪市场中,手持式扫描仪的占有率正在逐步减小。实际上,市面上很难找到一个出售手持式扫描仪的地方。通过它的名字,就可知道,要用手移动扫描仪以扫过待扫描的地方。显然,这种扫描仪不可能太精确,不过,它的价格便宜而且携带方便。目前看来,同平板式扫描仪相比,它主要的优点在于携带方便,至于价格方面,并不占多大优势。

手持式扫描仪的扫描头是 4~6inch,一次可以获取标准页宽度的一半。扫描时,必须慢而匀速地移动扫描头以扫过纸张,保持缓慢的恒定速度的目的是避免超过了扫描仪获取数据的能力和使得对纸张各部分的采样情况一致,跟踪滚筒记录移动的距离及速率,以使扫描仪精确地知道每个视觉信息单元位于何处。由于扫描头仅是标准页纸宽的一半,所以用手持式扫描仪对一页纸张进行扫描时,常常需要两次甚至更多次的扫描。大多数扫描仪都有附带的软件,将两次或多次扫描的内容合在一起成为一个单一的位图。软件虽然试图把两次或多次扫描的内容拼在一起并使其吻合得最好,但是结果往往令人失望。大多数的手持式扫描仪在分辨率上是有限制的,大约 400 dpi,同时许多这种扫描仪还是单色的。

滚筒式扫描仪一般使用光电倍增管 PMT(Photo Multiplier Tube),因此它的密度范围较大,而且能够分辨出图像更细微的层次变化;而平面扫描仪使用的则是光电耦合器件 CCD(Charge Coupled Device)故其扫描的密度范围较小。一台 4000 dpi 分辨率的滚筒式扫描仪,按常规的 150 线印刷要求,可以把一张 4×5 的正片放大 13 倍(4000÷300＝13 倍)。现在的滚筒式扫描仪可以毫无问题地与苹果机或 PC 相连接,扫描得到的数字图像可用 Photoshop 等软件作需要的修改和色彩调整。

对于扫描仪来讲,有两个重要的性能参数:色彩数、分辨率。

3. 扫描仪的颜色

现在大家见到的扫描仪一般都是彩色的,很难见到黑白扫描仪了,而且,黑白扫描仪一般都是手持式扫描仪。由于颜色数据的复杂性,扫描仪处理彩色花的时间要比处理黑白花的时间多。

自然界的各种颜色可以用红色(Red)、绿色(Green)、蓝色(Blue)混合得到,彩色扫描仪为了得到彩色数据正是利用的这种原理。将扫描光限制于光谱中一特定的区域,典型的平板式扫描仪能够获取该颜色的 8 位颜色数据。分别用 8 位数据对应于红、绿、蓝三种原色,将这三种颜色数据合成以对应于每个像素的颜色。由此可产生 1670 万(2^{24})种不同的颜色,这么多的颜色完全可以满足正常的需要,能够充分逼近任一幅图片所包含的颜色数。

扫描仪常以两种方式获取特定的颜色数据:利用光滤波器将反射光限制于期望的波长或用一特定颜色的光照亮目标。在两种情况下,对目标的每一行都用三种不同的颜色去扫描,扫描仪就能产生一张它所得到的精确的彩色图片。

获取颜色时要扫描三次,在做成实际的扫描仪产品时,常采用以下两种方法:

(1) 三次扫描。这种方法使扫描头对所扫描的目标进行三次扫描,一次红光,一次绿光,一次蓝光。然后,用软件对三次所得的图像进行合并,以生成彩色图像。过去的平板式扫描仪常采用这种方式。

(2) 一次扫描。在一次扫描中交替使用光或滤波器。扫描时扫描仪很快地在三种颜色设置之间进行切换,这样就可在一次扫描中将三种颜色都包括进来。手持式扫描仪和现在的平板式扫描仪常采用这种方式。

所谓 24 位的扫描仪,就是指它能够产生逼近约 1670 万(2^{24})种不同的颜色,目前的彩色扫描仪都能达到这个要求,而常见的扫描仪一般都是 36 位或 48 位的。自然,能产生的颜色数越多越好,但要注意,一个扫描仪的分辨率也是一个不可忽视的重要性能参数。

4. 扫描仪的分辨率

购买扫描仪时首先关心的一个内容就是分辨率,即扫描仪在每平方英寸中能检测到多少点(dpi)? 本来这是一个简单的问题,但是由于扫描仪生产厂家和各级销售人员有意无意地引入了多种分辨率的概念混淆视听,使得原本简单的问题变得复杂了。总的来说,关于扫描仪分辨率的说法有三种:光学分辨率、机械分辨率、内插分辨率。

(1) 光学分辨率。光学分辨率是衡量扫描仪感光元器件精密程度的参数,其定义是:在横方向上,每英寸距离内,感光元器件所能获取的最多真实像素数。这是一种真正有关系的分辨率,光学分辨率直接与安装在扫描头上的接收光的传感器 CCD 的数量有关,与扫描仪透镜的质量也有关系。如果每英寸的阵列中有 300 个 CCD,那么扫描仪的光学分辨率就是 300dpi;如果每英寸的阵列中有 1200 个 CCD,那么扫描仪的光学分辨率就是 1200dpi。光学分辨率定义扫描仪的水平分辨率,即扫描行方向的分辨率。

(2) 机械分辨率。是衡量扫描仪传动机构工作精密程度的参数。其定义是:在纵方向上,扫描头每移动 1 英寸,步进电机所走过的最多步数。例如,扫描仪参数:600×1200dpi,600dpi 即是光学分辨率,1200dpi 即是机械分辨率。可见机械分辨率主要是在沿垂直方向上有效,而光学分辨率是用来定义水平方向上的精度。存在的问题就是扫描仪马达的精确性,平板式扫描仪由于其封闭的传感器阵列及静止的纸张面板而具有最大的优势,精确地控制传感器阵列的移动,可获得 1200dpi 以上的机械分辨率。我们看到关于某种扫描仪的性能参数 1200×1200dpi 时,这里一个是指光学分辨率,一个是指机械分辨率,具体到哪一个是光学分辨率时,商家并不细说,而且常常把 1200×600 或 600×1200 概说为 1200×1200。

(3) 内插分辨率。内插分辨率是指在真实的扫描点基础上插入一些点后形成的分辨率。因为插值分辨率毕竟是生成的点而不是真实扫描的点,所以,虽然提高分辨率增加了图像的细致率,但细节上跟原来的图形会有一定程度的差异,并不代表扫描的真实精度。而光学分辨率虽然数值较小,但它代表扫描的真实精度。在产品宣传时,商家会谈到他们产品所能提供的最大分辨率,利用软件可将扫描仪的有效分辨率提高到 2400dpi 或 3200dpi 甚至更高,这种分辨率就是内插分辨率。这种方法简单地将两点的值加以平均作为它们之间的点的值。内插法是一种很有用的图像处理技术,特别是在想将小图像放大时,内插法是一种有效方法。如果有一张 300×300dpi 的图像,用绘图软件将其放大为 600×600dpi,其结果可能是一张充满锯齿的斑驳的图,但是用扫描仪内插软件处理的话,就能得到较好的效果,因为原始点不仅是被简单地复制,还被平滑处理了。一般来说,内插是在计算机中进行的,而不是在扫描仪中实现的。因此,具有较大内存的系统能加速这一过程。

然而,再强的处理能力也不能克服内插法的基本问题,不可能逼真地产生出任何根本不存在的东西(这里指通过内插算法产生但没有扫描过的点)。当选用内插算法得到更多的点时,可选用一些好的软件,如 Adobe Photoshop 等。

值得指出的是,当商家给出一个有扫描仪分辨率的说明书时,一定要搞清楚到底是哪种分辨率。一般来说,口若悬河的商家给你的是内插分辨率。用户买扫描仪真正要关心的是光学和机械这两种硬件分辨率,而不是内插这种软件分辨率。

由于现在的扫描仪所能产生的颜色数至少都在 1670 万种以上,这已经足够逼近现实生活中各种图片的颜色了。所以,用户真正要关心的是扫描仪的分辨率。

5. 扫描仪的硬件接口方式

扫描仪与计算机相连的方式一般有三种:并行端口接口、SCSI 接口、USB 接口。其中 USB 接口是目前最常见的一种接口方式。

(1) 并行端口接口。由于 486 以后的主板能够支持并口进行高速数据传输(ECP、EPP 等模式),同时由于通过并口安装设备的方便性和与之相匹配的扫描仪造价低,所以,过去和现在一般的扫描仪很多采用并口连接方式。这种扫描仪安装极为简单,完全类似于打印机的安装,通过一根并口线把扫描仪同计算机的并口连接在一起,再跟扫描仪通上电就可以了。

(2) SCSI 接口。要想得到更快的扫描速度和更快地把扫描后得到的数据传送到计算机中,可采用 SCSI 接口方式的扫描仪。要安装 SCSI 扫描仪,还需要专门买一个 SCSI 卡插在计算机里。复杂的安装过程和昂贵的价格带来的是更好的性能。

(3) USB 接口。如果现在要购买扫描仪,最好买 USB 接口的扫描仪或带有 USB 接口的扫描仪。USB 为计算机专门设计的与外部设备进行数据交换的通道,USB 的扫描仪能通过此通道很快地与计算机进行数据交换。USB 的扫描仪硬件安装像并口的扫描仪一样方便。

7.3.2 投影仪

多媒体投影仪可以与录像机、摄像机、影碟机和多媒体计算机系统等多种信号输入设备相连,可将信号放大投影到大面积的投影屏幕上,获得巨大、逼真的画面,从而方便地供多人观看,成为计算机教学、演示汇报等的必备设备,正在逐渐发展成为一种独立于一般显示设备的标准外设种类。图 7-5 是投影仪的外观形状图。

图 7-5　投影仪的外形

到目前为止,投影机主要通过三种显示技术实现,即 CRT 投影技术、LCD 投影技术和 DLP 投影技术。

CRT 逐渐被淘汰,CRT 是阴极射线管(Cathode Ray Tube)的简称,这是一种实现最早、应用最广泛的投影技术,其技术特点与大家所熟知的 CRT 显示器基本相同。CRT 投影仪把输入信号源分解到 R(红)、G(绿)、B(蓝)三个 CRT 管的荧光屏上,在高压作用下将信号放大、会聚,并在大屏幕上显示出彩色图像。投影仪通过光学系统和 CRT 管组成投影管,通常所说的三枪投影仪就是指由三个投影管组成的投影仪。CRT 投影仪的优点是显示的图像色彩丰富,还原性好,具有丰富的几何失真调整能力。但 CRT 投影仪操作复杂,特别是会聚调整烦琐,而且投影仪体积较大,只适合安装在环境光线较弱、相对固定的场所,如会议中心、礼堂、大型娱乐场所和需要实时监控的场合,另外 CRT 投影仪还必须有训练有素的专业人员进行安装和调节。同时 CRT 投影仪价格昂贵,一般单位无法承受,因此在 LCD、DLP 等新型投影仪的打压下,CRT 投影仪的市场份额逐年下滑。

LCD(Liquid Crystal Display)投影仪分为液晶板投影仪和液晶光阀投影仪两种。液晶是一种介于液体和固体之间的物质形式,本身并不会发光,液晶的工作性质受温度影响很大,工作温度一般在 $-55℃\sim+77℃$ 之间。投影仪利用液晶的光电效应,即液晶分子的排列在电场作用下会发生变化,从而导致液晶的光学特性同时发生改变(主要是透光率和反射率的变化),因此可以产生不同灰度层次或颜色的图像。液晶板投影仪的成像器件为液晶板,这是一种被动式的投影方式,主要利用外部光源、金属卤素灯或 UHP(冷光源)产生投影图像。

DLP(Digital Light Processing)即数字光处理,DLP 技术基于 TI(德州仪器)公司开发的数字微镜元件——DMD。DLP 投影仪的部件包括 DMD 芯片、灯泡、光学棱镜和投射镜头,DMD 芯片是核心部分。DLP 投影仪根据 DMD 芯片的数量可分为单片、双片和三片 DMD 投影仪。

单片 DMD 式投影仪是三种 DLP 投影仪中结构最简单的一种,只使用一块 DMD 模组。单片式 DLP 中的 RGB 三元色是由色彩滤光器产生。先让投射光源产生规则的红、绿、蓝光线,再利用数位影像信号处理技术让 DMD 的镜子变化与 RGB 光源变化形成同步。因为人眼有视觉暂留的现象,不仅可以感觉到 RGB 重组的彩色信号,也可以让快速移动的画面感觉出连续动作。

单片 DMD 式投影仪系统的光源发射各种色彩的光线,经过光学透镜聚焦后投射到一个 RGB 色彩滤光器上,滤光器为一彩色转盘,转盘上被分割成红、绿、蓝三个区域。工作时,该盘高速旋转,借助时分方案(time-sharing formula),光透过此转盘会分为红、绿、蓝三色光,随后这些光线再通过光学透镜平行投射到 DMD 上,DMD 芯片上由很多微小的镜片组成(如果分辨率为 800×600,则 DMD 芯片上有 48 万个小镜片),每个镜子代表一个像素,每一个小反射镜都具有独立控制光线的开关能力。小反射镜反射光线的角度受视频信号控制,视频信号受数字光处理器 DLP 调制,把视频信号调制成等幅的脉宽调制信号,用脉冲宽度大小来控制小反射镜开、关光路的时间,每个小镜片均可在一定角度之间自由旋转并且由电磁定位。信号输入后,经过处理作用于 DMD 芯片,从而控制镜片的开启和偏转。入射光线在经过 DMD 镜片的反射后由投影镜头投影成像。最终重现在投影屏幕上的是最多可达1870 万种颜色、色彩斑斓的彩色影像。

7.3.3 数字视频展示台

视频展示台是一种新型数字化电教设备。视频展示台(Visual Presenter)是国内、外通行的一个正式名称,在中国市场,有时也叫做实物展示台、实物演示仪、实物投影机、实物投影仪等,在国外市场还称为文本摄像机(Document Camera)。数字视频展示台不但能将胶片上的内容投影到屏幕上,更主要的是可以直接将各种实物,甚至能将可活动的图像投影到屏幕上。

视频展示台实际上是一个图像采集设备,它的作用是将摄像头拍下来的景物,通过与外部输入输出设备的配套使用,如通过多媒体投影机、大屏幕背投电视、普通电视机、液晶监视器等设备演示出来。当外设为计算机时,可通过配置或内置的图像采集卡和标准并行通信接口,利用相关程序软件,将视频展示台输出的视频信号输入计算机,进行各种处理,实现扫描仪和数码相机的部分功能。

从外观上看,一台视频展示台基本的构成包括"摄像头"和"演示平台"两部分,如图 7-6所示。摄像头通过臂杆与演示平台连接,演示平台为了实现更好的应用,还需要一些拓展设备,共同构成一台完整和完善的产品。如控制面板(遥控器)、辅助照明(上部和底部)、视音频输入输出、计算机接口等。

①图像转动旋钮;②摄像头罩;③臂杆;④上灯;⑤背光灯箱板;
⑥电源开关;⑦控制按键;⑧底座;⑨上下灯开关

图 7-6　数字视频展示台结构

1. 视频展示台的分类

根据输出信号划分,视频展示台通常分为模拟展示台和数字展示台两种。模拟展示台视频输出信号有复合视频、S-VIDEO 两种,一般清晰度在 400～470 水平电视线,隔行扫描方式。数字展示台视频输出信号除了复合视频、S-VIDEO 外,最主要的是具备 VGA

输出接口。VGA接口是计算机主机传送给显示器图像的一种标准RGB分量视频接口，并且是逐行扫描方式，图像不存在模拟展示台难以消除的闪烁现象，并且图像分辨率较高。

从结构上可以分为单灯照明视频展示台、双侧灯式视频展示台、底板分离式视频展示台、便携式视频展示台等。单灯照明视频展示台是常见的一种照明方式，单灯照明不存在双灯照明的光干涉现象，光线均匀，便于被演示物体的最佳演示，不同展台单灯的位置不同，但不影响效果；双侧灯式视频展示台是最为常见的照明方式，设计良好的双侧灯可以灵活转动，覆盖展台上的全部位置，并实现对微小物体的充分照明；便携式视频展示台设计紧凑，体积小巧，携带方便，适合移动商务演示。

- 双侧灯台式视频展台：这是最常见的视频展台类型。双侧灯用于调节视频展台所需的光强度，调节背景补偿光灵活方便，便于被显示物品的最佳演示。

- 单侧灯台式视频展台：这也是较常见的视频展台类型。单侧灯用于调节视频展台所需的光强度，便于被显示物品的最佳演示，不同展台单侧灯的位置各不相同，但不影响效果。液晶监视器作为视频展台的选配件，方便演示者监视展台上物品的位置。

- 底板分离式视频展台：这类视频展台是为了节省存放空间而设计。由于底板分离，使视频展台的便携性增强，小范围内的移动十分方便。

- 便携式视频展台：这类视频展台针对于需要便携的特殊用户设计。一般由于需求量较少，生产成本高，所以价格相对较高。

视频展示台一般与多媒体投影机、大屏幕背投电视、普通电视机、液晶监视器、录像机、VCD、DVD机、话筒等输出输入设备配套使用。

计算机通过视频捕捉卡连接展台，通过相关程序软件，可将视频展示台输出的视频信号输入计算机进行各种处理。

2. 视频展示台的工作原理

视频展示台由摄像头将展示台上放置的物体转换为视频信号，输入到放映设备；光源则用来照亮物体，以保证图像清晰明亮；台板自然起放置物品的作用；接口则用来输出各种视视频信号和控制信号。高档的数字展示台通过计算机图像捕捉适配器与计算机连接，通过相关程序软件，可将视频展示台输出的视频信号输入计算机进行各种外处理。视频展示台上的小液晶监视器便于用户直接观察被投物体的图像，在展示过程中不用另外准备监视器，也不用看着屏幕被投物体的影像。

3. 视频展示台的选购

视频展示台由于其方便的使用特点及多功能性，在国内的多媒体教学中得到了越来越广泛的应用，从近两年的发展趋势看，每个多媒体教室一个投影机加一个视频展示台的模式几乎是普遍的配置。然而在通常的采购中，由于一方面投影机在整个的采购资金中所占权重较大，另一方面缺乏客观评测视频展示台表现的参数或标准，所以会经常忽视对视频展示台的关注，做出错误的采购决定。

从产品的核心元器件看，成像元器件CCD摄像头是视频展台的核心元器件之一，决定着成像质量的优劣；同时CCD传感器占摄像头生产成本中很大的一部分，使用什么CCD传感器对产品的性能表现以至成本构成都形成相当大的影响，通常日本传感器的成本是韩国及中国台湾地区的两倍。在众多的国内视频展示台的生产企业来看,偏重于表现产品品质的企业大多选用日本 SONY 公司的 CCD,而更多考虑产品成本的生产企业多数选用韩国的 CCD 产品。

从产品的外在表现看,可以注意到不同的视频展示台产品成像的均匀度是不同的,而一款优质的视频展示台产品通常具有良好的均匀度,无论是望远或望近,镜头中心的聚焦跟边缘的聚焦是基本相同的,没有明显的差别。而一些品质不好的产品,可以清楚看到聚焦后,边缘不实感非常明显,这将严重影响产品的使用效果。

有的展台存在照明不均匀现象。展台常用的照明方式不外乎两种形式,双侧灯或单灯。单侧灯照明相比双侧灯照明,通常会比较明显地出现光照度不均匀现象,但我们也注意到一款日本 JVC AV-P820C 的单灯产品,由于使用了光栅的设计,光照的均匀度相比其他单灯产品得到了很大提升。而对于双侧灯的照明,由于侧灯活动范围的不一致,所以不同产品表现出来的差异性还是存在的,尤其对于侧灯活动范围较小的视频展示台,在展示小的实物时会出现明显的照明不足的问题。

色彩还原能力对于图片或文字的表现同样重要,然而一些品质不好的展示台产品,为了弥补展示台对文字的表现能力不足,而大幅将黑白对比度提高,这样做的结果就使展台牺牲了对灰度及色彩的表现能力。在实际选购过程中,可以分别对比展台对文字表现能力及色彩丰富的图片的还原能力;不同品牌的国产产品,甚至国内市场上最主要的两个进口品牌的表现也是差异相当大的。不同品牌的产品由于选用不同等级的元器件以及质量保证体系,在产品质量方面以及使用过程中的稳定性以及故障率是不同的,在采购的过程中需要参考其他用户对该批品牌产品的反映。展台有很多活动的部件,所以产品的稳定性至关重要。比如市场公认的日本 JVC 品牌,虽然价格比同类其他进口产品价格略高,但产品优异的性能、良好的稳定性以及低故障率,考虑到产品的采购成本、使用成本等诸多因素后,不失为一个良好的选择,这也正是国内众多高校一直将 JVC 作为视频展示台的首选品牌的主要因素。

视频展示台的基本功用是将二维或三维的实物通过视频输出设备放大给观众演示的设备。而很多产品为了增加产品的卖点,增加了很多不实用的附加功能,而这部分附加的功能是注定要将增加的成本转移到消费者身上的。至于是否选择这些附加功能,就要看这些功能是否对用户有实际的价值了。而对于那些有着很多附加功能,而售价却又比其他产品还要低的产品,就更要当心了,这些产品可能从最核心的元器件部分降低了品级而减少了成本。

7.3.4 触摸屏

触摸屏是一种常见的多媒体界面,是随着多媒体技术发展而兴起的一种新型输入设备,它提供了一种人与计算机非常简单、直观的输入方式。在目前很多证券所、金融机构、车站、商场、广场上的公众信息查询系统都采用触摸屏作为输入设备,这样给一般人的使用带来了很多方便。

1. 触摸屏的分类及工作原理

触摸屏有多种配置方式,其中应用很广泛的为外挂式。外挂式触摸屏由透明材质制成,外形像一张薄膜,大小与显示器屏幕相当,四周有边框,利用胶纸或其他物体把它固定在显

218

示器上。外挂式触摸屏通过串行口与计算机相联。图 7-7 是一种触摸屏的外观图。

从原理上来看,触摸屏目前主要分为三类:红外线式、电阻式、电容式。红外线式触摸屏的工作原理如下:在屏的左边和上边各安放一排红外线发射管,屏的下边和右边对应的各安放一排红外线接收管。通常状态下红外线接收管都可收到相应发射管的红外线信号,当手指触摸到屏幕时,某些红外线被阻断,这样通过横纵向阻断的红外线可以确定手指的位置,并通过串行口把此信息传给计算机,以进行相应处理。

红外线触摸屏分辨率通常较低、反应速度较低。程序接口也比较简单,一种是通过鼠标

图 7-7 触摸屏的外观

的模拟驱动程序,另一种是通过坐标值来确定。红外线触摸屏一般只适用于文本状态或用于菜单项的选择等对分辨率要求不是很高的交互式环境。

电阻式触摸屏和电容式触摸屏分辨率很高,可以达到 1600×1280 甚至更高。电阻式触摸屏由二层膜组成,膜之间有网格触点阵列,对膜的压力会造成电阻的变化,从而定位压点的位置,送往计算机,通过计算机对此信息分析,即可确定手所触摸的位置并作出相应的处理。与电阻式触摸屏略为不同的是,电容式触摸屏上镀有一层金属膜,通过触摸金属膜而产生的电流变化来定位压点的位置。由于电阻式和电容式触摸屏分辨率很高,常常比显示器的分辨率还高,可以用它完成绘图等较高精度的复杂输入功能。

2. 驱动方式

触摸屏驱动方式十分灵活,一般有以下几种情况:

1) 高级驱动方式

(1) 鼠标仿真。此状态下,用手指和触摸屏接触,与按下鼠标键意义相同。对于电阻式和电容式触摸屏,支持鼠标的应用程序不经过任何修改就可与之相接。

(2) 键盘仿真。将屏幕按需要设定成若干范围,每一范围为 ASCII 字符。此时和触摸屏接触即送出所设定的 ASCII 字符,就如同在键盘上按入同一 ASCII 字符一样。

2) 低级驱动方式

(1) 直接串行口通信功能。通过串行口 RS-232 与触摸屏直接通信,适用于 IBM PC 系列微型计算机和非 IBM PC 系列微型计算机。

(2) 中断功能调用。使用中断功能调用,以设置触摸屏和从触摸屏接收信息,只适用于 IBM PC 系列微型计算机。

(3) 触摸屏分辨率调节。触摸屏分辨率由软件加以调整,常常将其设定为与显示器相等。

3. 触摸屏的选择与应用

选择触摸屏时,要注意几个参数:工作方式、分辨率、响应速度、价格、软件支持性能和透光性能等。

工作方式除了红外线式、电阻式、电容式外,还有表面声波(Sound Acoustic Wave,

SAW)式及压力式。红外线式触摸屏分辨率低,价格便宜;电阻式触摸屏分辨率较高,但透光性能差一些;电容式触摸屏分辨率高,透光性能强,但价格最高。电阻式触摸屏和电容式触摸屏一般用于性能要求比较高的应用系统中。红外线式触摸屏由于价格低,广泛用于分辨率和反应速度都要求不高的、公众场所的信息咨询系统中。

目前触摸屏主要用于触摸式多媒体信息查询系统中。这些查询系统可根据具体的应用领域获取、编辑、存储多种文字、图形、图像、动画、声音、视频等信息。使用者用手指触摸屏幕上的图形图像、表格或提示标志就可以得到图、文、声、像并茂的信息,十分直接、方便、快捷、直观、生动。正是由于触摸屏比键盘、鼠标使用起来更方便和直接,所以触摸式查询系统广泛应用于车站、商场、宾馆、金融机构等公共场所,以提供方便的信息服务。

7.3.5 数码相机

当想把一幅美丽的风景变成计算机能够处理的图像,传统的处理过程是:通过使用胶片相机把风景拍摄下来,冲成照片,再通过扫描仪把照片扫描成计算机能够处理的图像。现在,有了数码相机,这一系列工序变得简单多了,当数码相机把某个风景拍摄下来时,它已经是计算机能够处理的图像了。

数码相机是一种能够进行拍摄并通过内部处理把拍摄到的景物转换成以数字格式存放的特殊照相机。数码相机是由镜头、CCD、A/D(模数转换器)、MPU(微处理器)、内置存储器、LCD(液晶显示器)、PC卡(可移动存储器)和接口(包括计算机接口、电视机接口)等部分组成,数码相机中只有镜头的作用与普通相机相同,其余部分则完全不同。数码相机在工作时,外部景物通过镜头将光线会聚到感光器件 CCD 上,并被转换成电荷,然后通过 A/D 器件进行从模拟信号到数字信号的转换,接下来 MPU 对数字信号进行压缩并转化为特定的图像格式,如 JPEG 格式。最后,图像文件被存储在内置存储器中。图 7-8 就是一种型号的数码相机的外观图。

数码相机与扫描仪类似,采用数千个微小的光传感器将反射光转换为电脉冲。不过,数码相机面临的困难要大一些,因为要在很短的时间里获取全部信息,而扫描仪可以花几十秒甚至几分钟的时间扫完一页。

图 7-8　数码相机

数字拍摄时,数码相机的镜头和普通胶片相机一样打开,但在相机后面接受反射光的不是基于卤化银的胶卷,而是一个布满成千上万个光敏晶体管的微型芯片,这些晶体管就是著名的电荷耦合设备——CCD,将光转换成电脉冲,光线越强,电荷量越大。CCD 可以把亮度分级,但并不认识颜色,和所有的数字设备一样,这些产品通过把三个基本色混合到一个像素来产生自然的彩色。为了做到这一点,数码相机必须分三次完成一幅彩色相片。数码相机用三个彩色滤色镜为 CCD 提供合适的光线:红色、绿色、蓝色。对每一种颜色,数码相机存储 8 位颜色信息(即 256 种颜色),这样每个像素经过三次拍摄,最后可以达到 24 位的颜色信息(即 1670 万种颜色),这个数值远远超过了人眼能够分辨的颜色数量。CCD 的精度决定了最高分辨率,这是选购数码相机时就考虑的一个重要参数,当然镜头的质量和图像处理技术也是一个重要的性能指标。一旦按下快门，镜头和 CCD 完成了相应的感光工作，最后的彩色图像便以压缩图像的格式存放在数码相机的存储器里：一个专门的压缩芯片（通常采用标准的 JPEG 压缩方法）使原始位图图像压缩到只有原来大小的几十分之一甚至更小，然后数据存入数码相机的存储器里。大多数码相机允许用户设置图像质量，至少有两种：高质量和低质量。高质量相片通常可达到 800×600 个像素甚至更高。一般的数码相机只能存放有限的高质量图像，通常只有几十张，这主要是由数码相机存储器的大小决定的。如果是存储低质量的图像照片，那么可以存储上百张或几百张。

数码相机多数使用集成的硅存储器。现在 Intel、Kodak 和其他一些厂商推出了基于 PC 卡的存储器规范作为数码相机的标准，主要的特点是模块化。当数码相机的存储器用完时，只要插入另一块 PC 卡，就像以前装一个新的胶卷一样。而如果采用的是集成存储器保存相片，当存储器用完时，必须连上计算机，把相片传给计算机后，才能拍摄新的照片。数码相机的照片是以 0、1 来保存的数字图像信息，所以如果数码相片不送入计算机，那就没有多少价值了。有几种方法可以把图像从数码相机传送到计算机中：使用串行电缆、USB 电缆、闪存卡。现在，大部分数码相机使用标准的串行电缆，串口连接意味着任何台式计算机或笔记本计算机均能与数码相机通信（当然需要有相应的软件）。但是，串行连接也意味着速度慢，可能会发生冲突，电缆也比较粗大笨拙。

更新的数码相机具有 USB 总线功能。USB 提供了更快的传输速度，可以达到 12MB/s，而串口通信最多只能达到几每秒几百 KB，所以传送照片时，USB 的数码相机比基于串行方式连接的数码相机快得多。同时，采用 USB 方式的相机与计算机相连时，不需要拔下调制解调器或其他串行设备，因为它采用另外的端口。

另一个正在发展的选项是使用前面提到过的标准的 PC 卡模块，这是一种闪存卡，可以存储高达几十 MB 的数据，而且存储满后可以换卡，当暂时没有计算机用来传送数据时，这种选项就极为重要了，这种卡对一个常在郊外或山地进行摄影工作的摄影工作者来说是非常有意义的。不过，闪存 PC 卡有一个基本的缺点——大多数计算机没有同它们的接口，这样造成无法处理它的数字信息。这就意味着也许要进行 I/O 升级以利用这两种较新的数码相机。如果不愿意升级，那么基于 USB 的数码相机是最好的选择。

使用数码相机进行数字拍摄时有下面一些术语，这些也是数码相机的一些技术指标。

1. 焦距

焦距是指通过镜头的平行光的焦点与镜头透镜的距离。

- 标准镜头：视角 300 左右，当镜头焦距近似等于摄像靶面对角线长度时，则定为该机的标准镜头。在 2/3 英寸 CCD 摄像机中，标准镜头焦距定为 16mm，在 1/2 英寸 CCD 摄像机中，标准镜头焦距定为 12mm，在 1/3 英寸 CCD 摄像机中，标准镜头焦距定为 8mm。
- 广角镜头：视角 550 以上，焦距可小到几毫米，能提供较宽广的视景。
- 远摄镜头：视角 200 以内，焦距可达几十厘米、几十分米，这种镜头可在远距离情况下将拍摄的物体影像放大，但观察范围将缩小。
- 变焦镜头：又称伸缩镜头，有手动变焦和电动变焦两类，可对所监视场景的视场角及目标物进行变焦距摄取图像，适合长距离变化观察和摄取目标。变焦镜头的特点是：在成像清晰的情况下，通过镜头焦距的变化改变图像大小与视场大小。

2. 光圈

光圈是设于镜头中的一组金属薄片,被设计成一个可以调节的圆形光孔,旋转镜头上的调节环,便可改变光孔的大小。光圈大小以 f 加数字表示,如 f4、f8、f16、f22 等,数字越小,透光量越大;数字越大,透光量越小。

镜头焦距长,意味着光圈距胶片较远,光的运程自然加长,光量因此衰减。在同一光源条件下,短焦距镜头所需光圈,自然要小于长焦距镜头。所以使用不同焦距镜头时,要注意光圈的调节。

3. 变焦和聚焦

变焦(ZOOM)在数码相机上是用来放大和缩小被摄物体,变焦的实现是应用了变焦镜头,它可以在成像清晰的情况下,通过镜头焦距的变化改变图像大小与视场大小。

聚焦(FOCUS)在数码相机上是用来对被摄物体进行微调,以达到最佳的视觉效果,如果在菜单上设置聚焦为自动后,我们按变焦或是移动被摄物体时,摄像机会自动地达到最佳的效果。

4. 有效像素

数码相机的有效像素和 CCD 有直接的关系,绝大部分数码相机及摄录机,均采用 CCD 作为感光组件,其中的总像素,当然是指整块 CCD 上所有像素的总数,这亦是大部分人用以划分产品级别的标准,其实在实际操作上,并非全部像素均会感光,因为其中边缘部分的像素会被遮盖,用以提供一个完全纯黑信号,作为计算影像的根据,而余下的才是正式用以感应影像的像素,也就是所谓的"有效像素"。

5. 信噪比

放大器的输出信号电压与同时输出的噪声电压之比,即为放大器的信号噪声比,简称为信噪比。通常用英文字符 S/N 来表示,S 表示摄像机在假设元噪声时的图像信号值,N 表示摄像机本身产生的噪声值(比如热噪声),二者之比即为信噪比,用分贝(dB)表示。信噪比越高越好,信噪比越大,则表示混在信号里的杂波越少,视频质量就越高。反之,就越差。典型值为 46dB。

6. 电子快门

快门是用来控制光通过的时间长短的,它分为两种结构:一种为焦平面快门;另一种为叶片式快门,两种均是利用弹簧将"门"打开。快门速度使用分数表示的。

7. 白平衡模式

什么是"白平衡"?这必须先说明什么是白色,物体反射出的光颜色视光源的色彩而定。人的大脑可以侦测并且更正像这样的色彩改变,因此不论在阳光、阴霾的天气、室内灼光或荧光下。人们所看到的白色物体依旧。然而,就数码相机而言,这些由不同光源产生的"白色"在颜色上来说还是不尽相同的,有的含浅蓝色,有的含黄色或红色。

为了贴近人的视觉,数码相机就必须模仿人类大脑并根据光线调整色彩,以便在最后相片中能够呈现出肉眼所看到的白色。这称之为"白平衡"。大多数的数码相机都提供了"自动白平衡"的功能,但在不同的光源下,这个系统还是不能完全符合人对视觉的要求。因此较精密的数码相机就提供了使用者选择光源的范围,如日光(sunlight-色温 6000K)、阴天(cloudy-色温 3000～3500K)、荧光——一般用于室内日光环境(fluorescent-色温 4000～5500K)、灼光——室内强光(incandescent-色温 3000～3500K)和闪光灯(Speed light)等不同的选择。

8. AGC

AGC 为自动增益控制,它的作用是当信号源较强时,使其增益自动降低;当信号较弱时,又使其增益自动增高,从而保证了强弱信号的均匀性。

9. 内同步

现代的 CCD 摄像机,大多采用相位可调线路锁定的同步方式,即以交流电源频率(50Hz)作为用于垂直同步的参考值而代替了摄像机的内同步发生器。在切换摄像机输出时,图像元滚动,不会造成画面失真。此外,还有一个外部调整的相位控制(±90%),所以可获得非常精确的同步。采用内同步方式使图像更加的流畅和清晰。

10. TV 制式

目前,世界上主要使用的电视广播制式有 PAL、NTSC、SECAM 三种,如我国大部分地区使用 PAL 制式,日本、韩国等东南地区及美国等欧美国家使用 NTSC 制式,俄罗斯则使用 SECAM 制式。

11. 水平清晰度和垂直清晰度

垂直清晰度即是图像可以分解出多少水平线条数,最大垂直清晰度由垂直扫描总行数决定。水平清晰度定义为图像上可以分清的垂直线条数。水平清晰度与图像传感器的像素数和视频系统的频带宽度有直接关系。水平清晰度和垂直清晰度采用统一的度量标准,所以当屏幕上的水平线条间隔和垂直线条间隔相同时,图像的垂直清晰度和水平清晰度数量应该是一样。水平清晰度和垂直清晰度数值越大,清晰度越高。

12. 景深

景深是指拍出的影像纵向上的清晰范围,譬如拍摄一张风景照片,如果前景、背景和主体都清楚,说明景深范围大;如果主体本身有一部分不清楚,说明景深范围太小。

7.3.6 数码摄像机与摄像头

随着数字视频(Digital Video,DV)的标准被国际上 55 个大电子制造公司统一,数字视频正以不太高的价格进入消费领域,数码摄像机也应运而生。家用级数码摄像机有 MD 摄像机、数字 8mm 摄像机、Mini DV 摄像机。图 7-9 就是一种数码摄像机的外观形状。

数码摄像机的工作和普通摄像机非常相似,但有更多的功能,而且速度快得多,和数码相机类似,CCD 获取光线并将其转换成模拟电脉冲,然后再转换成 0、1 的数字信息,彩色摄像机通常用三个 CCD 芯片来建立真彩色合成。

图 7-9 数码摄像机外观形状

数码摄像机必须在 1s 内拍摄 30 幅图像,把光转换成电,再转换成二进制的数字信息,这样各个图像就可以连在一起成为相应的视频。还有一个数码相机没有的功能是:这些摄像机还必须获取模拟的声音,对波形进行采样获取相应的数字信息。显然,数码摄像机比普通摄像机和数码相机复杂得多,它的价格自然也很高,有的高达几千美元。数码摄像机使用基于磁带的介质或小硬盘,而不是数码相机中所用的静止不动的存储器,原因是视频动态文件太大了,用芯片存放过于昂贵。同时,数码摄像机也面临把数据传送至计算机的挑战,即使是 USB 的 12MB/s 数据传输速率也不足以传送巨大的视频动态文件。正是由于这个原因,许多厂商看中了 IEEE 1394 总线标准,也即 FireWire,它的传输速率可以达到 200～800MB/s,而且还有即插即用的安装。遗憾的是,目前几乎没有 PC 提供 FireWire 端口。

图 7-10　数字摄像头

数字摄像头是一种新型的多媒体计算机外部设备和网络设备,人们形象地称为计算机和网络的"眼睛"。数字摄像头的外观如图 7-10 所示。

数字摄像头是一种依靠软件和硬件配合的多媒体计算机附属设备,其成像使用 CCD 或 CMOS 图像传感器、A/D 器件进行,模拟图像到数字图像的转换等部分与数码摄像机是一样的,只是其光电转换器件分辨率差一些。对数字图像的数据压缩和存储等处理工作,则交给计算机系统去做。所以,数字摄像头比数码相机和数码摄像机两种数码影像设备的价格都低得多。

在 PC 上,最流行的摄像机可能是廉价的,用于桌面视频会议、Web 视频以及其他和 PC 相关的数字摄像头。和单独使用的数码相机及数码摄像机不一样,这类数字摄像头自身没有存储器存放图像,而是直接把数据实时送往系统。这种数字摄像头往往是作为新 PC 的附件或更大的套件的组成部分或视频会议的升级件,当然也能单独购买。和数码摄像机一样,数字摄像头也分三次把 CCD 检测到的光线转换成真彩色图像,然后数据通过某种电缆流入 PC 中,显示在监视器上或者压缩后送到调制解调器,传输给远端的计算机或相应设备。它自身不能保存图像数据。这类摄像机往往使 USB 接口进行数据通信。

7.3.7　手写输入设备

手写输入笔是一种直接向计算机输入汉字,并通过汉字识别软件将其转变成为文本文件的一种计算机外设产品。

计算机手写输入的硬件设备一般由两部分组成:一部分是与计算机相连的,用于向计算机输入信号的手写板(手写区域);另一部分是用来在手写板上写字的手写笔,如图 7-11 所示。

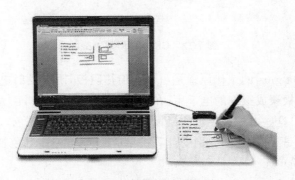

图 7-11　手写输入设备

手写识别是指将在手写设备上书写时产生的有序轨迹信息转化为汉字内码的过程,实际上是手写轨迹的坐标序列到汉字内码的一个映射过程。手写输入笔的软件是手写输入的核心部分,它决定了汉字输入的识别率及汉字输入的易用性和可操作性。

7.3.8　显示设备

显示系统是微机操作中实现人-机交互的一个重要设备,其性能的优劣直接影响工作效率及质量。显示系统包含显示器和图形显示适配器(显示卡)两部分。只有将两者有机地结合起来,才能获得良好的显示效果。

根据工作原理,可分为基于阴极射线管(CRT)的显示器、液晶显示器(LCD)、发光型的等离子体显示器(PDP)、场致显示器(FED)、发光二极管显示器(LED)等。

按照显示颜色,可分为单色(mono,或称黑白)和彩色两种。

按照分辨率,可分为低分辨率、中分辨率、高分辨率显示器等。

根据扫描方式分类,可分为隔行扫描显示器和逐行扫描显示器两种。

根据配接的显示卡分类,可分为 MDA 单色显示器、CGA 彩色显示器、EGA 彩色显示器、VGA(包括 SVGA)彩色显示器和 MTS 多频显示器等。

1. CRT 显示器原理

CRT 显示器是一种光栅图像显示器,其结构如图 7-12 所示。CRT 的工作原理可以简单理解为:高速的电子束由电子枪发出,经过聚焦系统、加速系统和磁偏转系统就会到达荧光屏的特定位置。荧光物质在高速电子的轰击下会发生电子跃迁,即电子吸收到能量从低能态变为高能态。由于高能态很不稳定,在很短的时间内荧光物质的电子会从高能态重新回到低能态,这时将发出荧光,屏幕上的那一点就会亮了。

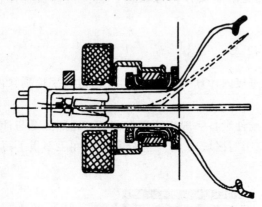

图 7-12　CRT 显示器的结构

电子枪(Electron gun)的工作原理是由灯丝加热阴极,阴极发射电子,然后在加速极电场的作用下,经聚焦极聚成很细的电子束,在阳极高压作用下,获得巨大的能量,以极高的速度去轰击荧光粉层。这些电子束轰击的目标就是荧光屏上的三原色。为此,电子枪发射的电子束不是一束,而是三束,它们分别受计算机显卡 R、G、B 三个基色视频信号电压的控制,去轰击各自的荧光粉单元。

偏转线圈(Deflection coils)的作用就是帮助电子枪发射的三支电子束,以非常快的速度对所有的像素进行扫描激发。就可以使显像管内的电子束以一定的顺序,周期性地轰击每个像素,使每个像素都发光;而且只要这个周期足够短,也就是说对某个像素而言电子束的轰击频率足够高,就会看到一幅完整的图像。有了扫描,就可以形成画面。

荫罩(Shadow mask)的作用是保证三支电子束在扫描的过程中,准确击中每一个像素。荫罩是厚度约为 0.15mm 的薄金属障板,它上面有很多小孔或细槽,它们和同一组的荧光粉单元即像素相对应。三支电子束经过小孔或细槽后只能击中同一像素中的对应荧光粉单元,因此能够保证彩色的纯正和正确的会聚,所以人们才可以看到清晰的图像。

最后,场扫描的速度决定画面的连续感,场扫描越快,形成的单一图像越多,画面就越流畅。而每秒钟可以进行多少次场扫描通常是衡量画面质量的标准,通常用帧频或场频(单位为 Hz,赫兹)表示,帧频越大,图像越有连续感。

受到高速电子束的激发,这些荧光粉单元分别发出强弱不同的红、绿、蓝三种光。从而混合产生不同色彩的像素,大量的不同色彩的像素可以组成一张漂亮的画面,而不断变换的画面就成为可动的图像。很显然,像素越多,图像越清晰、细腻,也就更逼真。

CRT 显示器的技术参数主要有:

- 点距。指 CRT 上两个颜色相同的磷光点之间的距离,点距越小显示器画面就越清晰、自然。
- 像素。每一个像素包含一个红色、绿色、蓝色的磷光体。
- 分辨率。显示器画面解析度,由每帧画面像素数决定。以水平显示的像素个数×水平扫描线数表示,如 800×600 是指每帧图像由水平 800 个像素和垂直 600 条扫描线组成。
- 行频(kHz)。又称水平刷新频率,是电子枪每秒在屏幕上扫描过的水平线条数。
- 场频(Hz)。又称垂直刷新频率,是每秒钟屏幕重复绘制显示画面的次数,即重绘率。

此外,还有带宽(MHz)、动态聚焦等技术参数。

2. LCD 显示器原理

液晶是一种介于液体和固体之间的特殊物质,它具有液体的流态性质和固体的光学性质。当液晶受到电压的影响时,就会改变它的物理性质而发生形变,此时通过它的光的折射角度就会发生变化,而产生色彩。液晶屏幕后面有一个背光,这个光源先穿过第一层偏光板,再来到液晶体上,而当光线透过液晶体时,就会产生光线的色泽改变,从液晶体射出来的光线,还必须经过一块彩色滤光片以及第二块偏光板。由于两块偏光板的偏振方向成 90 度,再加上电压的变化和一些其他装置,液晶显示器就能显示想要的颜色了。图 7-13 就是液晶显示器的外形。

图 7-13　LCD 显示器的外观

从液晶显示器的结构来看,无论是笔记本计算机还是桌面系统,采用的 LCD 显示屏都是由不同部分组成的分层结构。LCD 由两块玻璃板构成,厚约 1mm,其间由包含有液晶材料的 5μm 均匀间隔开。因为液晶材料本身并不发光,所以在显示屏两边都设有作为光源的灯管,而在液晶显示屏背面有一块背光板(或称匀光板)和反光膜,背光板是由荧光物质组成的可以发射光线,其作用主要是提供均匀的背景光源。

背光板发出的光线在穿过第一层偏振过滤层之后进入包含成千上万液晶液滴的液晶层。液晶层中的液滴都被包含在细小的单元格结构中,一个或多个单元格构成屏幕上的一个像素。在玻璃板与液晶材料之间是透明的电极,电极分为行和列,在行与列的交叉点上,通过改变电压而改变液晶的旋光状态,液晶材料的作用类似于一个个小的光阀。在液晶材料周边是控制电路部分和驱动电路部分。当 LCD 中的电极产生电场时,液晶分子就会产生扭曲,从而将穿越其中的光线进行有规则的折射,然后经过第二层过滤层的过滤在屏幕上显示出来。

液晶显示技术也存在弱点和技术瓶颈,与 CRT 显示器相比亮度、画面均匀度、可视角度和反应时间上都存在明显的差距。其中反应时间和可视角度均取决于液晶面板的质量,画面均匀度和辅助光学模块有很大关系。

对于液晶显示器来说,亮度往往和它的背板光源有关。背板光源越亮,整个液晶显示器的亮度也会随之提高。而在早期的液晶显示器中,因为只使用 2 个冷光源灯管,往往会造成亮度不均匀等现象,同时明亮度也不尽如人意。一直到后来使用 4 个冷光源灯管产品的推出,才有很大的改善。

信号反应时间也就是液晶显示器的液晶单元响应延迟。实际上就是指的液晶单元从一种分子排列状态转变成另外一种分子排列状态所需要的时间,响应时间越小越好,它反应了液晶显示器各像素点对输入信号反应的速度,即屏幕由暗转亮或由亮转暗的速度。响应时间越小则使用者在看运动画面时不会出现尾影拖曳的感觉。有些厂商会通过将液晶体内的导电离子浓度降低实现信号的快速响应,但其色彩饱和度、亮度、对比度就会产生相应的降低,甚至产生偏色的现象。这样信号反应时间上去了,但却牺牲了液晶显示器的显示效果。有些厂商采用的是在显示电路中加入了一片 IC 图像输出控制芯片,专门对显示信号进行处理的方法实现的。IC 芯片可以根据 VGA 输出显卡信号频率,调整信号响应时间。由于没有改变液晶体的物理性质,因此对其亮度、对比度、色彩饱和度都没有影响,这种方法的制造成本也相对较高。

由以上可看出,液晶面板的质量并不能完全代表液晶显示器的品质,没有出色的显示电路配合,再好的面板也不能做出性能优异的液晶显示器。随着 LCD 产品产量的增加、成本的下降,液晶显示器会大量普及。

下面是 LCD 显示器的主要技术参数。

1) 视角度

液晶显示器的可视角度左右对称,而上下则不一定对称。举个例子,当背光源的入射光通过偏光板、液晶及取向膜后,输出光便具备了特定的方向特性,也就是说,大多数从屏幕射出的光具备了垂直方向。假如从一个非常斜的角度观看一个全白的画面,可能会看到黑色或是色彩失真。一般来说,上下角度要小于或等于左右角度。如果可视角度为左右 80 度,表示在始于屏幕法线 80 度的位置时可以清晰地看见屏幕图像。但是,由于人的视力范围不同,如果没有站在最佳的可视角度内,所看到的颜色和亮度将会有误差。现在有些厂商就开发出各种广视角技术,试图改善液晶显示器的视角特性,如 IPS(In Plane Switching)、MVA (Multidomain Vertical Alignment)、TN+FILM。这些技术都能把液晶显示器的可视角度增加到 160 度,甚至更多。

2) 点距和分辨率

人们常问到液晶显示器的点距是多大,但是多数人并不知道这个数值是如何得到的,现在让我们来了解一下它究竟是如何得到的。举例来说一般 14 英寸 LCD 的可视面积为 285.7mm×214.3mm,它的最大分辨率为 1024×768,那么点距就等于:可视宽度/水平像素(或者可视高度/垂直像素),即 285.7mm/1024＝0.279mm(或者是 214.3mm/768＝0.279mm)。

3) 亮度与对比度

液晶显示器的最大亮度,通常由冷阴极射线管(背光源)决定,亮度值一般都在 200～250cd/m² 间。液晶显示器的亮度略低,会觉得屏幕发暗。虽然技术上可以达到更高亮度,但是这并不代表亮度值越高越好,因为太高亮度的显示器有可能使观看者眼睛受伤。

对比度是定义最大亮度值(全白)除以最小亮度值(全黑)的比值。CRT 显示器的对比度通常高达 500∶1,以致在 CRT 显示器上呈现真正全黑的画面是很容易的。但对 LCD 来说就不是很容易了,由冷阴极射线管所构成的背光源是很难去做快速地开关动作,因此背光源始终处于点亮的状态。为了要得到全黑画面,液晶模块必须完全把由背光源而来的光完全阻挡,但在物理特性上,这些元件并无法完全达到这样的要求,总是会有一些漏光发生。一般来说,人眼可以接受的对比值约为 250∶1。

4) 反应速度

响应时间是指液晶显示器各像素点对输入信号反应的速度,此值当然是越小越好。如果响应时间太长了,就有可能使液晶显示器在显示动态图像时,有尾影拖曳的感觉。一般的液晶显示器的响应时间在 20～30ms 之间。随着技术的不断提升,国内一线显示器品牌,如华硕、三星、LG 等陆续开始推出 5ms 以下响应时间的显示器,这也令液晶显示器拖影明显的弊病得到了长足的改善。

5) 色彩表现度

LCD 重要的当然是的色彩表现度。自然界的任何一种色彩都是由红、绿、蓝三种基本色组成的。LCD 面板上是由 1024×768 个像素点组成显像的,每个独立的像素色彩是由红、绿、蓝(R、G、B)三种基本色来控制。大部分厂商生产出来的液晶显示器,每个基本色(R、G、B)达到 6 位,即 64 种表现度,那么每个独立的像素就有 64×64×64＝262 144 种色彩。也有不少厂商使用了所谓的 FRC(Frame Rate Control)技术以仿真的方式来表现出全彩的画面,也就是每个基本色(R、G、B)能达到 8 位,即 256 种表现度,那么每个独立的像素就有高达 256×256×256＝16 777 216 种色彩了。

3. 图形处理器

一个光栅显示系统离不开图形处理器(俗称显卡),图形处理器是图形系统结构的重要元件,是连接计算机和显示终端的纽带。

显卡的主要配件有显示主芯片、显示缓存(简称显存)、数字模拟转换器(RAMDAC)。

显示主芯片是显卡的核心,俗称 GPU,它的主要任务是对系统输入的视频信息进行构建和渲染,各图形函数基本上都集成在这里面。

显存是用来存储将要显示的图形信息以及保存图形运算的中间数据的,它与显示主芯片的关系,就像计算机的内存之于 CPU 一样密不可分。显存的大小和速度直接影响着主芯片性能的发挥,简单地说当然是越大越好、越快越好。

RAMDAC(RAM Digital to Analog Converter)实际上是一个数模转换器,它负责将显存中的数字信号转换成显示器能够接收的模拟信号。RAMDAC 的转换速度以 MHz 来表示,其转换速度越快,影像在显示器上的刷新频率也就越高,从而图像也越稳定。

显示卡在计算机中是如何工作的呢?简单地说,显示卡就是将 CPU 送来的图像信息经处理再输送到显示器上,其中包括四个步骤:

(1) CPU 将数据通过总线传送到显示芯片;

(2) 显示芯片对数据进行处理,并将处理结果存放到显示内存中;

(3) 显示内存将数据传送到 RAM DAC(数模转换器)并进行数字信号到模拟信号的转换;

(4) RAM DAC 将模拟信号通过 VGA 接口输送到显示器。

7.3.9 打印设备

打印机是计算机系统的重要输出设备。近年来,随着彩色打印技术的发展,彩色打印的输出质量越来越好,其单张打印成本和维护成本也越来越低。

在计算机里,图像上每一个点的色彩都需要用若干二进制位表示的 RGB(红/绿/蓝)信息存储起来。屏幕上的 RGB 颜色并不能直接打印出来,这是因为发光设备(例如计算机显示器)是通过一个使用红、绿、蓝三原色的附加过程产生色彩的,而色彩显示过程则是把各种波长的色彩以不同的比例叠加起来,进而产生各种不同的颜色。

1. 黑白激光打印机

激光打印机脱胎于 20 世纪 80 年代末的激光照排技术,流行于 20 世纪 90 年代中期。它是将激光扫描技术和电子照相技术相结合的打印输出设备。其基本工作原理是由计算机传来的二进制数据信息,通过视频控制器转换成视频信号,再由视频接口/控制系统把视频信号转换为激光驱动信号,然后由激光扫描系统产生载有字符信息的激光束,最后由电子照相系统使激光束成像并转印到纸上。较其他打印设备,激光打印机有打印速度快、成像质量高等优点;但使用成本相对高昂。

当计算机通过电缆向打印机发送数据时,打印机首先将接收到的数据暂存在缓存中,当其接收到一段完整的数据后,再发送给打印机的处理器,处理器将这些数据组织成可以驱动打印引擎动作类似数据表的信号组,对于激光打印机而言,这个信号组就是驱动激光头工作的一组脉冲信号。

激光打印机的核心技术就是所谓的电子成像技术。图 7-14 是一种黑白激光打印机外形。

图 7-14　激光打印机一种外形

2. 彩色激光打印机

彩色激光打印机原理与黑白激光打印机原理相关。黑白激光打印机使用黑色墨粉来印刷,彩色激光打印机则是用青、品红、黄、黑四种墨粉各自来印刷一次,依靠颜色混色就形成了丰富的色彩。

3. 彩色喷墨打印机

彩色喷墨打印机的作用是将计算机产生的彩色图像或来自扫描仪的彩色图像高质量地打印出来。

喷墨打印机的喷头从微孔板上吸取探针试剂后移至处理过的支持物上,通过热敏或声控等形式喷射器的动力把液滴喷射到支持物表面。喷墨将细小的黑色或彩色墨滴喷射到纸面。通过采用较多的喷嘴和多次喷射相同的区域,大多数喷墨打印机都能输出中、高分辨率的图像。喷墨打印机也能喷射出冷或热墨水(热的干得较快),或者对蜡质颜料(固体墨水)进行加热,直至液化,然后喷射出去,这取决于具体的厂商和打印机型号。由于造价低廉,易于使用,速度较快,喷墨打印机已成为今天最受欢迎的打印机之一,而且许多都进入了家庭。但在专业打印领域,人们却更青睐其他打印技术。这是由于喷墨打印存在一个一直未能很好解决的问题:打印结果不能耐久。大多数喷墨打印机采用的颜料都会很快变质,造成颜色迁移,淡化,最终使图像质量恶化。打印时喷头与支持物表面保持一定距离,所以又称为非接触式打印。

7.4　多媒体存储系统

7.4.1　存储系统及其基本工作原理

磁盘(存储器)是一个精密的机电结合体,它的主要功能是将主机送来的电脉冲信号转换成磁记录信号保留在涂有磁介质的盘片上,或者从盘片上将被保留的磁记录信号再转换成电脉冲信号送往主机。

磁记录介质稳定性好,记录的信息可以脱机长期保存,故便于交换,同时,由于其存储每一位信息所占面积很小,即记录密度高,故存储容量大,此外,还易于将其信息擦除,再写入新数据,具有重复使用性能。同其他存储方式相比,其价格也较低。

软盘(Floppy Disk)是使用软塑料作为片基,表面涂有磁性材料,封装在方形的保护套中,故而称为软盘。软盘具有携带方便的特点,缺点是存取速度慢,存储容量小,且容易损坏,不适合存储数据量较大或数据可靠性要求较高的信息。

硬盘仍是 MPC 系统最重要的数据存储设备。硬盘的用途主要是存储数据或程序以及数据的交换与暂存。

冗余磁盘阵列,即 RAID(Redundant Array of Inexpensive Disks)技术,它是用多台小型的磁盘存储器按一定的组合条件组成的一个大容量的、快速响应的、高可靠的存储子系统。

7.4.2　现代多媒体信息存储技术

1. 光盘存储技术

从磁介质到光学介质是信息记录的飞跃,目前应用最广泛的光存储设备是 CD-ROM 与 DVD-ROM,并且 DVD-ROM 取代了 CD-ROM。

1) DVD 光盘

DVD 原本称为数字视盘(Digital Video Disk),现在一般称 DVD 为数字通用光盘(Digital Versatile Disk)。关于 DVD 的技术实际上有很多,而不只是人们一般容易想到的 DVD 影碟、DVD 影碟播放器,它包括 DVD-Video、DVD-Audio、DVD-R、DVD-RAM、DVD-ROM 等诸多技术。

DVD 是按照国际标准组织(ISO)和国际电工委员会(IEC)制定的 MPEG-2 标准的基本级进行制作的,是一种体积小、容量大的存储设备。DVD 读取盘片信号的激光头采用的是红色半导体激光器,这比 CD 用的激光波长短 15% 以上,信号读取效率比 CD 高 20% 以上。未来的 DVD 机还会采用波长更短的蓝色半导体激光器,以进一步提高容量。

DVD 有着 CD 和 LD(Laser disc,激光视盘)无法比拟的优点。DVD 盘片看起来同一般的 CD 盘片没有多大区别,但是容量却比 CD 盘片大得多(一张 CD 盘片的容量为 650MB)。

单面单层的 DVD 盘片的容量为 4.7GB,可播放 MPEG-2 标准基本级的视频图像(500线图像,比 LD 的 400 线图像还要清晰)2 小时 15 分钟。单面双层(有两个数据层)的 DVD 盘片的容量为 8.5GB,可播放 MPEG-2 标准基本级的视频图像 4 小时。

双面单层(盘片两面都记录有数据)的 DVD 盘片的容量为 9.4GB,可播放 MPEG-2 标准基本级的视频图像 4 小时 30 分钟。

双面双层的 DVD 盘片的容量为 17GB,可播放 MPEG-2 标准基本级的视频图像 8小时。

目前 DVD 光盘可分为以下五类:

(1) DVD-Video 用于记录视频信息,可重放 135 分钟 720 线的视频图像(单面单层的 DVD 盘片)。

(2) DVD-ROM 用于记录多媒体信息。

(3) DVD-Audio 用于记录更高品质的或更长时间的音频信息。

(4) DVD-R 是一次性可写光盘,格式为上面三种格式之一(这三种格式均为只读)。

(5) DVD-E 是可多次擦写的 DVD 光盘。

DVD 技术一问世引起了娱乐界和软件开发商的极大兴趣,他们积极推出了 DVD 游戏、电影(DVD-Movie)、百科全书、多媒体应用程序等。

DVD-Movie 具有以下特点:

• 500 线的水平分辨率(是标准电视的两倍)。

• 8 声道(适于一同的语言、说明等)。

• 32 套字幕。

• 多个电影浏览格式和角度。

• 影院声音。

• 杜比数字声音。

娱乐界为了防止非法拷贝,还联合制定了有关措施:

• 在 DVD-Movie(电影专用格式)光盘上以及 DVD 播放机上编注"防止连续拷贝的识别码",防止未来可录 DVD 上市后非法拷贝的泛滥,以保护著作权。原则上仅允许拷贝一次,如果欲以拷贝盘片再作第二次拷贝时,即会受此"防止连续拷贝的识别码"的限制。

• 无论是 DVD 硬件还是 DVD 软件,皆要加上各自合法的销售及发行地区的识别代码。也就是说,在某个区域卖的 DVD 播放机只能播放在该区域合法发行的 DVD软件。这种密码结构的区域码系统,把全球划分为六个发行区:美国和加拿大为第一区,日本和西欧为第二区,亚洲(不包括中国大陆)为第三区,中南美洲、新西兰和澳大利亚为第四区,非洲、俄罗斯和东欧为第五区,中国大陆为第六区。

2）HD-DVD 和 BD 光盘

HD-DVD 或称 High Definition DVD，是一种数字光存储格式的蓝色光束光碟产品，现已发展成为高清 DVD 标准之一，由 HD DVD 推广协会（HD DVD Promotion Group）负责制定及开发。HD-DVD 与其竞争对手蓝光光碟（Blue-ray Disc）相似，盘片均是和 CD 同样大小（直径为 120 毫米）的光学数字存储媒介，使用 405 纳米波长的蓝光。HD-DVD 由东芝、NEC、三洋电机等企业组成的 HD-DVD 推广协会负责推广，惠普（同时支持 BD）、微软及英特尔等相继加入 HD DVD 阵营，而主流片厂环球影业亦是成员之一。但在 2008 年，随着原先支持 HD DVD 的华纳公司宣布脱离 HD DVD，以及美国数家连锁卖场决定支持蓝光产品，东芝公司终于正式宣布将终止 HD DVD 事业。

3）全息光盘

全息记录技术的光盘称为全息通用光盘（Holographic Versatile Disc，HVD），简称为全息光盘。全息存储技术使用激光的干涉原理将数据记录到光盘上。在一样 12cm 光盘上，使用全息记录技术可以将存储容量提升到 1TB，这将是目前 DVD 标准容量（4.7GB）的 200 倍。而且在数据传输率方面，也将到达 1GB/s，远高于现有的硬盘水平，是目前 DVD 最高速度（16X，约 22MB/s）的 40 倍。全息存储技术将是宽带时代里，理想的容量与高速度存储技术。

4）光盘库

光盘库的设计思路是由投币式点唱机而来。它是一种带有自动换盘机构（机械手）的光盘网络共享设备。光盘库一般配置有 1～12 台 CD-ROM 驱动器，可容纳 50～600 片 CD-ROM 光盘。用户访问光盘库时，自动换盘机构首先将已放在 CD-ROM 中的光盘取出并放置到盘架上的指定位置，然后再从盘架中取出用户所需的 CD-ROM 光盘，并将此光盘送入 CD-ROM 驱动器中。由于自动换盘机构的换盘时间通常在秒量级，因此光盘库的访问速度是三种光盘共享设备中最慢的。

2. 闪存盘

闪存盘也叫 U 盘，全称“USB 闪存盘”，英文名 USB flash disk。它是一个 USB 接口的无须物理驱动器的微型高容量移动存储产品，可以通过 USB 接口与计算机连接，实现即插即用。U 盘的称呼最早来源于朗科公司生产的一种新型存储设备，名曰“优盘”，使用 USB 接口进行连接。USB 接口就连到计算机的主机后，U 盘的资料可与计算机交换。而之后生产的类似技术的设备由于朗科已进行专利注册，而不能再称之为“优盘”，而改称谐音的“U 盘”。后来 U 盘这个称呼因其简单易记而广为人知，而直到现在这两者也已经通用，并对它们不再作区分，是移动存储设备之一。

7.5 多媒体操作系统

多媒体操作系统除了具有 CPU 管理、存储管理、设备管理、文件管理、线程管理五大基本功能外，还增加了多媒体功能和通信支持功能。多媒体操作系统采用图形界面实现人机交互功能。

最流行的多媒体操作系统是 Windows 操作系统，Windows 操作系统在多媒体方面的功能主要有：

- 多媒体数据编辑；
- 与多媒体设备联合；
- 多媒体同步；
- 网络通信。

Windows 驱动程序模型（Windows Driver Model，WDM）是 Windows 98 和 Windows 2000 使用的新的驱动程序设计规范。使用 WDM 使硬件驱动程序更加稳定，让操作系统更加有效地控制硬件。除了定义一个驱动程序与操作系统连接的标准接口以外，WDM 也指明了驱动程序应该采用的更加模块化的设计。

WDM 规范依靠一个标准化的类驱动程序来控制一类硬件的最常用及最基本的功能。Windows 2000 为每一类硬件包括一个本地类驱动程序，然后，对应于某个特定厂商或者硬件型号的迷你驱动程序加入在类驱动中未包括的特殊或定制功能。厂商还可以更进一步地加入过滤器驱动程序来提供在类驱动的上层或底层进行的微调特性，以达到驱动程序本身和由硬件设备执行的最大效率。在绝大多数情况下，这种设计将得到各方面均兼容于 Windows 2000 的驱动程序，提供更好的性能，消耗更少的系统资源，并且对驱动程序大小的缩减经常达到 90%。注意此处大小指的只是厂商/型号特定驱动程序，而不包括本地类驱动程序。

在 Windows 2000 中包括 WDM 不但扩展了支持设备的数量，也给微软的主要网络操作系统带来了即插即用能力。尽管 Windows 2000 并不能支持市面上所有的硬件，它的硬件兼容性列表（Hardware Compatibility List，HCL）已经远远大于 Windows NT 4.0 的 Windows 2000 的驱动程序体系包括类驱动程序、总线驱动程序、迷你驱动程序和过滤器驱动程序。类驱动是设计控制一个硬件类别的常用、通用和基本的功能和能力的驱动程序。硬件类别有很多，例如键盘、鼠标、显示器、控制卡、视频设备、CDROM、软驱、硬盘等。

7.6　常用多媒体应用软件

常用的多媒体应用软件包括文本软件、音频软件、视频软件、图形软件、图像软件、动画软件等。

1. 文本软件

1）iMarkup

iMarkup 是一款给网页做标记的工具软件。网页"即时贴"iMarkup 可以让用户重新找到动笔读书的感觉。iMarkup 是一款优秀的五颗星级浏览器附加工具。它对于在网上查找文献的朋友很有帮助。利用它，可以随心所欲地把自己的想法和感受贴到网页上，可以对阅读到的重要内容进行高亮显示，还可以用画笔对网页上的文字作标注。使用了 iMarkup 之后，就不用担心忘了 ID 号、密码和网页上其他重要信息了。可以用网页"即时贴"把它们贴到网页上。如果是两个异地的朋友共同维护一个网站，可以用 iMarkup 直接在网页上提出修改意见，然后 E-mail 给对方。网管通过 iMarkup 可以更清楚地得到网友对网站意见的反馈，使主页做得更好。一旦"即时贴"贴在了网页上，它就安全地存储到计算机中，下次再访问该网页的时候，它就会自动显现。iMarkup 完全内置在浏览器中，用 iMarkup 的 Organizer 可以替代收藏夹，还可以直接访问到自己曾经标记的网页。

使用步骤如下：

(1) 使用便条对网页进行注解；

(2) 加重显示网页中的文字；

(3) 对网页部分内容做圈释；

(4) 添加其他注释。

2) COOL 3D

Ulead Cool 3D 作为一款优秀的三维立体文字特效工具，广泛地应用于平面设计和网页制作领域。

Cool 3D 3.0 主要用来制作文字的各种静态或动态的特效，如立体、扭曲、变换、色彩、材质、光影、运动等。

2. 音频软件

1) Audio Grabber

Audio Grabber 是一个专业的抓音轨的软件，它可以把光盘上的 CD 音轨转换为 WAV 或 MP3 文件，从而使音乐脱离光盘播放。Audio Grabber 不仅可以抓取完整的乐曲，它还允许把一首乐曲的片段转换为 WAV 或 MP3 文件。

2) Crazy Talk

Crazy Talk Standard Edition 是一款经典的聊天动画制作工具，分为家庭版和网络版。

3. 视频软件

1) Video Editor

Video Editor 是一款功能强大、操作简单、以时间轴为主的编辑软件，它使视频处理工作变得非常容易。

它可以将一个视频文件的所有元件(包括音乐、动画、字幕以及视频文件)合在一起，套用其中的特殊效果滤镜，通过一系列高效率移动路径将素材送入 3D 空间，制作出高品质效果的视频作品。

2) Camtasia Studio

Camtasia Studio 是一款功能强大的视频处理软件，提供从屏幕录制、视频编辑到视频输出整套工具。输出格式包括 Flash、AVI、MOV、RM、GIF 动画等多种常见格式，是制作视频演示的绝佳工具。

4. 图形软件

1) CorelDRAW

CorelDRAW 是 Corel 公司出品的最新版本的矢量图形制作工具软件，它既是一个大型的矢量图形制作工具软件，也是一个大型的工具软件包。

CorelDRAW 的主要功能都可以通过执行菜单栏中的命令选项完成，执行菜单命令是最基本的操作方式。

2) FreeHand

FreeHand 是由 MacroMedia 公司发布的一个矢量图形制作软件，用它绘制的图像栩栩如生。

5. 图像软件

1) HyperSnapeDX

HyperSnapeDX 是一个强大的屏幕捕捉程序,可以有选择地捕捉整个桌面或者是某个窗口,甚至是指定的某个区域,可以将捕捉下来的文件插入文档中,制作出图文并茂的文档。

2) PolyView

PolyView 是一个 Windows 系统下的图像共享软件,它具有强大的图像浏览、转换、编辑及打印功能。

6. 动画软件

1) Morpher

Morpher 是一款变形软件。在一些科幻电影中,会经常看到一个好端端的人突然变成了一个面目狰狞的怪兽。这就可以用 Morpher 来实现。

2) GIF Movie Gear

GIF Movie Gear 是一个非常优秀的 GIF 动画制作软件,它不仅可以制作 GIF 动画,还可以在 AVI、GIF、ANI 三种文件之间随意转换。

习 题 7

7-1 单项选择题

1. 多媒体计算机系统由(   )组成。

    A. 个人计算机和多媒体套件　　　　B. 媒体硬件系统和多媒体软件系统

    C. 媒体输入设备和多媒体输出设备　　D. 个人计算机和多媒体外部设备

2. 下列关于数码相机的叙述中,正确的是(   )。

(1) 数码相机有内部存储介质

(2) 数码相机的关键部件是 CCD

(3) 数码相机输出的是数字或模拟数据

(4) 数码相机拍照的图像可以通过串行口、SCSI 或 USB 接口送到计算机

    A. 仅(1)　　　　B. (1)、(4)　　　　C. (1)、(2)、(4)　　　　D. 全部

3. 下面硬件设备中哪些是多媒体硬件系统应包括的?(   )

(1) 计算机最基本的硬件设备

(2) CD-ROM

(3) 音频输入、输出和处理设备

(4) 多媒体通信传输设备

    A. (1)　　　　B. (1)(2)　　　　C. (1)、(2)、(3)　　　　D. 全部

4. MPC-2、MPC-3 标准制定的时间分别是(   )。

(1) 1992　　　　(2) 1993　　　　(3) 1994　　　　(4) 1995

    A. (1)(3)　　　　B. (2)(4)　　　　C. (1)(4)　　　　D. 都不是

5. 显示主芯片是显卡的核心,俗称(   )。

    A. A/D　　　　B. CPU　　　　C. GPU　　　　D. CMOS

6. 用于加工声音的软件是（　　　）。

    A. Flash   B. Premiere   C. CoolEdit   D. Audio Grabber

7-2　填空题

1. CD-ROM(Compact Disc-Read Only Memory)其中文意为（　　　）。

2. 扫描仪的种类按结构分为（　　　）、（　　　）、（　　　）。

3. 投影机的种类按原理分为（　　　）、（　　　）、（　　　）。

4. 数码相机最重要的性能指标是（　　　）。

5. MPC 是由多媒体市场协会制定的（　　　）。

6. 闪存盘也叫（　　　）。

7-3　思考题

1. 简述多媒体计算机的系统结构。

2. 扫描仪有哪几种硬件接口方式？有哪几种分辨率？

3. 从工作原理上，触摸屏分为几种？试述各种触摸屏的工作原理及其优、缺点。

4. 简述数码相机同普通相机的不同点。

5. 为防止非法拷贝，DVD 采用了什么方法？

6. VCD 和 DVD 分别采用的什么压缩标准？

第二篇
实 验 篇

实验 1　用 GoldWave 处理音频

1. 实验目的

(1) 全面了解 GoldWave 软件的基本功能;

(2) 学会声音剪辑、增加声音特殊效果、文件输出等环节的基本操作;

(3) 重点掌握声音文件拆分与合成、格式转换等文件操作方法,以及如下主要声音效果的编辑方法:增加混响时间、生成回声效果、改变声音的频率、改变音高、制作声音的淡入和淡出效果、声音反向等。

2. 实验准备

知识准备:本实验涉及教材学习篇第 2 章的 2.4 节有关 GoldWave 软件的操作内容。

素材准备:音频素材(MP3、WAV、MIDI,至少准备两种格式的文件,每种格式准备 2 个以上文件)。

注意:本实验还额外要求学生自备耳机(若还能自备麦克风更好,可以进行录音实验)。

3. 实验内容和要求

1) 文件拆分与合并

打开一个音频文件,将该音频文件拆分成两个文件分别存盘;打开两个音频文件,将两个音频文件合成一个音频文件。

2) 文件格式转换

打开多个同种格式文件,将其批量转换成另一种格式文件存盘。

3) 音频内容编辑

进行如下编辑操作:选择音频段、音频段静音、音频段删除、插入空白区域、撤销误操作、声音段内容移动位置。

4) 音频效果编辑

进行如下音频效果编辑操作:淡入淡出效果、频率均衡控制、回声效果、改变音高、倒序声音、其他音频效果等。

实验 2　Photoshop 图像处理基本操作

1. 实验目的

(1) 了解 Photoshop 软件的基本功能；

(2) 熟悉 Photoshop 图像编辑的基本操作，包括选区(图像区域选定)、擦除、移动、编辑和修改；

(3) 掌握图层的基本操作方法；初步掌握路径、通道、滤镜的基本操作。

2. 实验准备

知识准备：本实验涉及教材学习篇第 3 章的 3.6 节有关 Photoshop 的基本知识内容。

素材准备：图片文件若干个(彩色的与灰度的都要准备)。

3. 实验内容和要求

1) Photoshop 图像编辑的基本操作练习

先打开一幅图像，然后进行下列图像编辑的基本操作练习。

(1) 选择图像区域：

① 使用矩形工具选择矩形区域；

② 使用椭圆选框工具 ○ 选择细节；

③ 使用魔棒工具 ＼ 选择颜色比较一致的块区；

④ 使用磁性套索 ▽ 选择边界不规则的区域；

⑤ 将另一部分区域添加到已经选定的选区范围；

⑥ 反向选择，使得选区反相。

(2) 擦除或删除图像区域：

① 使用橡皮擦工具直接擦除不需要的图像区域；

② 使用 Delete 键删除不需要的图像区域内容。

(3) 移动图像：

使用移动工移动一个图层上的整个图像或选定区域中的部分图像。

(4) 编辑图像：

使用"编辑"菜单中的命令，对选区内的图像内容执行复制、剪切、粘贴、填充、描边、自由变换、变换和颜色设置等操作。

(5) 裁剪图像：

用裁剪工具画出选区，然后按回车键或双击选区，将选区外的部分自动裁剪掉。

(6) 改变图像大小：

利用"图像大小"对话框，在对话框的"像素大小"栏中重新设置图像的宽度和高度值，或者调整分辨率,分别改变图像的大小。选中对话框中的"约束比例"选项,锁定图像的长宽比例;或当修改其中一项时,使另一项按比例自动更新,这样能保证图像不会变形。

（7）改变画布大小:

利用"画布大小"对话框改变画布大小并改变图像的大小。

（8）改变图像的显示比例:

① 使用缩放工具放大显示图像或缩小显示图像;

② 使用导航控制面板中的滑块或输入百分比,调整显示比例。

（9）撤销操作:

掌握"编辑"菜单中的"还原"或"重做"命令的作用。

2) Photoshop 图层基本操作练习

（1）将背景转换为图层:

利用"图层控制面板"将背景图层转换为普通图层。

（2）将图层转换为背景:

利用"图层"→"新建"→"背景图层"的操作步骤。

（3）创建新图层或组:

利用"图层控制面板",有多种操作方法。

（4）创建与现有图层具有相同效果的新图层:

将现有图层拖移到图层控制面板底部的"新建图层"按钮。

（5）将选区转换为新图层:

选取"图层"→"新建"→"通过拷贝的图层"或"通过剪切的图层",将选区粘贴到新图层中。

（6）隐藏或显示图层、组或样式:

在"图层控制面板"中,单击图层、图层组或图层效果旁的眼睛图标;或按住 Alt 键单击眼睛图标可以只显示该图层或组的内容;或在眼睛列中拖移,可改变图层控制面板中多个项目的可视性。

3) Photoshop 的路径基本操作练习

（1）在路径控制面板中创建新路径:

单击"路径"控制面板底部的"创建新路径"按钮 ⬛ 。

（2）通过绘制形状图层创建新的工作路径:

选择形状工具或钢笔工具,然后单击选项栏中的"路径"按钮 ⬛ ,按提示进行操作。

（3）存储工作路径:

从"路径"控制面板菜单中选取"存储路径",然后在"存储路径"对话框中输入新的路径名,并单击"确定"按钮。

（4）重命名存储的路径:

两次单击"路径"控制面板中的路径名,然后输入新的名称,最后按 Enter 键。

（5）删除路径:

在"路径"控制面板中单击路径名;然后将路径拖移到"路径"调板底部的"删除"图标 🗑 中;或从"路径"调板菜单中选取"删除路径";或单击"路径"调板底部的"删除"图标,然后单击"是"按钮。

要删除路径而无须确认,按住 Alt 键同时并单击"路径"调板底部的"删除"图标。

(6) 将路径转化为选区:

在"路径"控制面板中选择要转化的路径;单击"路径"调板底部的"将路径作为选区载入"按钮 ○,或按住 Ctrl 键并单击"路径"控制面板中的路径缩览图。

(7) 将选区转化为路径:

单击"路径"控制面板底部的"建立工作路径"按钮 ○ 以使用当前的容差设置,而不打开"建立工作路径"对话框,或按住 Alt 键并单击"路径"控制面板底部的"建立工作路径"按钮,或从"路径"控制面板菜单中选取"建立工作路径"。再在"建立工作路径"对话框中,输入容差值,或使用默认值。

4) Photoshop 的通道操作

打开一幅彩色图像,观察图像的颜色模式是 RGB 图像还是 CMYK 图像,然后查看其通道个数。

5) Photoshop 滤镜的基本操作

(1) 打开一幅灰度图像,转化为 8 位的图像,然后对图像应用各种滤镜,观察应用效果。

(2) 打开一幅彩色图像,转化为 RGB 图像类型,然后对图像应用各种滤镜,观察应用效果。

实验 3　　Photoshop 图像合成与素材制作

1. 实验目的

(1) 综合运用 Photoshop 多种功能对图像进行处理、加工,得到所需要的效果;

(2) 学会利用静态图像制作电子相册的操作过程;

(3) 掌握快速蒙版的使用方法和运用"快速蒙版"抠图的方法,并实现图像合成;

(4) 掌握一种特效字的制作方法。

2. 实验准备

知识准备:本实验涉及教材学习篇第 3 章的 3.6 节有关 Photoshop 的综合操作内容。

素材准备:图片文件多个(彩色的与灰度的都要准备)。

3. 实验内容和要求

1) 利用多个静态图像和 Photoshop 批处理功能制作网页相册

具体操作要领和步骤参考第 3 章 3.6 节的实例 3-1。

2) 运用"快速蒙版"抠图和实现图像合成

准备两张以上的彩色图像,参考第 3 章 3.6 节的实例 3-2,运用"快速蒙版"从其中一个图像中抠出一部分图像,让抠出的部分图像与另一幅图像合成。

3) 特效文字素材的制作

参考第 3 章 3.6 节的实例 3-3,制作"多媒体技术"字样的金属特效文字。

实验 4　用 Movie Maker 制作视频电影

1. 实验目的

（1）了解视频压缩技术及一系列国际视频压缩标准；

（2）学会视频处理的基本原理和过程操作；

（3）掌握用 Movie Maker 制作视频电影和电子相册的操作方法。

2. 实验准备

知识准备：本实验涉及教材学习篇第 4 章的 4.3 节有关 Movie Maker 软件的操作内容。

素材准备：视频素材、音频素材。

3. 实验内容和要求

1）由视频和音频素材制作艺术电影

将准备的几段视频素材和音频素材导入，经过剪辑等编辑加工制作成电影。在视频片段之间插入不同的视频过渡效果；在视频片段中插入不同的视频效果；在开头和结束位置分别插入片头和片尾。最后制作成富有艺术魅力的个人电影。

2）由静态图片制作电影式的个人电子相册

将大量的个人照片，进行巧妙的编排，配上背景音乐，还可以加上适当的解说词和一些精巧特技，加工制作成电影式的个人电子相册。

实验 5 　Flash 动画制作基本操作

1. 实验目的

（1）了解 Flash 软件的基本功能和主要组成部分；

（2）巩固图形绘制、创建文本、使用声音和文件输出等操作的基本方法；

（3）掌握用导入系列静态图像的方法制作逐帧动画的操作要领。

2. 实验准备

知识准备：参看本书学习篇第 5.2 节的 5.2.1～5.2.5，熟悉基本知识。

准备素材：制作"走路的女孩"逐帧动画所需的系列静态图片，或类似的系列静态图片；
1 个 MP3 音频文件。

3. 实验内容和要求

1）图形绘制

（1）绘制直线、椭圆和矩形；

（2）绘制多边形和星形；

（3）使用钢笔工具绘制精确的路径；

（4）使用刷子工具；

（5）使用橡皮擦；

（6）修改形状；

（7）创建文本。

2）加入声音

（1）导入声音；

（2）向 Flash 文档中添加声音；

（3）向按钮添加声音；

（4）使用声音编辑控件；

（5）在关键帧中开始播放和停止播放声音。

3）输出动画文件

（1）将编辑的动画保存为 ∗.fla 扩展名的源文件；

（2）将编辑的动画导出成.swf 影片文件；

（3）将编辑的动画进行发布。

4）用导入系列静态图像的方法制作逐帧动画

仿照教材中的介绍，进行模仿实验，制作"走路的女孩"逐帧动画。

实验 6　Flash 动画制作综合操作

1. 实验目的

（1）掌握逐帧动画的其他两种制作方法，即由变化文字组成的逐帧动画，以及绘制矢量图形构成的逐帧动画；

（2）熟练掌握动作补间动画和形状补间动画的制作方法；

（3）熟练掌握引导路径动画的制作方法。

2. 实验准备

知识准备：本实验涉及的教材学习篇第 5.2.6 节关于几种基本动画的制作。

素材准备：一些静态图片素材、1 个音频文件。

3. 实验内容和要求

1）文字逐帧动画制作

模仿教材中"倒计时"数字逐帧动画的制作方法，制作一幅由变化的英文字母或汉字组成的逐帧动画。

2）制作一幅由绘制矢量图形构成的逐帧动画

模仿教材中"周期性运动的单摆"矢量逐帧动画的制作方法，重复该制作过程，制作出自己的"周期性运动的单摆"矢量逐帧动画。

3）动作补间动画制作

模仿教材中"上下弹跳的小球"动作补间动画的制作方法，重复该制作过程，制作出自己的"上下弹跳的小球"动作补间动画。

4）形状补间动画制作

模仿教材中"五个小球逐渐结合变成一个大球"的形状补间动画的制作方法，重复该制作过程，制作出自己的"五球连环"的形状补间动画。

5）引导路径动画制作

（1）模仿"纸飞机飞行"矢量逐帧动画。

模仿教材中"纸飞机沿引导线轨道飞行"引导路径动画的制作方法，重复该制作过程，制作出自己的"纸飞机飞行"矢量逐帧动画。

（2）制作一幅"导线卫星的运动"动画。

按照如下步骤要点进行制作：

① 新建图形元件 1，在十字中心画一球体为地球，在它的一边画一小球为卫星。

② 在场景中第一层第一帧，画一球体为太阳。

③ 在第二层第一帧，拖入元件 1，在第 20 帧插入关键帧，回到第一帧，建立运动补间动画。注意：选择"顺时针"旋转，并"调整到路径"。

④ 在第二层上，建立一个引导层。在这一层画一有边无填充的圆。利用橡皮工具将圆擦一小口。

⑤ 回到第二层，单击第一帧，使元件 1 的中心十字对准引导线的一个端点，再到第 20 帧，将元件 1 的十字对准引导线的另一个端点。

⑥ 测试影片，并执行"文件/保存"和"文件/导出影片"命令，分别保存和导出影片。

实验 7　用 VB 绘制简单图形

1. 实验目的

（1）掌握 VB 绘图的坐标系设置方法；

（2）掌握图形绘制的常用方法和相关属性，学会简单图形的绘制；

（3）掌握图片框图像加载和删除的方法和语句。

2. 实验准备

知识准备：教材学习篇第 6 章的 6.1～6.3 节有关内容，重点是第 6.2 节的图形绘制技术，而第 6.3 节图像处理部分只要求掌握 6.3.1 节。

素材准备：静态图像 1 幅以上。

3. 实验内容和要求

1）绘制圆、椭圆、直线等基本图形

（1）在窗体上并排放置 3 个图片框，自左向右分别将其命名为 Picture1、Picture2、Picture3；设置三个图片框的宽度与高度均为 3015，在三个图片框中设置坐标系如下：使坐标原点(0,0)位于图片框的几何中心，左上角点坐标为(−5,5)，右下角点坐标为(5,−5)。在三个图片框的鼠标单击事件处理过程中分别画出如下图形(结果如图实-1 所示)：

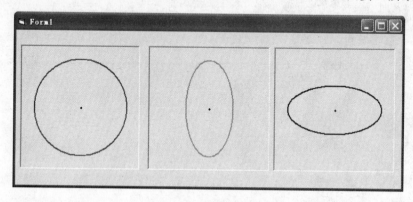

图实-1　圆和椭圆的绘制

① 圆(圆心在坐标原点、半径为 4、画线笔宽度为 2、红色,圆心点画笔宽度为 3,黑色)；

② 椭圆(圆心在坐标原点、半径为 4、纵轴与横轴之比为 2、画线笔宽度为 2、绿色,圆心点画笔宽度为 3,黑色)；

③ 椭圆(圆心在坐标原点、半径为 4、纵轴与横轴之比为 0.5、画线笔宽度为 2、蓝色,圆心点画笔宽度为 3,黑色)。设计界面并编写程序。

（2）在窗体中添加一个图片框，在设计时将图片框的高度、宽度均设为 4000 像素，Appearance 属性设置为 0（平面形状）。利用 Circle 方法和 Line 方法编程，画出如图实-2 所示的图形。

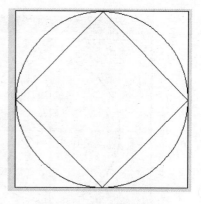

图实-2　圆和直线的绘制

2）绘制函数曲线

在窗体上并排放置 2 个图片框，自左向右分别将其命名为 Picture1、Picture2；设置两个图片框等大，其宽度与高度都分别为 3015 和 4515，左边图片框中设置坐标系如下：使坐标原点（0,0）位于图片框的左边界中点，左上角点坐标为（0,5），右下角点坐标为（6.28，−5）。右边图片框中设置坐标系如下：使坐标原点（0,0）位于图片框的左边界中点，左上角点坐标为（0，−5），右下角点坐标为（6.28，5）。在图片框的鼠标单击事件处理过程中分别画出如下函数曲线及坐标轴线：

（1）$y = 4 \times \sin(x)$；

（2）$y = 4 \times \sin(2 \times x)$。

结果如图实-3 所示。设计界面并编写程序。

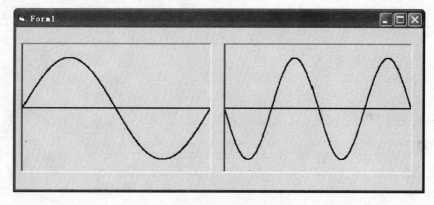

图实-3　函数曲线的绘制

3）绘制五角星艺术图案

在窗体上并排放置 1 个图片框，命名为 Picture1；设置其宽度与高度都为 4500，图片框中设置坐标系如下：使坐标原点（0,0）位于图片框的几何中心，左上角点坐标为（−1,1），右下角点坐标为（1，−1）。先以坐标原点为圆心、以 0.8 为半径画一个圆；然后在圆上选 5 个点将圆等分为 5 等份，按图实-4（a）所示的示意图计算出这 5 个点的坐标分别为：$x_i = 0.8 * \cos(i * 2 * \pi/5)$，$y_i = 0.8 * \sin(i * 2 * \pi/5)$，$i = 0,1,2,3,4$；$\pi$ 取 3.14159。最后将这 5 个点之间彼此画连线（相邻点之间不连线），即点 (x_0, y_0) 与点 (x_2, y_2) 之间、点 (x_0, y_0) 与点 (x_3, y_3) 之间；点 (x_1, y_1) 与点 (x_3, y_3) 之间、点 (x_1, y_1) 与点 (x_4, y_4) 之间；点 (x_2, y_2) 与点 (x_4, y_4) 之间；共画 5 条线。即可得到如图实-4（b）所示图案结果。设计界面并编写程序实现图实-4（b）的图案。

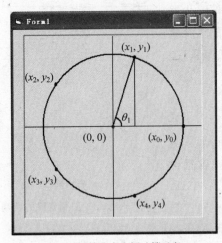

(a) 圆周等分点坐标计算示意

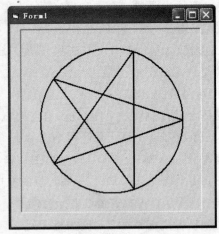

(b) 五角星艺术图案结果

图实-4　绘制五角星艺术图案

实验 8　用 VB 操纵多媒体 Access 数据库

1. 实验目的

(1) 熟悉 Data 控件的使用方法，用 Data 控件访问 Access 数据库的基本属性设置；

(2) 熟悉数据绑定控件的使用方法，学会用文本框、图片框作为数据绑定控件，掌握数据绑定控件的两个重要属性设置方法；

(3) 掌握图片框图像装载和删除方法，利用图片框、Data 控件实现对 Access 数据库中表的照片字段进行图像输入和显示。掌握 VB 最简单数据库编程的基本步骤。

2. 实验准备

知识准备：第 6 章的 6.4 节有关内容，熟悉用 VB 访问 Access 数据库的基本方法步骤。

素材准备：静态图像多幅。

3. 实验内容和要求

1) 用 VB 访问含有照片字段的 Access 数据库

按下列步骤操作：

(1) 创建 Access 数据库和数据表。

首先利用 Access 2003 软件创建一个名为"学籍管理.mdb"的数据库文件。然后，在数据库中创建一个名为"学生信息"的表，创建表的结构如下（括号外的文字代表字段名、括号内的文字说明字段的类型）：学号（文本类型、字段大小为 8），姓名（文本类型、字段大小为 8），性别（文本类型、字段大小为 1），专业（文本类型、字段大小为 20），高考分（数字型-整数），照片（OLE 对象类型）；设置"学号"为主键。并适当输入 4～5 条记录的文字信息，如图实-5 所示。然后关闭数据表并退出 Access 2003 软件。

图实-5　Access 数据库的"学生信息"表

(2) 设计 VB 程序界面。

在窗体上添加一个 Data 控件命名为 Data1。画 5 个文本框作为数据绑定控件，取默认名称，分别与上述数据表的 5 个文字字段绑定。再画 5 个标签用于显示文本框内容的提示信息。画一个图片框用于绑定数据表的"照片"字段。程序运行时界面如图实-6 所示。

图实-6　本实验设计的程序界面(运行时)

（3）指定各控件的关键属性，编写必要的程序代码。

对 Data 控件指定其 DatabaseName 属性和 RecordSource 属性的值；对数据绑定控件（5 个文本框和一个图片框）指定其 DataSource 属性和 DataField 属性的值。

对图片框单击事件的处理过程编写必要的程序代码，使程序运行时通过单击图片框程序首先能够弹出如图实-7 所示的对话框。通过修改该对话框中默认的图片文件名，并单击"确定"按钮就可以装入指定的图片到图片框；若单击对话框的"取消"按钮则图片框中不能装入任何图片。移动数据控件的记录指针位置，使界面上的图片内容真正输入到数据表的相应字段。

图实-7　本实验设计的程序界面(运行时)

（4）观察一些现象。

将程序停止运行，然后利用属性表将图片框的 AutoSize 属性的值由默认值 False 改为 True，重新运行程序，观察图片框大小自动适应照片大小的现象。

最后，将程序退出，并关闭 VB；然后再启动 VB 并运行此程序，验证 Access 数据表"学生信息"中的照片信息是否能显示，从而证实先前输入的图片内容是否已保存到数据库表中。

2）用 VB 设计一个电子相册浏览程序

原理：首先按题 1)方法创建一个 Access 数据库，在数据库中建立一个名为"影集"的表，表中只设 2 个字段：一个文本类型的字段，用于填写每个照片的说明性内容；一个 OLE 类型字段，用于存放照片。然后类似题 1)的程序界面和事件过程的设计方法，利用程序将很多照片输入到数据库；并通过程序浏览数据库中的照片。

实验 9　　用 VB 实现多媒体文件播放

1. 实验目的

(1) 了解 VB 播放多媒体文件的一些方法；

(2) 熟悉 ActiveX 控件的使用方法，掌握 Multimedia MCI 控件的常用属性；

(3) 能运用 Multimedia MCI 控件编制简单的媒体播放器程序，能同时播放音、视频。

2. 实验准备

知识准备：本实验涉及教材学习篇第 6 章的 6.5 节用 VB 实现多媒体文件播放的有关内容。重点是 Multimedia MCI 控件一些最主要属性的含义和用法；并读懂示例程序。

素材准备：AVI 视频素材文件、音频素材文件（MP3、MIDI、WAV）。

3. 实验内容和要求

1) 将 Multimedia MCI 控件添加到 VB 的新工程

新建一个 VB 工程，参考学习篇 6.5.1 节，将 Multimedia MCI 控件添加到当前工程的工具箱中。注意 Multimedia MCI 控件在工具箱中的图标是 📇，鼠标指向它时显示的提示名称是 MMControl。

2) 设计程序界面和设置有关属性

参考学习篇 6.5.1 节例题 6-9 的程序界面，独立设计出类似的本实验题程序界面，如图实-8 所示。添加两个 Multimedia MCI 控件，一个用于播放视频，另一个用于播放音频。添加 4 个命令按钮，用来驱动相应的事件处理程序。并设置各控件的主要属性，尤其是两个Multimedia MCI 控件的关键属性。

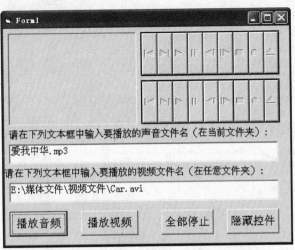

图实-8　本实验设计的程序界面（设计时）

3）编写命令按钮的事件处理程序

- "播放音频"：单击该按钮，可以播放指定的音频文件。
- "播放视频"：单击该按钮，可以播放指定的视频文件。
- "全部停止"：单击该按钮，可以同时停止音频和视频文件的播放。
- "隐藏控件"：该按钮在设计时的 Caption 为"隐藏控件"，在运行时根据控件当时的状态，其 Caption 属性可变。单击时，事件处理程序按下列逻辑进行处理：用 IF 语句判断当前两个 Multimedia MCI 控件是否都为可见状态（Visible＝True），若为可见，则修改其可见状态为不可见（Visible＝False），同时将该按钮的 Caption 属性修改为"显示控件"；否则，修改其可见状态为可见（Visible＝True），同时将该按钮的 Caption 属性修改为"隐藏控件"。即本事件处理程序属于二值状态转换的开关语句。

4）运行程序和修改程序

对程序进行运行，并根据自己的想法进行一些细节修改，改变一些语句，观察程序运行效果的变化。

实验 10 用 VB 设计简单动画程序

1. 实验目的

(1) 理解 VB 实现动画的原理；

(2) 理解时钟控件的属性和 Timer 事件的意义，掌握改变控件位置的语句格式；

(3) 能运用时钟控件编写由标签、图片框或图像框产生的简单动画程序。

2. 实验准备

知识准备：本实验涉及教材学习篇第 6 章的 6.6 节用 VB 编制动画程序的相关内容；重点是时钟控件的知识，能读懂 6.6 节相应的示例程序。

素材准备：两幅蝴蝶图片。

3. 实验内容和要求

1) 修改的"动态文字"程序

参考学习篇 6.6 节例 6-10 的程序，编写一个界面如图实-9 所示的文字动态缩放的程序。当单击"字体变大"按钮时，标签中的"我爱编程"由初始字号 8 逐渐增大，当字号超过 72 时停止增大。当单击"字体缩小"按钮时，标签中的"我爱编程"由初始字号 66 逐渐缩小，当字号小于 10 时停止缩小。单击"结束程序"按钮时退出程序。界面如图实-9 所示。

2) 修改的"滚动字幕"程序

参考学习篇 6.6 节例 6-11 的"滚动字幕"程序，将其修改为水平自左向右运动的字幕，当代表最后一个演职员名字的标签 Lab(3) 运动到窗体右边界以外时（If Lab(3). Left > Form1. Width），Caption 为"中央电视台"的标签停止运动，界面如图实-10 所示。独立设计界面，并编写出修改后的程序代码。

图实-9　修改的"动态文字"程序界面

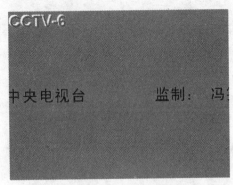

图实-10　修改的"滚动字幕"程序界面

3) 修改的"蝴蝶飞舞"程序

参考学习篇 6.6 节例 6-12 的"蝴蝶飞舞"程序,将其修改为蝴蝶自下向上垂直运动的动画,当"蝴蝶"运动到窗体顶边以外时,又重新从窗体底边冒出并继续向上飞行,界面如图实-11 所示。独立设计界面,并编写出修改后的程序代码。

图实-11　修改的"蝴蝶飞舞"程序界面

参 考 文 献

1　龚声蓉等.多媒体技术应用.北京：人民邮电出版社,2008 年.
2　付先平等.多媒体技术及应用.北京：清华大学出版社,2007 年.
3　冯希哲等.多媒体技术应用基础.北京：清华大学出版社,2007 年.
4　刘腾红等.多媒体技术及应用.北京：中国铁道出版社,2009 年.
5　刘光然等.多媒体技术与应用教程(第 2 版).北京：人民邮电出版社,2009 年.
6　邹玉堂等.Photoshop CS 中文版实用教程.北京：机械工业出版社,2004 年.
7　王传华编著.Flash MX 2004 实例教程.北京：清华大学出版社,2004 年.
8　刘卫国,杨长兴主编.大学计算机基础(第 2 版).北京：高等教育出版社,2009 年.
9　施荣华,王小玲主编.大学计算机基础学习与实验指导(第 2 版).北京：高等教育出版社,2009 年.
10　朱从旭,严晖,曹岳辉等.Visual Basic 程序设计综合教程(第二版).北京：清华大学出版社,2009 年.
11　龚沛曾,陆慰民,杨志强.Visual Basic 程序设计简明教程(第二版).北京：高等教育出版社,2003 年.

21 世纪高等学校数字媒体专业规划教材

ISBN	书　　　名	定价(元)
9787302224877	数字动画编导制作	29.50
9787302222651	数字图像处理技术	35.00
9787302218562	动态网页设计与制作	35.00
9787302222644	J2ME 手机游戏开发技术与实践	36.00
9787302217343	Flash 多媒体课件制作教程	29.50
9787302208037	Photoshop CS4 中文版上机必做练习	99.00
9787302210399	数字音视频资源的设计与制作	25.00
9787302201076	Flash 动画设计与制作	29.50
9787302174530	网页设计与制作	29.50
9787302185406	网页设计与制作实践教程	35.00
9787302180319	非线性编辑原理与技术	25.00
9787302168119	数字媒体技术导论	32.00
9787302155188	多媒体技术与应用	25.00

以上教材样书可以免费赠送给授课教师，如果需要，请发电子邮件与我们联系。

教学资源支持

敬爱的教师：

感谢您一直以来对清华版计算机教材的支持和爱护。为了配合本课程的教学需要，本教材配有配套的电子教案(素材)，有需求的教师可以与我们联系，我们将向使用本教材进行教学的教师免费赠送电子教案(素材)，希望有助于教学活动的开展。

相关信息请拨打电话 010-62776969 或发送电子邮件至 weijj@tup.tsinghua.edu.cn 咨询，也可以到清华大学出版社主页(http://www.tup.com.cn 或 http://www.tup.tsinghua.edu.cn)上查询和下载。

如果您在使用本教材的过程中遇到了什么问题，或者有相关教材出版计划，也请您发邮件或来信告诉我们，以便我们更好地为您服务。

地址：北京市海淀区双清路学研大厦 A 座 708　　　计算机与信息分社魏江江　收

邮编：100084　　　　　　　　　　　电子邮件：weijj@tup.tsinghua.edu.cn

电话：010-62770175-4604　　　　　　邮购电话：010-62786544

《网页设计与制作》目录

ISBN 978-7-302-17453-0　　蔡立燕　梁　芳　主编

图书简介：

Dreamweaver 8、Fireworks 8 和 Flash 8 是 Macromedia 公司为网页制作人员研制的新一代网页设计软件，被称为网页制作"三剑客"。它们在专业网页制作、网页图形处理、矢量动画以及 Web 编程等领域中占有十分重要的地位。

本书共 11 章，从基础网络知识出发，从网站规划开始，重点介绍了使用"网页三剑客"制作网页的方法。内容包括了网页设计基础、HTML 语言基础、使用 Dreamweaver 8 管理站点和制作网页、使用 Fireworks 8 处理网页图像、使用 Flash 8 制作动画、动态交互式网页的制作，以及网站制作的综合应用。

本书遵循循序渐进的原则，通过实例结合基础知识讲解的方法介绍了网页设计与制作的基础知识和基本操作技能，在每章的后面都提供了配套的习题。

为了方便教学和读者上机操作练习，作者还编写了《网页设计与制作实践教程》一书，作为与本书配套的实验教材。另外，还有与本书配套的电子课件，供教师教学参考。

本书适合应用型本科院校、高职高专院校作为教材使用，也可作为自学网页制作技术的教材使用。

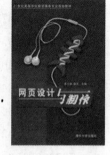

目　录：